Play-boy ou papa

*

Un chirurgien inoubliable

*

Ensemble... pour toujours

ALISON ROBERTS

Play-boy ou papa

Traduction française de
MARIE-JOSÉ LAMORLETTE

BLANCHE

HARLEQUIN

Collection : Blanche

Titre original :
SINGLE DAD IN HER STOCKING

HARPERCOLLINS FRANCE
83-85, boulevard Vincent-Auriol, 75646 PARIS CEDEX 13
Service Lectrices — Tél. : 01 45 82 47 47

www.harlequin.fr

ISBN 978-2-2804-4593-1 — ISSN 0223-5056

1.

— Oh ! non… Vous ne *pouvez pas* être sérieuse !

— Je suis vraiment désolée, docteur Cunningham, mais c'est comme ça. Vous comprenez, j'en suis sûre, qu'une appendicite aiguë ne peut pas se planifier. Nous faisons de notre mieux pour trouver une remplaçante mais, si l'on veut être réaliste, ce ne sera pas possible avant la nouvelle année. Les gens souhaitent être avec leur famille pour la période des fêtes et… nous sommes avertis si tard. Noël n'est que dans cinq jours, vous savez !

Bien sûr que Max le savait. Il y avait des guirlandes partout dans son service, les urgences de l'hôpital royal de Cheltenham, et même un petit sapin de Noël dans la salle d'attente. Des membres de son personnel portaient des serre-tête avec des bois de rennes ou des bonnets rouges ornés de pompons, et il ne cessait d'entendre les gens fredonner des rengaines de Noël. On leur avait même amené un peu plus tôt en ambulance un homme déguisé en Père Noël, qui avait eu une attaque dans le plus important des grands magasins de la ville à cause de tous ces enfants qui voulaient lui grimper sur les genoux.

Et bien sûr, il savait que les gens souhaitaient être en famille – ou s'y sentaient obligés. C'était précisément la raison pour laquelle il travaillait toujours durant les fêtes de fin d'année afin de laisser le plus grand nombre possible d'employés de son service passer du temps chez eux avec leurs proches. Il l'avait fait pendant tant d'années qu'à présent il était habitué à ignorer la frénésie commerciale qui poussait les familles heureuses à se réunir pour célébrer Noël de façon fastueuse. En ce qui le concernait – ou pour la famille Cunningham, en tout cas —, cette fête était un mythe au même titre que le Père Noël.

Tout le monde le savait. Il imaginait très bien que les ragots iraient bon train à Upper Barnsley quand on apprendrait qu'une troisième tragédie de décembre avait frappé les siens. On pouvait dire que l'histoire se répétait…

« Elle a encore frappé, diraient probablement les gens. La malédiction de Noël des Cunningham. »

La première fois, quand sa mère était morte, il était très petit et n'avait fait que subir. L'année précédente, il avait été ravagé de perdre son seul frère, toutefois il s'en était remis. D'une certaine manière… Mais cette fois c'était différent. Cette fois, son monde était complètement chamboulé, et le coup de fil qu'il venait de recevoir signifiait qu'il pouvait s'attendre à plus de perturbations encore. Au point qu'il n'était pas sûr de savoir quoi faire, et ce manque d'assurance était une sensation aussi nouvelle et gênante pour lui que les changements qui allaient se produire dans sa vie. Car rien ne reviendrait jamais à la normale maintenant…

— Hé… Ça ne peut pas être si grave !

La surveillante des urgences, Miriam, entra dans son bureau.

— Tenez, prenez un chocolat. Je me suis dit que j'allais vous en apporter un avant que ces goinfres de la salle du personnel les dévorent tous.

Il secoua la tête.

— Non, merci, je ne suis pas d'humeur à manger des chocolats. Pour être honnête, j'ai un sacré problème.

Le visage de Miriam exprima la sympathie.

— J'ai entendu qu'il se passait quelque chose. Au sujet de votre frère ? Et de ses enfants ?

— Mon frère, Andy, est mort il y a un an. Un accident de voiture.

Le fait que personne ici ne connaissait toute l'histoire prouvait à quel point Max protégeait sa vie privée, mais on pouvait se fier à Miriam – le genre de figure maternelle qui inspirait confiance à la fois à ses patients et à ses collègues. Elle savait très bien écouter, aussi, et avait assez d'expérience pour donner de sages conseils dans presque toutes les situations. Or Max avait bien besoin d'un conseil.

— C'est sa femme, cette fois, reprit-il. Ou plutôt son ex-femme. Je n'ai pas vu ses enfants depuis son enterrement. Je ne savais même pas qu'il y en avait un troisième.

— Ah oui ?

Les sourcils de Miriam se haussèrent tandis qu'elle se laissait choir dans le fauteuil placé devant le bureau de Max.

— Et pourquoi ça ?

Il soupira.

— Son mariage s'était brisé, et il avait de difficiles problèmes de garde. Il ignorait que sa femme était enceinte lorsqu'elle est partie, et manifestement elle n'a pas eu très envie de rester en contact avec sa famille après sa mort. Elle est allée s'installer au nord de Glasgow.

— Et c'est elle qui vient de mourir ?

— Oui. Elle accompagnait l'aîné, Ben, à l'école. Il a six ans. La route était verglacée, un conducteur âgé a dû paniquer quand il a dérapé et il a appuyé à fond sur l'accélérateur. Elle a réussi à ôter la poussette du bébé du milieu, mais elle a été tuée sur le coup. Une tante d'un certain âge a organisé les obsèques, mais elle ne pouvait pas prendre les enfants, qui ont été placés dans des familles d'accueil pendant que les autorités essayaient de trouver d'autres proches susceptibles de les recueillir.

— Et vous êtes le tuteur des petits ?

— Il semblerait. Un document légal en ce sens a dû être ignoré lors de la séparation, puis Andy est mort, alors il n'y a pas eu de divorce officiel, ce qui est une bonne chose. Il aurait été épouvantable que les enfants d'Andy restent en foyer alors qu'ils ont un oncle et un grand-père qui sont tout à fait disposés à prendre soin d'eux – et capables de le faire.

Enfin… Y être disposé était une chose. En être capable pouvait s'avérer bien plus difficile.

— Votre papa est le généraliste d'Upper Barnsley, n'est-ce pas ?

— Oui, et il vit dans une maison ridiculement grande pour une personne. Mais elle est dans la famille depuis des générations, et il dit qu'il n'en sortira que les pieds devant.

Max parvint à sourire avant de poursuivre :

— C'est aussi une bonne chose, car il y a beaucoup de place pour les enfants. Sa gouvernante est heureuse de venir l'aider un peu plus que d'habitude, et je m'étais organisé pour avoir une nounou logée sur place qui devait arriver demain, à temps pour accueillir les enfants.

— Apparemment, vous contrôlez bien les choses.

Il se frotta la mâchoire.

— Je le pensais. Mais je viens de recevoir un appel de l'agence : la nounou a été transportée d'urgence à l'hôpital il y a deux ou trois heures avec une appendicite aiguë. Elle est probablement sur la table d'opération, en ce moment… et ils n'ont personne d'autre jusqu'à après le 1er janvier.

— Oh non…

Le ton catastrophé de Miriam fut exactement l'écho de celui de Max lorsqu'il avait appris la nouvelle.

— J'aimerais pouvoir vous offrir mon aide, mais j'ai de la famille qui vient de tout le pays, cette année. Un repas de Noël pour quatorze personnes, et je n'ai qu'un jour de congé pour terminer les courses. Un vrai cauchemar… Mais j'ai une idée, quand même.

Max était ouvert à toutes les suggestions, mais il sentait venir la panique, comme s'il partait lui aussi en dérapage incontrôlé. Qui allait être atteint, cette fois ? Lui ou son père ? Ses nièces ou son neveu ? Il était sur le point de devenir la figure paternelle de trois enfants qui avaient subi la perte inimaginable de leurs deux parents et de leur foyer. Tout leur univers. Allait-il trébucher à la première embûche ? Non… Il ne pouvait pas l'envisager.

— Quelle est votre idée ? demanda-t-il.

— Il y a une agence, Med-Intérim, à Londres, que nous avons déjà utilisée. Ce sont des spécialistes du recrutement médical, et ça vaudrait peut-être la peine de les contacter. Je pourrai les appeler, si vous voulez ?

— Mais j'ai besoin d'une nounou, pas d'un médecin intérimaire !

Miriam eut un gentil sourire.

— Vous ne pensez pas qu'il vaudrait mieux pour ces pauvres petits qu'ils aient de la famille pour s'occuper d'eux, et non des étrangers ? Pourquoi ne pas prendre un intérimaire pour *vous* remplacer ? Ainsi, vous pourriez être avec les enfants pour les aider à s'installer. Ils doivent être tellement terrifiés par tous les changements qui se produisent autour d'eux !

Max déglutit avec difficulté. Il était un peu terrifié lui-même, pour être honnête. Ce n'était pas qu'il n'aimait pas les enfants. Il avait apprécié d'être oncle ou de mettre au monde les deux premiers enfants de son frère et il s'entendait très bien avec ceux qui franchissaient les portes de son service d'urgence. Simplement, il n'avait jamais prévu d'avoir des enfants à lui.

Jamais.

La désintégration de son propre bonheur quand il était petit et qu'il avait perdu sa mère – le soleil de leur univers familial – avait laissé des traces indélébiles. Il avait vu son père aux prises avec la tristesse, incapable de combler les besoins émotionnels de deux jeunes garçons. C'était lui, Max, qui avait essayé d'aider son frère cadet. Le fait que cette tristesse se soit changée en une dépression durable pour laquelle son père ne s'était jamais fait aider l'avait convaincu d'une chose : mieux valait ne pas fonder de famille pour ne pas courir le risque de la voir disparaître un jour.

Finalement, il avait découvert un équilibre très agréable entre sa passion – travailler dur et aussi brillamment que possible – et le jeu de la séduction. Il s'y adonnait avec ferveur en dehors des heures de service et avait presque toujours pour partenaire une très belle créature. Il était certain d'avoir suffisamment aiguisé ses talents pour qu'avec lui une femme se sente très, très spéciale, mais seulement pour une durée limitée. Jamais, au grand jamais, il ne tomberait dans le piège de voir son bonheur dépendre d'une famille pour qu'ensuite son monde s'écroule. Si ses propres souvenirs d'enfance n'avaient pas suffi, la mort de son frère l'année précédente n'avait fait que renforcer sa conviction que le risque était bien trop grand. Il n'avait jamais eu l'intention non plus d'être responsable du bonheur d'autres personnes – en essayant de recréer la sécurité d'une cellule familiale ou de rassembler les morceaux d'un monde qui avait été irrémédiablement brisé.

Mais voilà, c'était exactement ce qu'il était sur le point de tenter, et les responsabilités qui allaient lui incomber étaient plus qu'effrayantes. Qui savait à quel point ces enfants étaient déjà traumatisés ? Les filles étaient trop jeunes pour se rappeler qu'elles avaient perdu leur père un an plus tôt, mais le petit Ben avait six ans, et peut-être essayait-il d'endosser le rôle de l'aîné en s'occupant de ses sœurs ; Max savait combien cela pouvait être difficile. Et Miriam avait raison. Ils avaient été pris en charge par de parfaits inconnus depuis la mort de leur mère, ce qui n'était pas acceptable. Il pouvait peut-être penser que son monde était chamboulé, mais le seul que son neveu et ses nièces connaissaient venait de disparaître pour toujours.

— Et puis c'est *Noël,* ajouta doucement Miriam en se levant comme si cela tranchait la question. Ils font partie de votre famille et ils ont besoin de vous.

— Emma ?

— Bonjour, Julie. J'espère que tu as de bonnes nouvelles pour moi ?

Emma Moretti s'arrêta sous les branches nues des arbres de Hyde Park, à Londres, pour répondre à son téléphone, tout en regardant un écureuil qui grimpait à un tronc.

Outre que Julie était la directrice de l'agence Med-Intérim pour qui Emma travaillait depuis quelques années, c'était aussi une bonne amie.

— Tu ne vas pas le croire. Après t'avoir dit qu'il n'y avait absolument rien pour la période des fêtes, je viens de recevoir un appel de l'hôpital royal de Cheltenham. Ils ont un besoin urgent de remplacer le chef du service des urgences jusqu'à début janvier. Apparemment, il a un problème de famille.

— Les urgences ? Ce que je préfère…

Emma poussa presque un soupir de soulagement. Elle souhaitait désespérément quitter Londres pour quelques jours. Au moins jusqu'à ce que Noël soit passé. Il y avait trop de souvenirs, ici, et cela lui semblait plus dur cette année. Peut-être n'avait-elle pas surmonté les choses aussi bien qu'elle le pensait. Ou peut-être parce que son dernier anniversaire lui avait rappelé qu'à trente-six ans la possibilité d'avoir la famille dont elle avait toujours rêvé commençait à se réduire. Pire, elle n'était pas encore sûre d'être prête à agir dans ce sens. Même après cinq ans, elle n'avait pas sérieusement songé à changer son statut de célibataire.

— Tu es sûre, Em ? Je ne pense pas que le Royal s'attende vraiment à ce que nous puissions lui fournir quelqu'un dans un délai aussi bref, et tu sais combien les urgences peuvent être débordées pour Noël. Les gens boivent beaucoup trop, et il y a tous ces accidents stupides liés à la saison des fêtes. Si tu veux t'échapper, tu pourrais simplement partir en vacances, dans un endroit chouette et chaud comme les Maldives ou l'Australie ? Dieu sait que tu as bien mérité un break, et on annonce de la neige, ici. Nous aurons peut-être un Noël blanc, pour une fois.

Partir seule en vacances serait la pire des choses à faire, songea Emma. Cela lui laisserait beaucoup trop de temps pour penser. Pour se rappeler des choses qu'il valait mieux cantonner au passé.

— Et l'Italie, alors ? insista Julie. Quand as-tu passé Noël avec ta famille pour la dernière fois ?

Cela faisait longtemps. Mais pas encore assez, lui semblait-il, car elle ne se sentait pas prête pour une grande réunion de famille à l'italienne. Ou peut-être que travailler pour les fêtes était devenu une habitude parce que les intérimaires étaient toujours très demandés à cette époque.

— Tu plaisantes ? répliqua-t-elle en essayant de garder un ton léger. Mon cousin vient d'avoir des jumeaux, et ma mère va pleurer dans un coin parce que sa fille unique, qui a trente-six ans, est toujours célibataire et qu'elle n'aura peut-être jamais de petits-enfants à elle. Ils feront probablement venir tous les mâles célibataires du village pour essayer d'arranger un mariage sur-le-champ. Tu n'as pas idée du genre de pression que cela induit, ajouta-t-elle avec un petit rire. Donne-moi plutôt un chaos médical à gérer, n'importe quand. S'il te plaît, j'ai besoin d'aller à Cheltenham. Ma famille ne s'en offusquera pas. Ils savent que je travaille toujours pour Noël.

— Bon, si tu en es sûre… L'offre comporte aussi un appartement moderne non loin de l'hôpital, dans un quartier chic.

Emma inspira à fond.

— C'est parfait, Julie. Quand faut-il que j'y sois ?

— Demain en début d'après-midi au plus tard. Une certaine Miriam te fera faire un tour de l'hôpital et te donnera les clés de l'appartement. Je t'enverrai les détails par texto.

Il ne lui faudrait pas longtemps pour faire ses bagages. Avec l'habitude, Emma savait exactement ce qu'elle devait prendre et elle était toujours prête à quitter la ville dans l'instant si nécessaire. Renoncer à un poste sûr de médecin dans un service pédiatrique avait été un énorme changement de vie, à l'époque, mais cela avait été le choix parfait, se disait-elle à présent. Ne jamais savoir quel genre de travail vous attendait au tournant générait de l'adrénaline. Elle pouvait remplacer un médecin de campagne, aller chercher un malade grave en avion dans un lieu exotique pour le ramener chez lui, ou combler une absence dans un hôpital, comme cette fois. Et les urgences étaient vraiment son lieu de travail favori, peut-être parce que cela ressemblait à son mode de vie. On avait à faire toutes sortes de choses excitantes et satisfaisantes, mais seulement pour une durée limitée, les patients étant dirigés vers d'autres services. Elle, elle allait d'un poste à l'autre, et cette vie lui plaisait.

En ne plantant jamais de racines et en évitant les attachements profonds, il n'y avait aucun risque de souffrir. L'existence était tellement plus facile de cette façon.

Juste devant les grilles du parc, un homme chantait un

classique de Noël, et Emma pressa le pas pour échapper aux paroles de *L'Enfant de Marie* parce qu'elles ne manquaient jamais de lui mettre les larmes aux yeux. Ces cinq mots – *né le jour de Noël* — avaient encore le pouvoir de lui crever le cœur.

Cela remontait pourtant à cinq ans, maintenant. Elle s'était attendue à ce que cela devienne plus facile année après année, et c'était le cas… Sauf pour Noël. Parfois, elle avait l'impression que le monde entier conspirait pour lui rappeler douloureusement, en détail, combien il avait été difficile de faire face aussi bien qu'elle l'avait fait. En particulier ici, car l'hôpital où c'était arrivé – et où elle travaillait à cette époque – se trouvait juste de l'autre côté du parc.

Dieu merci, elle pourrait quitter la ville tôt le lendemain.

Elle était impatiente de partir. Elle nota mentalement de vérifier qu'elle avait des chaînes dans le coffre de son SUV. Une grande ville comme Cheltenham ne serait sûrement pas engloutie sous la neige, mais ce serait peut-être le cas des routes de campagne et des villages alentour. Un Noël blanc avec le chaos supplémentaire qu'il pouvait apporter dans un service des urgences ?

Elle était partante…

— Elle est là, Max. Elle s'excuse d'être un peu en retard, mais il paraît que la circulation sur la M40 était infernale. Il y a eu un accident.

— Pas de problème. Au moins, elle est ici, maintenant. Merci, Miriam. Pouvez-vous lui faire faire un rapide tour du service afin qu'elle prenne son poste dès demain matin, puis me l'amener ? J'ai deux ou trois choses à finir et ensuite je partirai pour Upper Barnsley. Il faut que j'y sois quand les enfants arriveront.

— Bien sûr. Vous voudrez sûrement lui donner les clés et les instructions pour votre appartement ?

— Je pense qu'il serait poli que je lui montre l'appartement moi-même. Ce n'est qu'à quelques minutes à pied, après tout. Cela ne me retardera pas. Oh… Comment s'appelle-t-elle ?

— Emma… quelque chose. Un nom italien dont je ne me souviens plus. Mais elle paraît compétente. Et je suis sûre que vous l'apprécierez, ajouta Miriam d'un air amusé.

Il se crispa un peu à cette allusion. Oui, il appréciait les jolies femmes et il ne manquait jamais de prétendantes pour combler ses heures libres. Mais quelque chose dans l'expression de sa surveillante lui fit penser qu'il n'avait peut-être pas à être fier de sa réputation. De toute façon, la question ne se posait plus, maintenant. Même s'il avait l'occasion de rencontrer quelqu'un dans un proche avenir, il ne pourrait pas en profiter. Il avait d'autres responsabilités bien plus prenantes qui allaient lui incomber dans… – il déglutit en consultant sa montre – une heure ou deux.

Il ramena son attention sur l'écran d'ordinateur devant lui. Il y avait quelques ajustements de dernière minute à faire pour s'assurer que son service fonctionnerait aussi bien que possible en son absence. Il faudrait aussi qu'il donne son numéro de portable à cette Emma afin qu'il puisse l'aider si elle en avait besoin.

Une Emma avec un nom de famille italien lui rappelait vaguement quelque chose. L'image lui revint d'une jeune femme rieuse entourée d'enfants et tenant un bébé dont les petites mains plongeaient dans sa longue queue-de-cheval. La figure maternelle par essence, ce qui, bien sûr, la rendait absolument intouchable pour Max – aussi superbes qu'aient été ses courbes généreuses, ses yeux sombres et son sourire.

Bon sang… Cela remontait à dix ans, mais ce souvenir était étonnamment clair maintenant qu'il l'avait exhumé. Ils étaient tous les deux internes en pédiatrie au même moment. Et son nom était Emma… Bon sang… Emma comment ?

— Moretti.

Le regard de Max se porta sur la silhouette qui se tenait sur le seuil de son bureau. Plongé dans ses pensées, il était totalement désorienté par le fait que la réponse à sa question mentale lui avait été donnée par quelqu'un.

— Je suis Emma Moretti, reprit l'arrivante en entrant dans le petit espace. Miriam m'a dit de passer vous voir.

Était-ce vraiment la même femme ? Cette Emma Moretti,

ravissante par ailleurs, ne ressemblait en rien à celle que Max venait d'évoquer. Elle était mince, bien habillée, et avait de courts cheveux sombres aux mèches redressées. Elle ne souriait pas, et ses yeux foncés, presque aussi noirs que ses cheveux, le fixaient avec la même intensité étonnée que celle à laquelle il la soumettait, il le savait.

— *Max ?* Ce n'est pas possible…

Ses lèvres s'incurvaient en un sourire, à présent, et soudain il put voir la femme dont il se souvenait. Le boute-en-train de chaque fête, surtout s'il y avait des enfants. Cette pensée le conduisit tout droit à une autre festivité qu'il ne put s'empêcher de se rappeler : la soirée de Noël du personnel de ce service pédiatrique. Cette branche de gui qu'il avait tenue au-dessus de la tête d'Emma. Ce baiser… La façon dont ils avaient ri et accusé le prosecco pour cet écart.

Emma souriait toujours.

— Je savais que le chef du service était un Dr Cunningham, mais je n'ai pas pensé un instant qu'il pouvait s'agir de toi. Je t'aurais imaginé vivant dans un endroit comme New York, maintenant. Ou peut-être Sydney.

Une grande cité très animée qui serait le parfait terrain de jeu, socialement parlant, pour quelqu'un de sa réputation ? Cette crispation qu'il avait éprouvée plus tôt revint, un peu plus mordante cette fois. Dix ans de passés, et il n'avait pas beaucoup changé, en fait…

Contrairement à Emma. Qui, au demeurant, restait très séduisante.

— Et moi, je n'aurais jamais pensé te voir travailler comme intérimaire. Je t'aurais bien vue solidement installée quelque part, avec un mari et une demi-douzaine d'enfants.

Il était sincèrement curieux de savoir ce qui s'était passé dans sa vie, mais il se rendit compte qu'il avait franchi une limite et vit l'instant où elle releva ses défenses.

— Personne n'a une demi-douzaine d'enfants de nos jours, Max. Ce serait bien irresponsable du point de vue des ressources globales.

Il toussota.

— Précisément la raison pour laquelle je n'ai pas fait grimper les statistiques de la natalité, en ce qui me concerne.

Il remua quelques papiers sur son bureau afin de couvrir ce léger moment de gêne.

— Miriam t'a-t-elle suffisamment montré le service ? Ça te va, de commencer à travailler à 7 heures demain matin ?

— Ça me va. J'ai une grande expérience du travail dans des milieux que je ne connais pas et je peux déceler très vite dans quelle mesure le personnel est prêt à aider. Tu as manifestement une super équipe, ici, et je ne prévois pas de problèmes durant mon remplacement. Je suppose que tu as aussi une équipe de traumatologie à disposition ? Avec des spécialistes d'autres services ?

— Oui. Je ne peux pas garantir qu'il y aura un médecin de chaque service sur le pont pendant les fêtes, mais il devrait y avoir quelqu'un en orthopédie, chirurgie générale et neurologie. Sinon, nous étudions le cas et appelons les spécialistes nécessaires. Même chose pour les urgences médicales et obstétriques.

Max ferma son ordinateur et se leva.

— Je serai joignable à tout moment par téléphone, alors n'hésite pas à m'appeler. J'habite près d'un village qui se trouve à mi-chemin entre Cheltenham et Cirencester, à vingt minutes d'ici, sauf si cette prévision de neige se confirme.

— J'espère assez avoir un Noël blanc, dit Emma. Surtout en sachant que je suis logée à une courte distance à pied.

— En parlant de logement… Allons-y.

Pour prendre son manteau accroché derrière la porte, il s'approcha d'Emma et décela un léger parfum frais et piquant. Du citron, peut-être ? Ou des mandarines ?

— Pardon ? dit Emma, perplexe. Où allons-nous ?

— À l'appartement.

Max lui tint ouverte la porte de son bureau.

— Je veux te le montrer étant donné que c'est le mien.

Le chef des urgences de l'hôpital royal mettait son propre appartement à la disposition de sa remplaçante ? Et ce chef de service était Max Cunningham ?

Emma avait encore du mal à assimiler ces deux informations étonnantes quand elle le suivit hors du service par les portes automatiques qui donnaient sur l'arrivée des ambulances. Ce serait probablement un vaste loft, décida-t-elle. Très moderne, très luxueux et pas du tout à son goût mais parfait pour un bref séjour. À moins que… Oh ! mon Dieu… Pourrait-il y avoir quelque chose de très libertin, comme des miroirs au plafond de la chambre à coucher ?

Tout le monde savait quel genre d'homme était Max Cunningham à l'époque de leur internat. Ce qui ne faisait pas fuir les femmes pour autant car il était beau à tomber, totalement charmant, et savait comment donner à n'importe quelle femme l'impression qu'elle était spéciale. Il avait une devise…

Emma réprima un sourire tandis qu'ils quittaient l'hôpital et attendaient à des feux pour traverser la rue principale.

« Nous sommes ici pour passer un bon moment, pas un long moment… »

Les play-boys n'avaient jamais été le type d'homme d'Emma, et de loin, mais elle avait compris le pouvoir d'attraction que Max dégageait. Elle y avait été sensible elle-même, en fait, même si elle n'aurait pour rien au monde noué une relation avec lui. Cet homme l'avait effectivement embrassée, *elle,* lors de cette soirée de Noël, et… et… bonté divine… Comment, après tant d'années, était-il possible de se remémorer un instant comme celui-là avec autant de détails surprenants ? Elle pouvait sentir ses orteils se recroqueviller dans ses chaussures sous l'effet du trouble, aussi fut-elle soulagée de traverser vivement la chaussée. Elle n'allait sûrement pas commencer à se demander si cette manifestation physique était due à l'embarras ou au souvenir du désir intense que ce baiser avait fait naître en elle. Pour essayer de se distraire, elle regarda les décorations au-dessus de leurs têtes. De longues guirlandes de glaçons lumineux, qui devaient être très jolies le soir.

— Cinq minutes de marche, c'est tout, dit Max. Et les lieux devraient être parfaitement propres. Ma femme de ménage est venue faire un grand nettoyage il y a quelques jours, changer les draps, le linge et autres. Je te donnerai aussi son numéro si tu as besoin de quoi que ce soit.

— C'est formidable. Merci beaucoup. En général, quand je fais un court remplacement comme celui-ci, j'atterris dans un hôtel.

— Nous y avons pensé, mais une rapide vérification nous a montré qu'il n'y avait plus rien de disponible. Pour une raison mystérieuse, Cheltenham semble être une destination très recherchée pour les fêtes.

Elle surprit le coup d'œil latéral de Max. Son sourire n'avait pas changé du tout. Ni la façon dont le coin de ses yeux se plissait. Dix années lui avaient donné quelques cheveux gris et avaient creusé un peu les lignes de son visage, mais, finalement, elles l'avaient rendu encore plus séduisant.

— Nous y voilà…

Il composa un code à la porte d'entrée d'un immeuble très moderne et précéda Emma jusqu'à un ascenseur. Il pressa un bouton qui ne correspondait pas à l'étage le plus haut.

— Ce n'est pas le duplex avec terrasse ? murmura-t-elle. Tu me surprends, Max.

Il secoua la tête.

— J'étais vraiment aussi m'as-tu-vu, à l'époque ?

— Pas du tout. D'après mes souvenirs, tu étais un médecin brillant. Tu avais simplement la réputation de t'amuser avec autant d'ardeur que tu travaillais.

— Cette période est terminée.

Ce qui ne semblait pas l'enchanter, mais il n'allait pas lui donner ses raisons, songea-t-elle. Elle le suivit hors de l'ascenseur et l'observa qui déverrouillait la porte, puis elle abaissa le regard sur le sol.

— Qu'est-ce que c'est ?

— Quoi ?

— Toute cette eau.

La moquette devant la porte était trempée. Quand Max leva un pied, sa chaussure dégoulina.

— Oh ! *non…*

Il poussa la porte et pénétra dans l'entrée dallée qui ressemblait à un petit lac.

— Reste ici, Emma. Ça paraît sérieux.

Mais elle le suivit, regardant par-dessus son épaule tandis qu'il vérifiait les robinets de la salle de bains. Dans une chambre, de l'eau gouttait par l'ampoule du plafonnier.

— Ça vient d'en haut, marmonna-t-il. Un tuyau percé, peut-être… J'étais chez mon père ces derniers jours, sinon j'aurais pu éviter tous ces dégâts.

Quelle était la crise familiale qui l'obligeait à se faire remplacer ? se demanda Emma. Est-ce que son père était malade ? Il n'avait sûrement pas besoin de cette complication en plus d'autres soucis. Elle était désolée pour lui, mais il était clair qu'elle ne pourrait pas rester ici. Dans la salle de séjour, des pans du plafond s'étaient effondrés sur les canapés et une table basse en verre.

À son crédit, Max resta très calme tandis qu'il prenait la mesure de la situation.

— Je vais appeler le syndic, déclara-t-il. Laisse-moi une minute.

Dès qu'il eut passé son appel, il soupira.

— Tu ne peux manifestement pas rester là, Emma. Nous allons trouver un hôtel à proximité – il doit bien rester une chambre quelque part. Regardons ce qui est disponible sur Internet.

Ils consultèrent tous les deux leur téléphone. Au bout d'une minute ou deux de silence, ils levèrent les yeux.

— Dès que j'entre les dates, il n'y a pas de disponibilité, dit Emma.

— Nous allons trouver… Il faut peut-être chercher un peu plus loin, c'est tout.

Il hésita, regardant sa montre.

— Ça pourrait prendre du temps mais, ne t'inquiète pas, je ne vais pas te laisser en plan. Pour le moment, tu peux venir avec moi. Comme je le disais, la maison est à vingt minutes d'ici. Alors, même si nous ne pouvons pas te trouver un hôtel convenable pour ce soir, le trajet ne sera pas long demain matin, sauf si le temps se gâte.

— J'ai des chaînes. Mais… C'est de la maison de ton père que tu parles ?

Elle aurait préféré une chambre d'hôtel. Peut-être devrait-elle rester en ville et continuer à chercher.

— Il sera aussi concerné que moi par le bien-être de ma remplaçante, répondit Max. C'est une grande maison, avec plus qu'assez de place pour des visiteurs. Elle a sans doute été bâtie pour abriter un couple victorien doté de douze enfants. Ils se souciaient moins des ressources globales, à l'époque.

Il plaisantait peut-être, mais un coup d'œil à son visage indiqua à Emma qu'il avait eu sa dose d'ennuis.

— Je ne voudrais pas abuser, dit-elle. Surtout si ton père ne va pas bien.

— Pas bien ? Il est en pleine forme…

Il consulta de nouveau sa montre et étouffa un soupir.

— Allez, tu vas me suivre jusqu'à Upper Barnsley avec ta voiture. Nous n'avons pas beaucoup de temps avant que les enfants arrivent.

Des enfants ?

N'avait-il pas dit qu'il n'en avait pas eu ? Emma était intriguée, mais l'air concentré de Max lui ôta l'envie de poser d'autres questions tandis qu'ils se hâtaient de rejoindre le parking de l'hôpital. En outre, la mention d'enfants lui avait rappelé la supposition de Max, selon laquelle elle aurait peut-être un mari et une tribu. Une supposition qui la piquait au vif. Mais, à l'époque, elle avait supposé exactement la même chose. Il était donc normal qu'il soit surpris, comme elle avait été surprise elle-même quand sa vie avait déraillé. Cela l'avait dévastée, mais au moins elle avait survécu aux moments les plus durs de son existence : ceux où ne travailler qu'avec des enfants et des bébés, en tant que pédiatre, s'était avéré assez difficile pour qu'elle change l'orientation de sa carrière. Elle pouvait encore avoir affaire à des enfants… À condition de ne pas les approcher de trop près.

La vie avait parfois coutume de bouleverser les plans, et c'était ce qui arrivait, là, se dit Emma en suivant Max hors de la ville, dans la jolie campagne des Cotswolds aux routes étroites et aux petits villages de cottages en pierre. Son projet le plus récent était déjà parti en fumée, avec son logement devenu inhabitable. La personne qu'elle remplaçait était de façon inattendue quelqu'un par qui elle avait naguère été terriblement attirée, même si elle n'aurait jamais fait un pas vers lui. Et elle était maintenant entraînée vers une grande maison inconnue par cet homme toujours très séduisant, avec des enfants en prime, ce qui était incompréhensible. À moins que Max n'ait épousé une femme qui en avait déjà ?

Elle n'avait pas encore commencé son nouveau remplacement, et il restait encore plusieurs jours avant Noël, mais il semblait que le chaos avait déjà commencé. Alors que des flocons de neige se posaient doucement sur son pare-brise, Emma s'aperçut qu'elle souriait avec ironie. Elle avait eu besoin d'une distraction, et il semblait que le destin lui en fournissait une.

2.

Upper Barnsley était plus important que les autres villages qu'ils avaient traversés, avec sa grand-rue pleine de magasins, un espace gazonné et une place du marché ornée d'un grand sapin en son centre. Peu après, Emma suivit Max dans une longue allée bordée d'arbres pour s'arrêter devant une demeure qui lui coupa le souffle. Elle contemplait encore l'immense manoir à trois étages avec ses cheminées imposantes et du lierre qui couvrait ses murs de pierre, alors que Max ouvrait la lourde porte d'entrée en bois et attendait qu'elle en franchisse le seuil.

— Tu as grandi ici ?

D'une certaine manière, cela ne collait pas avec l'image du « citadin contemporain » qu'elle avait rencontré dans ce service pédiatrique dix ans plus tôt. Elle regarda d'un côté du vestibule à l'autre. Il y avait probablement une bibliothèque, ici, et un salon comme dans ces séries historiques à la télévision, avec des chiens couchés devant une cheminée assez grande pour rôtir un bœuf.

— C'est stupéfiant.

Max hocha la tête.

— La maison est dans la famille depuis plus de cent ans. On la connaît par ici comme le manoir Cunningham.

Il haussa la voix.

— Papa ? Tu es là ?

Une femme qui semblait approcher des soixante ans sortit par une porte au fond du vestibule.

— Il est dans l'aile Ouest, dit-elle. Oh… Qui est-ce ?

Elle s'essuya les mains sur son tablier et vint vers Emma avec un grand sourire.

— Je suis Maggie, la gouvernante du Dr Cunningham. Enfin, du Dr Cunningham père, ajouta-t-elle.

Max eut pitié d'Emma qui semblait perdue.

— « L'aile Ouest » est une expression de famille. Papa est le généraliste du village et a installé son cabinet au rez-de-chaussée de cette partie de la maison des années avant ma naissance. Auparavant, c'étaient des écuries, je crois.

Il se tourna vers la gouvernante.

— Maggie, voici Emma Moretti, dit-il. Elle va me remplacer à l'hôpital jusqu'à ce que nous ayons réglé le problème de la nounou. Il se trouve aussi qu'elle est une vieille amie, car nous avons travaillé ensemble dans un service pédiatrique il y a très longtemps.

Emma n'allait pas le contredire publiquement, mais la traiter d'amie était un peu exagéré. Ils avaient été collègues, et elle avait complètement respecté ses qualités de médecin, mais elle ne lui avait jamais fait suffisamment confiance pour le considérer comme un ami. Ou peut-être ne s'était-elle pas fait confiance à elle-même ? S'ils étaient devenus proches, elle aurait pu céder à la puissante attirance qu'elle éprouvait pour lui, alors, et cela aurait pu être très embarrassant. Il avait suffi d'un baiser à Max pour rire du fait qu'elle n'était « tellement pas son genre ». Elle avait acquiescé, bien sûr, et ri avec lui. Comment sauver la face autrement dans une situation pareille ? En outre, il avait eu raison. Il n'était « tellement pas son genre » non plus. Néanmoins, elle avait été assez déçue de constater que l'attirance n'avait pas été mutuelle.

— Oh… Merveilleux ! s'exclama Maggie, toujours tout sourires. Il vous faudra toute l'aide experte que vous pourrez recevoir, avec ces bébés.

Des bébés ? Un frisson parcourut Emma. Max avait parlé d'enfants, pas de bébés.

Il était tellement plus facile de s'occuper d'enfants que de bébés. Surtout de nouveau-nés. Elle pouvait travailler avec eux, bien sûr, mais de préférence dans un contexte médical.

Et jamais dans une maison privée. D'ailleurs, même au travail, assister à une naissance ou être proche d'un tout petit bébé rouvrait les cicatrices de son cœur. Elle avait peut-être édifié des barrières pour se protéger – et réussir à vivre avec la douleur de n'avoir eu que quelques heures avec sa propre précieuse petite fille —, mais elle ne souhaitait nullement tester la force de ces murs de protection.

— Je n'ai pas amené Emma ici pour qu'elle remplace la nounou, dit Max. Elle devait utiliser mon appartement, mais il y a eu une inondation, et il faut qu'elle reste ici le temps que nous réglions ce problème.

Emma recouvra sa voix.

— Je suis sûre que je pourrai trouver quelque chose en ville. Apparemment, tu vas être très occupé si tu attends… des bébés ?

Au nom du ciel, que se passait-il ? se demanda-t-elle. Max partageait-il la garde des enfants d'une ex-femme ? Avait-il épousé quelqu'un qui était déjà enceinte de jumeaux ? Ou de triplés ? La pensée de plusieurs nouveau-nés lui donna envie de passer la porte pour fuir droit devant elle. Elle regarda même dans cette direction, mais ce fut pour voir entrer un homme d'un certain âge à la large carrure, avec un petit chien blanc tout ébouriffé sur les talons. C'était une vision de ce que serait Max dans une trentaine d'années… Sauf que cet homme n'avait pas le même sourire charmant. Il la fusillait plutôt du regard.

— Que se passe-t-il ? Qui est-ce ? Une nouvelle nounou ?

Il ferma la porte, puis se tourna.

— Pirate, viens ici !

Mais le petit chien avait rejoint Emma pour s'asseoir à ses pieds et la fixait de ses yeux noirs ronds comme des billes. Elle supposa que c'était un terrier des Highlands, au pelage blanc à la base, mais il était facile de voir d'où il tenait son nom : une tache noire recouvrait un œil et une oreille. Il était très mignon, et il fut impossible à Emma de ne pas se pencher pour lui tendre la main. La petite truffe froide et humide, toucha sa peau.

— Regardez ça, dit Max. Ça n'arrive pas très souvent.

Pirate t'aime bien. Et, non, papa, je te présente Emma qui va me remplacer à l'hôpital. Je t'ai parlé de ce plan.

— Je croyais qu'elle devait habiter chez toi.

— Il y a eu un dégât des eaux. Je t'expliquerai plus tard, car les enfants vont arriver d'une minute à l'autre. Maggie, puis-je vous demander de préparer une autre chambre pour Emma pour cette nuit, au moins ? Apparemment, il n'est pas facile de trouver un hôtel.

— Non, vraiment… Je devrais y aller. Si je ne trouve rien à Cheltenham, je pourrai essayer Gloucester…

— Ce serait stupide, dit Maggie, posant une main sur son bras. Nous avons dix chambres, ici, et j'en ai préparé une de plus pour le cas où les enfants voudraient avoir chacun la leur, mais je suis sûre que, pour commencer, ils préféreront rester ensemble. Venez avec moi.

Alors maintenant c'étaient des enfants ? Emma était en pleine confusion.

— Il neige, dit le père de Max en venant vers elle. Vous n'irez nulle part si vous n'y êtes pas obligée. Je suis James, à propos. James Cunningham. Max semble avoir oublié ses bonnes manières.

Max haussa les épaules et décocha un sourire en biais à Emma, mais son front était plissé. Y avait-il une sorte de supplication dans ses yeux sombres ? La tension dans l'air était palpable, et elle se sentit soudain piégée, mais pouvait-elle s'enfuir alors que quelqu'un avait besoin d'aide ?

— Et vous êtes la bienvenue chez moi, continua James.

Oui, il y avait une trace de ce sourire avec lequel son fils faisait des ravages. Et même un bref pétillement dans ses prunelles bleu foncé.

— Pirate est un très bon juge des gens.

Il fit claquer ses doigts, et le chien le rejoignit.

— Je vais m'assurer qu'il y a un bon feu de cheminée dans le salon. Le chauffage central est une chose, mais ça fait du bien de voir des flammes quand il neige.

Maggie toucha le bras d'Emma.

— Montez avec moi, dit-elle. Vous allez adorer cette

chambre. C'est tellement mieux qu'un hôtel, je vous le promets.

Peut-être valait-il mieux qu'elle reste pour une nuit, pensa Emma. Ce n'était que le milieu de l'après-midi, mais il faisait déjà très sombre dehors. Et si elle ne trouvait pas de chambre ? Très peu pour elle de passer la nuit dans sa voiture. En outre, elle devait admettre qu'elle était curieuse. Elle avait envie de découvrir cette demeure impressionnante. Elle ne pouvait pas nier non plus qu'une part d'elle-même désirait savoir ce qui se passait dans la vie de Max Cunningham. Elle avait presque l'impression qu'ils avaient quelque chose en commun, à savoir que leur vie n'avait pas tourné comme ils auraient pu le prévoir – ou le souhaiter – lorsqu'ils s'étaient rencontrés.

La courbe du large escalier était assez majestueuse pour évoquer l'image de femmes faisant une grande entrée dans de ravissantes robes de bal. Il conduisait d'abord à un long palier qui donnait sur le vestibule. Emma put voir le Dr Cunningham père disparaître par une porte, suivi de son chien. Elle put aussi voir Max qui se tenait immobile comme s'il prenait une inspiration pour évaluer une scène d'accident, par exemple. Ou ce qui risquait d'être une réanimation compliquée.

La façon dont il commença à se masser les tempes de son pouce et de son majeur ajouta à l'impression d'un homme dépassé par les événements, et ce fut assez pour toucher le cœur d'Emma. Elle savait mieux que quiconque comment la vie pouvait vous prendre de court, parfois, et que la gentillesse était de mise. Cela pouvait sauver quelqu'un.

— Et voilà !

Maggie s'arrêta devant l'une des portes du couloir.

— Cette chambre a sa propre salle de bains, alors elle sera parfaite pour vous, je pense.

Emma la suivit dans la pièce et sentit le souffle lui manquer. Un lit à baldaquin ? Il était assorti d'une armoire et d'une table de toilette massives, qui ressemblaient à des pièces de musée. Il y avait aussi une cheminée décorée flanquée de fauteuils en cuir et une banquette capitonnée dans l'embrasure de la fenêtre à petits carreaux. Le parquet était ciré et recouvert en partie d'un grand tapis persan.

— J'espère que ça ne sent pas le renfermé, dit Maggie. Je n'ai eu qu'un jour ou deux pour changer les draps et aérer. Certaines de ces chambres n'ont pas servi depuis que Max et Andy ont quitté la maison, et cela remonte à longtemps, maintenant.

— Qui est Andy ?

Emma contemplait toujours la chambre. Elle avait passé ses premières années dans un petit village italien et les dernières dans un deux-pièces exigu du centre de Londres. Elle n'avait franchi le seuil de demeures comme celle-ci qu'en payant un ticket d'entrée.

— Le frère cadet de Max.

Maggie s'était dirigée vers une porte intérieure qui devait donner sur la salle de bains, mais elle s'arrêta.

— Il ne vous a pas dit ce qui se passe, n'est-ce pas ?

Chez Emma, la curiosité le disputa à un sentiment étrange. Le désir de protéger Max, ou du moins sa vie privée, peut-être ?

— Cela ne me regarde probablement pas, dit-elle.

— Sottise. Vous faites partie de l'histoire, pour le moment, en tout cas, alors vous pouvez aussi bien savoir. Les enfants qui sont sur le point d'arriver sont ceux d'Andy. Ils sont orphelins, maintenant, et Max est leur tuteur.

Eh bien… Pas étonnant que Max ait l'air d'un homme placé face à une situation écrasante. Tout le monde savait qu'il était un célibataire endurci, dix ans plus tôt. Et, alors qu'il était formidable avec les enfants du service, il avouait souvent que c'était seulement parce qu'il pouvait les rendre à leurs parents. Ou demander à une infirmière de changer une couche et de s'occuper des larmes et des caprices. Il disait qu'il n'en voudrait jamais à lui.

Et il venait de perdre son frère ?

— Je suis vraiment désolée, dit Emma. Je ne devrais pas m'immiscer ici. Pas alors que les Cunningham viennent de perdre quelqu'un de si proche.

Maggie secoua la tête.

— Andy est mort il y a un an, et son mariage avait capoté un an auparavant, environ. Ils ont essayé d'arranger les choses, et c'est sûrement là qu'Alice a été conçue, mais ensuite ça a mal tourné, et des avocats sont intervenus. Simone est partie en emmenant les enfants, brisant le cœur d'Andy qui est mort dans un accident de voiture peu après. Il avait trop bu et a percuté un arbre.

— C'est tragique…

— Hum…

Maggie hésita un instant, et Emma se demanda si cet accident avait été une simple conduite en état d'ivresse, mais si la gouvernante avait été sur le point de donner son avis elle y renonça manifestement.

— Pire encore, Simone n'a pas voulu laisser la famille en contact avec les enfants après la mort d'Andy. Elle vivait en Écosse, et le Dr Cunningham n'a appris sa mort qu'après les funérailles. Quand quelqu'un des services sociaux a retrouvé des documents légaux qui donnaient la tutelle à Max… Bon, venez voir votre salle de bains. Il devrait y avoir tout ce dont vous pourriez avoir besoin.

Emma découvrit la baignoire à pattes de lion avec sa robinetterie en laiton, la douche séparée et des étagères où s'empilaient des serviettes moelleuses.

— C'est magnifique, dit-elle.

La gouvernante sourit.

— Oui. C'était la chambre de maître quand les garçons étaient petits. Le Dr Cunningham père n'a pas pu supporter d'y rester après la mort de sa femme et il a pris la chambre verte. Oh… Est-ce une voiture que j'entends ?

Elle alla vivement à la fenêtre et regarda en bas.

— Oui. Je ferais mieux de descendre aider. Normalement, nous aurions dû avoir une nounou, mais elle est tombée malade, et c'est pourquoi vous êtes ici. Pour remplacer Max au travail afin qu'il puisse rester à la maison pour s'occuper des petits.

Interdite, Emma suivit la gouvernante. Elle ressentait un léger tournis. Que de tragédies cette famille avait subies ! Qu'était-il arrivé à la mère de Max ? Et quel âge avaient-ils, son frère et lui, quand elle était morte ? Elle essaya aussi de faire un peu de calcul mental. Si Andy était mort il y avait un peu plus d'un an et que sa femme était déjà enceinte, le bébé Alice devait avoir plusieurs mois, à présent. Ce n'était pas un nouveau-né.

Elle pouvait assurer. Pour une nuit, cela ne devrait pas poser de problème. Quant à Max, qui avait devant lui des années et des années de tutelle, elle se demandait comment il allait s'en sortir. Et, en se rappelant la façon dont il avait pris sa tête dans ses mains un peu plus tôt, Emma ne pouvait croire qu'il avait changé d'attitude comme par magie vis-à-vis des enfants. Il ne devait pas être aux anges de devoir maintenant partager sa vie avec ses neveux.

— Où sont-ils ? demanda Maggie en ouvrant la porte d'entrée. Oh ! non… Ils ont dû aller jusqu'au parking du cabinet.

— Il y a une autre voiture, dit Max, qui se tenait à côté d'elle.

James Cunningham était sorti dans le vestibule pour voir ce qui se passait, mais Emma resta en arrière, près de l'escalier, se demandant s'il n'était pas préférable qu'elle remonte dans la chambre. De jeunes enfants pouvaient être terrifiés de se retrouver face à tant d'inconnus dès leur arrivée. Même s'ils avaient déjà rencontré leur oncle et leur grand-père, cela remontait apparemment à plus d'un an, et ils devaient être traumatisés par la perte de leur mère.

Par la porte grande ouverte, elle put apercevoir un gros van garé non loin de l'entrée de la maison ; quelqu'un émergeait de la place du conducteur. Max s'avança dans la neige qui tombait toujours pour saluer le nouveau venu. Mais quelqu'un d'autre arrivait en courant de l'autre côté : une femme d'âge moyen qui paraissait très anxieuse.

— Docteur Cunningham ? Est-ce que le cabinet est déjà fermé ?

— J'ai fini il y a une heure environ, Jenny, répondit James en fronçant les sourcils. Qu'est-ce qui ne va pas ?

— C'est Terry. Il a une terrible douleur à la poitrine, et son spray ne l'aide pas. Il n'a pas voulu me laisser appeler une ambulance. Tout ce que j'ai pu faire, c'est le convaincre de venir vous voir. Et encore, il n'a accepté que parce que vous êtes à côté de chez nous.

Derrière Jenny, Emma pouvait voir que l'on aidait des enfants à sortir du van. Un garçon qui devait avoir six ou sept ans et une fille plus petite. Le conducteur ouvrait le coffre arrière qui semblait plein de bagages et d'objets tels qu'un couffin et un berceau. Max était en train de défaire un siège de bébé. La bouche d'Emma s'assécha un peu. Voilà qui allait peut-être être plus difficile à affronter qu'elle ne l'avait pensé.

James regarda ses petits-enfants qui étaient poussés vers lui, puis son cabinet médical. Son devoir l'appelait dans les deux directions, et l'urgence professionnelle l'emportait clairement sur l'urgence familiale.

Alors, brusquement, Emma sut comment elle pouvait se rendre utile. Elle s'avança vers la femme inquiète.

— Je suis le Dr Moretti, dit-elle. Je peux vous aider.

Deux minutes plus tard, Emma ouvrait la porte du cabinet médical avec la clé que James lui avait donnée.

— Il y a un appareil à électrocardiogrammes dans la salle de soins, lui avait-il dit. Si ça a l'air d'être un infarctus, appelez une ambulance et informez-moi.

— Vous pouvez compter sur moi, avait-elle répondu.

Jenny et son mari, Terry, la suivirent dans la salle d'attente.

— Quel est le niveau de la douleur, Terry, sur une échelle de zéro à dix ? demanda-t-elle.

— Sept, répondit le malade. C'est comme si j'avais un couteau dans la poitrine. J'ai même du mal à respirer.

— Vous allez vous allonger, et je vais vous examiner.

Emma les précéda et ouvrit plusieurs portes avant de tomber sur la salle de soins, qui était bien équipée. En plus de l'appareil à électrocardiogrammes, elle repéra une bouteille d'oxygène et même un défibrillateur. Si Terry avait eu une attaque et faisait un arrêt cardiaque, elle aurait tout le nécessaire. Et elle avait également la clé d'une réserve de médicaments bien approvisionnée.

À première vue, son patient ne présentait pas les signes d'une attaque. Son teint était correct, il ne transpirait pas et il tenait une main crispée sur le côté de sa poitrine, et non pressée au centre. En outre, il n'avait pas de nausée.

Elle l'installa, puis lui demanda de se mettre torse nu tandis qu'elle préparait les électrodes. Sa femme lui apprit qu'il avait une angine de poitrine et faisait quand même du jogging pour perdre du poids.

— Il va se tuer ! s'exclama-t-elle.

— Vous couriez quand la douleur s'est déclarée ?

— Non… Je sortais cette maudite dinde du congélateur de la grange. J'ai eu un mal de chien à la porter tant elle était énorme. En plus, elle me glissait des mains. À un moment, j'ai trébuché, et elle m'a échappé, alors je me suis baissé pour la ramasser. C'est en me relevant que j'ai senti cette douleur. Je pouvais à peine tenir debout.

Emma ne put s'empêcher de sourire à cette histoire.

— La douleur augmente quand vous respirez à fond ?

Terry fit un essai.

— Oui. Ça fait vraiment mal.

— Et votre pulvérisateur n'a pas agi ?

— Pas du tout.

— D'accord.

Emma commençait à penser qu'elle n'avait pas affaire à un accident cardiaque. Elle effectua l'électrocardiogramme et constata que tout était normal. Jenny se mit à pleurer.

— Oh ! j'étais si inquiète !

— Qu'est-ce que c'est, alors ? demanda Terry.

— Je suppose que vous vous êtes froissé un muscle intercostal en ramassant cette dinde. Je vais vous prescrire un anti-inflammatoire.

— Vous êtes sûre que ce n'est pas une crise cardiaque ? insista Jenny.

Emma sourit.

— Tout à fait sûre. Mais vous avez bien fait de venir. Je vais en profiter pour vous prendre votre tension, Terry.

— Si cela avait été une crise cardiaque, juste avant Noël, vous vous rendez compte ? reprit Jenny. Noël est quand même spécial, n'est-ce pas ?

— Hum…

Emma n'avait pas besoin qu'on lui rappelle à quel point il était pire de vivre une tragédie au moment de Noël. Elle espérait que Jenny allait se taire, mais celle-ci continua :

— C'est comme ces pauvres Cunningham. Noël a été gâché à tout jamais, pour ces malheureux garçons. Par ici, on parle de la « malédiction de Noël des Cunningham ».

Emma savait qu'elle ne devait pas encourager des ragots, mais ce n'était pas comme si elle avait posé une question. Son regard intrigué poussa Jenny à poursuivre.

— Leur pauvre mère…, dit-elle tristement. Elle s'est battue pendant si longtemps contre le cancer. Tout ce qu'elle voulait, c'était passer un dernier Noël avec ses petits garçons, mais ils n'ont même pas pu mettre les décorations.

Elle baissa la voix pour ajouter :

— Et elles n'ont jamais été remises depuis, à ce que j'ai entendu dire. Pas dans cette maison…

Emma relâcha lentement la pression du brassard. Se concentrer sur ses chiffres n'empêcha pas une partie de son cerveau d'absorber les informations qu'on venait de lui donner. Quelle triste maison cela avait dû être pour Max, surtout lors de ce premier Noël sans sa mère !

— Votre tension est dans la frange haute de la normale, Terry, dit-elle. Vous prenez un traitement pour ça ?

— Oui. Ne vous inquiétez pas, le Dr Cunningham prend bien soin de moi. Je peux me rhabiller, maintenant ?

Tout en lui tendant ses vêtements, sa femme poursuivit son récit.

— Et puis il y a eu l'an dernier… Perdre ce pauvre Andy de cette façon ! Et que cela arrive en décembre, en plus ! Et ces petits, à présent… Quel genre de Noël vont-ils avoir ?

— Assez, Jenny, intervint calmement Terry. Je suis sûr que ces ragots n'intéressent pas le Dr Moretti.

— Ce ne sont pas des ragots. Nous nous soucions les

uns des autres à Upper Barnsley, c'est tout. Spécialement de nos plus proches voisins.

Jenny sourit à Emma.

— Alors vous êtes ici pour aider le Dr Cunningham père ? Il en a bien besoin. Le jeune Max est brillant, mais il aime trop l'excitation de son service des urgences pour le quitter.

— En fait, c'est lui que je dois remplacer à l'hôpital, répliqua Emma. Mais pour l'instant je vais montrer votre électrocardiogramme au Dr Cunningham, Terry, et l'informer que vous allez bien.

Elle ouvrit la porte pour les laisser sortir.

— Vous avez des anti-inflammatoires, chez vous ?

— Oui, répondit Jenny. Et n'allez pas ennuyer le médecin avec les problèmes de Terry. Je suppose qu'il a bien assez des siens…

Dans la cuisine, Maggie montrait à Max, qui tenait la petite Alice dans ses bras, comment préparer un biberon. Le bébé poussait des cris aigus.

— Vous êtes sûre que vous ne pouvez pas rester, Maggie ?

— Je suis navrée, Max, mais c'est impossible. Ma fille Ruth, qui est enceinte de huit mois, doit arriver. Elle va être épuisée après le long trajet depuis la Cornouaille, et je ne l'ai pas vue depuis que son scélérat de petit ami l'a quittée. Il va falloir qu'on parle de ce qu'elle va faire.

Maggie vissa la tétine du biberon, testa la température du lait sur son poignet, puis le tendit à Max.

— Voilà, c'est bon. Ça va sûrement la calmer.

Il prit le flacon et approcha la tétine de la bouche d'Alice. Celle-ci détourna la tête et se cabra dans ses bras.

— Emmenez-la au salon avec les autres, dit Maggie. Tout cela est nouveau pour elle. Si vous êtes assis dans un bon fauteuil avec son frère et sa sœur à côté, ça aidera peut-être.

Max traversa l'entrée encombrée d'affaires d'enfants et de bébé en tout genre. Le travailleur social qui avait amené les trois orphelins avait été pressé de repartir et n'avait pas eu le temps d'aider à ranger. Quant à Maggie, qui en avait déjà fait plus qu'elle ne devait, elle était manifestement inquiète de laisser les deux hommes avec les petits, mais anxieuse aussi d'aller retrouver sa fille.

— Allez-y, Maggie, dit Max. Je vais m'en sortir.

— Vous êtes sûr ?

Il hocha la tête.

— Ces enfants sont ma responsabilité. Entre papa et moi, ça devrait aller.

Il entreprit de bercer la petite fille dont les cris s'atténuèrent un peu durant quelques secondes.

— Une chance que vous ayez cette charmante Emma pour vous aider, au moins ce soir, dit Maggie en allant prendre son manteau. Je reviendrai dès que je le pourrai demain matin, si les routes sont assez dégagées.

Lorsqu'elle ouvrit la porte, Max vit une voiture qui s'éloignait dans l'allée. Emma avait passé un bon moment à examiner ce patient inattendu mais, comme elle n'était pas venue trouver son père, il en avait conclu que les choses étaient sous contrôle. Certaines, en tout cas ; le bébé pleurait toujours…

Au salon, son père était assis dans son fauteuil habituel, près du feu. Pirate était caché sous le siège. Ben et Mathilda, silencieux, étaient perchés sur le bord du canapé et se tenaient la main. Ben, six ans, serrait contre lui un tout petit sapin artificiel qui n'était pas décoré. Sa sœur, quatre ans, avait sous le bras un lapin aux longues pattes et aux oreilles toutes mâchonnées. Tous deux lançaient un regard accusateur à leur oncle qui n'arrivait pas à calmer le bébé.

Max prit place dans l'autre fauteuil et essaya de nouveau, vainement, de donner son biberon à Alice. Elle criait si fort qu'il n'entendit pas la porte s'ouvrir. Il ne vit pas non plus les têtes se tourner vers l'entrée de la pièce pour voir qui arrivait. Mais peu après il discerna le frais parfum citronné d'Emma, qu'il avait remarqué lorsqu'elle était entrée dans son bureau – un siècle auparavant, lui semblait-il. Lorsqu'il leva les yeux, il lut dans les siens une profonde sympathie ; elle comprenait à quel point il était dépassé par les événements. Mais il y vit aussi autre chose de plus sombre, qui ressemblait à de la peur…

Pourquoi donc Emma Moretti, qui aimait tant s'occuper d'enfants, serait-elle effrayée par un bébé affamé ? Il se serait plutôt attendu à la voir prendre Alice et sauver la situation, tel un ange de Noël tombé du ciel ! Mais elle se contentait de le fixer et… oui… il était sûr de lire de la frayeur dans ses prunelles noires.

Que diable s'était-il passé, se demanda-t-il, pour la changer à ce point ?

Sa curiosité fut brève cependant, car malgré les cris du bébé, qui augmentaient encore de volume, il entendit le téléphone sonner dans le vestibule. Son père, avachi dans son fauteuil comme s'il ne savait quoi faire face à la situation, ne bougea pas. Alors Max agit sans vraiment réfléchir : il se leva pour aller vers Emma et lui mit Alice dans les bras avec le biberon, puis il tourna les talons et sortit de la pièce.

3.

Emma, horrifiée, regarda Max quitter le salon en lui laissant le bébé sur les bras – au sens propre.

Et peut-être qu'Alice était plus âgée et plus lourde qu'un nouveau-né, mais, durant un bref instant, elle se figea. Ce bébé n'était pas malade, et elle n'était pas là en tant que médecin. La petite fille avait besoin d'être nourrie, et on venait de la placer de force dans le rôle de mère remplaçante – une chose qu'elle n'aurait proposé de faire pour rien au monde.

Elle tourna les yeux vers les deux enfants assis sur le canapé, qui la fixaient. Ils avaient l'air terrifiés. Peut-être avaient-ils peur que quelque chose de terrible soit en train d'arriver à leur petite sœur ?

— Tout va bien, dit-elle calmement. Je pense qu'elle a juste faim.

Elle pouvait y remédier, et c'était tout ce à quoi elle devait penser pour l'instant. Tout le reste – y compris ce qu'elle éprouvait – devrait attendre. Mais, alors qu'elle allait s'asseoir, il lui sembla que le choc qu'elle avait ressenti diminuait et devenait supportable. Se retrouver avec ce bébé dans les bras et devoir le nourrir n'avaient pas fait s'effondrer les murs dont elle se protégeait, comme elle l'avait craint. C'était le bébé de quelqu'un d'autre, pas le sien. Un bébé en bonne santé, qui avait simplement besoin d'être nourri. Elle pouvait sûrement y arriver…

Elle choisit de s'asseoir sur le canapé, à côté des autres enfants. Être près de son frère et de sa sœur rassurerait peut-être la petite Alice. Elle l'installa au creux de son bras, puis glissa la tétine dans sa bouche lorsqu'elle l'ouvrit pour pousser un autre cri. Des yeux surpris la regardèrent et alors, Dieu merci, la petite bouche se referma sur la tétine, et Alice se mit à téter vigoureusement.

Dans le silence soudain qui tomba, Emma avait conscience que les autres enfants l'observaient toujours. Le père de Max se tourna dans son fauteuil à oreillettes pour lui jeter un coup d'œil, et même le chien pointa le bout du nez pour voir ce qui se passait. Emma pouvait entendre le feu qui crépitait doucement derrière la grille, puis elle se rendit compte que Max revenait dans la pièce. Elle perçut le changement d'atmosphère lorsqu'il entra – cette espèce d'électricité qui émanait des gens charismatiques.

— C'était le syndic, dit-il. La fuite dans l'appartement au-dessus du mien a été réparée, mais il y aura beaucoup de travail pour remettre les lieux en état. Ça ne sera certainement pas fait avant Noël.

— Il n'est déjà pas facile d'avoir des artisans en temps normal…, marmonna James Cunningham.

Max s'assit dans l'autre fauteuil, le regard fixé sur Alice.

— Tu as toujours fait paraître les choses aisées, Emma, murmura-t-il. C'est naturel chez toi, n'est-ce pas ?

Elle ne répondit pas, incapable de parler avec cette maudite boule qui s'était formée dans sa gorge. *Respire,* se dit-elle. *Il faut juste que tu respires.*

Le silence retomba, et Max sembla faire un effort pour le briser.

— C'est ton arbre de Noël spécial, Ben ? demanda-t-il.

Emma vit le petit garçon hocher gravement la tête.

— Il faut avoir un arbre de Noël, dit-il. C'est une règle.

— Oh ? fit Max avec l'air de se demander quelles autres « règles » sacro-saintes son neveu pouvait avoir.

Ben opina de nouveau de la tête.

— On doit le mettre près de la cheminée. C'est comme ça que le Père Noël sait où laisser les cadeaux.

Emma parcourut du regard l'immense pièce où ils se trouvaient, avec ses tableaux dans des cadres ouvragés, l'argenterie qui décorait les buffets et le piano demi-queue installé dans un coin. Qu'en pensait le petit garçon ? Était-il habitué à ce genre de maisons, ou ce décor grandiose rendait-il l'expérience encore plus effrayante pour lui ?

Toutefois, Ben parut surtout soucieux lorsqu'il reprit la parole.

— Où est *ton* arbre de Noël, grand-papa ?

Cette fois, le silence fut empli d'une tension qui fit se crisper le ventre d'Emma. Elle percevait comme si c'étaient les siennes les multiples couches de douleur accumulées dans ce salon. Une partie provenait d'elle-même, mais elle avait appris depuis longtemps à la tenir à distance et elle était fière de constater qu'elle pouvait serrer Alice contre elle et la nourrir sans s'effondrer. Elle baissa les yeux sur le bébé qui la fixait et allait manifestement bien, au moins pour le moment. Ce qui n'était pas le cas des autres personnes présentes.

Elle regarda les enfants assis à côté d'elle. Le petit garçon gardait les yeux rivés sur son grand-père, attendant une réponse à sa question. La petite fille parut sentir le regard d'Emma et le lui rendit avec une telle gravité que celle-ci aurait voulu la serrer très fort dans ses bras, si elle n'avait pas été encombrée par Alice et le biberon. James caressait une barbe imaginaire comme si cela pouvait l'aider à trouver quoi dire, et Max…

Max la regardait, *elle*.

Comme s'il était conscient qu'elle savait pourquoi Noël n'avait pas été fêté dans cette maison depuis des décennies, probablement, et pourquoi une simple question d'enfant créait une telle tension. Comme s'il ignorait totalement comment dissiper cette tension et comptait sur elle pour l'aider, ainsi qu'elle l'avait fait avec le bébé.

Un bref instant, Emma vit dans les yeux de Max Cunningham quelque chose qu'elle était sûre de n'y avoir jamais vu. Du désarroi, presque. L'air de quelqu'un qui avait perdu quelque chose de très important et ne savait pas du tout où le chercher. Il y avait aussi de la tristesse, dans ce regard ; elle en déduisit qu'il savait exactement ce que son neveu devait ressentir à ce moment-là, raison pour laquelle il lui était si difficile de trouver les mots justes. Une histoire tragique s'était répétée : un autre petit garçon avait perdu sa maman juste avant Noël.

Elle avait le cœur si serré que c'en était douloureux. Cela l'alerta sur une faille possible dans ses murailles de protection, mais elle s'en occuperait plus tard. Il était bien plus urgent de faire quelque chose pour essayer de rendre ces enfants un peu moins tristes.

— Parfois, Ben, il se passe des choses qui nous empêchent de nous souvenir des règles. Je suis sûre que ton oncle Max ou ton grand-père sauront où trouver un arbre de Noël.

James se pencha en avant pour prendre un pique-feu et remuer les bûches, mais Max hocha la tête comme si c'était effectivement la solution.

— Nous pourrons aller voir dans les bois demain pour en trouver un vrai, Ben. Et, si nous n'en trouvons pas, nous pourrons aller en acheter un en ville.

— Quel âge as-tu, Ben ? demanda Emma.

— Six ans.

— Alors tu es assez grand pour fabriquer des décorations pour le sapin, comme des étoiles en argent. Je pourrai te montrer comment faire. Je m'appelle Emma, ajouta-t-elle en souriant.

La petite fille se rapprocha.

— J'ai quatre ans, chuchota-t-elle, et j'aime bien les étoiles…

— Tu pourras aider aussi, mon cœur, dit Emma.

Il fallait juste espérer qu'il y aurait du carton et du papier d'aluminium quelque part dans la maison.

— C'est Mathilda, mais elle veut qu'on l'appelle Tilly, annonça Max.

Il souriait à Emma. Et c'était un sourire si sincère… Rien à voir avec le sourire charmeur, un brin malicieux, qui lui avait toujours valu tant de succès auprès des femmes. Aucune trace de flirt, cette fois, et cela changeait son visage. Il paraissait un peu plus âgé. Et plus doux, comme s'il était tout à fait capable de prodiguer à ces enfants les soins et l'attention dont ils allaient avoir tant besoin – alors qu'il avait toujours dit qu'avoir des enfants était la dernière chose qu'il souhaitait.

Alice, qui avait fini son biberon, était détendue et avait sommeil. Emma la redressa pour lui tapoter le dos. Au bout de quelques secondes, un rot sonore rompit le silence qui était retombé et brisa une bonne partie de la tension qui régnait dans la pièce.

— J'ai faim, lança Ben.

Emma surprit le coup d'œil légèrement paniqué qu'échangèrent les deux hommes. Puis Max dit à son père :

— Maggie a laissé une tourte dans le four. Et il y a des chips.

— J'aime les chips, déclara Ben en se laissant glisser du canapé.

Il resta debout, attendant qu'un des adultes bouge. Mais, pendant un long moment, personne ne le fit, et Emma comprit pourquoi. C'était le premier pas dans une vie qui ne serait plus jamais la même pour chacun des deux hommes, et c'était à la fois énorme et effrayant. Ce n'était pas de la responsabilité d'Emma, bien sûr, mais ceux qui allaient souffrir si c'était un désastre n'étaient que des enfants – et ils avaient déjà assez souffert !

Max pensa apparemment la même chose, car ils se levèrent en même temps. Il alla jusqu'à elle et lui prit le bébé endormi.

— C'est bon, dit-il. Je peux me débrouiller.

— Je suis là, donc je peux aussi bien t'aider pour ce soir, non ?

Il y avait toujours quelque chose d'émouvant à voir un homme porter un bébé. Mais contempler cet homme en particulier tenir sa petite nièce serra la gorge d'Emma. Hériter d'une famille toute faite comprenant un bébé devait être son pire cauchemar, cependant il relevait le défi, déterminé à faire de son mieux. C'était courageux, généreux et… cela la touchait tellement qu'elle ne pouvait détacher le regard de ses yeux.

Elle ne se rappelait pas qu'ils étaient d'un bleu aussi foncé.

Ni qu'ils étaient aussi… intenses.

Elle avait presque l'impression qu'il la voyait – qu'il la voyait *vraiment* – pour la première fois.

Bonté divine…

Ces yeux… Si foncés qu'ils paraissaient sans fond. On pouvait sombrer dans des yeux pareils et s'y perdre complètement. Et, l'espace d'un instant, ce fut exactement ce que Max eut envie de faire. Les émotions par lesquelles il passait étaient de vraies montagnes russes, et c'était encore plus effrayant qu'il ne l'avait craint.

Son cœur était allé vers son neveu et ses nièces dès qu'il les avait vus, mais il n'était guère plus qu'un étranger pour eux et, bizarrement, cela le blessait. Il s'inquiétait aussi de savoir comment son père prenait les choses, en particulier après cette question sur l'arbre de Noël. Ils n'avaient pas mis d'arbre dans cette maison depuis que sa mère était morte, laissant un immense sapin non décoré et une famille ébranlée qui avait à peine vu tomber les aiguilles des semaines plus tard.

De plus, il avait le cœur brisé pour ces enfants. Une part de lui avait juste envie de tous les prendre dans ses bras et de leur faire savoir qu'il allait les protéger pour toujours. Mais il percevait leur timidité et savait qu'il n'arrangerait pas les choses en essayant de les forcer à être proches de lui.

Sinon, il se sentait reconnaissant envers Maggie pour tout le travail supplémentaire qu'elle avait accompli et il était tellement content qu'Emma soit là ! Tenter de la convaincre qu'il était prêt à endosser cette responsabilité monumentale lui donnait beaucoup plus de courage qu'il n'en aurait eu autrement, face à un défi aussi écrasant.

Il y avait aussi la façon dont elle l'avait regardé après la question de Ben sur l'arbre de Noël. Ce regard l'avait conduit à penser qu'elle connaissait la réponse – ce qui se pouvait étant donné qu'elle avait passé du temps avec Terry et Jenny. Jenny n'était pas une pipelette mais, comme tous les villageois, elle connaissait l'histoire des Cunningham et elle aimait parler. Qu'Emma soit au courant n'ennuyait pas

Max, car quelque chose dans son attitude l'incitait à croire qu'elle comprenait combien la situation pouvait être douloureuse – et il en éprouvait un étrange sentiment de connexion avec elle. Ce qui le déconcertait, parce qu'il n'avait jamais associé ce genre de choses à une femme, quelle qu'elle soit. Il devait s'agir d'un effet collatéral de cette scène bizarre. Et cela n'avait pas lieu d'être, se rappela-t-il, car les enfants étaient les seuls qui comptaient, en cet instant.

— Par quoi commence-t-on ? demanda-t-il. Est-ce que je fais manger les deux grands ?

— Et si ton père et toi triiez un peu leurs affaires pour trouver des choses comme des pyjamas et des brosses à dents ? Et tu pourrais mettre Alice dans son couffin pendant qu'elle dort. Montre-moi la cuisine, et je m'occuperai de la tourte.

— Et des chips.

La petite voix s'éleva juste à côté de la jambe de Max. Baissant les yeux, il vit que Ben se tenait près de lui.

— Avec de la sauce. De la sauce rouge.

— C'est une règle ? demanda Max. De la sauce rouge pour les chips ?

Ben hocha la tête et tendit une main vers sa sœur.

— Viens, Tilly. C'est l'heure du dîner.

— Oui, dit Emma. Et après ce sera l'heure du bain, et ensuite ?

— L'heure de l'histoire, répondit Ben. Et puis… et puis…

Sa petite bouche trembla et s'affaissa aux coins. Il était douloureusement évident que la perspective de se coucher dans cette nouvelle maison, qui faisait peur, était terrible même pour un petit garçon très courageux qui faisait de son mieux pour s'occuper de sa petite sœur. La poitrine de Max se serra si fort qu'il sentit des larmes lui piquer les yeux. Il se pencha pour parler doucement à son neveu.

— Ça va aller, chuchota-t-il. Je te le promets.

Les yeux de Ben étaient bleu foncé. Comme ceux de son père. Comme ceux de tous les Cunningham, en fait. Ils étaient aussi bien trop sérieux pour un petit garçon de six ans.

— C'est une nouvelle règle, ajouta gravement Max. Et je m'efforce de ne jamais enfreindre les règles.

Avoir tant à faire pour commencer à installer les enfants dans ce qui allait être leur nouveau foyer aida Max au cours des heures qui suivirent. Et qu'Emma soit là pour répondre aux questions que son père et lui ne cessaient de poser fut très appréciable aussi.

— Doit-on mettre le berceau d'Alice dans la même chambre que Ben et Tilly ? demanda-t-il.

— Il vaudrait peut-être mieux le mettre dans ta chambre, pour commencer. De cette façon, si elle se réveille, elle ne dérangera pas les autres.

— Mais… Qu'est-ce que je dois faire, si c'est le cas ?

Emma sourit si gentiment que Max ne se sentit pas du tout dévalorisé.

— Donne-lui un biberon, change-la, fais-lui un câlin…

Ben et Mathilda mangèrent assez pour qu'Emma paraisse satisfaite quand Max vint annoncer qu'il avait défait les valises et trouvé les pyjamas.

— Allons-nous monter ce grand escalier ? demanda-t-elle comme s'il s'agissait d'une aventure. Je sais où il y a une baignoire qui a des pieds.

Ben secoua la tête.

— Une baignoire n'a pas de pieds. Elle ne peut pas marcher.

— En effet, elle reste où elle est, mais elle a vraiment des pieds, comme des pattes de lion. Vous voulez voir ?

Max la regarda gravir les marches, donnant la main à chacun des enfants. Ben tenait toujours son petit arbre de Noël et Tilly son lapin. Arrivés au premier tournant, ils croisèrent James qui descendait.

— Avez-vous des bouillottes ? s'enquit-elle. Ce serait bien d'en mettre dans les lits des enfants. Avec quelques-uns de leurs jouets, pour qu'ils se sentent plus chez eux.

Les deux hommes se trompèrent un peu dans la distribution des animaux en peluche, mais ce fut facile à arranger quand Ben et Tilly grimpèrent dans leurs lits jumeaux, installés côte à côte dans l'une des plus petites chambres. James accepta de leur lire une histoire tandis que Pirate attendait dehors, devant la porte. Pendant ce temps, Max apprit à baigner Alice et à la préparer pour la nuit. À six mois, elle n'était pas aussi fragile qu'un nouveau-né, mais elle paraissait toute petite dans ses mains, et il eut du fil à retordre pour lui mettre sa couche et lui enfiler son pyjama.

— Tu as installé son berceau dans ta chambre ? demanda Emma.

— Celle où je dors quand je viens ici, oui. Elle pourrait convenir à la nounou lorsqu'elle arrivera.

— Tu as branché le babyphone ?

— Oui. Et, en laissant la porte ouverte, je devrais pouvoir entendre Ben ou Tilly s'ils se réveillent aussi. Mais que faire s'ils se lèvent ?

— Ce sera pour chercher du réconfort. Fais-leur un câlin. Tu pourrais rester avec eux jusqu'à ce qu'ils se rendorment ou les prendre dans ton lit.

Il y avait une lueur de malice dans les yeux d'Emma. Comme si elle savait parfaitement que ce genre de pratique était complètement étranger à Max et essayait d'alléger un peu l'atmosphère pour faire retomber la tension de la soirée. L'idée qu'elle puisse être concernée par son bien-être le fit se sentir beaucoup mieux.

— Tu as faim ? demanda-t-elle. Il reste de la tourte et des chips.

— Avec de la sauce rouge ?

Le sourire qu'elle lui adressa lui fit l'effet d'une récompense pour ce qui lui semblait être un accomplissement majeur : s'être occupé des enfants pour la première fois. Regardant sa montre, il fut stupéfait de voir combien de temps avait passé.

— Il est tard, dit-il. Pas étonnant que je sois affamé.

— Ton père devrait bientôt rentrer de sa promenade avec Pirate, et nous mangerons quelque chose ensemble.

James revint en annonçant que la neige semblait s'être arrêtée et que les routes étaient praticables. Emma pourrait rejoindre Cheltenham sans problème, le lendemain matin.

— Et de toute façon ils passent le chasse-neige d'abord sur notre route, ajouta-t-il tandis qu'ils dînaient à la vieille table, dans la vaste cuisine. Un des avantages d'être le seul médecin du coin.

— Faites-vous les nuits, aussi ? demanda Emma.

— En théorie, elles sont couvertes par un service de garde de la ville, répondit Max. Mais, en réalité, papa est souvent appelé.

— Ça ne me fait rien, répliqua James. Je connais ces familles depuis longtemps, et elles ont confiance en moi. Merci de vous être occupée de Terry aujourd'hui, Emma.

— C'était avec plaisir.

Le père de Max se leva pour mettre son assiette dans l'évier.

— Je vais aller me coucher. Ça a été une journée bien remplie. Tu peux t'occuper du feu, Max ?

— Bien sûr. Dors bien, papa.

— Espérons que nous pourrons fermer l'œil, marmonna James en quittant la pièce, suivi de son chien.

Emma chargea le lave-vaisselle, mais Max ne voulut pas la laisser faire autre chose dans la cuisine.

— Maggie sera là demain matin. Et être employée comme aide-ménagère ou nounou ne fait pas partie de ton contrat d'intérim, tu sais !

Elle haussa les épaules.

— On dit que la variété est le piment de la vie. Pour t'avouer la vérité, je n'avais jamais été dans une maison comme celle-ci, et c'est extraordinaire pour moi.

Chaque pièce de la vieille demeure était magnifique. Mais sa préférée était la cuisine avec ses comptoirs usagés, le vaisselier rempli d'assiettes anciennes et la longue table frottée depuis de nombreuses années, qui lui rappelait celles des terrasses italiennes, où des générations se réunissaient pour manger.

Pour elle aussi, le temps avait passé très vite tant les jours avaient été occupés.

— Les enfants n'ont pas posé de problèmes, n'est-ce pas ? ajouta-t-elle. Et la façon dont Ben tient à veiller sur Tilly est formidable.

— Hum…

Le ton peu convaincu de Max lui serra le cœur. Il exprimait de l'appréhension, presque de la peur. Elle chercha son regard.

— Ça va aller, Max, dit-elle d'une voix douce. Tu t'en sortiras. Je sais que ça paraît énorme et effrayant pour l'instant, mais prends les choses au jour le jour. Heure par heure, s'il le faut.

— C'est ta stratégie quand tu te retrouves dans un contexte totalement inconnu en tant qu'intérimaire ?

Emma sourit.

— Parfois, j'y vais seconde par seconde. Oh… Tu voulais un dessert ? Une glace, comme les enfants ?

Max laissa échapper un soupir.

— Je crois que j'ai besoin de quelque chose d'un peu plus fort. Un petit whisky, ça te dirait ?

Elle fronça le nez.

— Je ne bois pas de whisky. Mais j'apprécierais un verre de vin. Blanc, si tu as.

— J'en ai dans le réfrigérateur, d'habitude. Sinon, il y a le cellier, au sous-sol. Il est très frais, à cette époque de l'année.

La pensée d'être dans une maison qui possédait une vraie cave à vin parut aussi irréelle à Emma que les autres surprises de la journée.

— Juste un petit verre, car il faut que je me lève très tôt, demain matin. Je dois compter au moins une heure pour rejoindre Cheltenham s'il reneige dans la nuit, et plus si je dois mettre mes chaînes. Mon service commence à 7 heures, c'est ça ?

— Tu y seras. En fait, tu donnes l'impression que tu pourrais t'adapter à n'importe quoi.

— C'est en partie ce que j'aime dans l'intérim. L'inattendu… Les missions sont variées. Je suis allée en hélicoptère sur une plate-forme pétrolière, une fois.

— Ça paraît excitant.

— J'adore, en général. Mais il arrive que ce soit angoissant, aussi. C'est pourquoi je sais que, parfois, il vaut mieux se concentrer sur le pas suivant et ignorer le tableau complet.

— Je crois que je préférerais me rendre sur une plate-forme pétrolière au lieu de me demander ce que je vais faire avec des enfants malheureux au milieu de la nuit.

Il alla à un grand réfrigérateur et servit un verre de vin qu'il tendit à Emma.

Elle lui sourit pour le remercier et le réconforter. Ce qui sembla marcher. Ses traits se détendirent, et il esquissa un sourire.

— Viens près du feu. Le whisky est là-bas.

Peut-être avait-il besoin qu'elle le rassure encore un peu plus ? Elle était à même de le faire. Elle pouvait rassurer Max, son père et ces beaux enfants. Et elle espérait bien ne pas être tenue éveillée cette nuit-là par des fantômes du passé. Même lorsqu'elle avait aidé Max avec le bébé, elle avait réussi à garder fermée cette porte, dans son cœur, qui ouvrait sur la douleur. Ces enfants étaient comme de jeunes patients. S'occuper d'eux était simplement un tour inattendu – et temporaire – de sa vie professionnelle.

Ce ne fut pas une corvée que de passer quelques minutes à savourer un excellent vin assise devant la cheminée. Dans ce salon à la taille impressionnante, les flammes créaient un espace chaleureux. Presque intime.

— Depuis combien de temps travailles-tu comme intérimaire ? demanda Max lorsqu'il se fut installé à l'autre bout du canapé.

— Un peu plus de quatre ans, maintenant.

On lui avait offert un congé de deuil, mais elle s'était aperçue qu'elle préférait reprendre son travail, même en sachant qu'il lui serait très difficile de s'occuper de bébés et de jeunes enfants pendant un certain temps. Elle s'y était faite plus vite que prévu, finalement, grâce aux murs qu'elle avait édifiés autour de son cœur, mais elle avait perdu la joie de son métier. Au bout de quelques mois, elle avait compris qu'il lui fallait de grands changements si elle voulait avancer dans sa vie et la retrouver. C'est alors qu'elle avait entendu parler de la carrière d'intérimaire.

— S'il m'était arrivé d'y penser, j'aurais parié que tu serais pédiatre, maintenant.

Emma pencha la tête de côté, mais ne dit rien. Elle ne voulait pas avoir à lui expliquer pourquoi elle avait dû renoncer à son rêve. Il était plus facile de se focaliser sur ce qu'il venait de laisser entendre : il n'avait plus pensé à elle depuis qu'ils avaient cessé de travailler ensemble.

Inévitablement, elle songea à leur baiser. Ce baiser qu'elle n'avait jamais oublié, elle…

— Personne ne sait quels mauvais tours la vie nous réserve, je pense, reprit Max. Nous savons juste qu'il y en aura – et généralement au pire moment possible.

— Hum.

Emma pouvait certainement en convenir. Pendant un long moment, ils burent dans un silence détendu. Elle savait qu'elle risquait de détruire cette ambiance agréable, mais elle était curieuse. Il y avait tant de choses qu'elle n'avait jamais sues sur Max, et dont elle ne se serait jamais doutée.

— Quel âge avais-tu quand ta maman est morte, Max ? demanda-t-elle.

Il lui jeta un coup d'œil vif. Intense.

— Alors Jenny te l'a dit ? Ou bien Maggie ?

— Toutes les deux, en fait. Maggie m'a parlé de ton frère, Jenny de ta mère.

— Quelque chose à propos de « la malédiction des Cunningham », je suppose ?

Gênée, Emma baissa les yeux. Elle n'avait pas envie qu'il pense qu'elle avait été curieuse.

— Pas de problème, dit-il en soupirant. Je sais que les gens aiment parler, et il n'est pas étonnant que tout ressorte en ce moment. On est à Noël, et une troisième tragédie frappe la famille.

— Ça devrait s'arrêter là, alors.

— Pardon ?

— Les malheurs sont censés arriver par trois.

Emma se mordit la lèvre inférieure. Elle savait bien qu'il n'y avait pas de quoi plaisanter, mais elle voulait simplement offrir… quelque chose. Peut-être un peu d'espoir ?

— Noël sera différent, cette année.

Elle sourit.

— Je suis sûre que le sapin n'est que la première des règles que Ben connaît.

Max soupira.

— Les règles de Noël font partie de la frénésie commerciale qui caractérise cette période. Des raisons de vous faire dépenser de plus en plus d'argent.

— Tu crois ?

— Je pense que ce n'est pas le premier Noël où tu travailles, alors tu connais les effets du genre de stress qu'elle provoque. Les gens boivent trop, et la violence domestique atteint des sommets. C'est ça, la paix et l'amour que nous promet le marketing si l'on suit bien toutes les règles ?

Il se rebiffait trop vivement, comme s'il était sur la défensive. Parce qu'il avait dû se protéger ? Parce que cette fête de famille lui avait manqué ? Elle était bien placée pour le comprendre.

— Je sais que ça peut être une période difficile pour beaucoup de gens, dit-elle calmement. Mais, si tu as de la chance, ça peut être l'occasion de faire une pause pendant une journée, de célébrer les choses réellement importantes, comme la famille et les amis. Certes, nous le faisons en achetant et en mangeant, mais ça fait partie de ce qui rend cette fête spéciale. Et il n'y a pas de « règles ». Il y a des traditions, et chaque famille a les siennes. Je suppose que Ben s'accroche fort à celles qu'il connaît parce qu'il a perdu quasiment tout le reste.

Emma dut s'arrêter de parler, la gorge serrée. Elle sentait le regard de Max rivé sur elle.

— Alors pourquoi n'es-tu pas avec ta famille ? demanda-t-il. Tu en as bien une, non ?

Elle hocha la tête.

— En Italie. Nous avons des traditions différentes, là-bas, comme la fête des sept poissons la veille de Noël. Et il y a toujours une crèche dans les maisons. Quelqu'un est choisi pour mettre le petit Jésus dans son berceau le 24 décembre à minuit. Mais je ne suis pas rentrée chez moi depuis quelques années…

— Pourquoi ?

— Pour un médecin intérimaire, c'est l'une des périodes les plus occupées de l'année, avec tous les gens qui veulent passer Noël en famille.

Elle ferma les yeux un instant, ignorant la petite cloche qui sonnait l'alarme dans sa tête. Elle avait, sans le vouloir, interféré dans la vie privée de Max, alors il était normal qu'il en sache un peu plus sur elle…

— En outre, j'ai connu un Noël très difficile il y a cinq ans et j'avais besoin de rester à l'écart. En particulier de ma famille qui en aurait parlé sans arrêt.

— Que s'est-il passé ?

— Hum… Eh bien, ça a commencé un peu avant Noël, quand le garçon que je pensais épouser m'a quittée. Et puis quelqu'un de spécial est mort le jour de Noël. Je savais que ça devait arriver, mais cela ne rend pas forcément la chose plus facile sur le moment, n'est-ce pas ?

— Oh ! non…, dit Max d'un ton pénétré. Je sais. Je n'ai pas répondu à ta question, tout à l'heure. Quand ma mère est morte, j'avais onze ans et mon frère, Andy, huit. Il n'était pas beaucoup plus grand que Ben.

— Oh ! Max, je suis tellement désolée… Ça a dû être si dur pour vous tous !

— Je pense que nous étions trop choqués pour songer à Noël, cette année-là. C'est la suivante qui a été la plus difficile. Andy voulait qu'on fasse comme d'habitude, mais papa n'a pas pu. Je l'ai trouvé en train de pleurer, et ça m'a bouleversé. Je ne savais pas quoi faire.

— Naturellement. Tu étais un enfant.

— Je ne suis pas fier de ce que j'ai fait, finalement. J'ai dit à Andy que le Père Noël n'existait pas, que c'était maman qui mettait toutes les décorations, et les cadeaux sous l'arbre et dans nos chaussettes. Et que, maintenant qu'elle n'était plus là, ça ne pourrait plus arriver parce que papa serait trop triste.

— Oh…

Emma imagina la scène, et elle lui brisa le cœur.

— Alors nous n'avons pas fêté Noël, cette année-là. Ni la suivante. Et puis nous nous y sommes habitués. Nous

nous offrions un cadeau, mais nous n'avons plus jamais fait de sapin ni mis les décorations que maman aimait tant. Toutefois, Andy a recommencé chez lui lorsqu'il a eu des enfants.

Max termina son verre avant d'ajouter :

— De mon côté, je suis simplement devenu plus cynique vis-à-vis de tout ce folklore mais, après tout, ça n'importe vraiment que pour les enfants, n'est-ce pas ?

— Je n'en suis pas sûre, dit lentement Emma. Même si c'est certainement une période très spéciale pour les enfants. Excitante… et magique, surtout quand on croit encore au Père Noël.

Max fit une grimace.

— Ne t'inquiète pas. Je ne vais pas vendre la mèche pour Ben et Tilly. La vraie vie leur cause suffisamment de désillusions.

— Mais…

Emma se mordilla la lèvre inférieure.

— Mais quoi ?

— C'est juste que… mettre un arbre de Noël n'est qu'une partie de la fête. Et ce n'est qu'une décoration si l'on ne croit pas… à la famille, à la célébration du lien qui nous unit. Dans votre cas, cette année, il s'agit peut-être de créer ce lien. Le nouveau lien qui fera sentir à Ben, Tilly et Alice qu'ils ont leur place avec vous.

Max la regardait fixement.

— J'en serai incapable.

— Non. Tu peux y arriver. Avec ton père. Tout ce que vous avez à faire est d'aimer ces enfants, et je suis sûre que vous les aimez déjà.

— Oui, seulement… Nous ne savons plus comment fêter Noël. Ça fait plus de vingt ans que nous n'avons pas eu un bout de guirlande dans la maison. Papa ne voudrait pas.

— Tu en es sûr ? Du temps a passé, Max. Parfois, il suffit d'un petit encouragement pour permettre aux gens de passer par-dessus quelque chose qui les retient. Cette nouvelle famille que vous formez est un cadeau. Elle pourrait s'avérer être la meilleure chose qui vous soit arrivé.

— La fin de la malédiction ?

— Si tu veux. Le début de quelque chose de nouveau, en tout cas. Quelque chose de très spécial.

Le ton d'Emma s'était adouci tandis qu'elle pensait à ces deux hommes célibataires, de génération différente, partageant leur vie avec trois jeunes enfants. De la quantité d'amour qui serait à leur portée entre les épais murs de pierre de cette vieille maison. Lorsqu'elle eut fini de parler, elle souriait à Max qui soutenait son regard avec cette intensité qu'elle avait déjà ressentie – quand il lui avait semblé qu'il la voyait réellement pour la première fois.

— Tu as raison, dit-il enfin. Ce Noël pourrait être le plus important que ces enfants auront jamais. Il *faut* qu'il soit spécial.

Il regardait toujours Emma dans les yeux, et elle commença à éprouver un étrange fourmillement qui se répandait dans tout son corps.

— Il faut que tu m'aides, Emma. S'il te plaît… Je ne sais pas comment faire ça tout seul. Je… J'ai besoin de toi.

Le fourmillement avait atteint les orteils d'Emma.

— Nous avons *tous* besoin de toi, insista-t-il en faisant appel à tout son pouvoir de persuasion. Mon père et moi. Ben, Tilly et Alice. Pirate aussi, probablement. Il faudrait juste que tu sois ici quand tu n'es pas à l'hôpital. Juste que tu sois… *toi-même*. Et… Et tu as promis de montrer à Ben et Tilly comment fabriquer des étoiles, mais nous n'avons pas eu le temps de le faire, ce soir.

Elle acquiesça.

— Je leur ai dit que je le ferais.

Mais rester dans cette maison ? Passer Noël avec une famille ?

C'était à la fois terrifiant et tentant. Elle savait qu'elle aurait dû partir en courant, pourtant quelque chose la retenait.

Peut-être était-ce un petit garçon aux yeux graves. Une petite fille qui avait un lapin aux oreilles toutes mordillées. Un bébé qui l'avait regardée comme si elle était la personne la plus importante au monde en buvant son biberon. Peut-être était-ce un homme de la génération de son père qui adorait son petit chien, mais avait perdu depuis si longtemps la joie de cette saison. Ou… peut-être était-ce cet homme qui paraissait perdu, mais était si déterminé à faire de son mieux pour la petite famille qui venait d'atterrir chez lui. Un homme qui voulait qu'elle soit là. Qui avait *besoin* d'elle…

Noël… Avec des enfants. Et un bébé. Comment pouvait-elle accepter et s'en sortir indemne ?

Mais Max avait besoin d'elle, se répéta-t-elle. Peut-être que tout le monde avait besoin d'elle parce qu'elle était extérieure à la tragédie qui les avait réunis et qu'elle pouvait voir plus clairement ce qui devait se passer. Comment pouvait-elle dire non ?

4.

Qui l'eût cru ?

Max ne se serait certainement jamais attendu à être là, dans le rayon de Noël de l'unique grand magasin de Cheltenham. Ni à être seul en charge de trois petits enfants, d'ailleurs, mais il semblait que cette sortie se passât sans encombre. En fait, tout était allé étonnamment bien toute la journée jusqu'ici. Il avait réussi à installer les trois sièges auto de tailles différentes dans sa voiture et compris comment fonctionnait la poussette d'Alice. Puis il avait emmené les enfants en promenade pour trouver une station-service qui n'était pas à court de sapins, car il avait décidé qu'aller en couper un dans les bois n'était pas raisonnable. Il venait d'attacher solidement le sapin sur le toit de sa jeep et comptait rentrer à la maison, quand Ben l'avait informé de la « règle » de Noël suivante : une visite au Père Noël pour lui dire ce qu'ils espéraient recevoir comme cadeau cette année.

Et donc ils étaient là. Le Père Noël, resplendissant dans son costume rouge bordé de fausse fourrure blanche assortie à sa barbe abondante, était assis dans un grand fauteuil rouge et doré. Des chants de Noël résonnaient doucement en arrière-plan, les employés du magasin portaient des bonnets rouges ou des serre-tête avec des étoiles dorées. Des sapins avec des guirlandes clignotantes et de la fausse neige étaient dressés de chaque côté du fauteuil, il y avait des ours en peluche géants, des sacs de toile pleins de faux cadeaux et un renne de taille réelle au nez rouge et au sourire improbable. C'était tout ce que Max avait rejeté depuis aussi longtemps qu'il s'en souvenait.

La frénésie commerciale. Les enfants suppliaient leurs parents de les amener dans cet antre de la consommation et, de ce fait, ceux-ci en profitaient pour faire des achats. Il pouvait voir l'expression stoïque des adultes qui gardaient leur place dans la queue d'enfants surexcités à l'idée de chuchoter leurs souhaits à l'oreille du Père Noël. Mais Ben et Tilly, se donnant la main, se tenaient très calmement près de la poussette où Alice dormait à poings fermés. Trop calmement, décida Max en les comparant aux autres enfants qui étaient incapables de contenir leur joie.

— Que vas-tu demander au Père Noël, Ben ? s'enquit-il.

— C'est secret, répondit le petit garçon. C'est…

— Une règle, dit Max en même temps que lui. Compris.

Il lui sourit. Il se demanda néanmoins s'il pourrait s'approcher suffisamment pour entendre les souhaits de ses neveux. Sinon, comment saurait-il quoi leur offrir ?

Ils avancèrent un peu, et il laissa courir le regard sur les décorations de toutes sortes proposées à la vente. Au cours du petit déjeuner qui avait été encore un peu chaotique, même si Maggie était arrivée peu après le départ d'Emma, il avait annoncé à son père qu'il avait décidé d'acheter un sapin de Noël. Il avait été sur le point de suggérer qu'ils avaient tout ce qu'il fallait pour le décorer au grenier, rangé dans des cartons, mais avait compris au regard traqué de James qu'il voulait à tout prix éviter cette discussion. Tout de suite après, son père s'était excusé pour se rendre à son cabinet.

— Tu sais quoi, Ben ? dit-il.

— Quoi ?

— Je pense que nous allons avoir une autre règle de Noël, cette année. Une règle seulement pour nous.

— Laquelle ? demanda le petit garçon, l'air méfiant.

— Eh bien… Nous avons acheté un sapin, n'est-ce pas ?

— Oui.

— Et il faut mettre des choses dessus pour le rendre joli ?

— Des étoiles…, intervint Tilly, qui écoutait la conversation. Emma a dit qu'on en ferait.

— Je sais.

Max pensa soudain qu'il aurait quelque chose à demander au Père Noël, lui aussi : qu'Emma reste chez eux pour la semaine à venir au moins. Elle n'avait pas dit « oui » lorsqu'il le lui avait demandé la veille au soir, mais elle n'avait pas refusé non plus. Alors il gardait espoir.

— Je suis sûr qu'elle tiendra parole, Tilly, fit-il. Mais je me disais qu'il nous faudrait peut-être quelque chose d'autre pour aller avec les étoiles. Quelque chose de spécial que vous pourrez choisir tout seuls, après votre photo avec le Père Noël.

Ben fronçait toujours les sourcils.

— C'est ça, la nouvelle règle ?

— Oui, parce que nous le ferons à chaque Noël, répondit Max. Nous aurons toujours des décorations spéciales qui seront les vôtres parce que vous les aurez choisies.

Est-ce que les enfants comprendraient le message caché derrière ces mots ? Il essayait de leur promettre qu'ils étaient en sécurité, à présent, et qu'il ferait tout ce qui serait en son pouvoir pour leur éviter à l'avenir d'autres changements traumatisants. Cela sembla fonctionner, car le visage de Tilly s'anima, et ses yeux brillèrent un peu.

— Les fées, chuchota-t-elle. J'aime les fées.

— Je t'aiderai à en trouver une, répliqua Max. Peut-être une qui pourra aller tout en haut du sapin ?

Ils arrivaient en tête de la file et ils regardèrent une petite fille que l'on hissait sur les genoux du Père Noël. Celle-ci mit les mains autour de sa bouche et chuchota son souhait, puis elle se tourna vers sa mère, rayonnante. Max remarqua que celle-ci avait déjà ouvert son sac pour pouvoir acheter la photo, faisant ainsi marcher le commerce de Noël qu'il détestait, mais, curieusement, ce ne fut pas ce qu'il vit cette fois. Il vit l'amour peint sur le visage de la mère, son plaisir d'avoir amené sa fille dans ce lieu magique et la joie éclatante de cette dernière.

Alors il se rappela quelque chose. Du temps où il n'avait pas encore appris à rejeter Noël. Leur mère les avait emmenés voir le Père Noël, Andy et lui, quand il était à peine plus grand que Ben. Et elle les observait avec amour et… et…

Et il se souvenait de la magie. De la croyance que l'homme en rouge pouvait faire naître quelque chose de spécial. Et cette croyance était devenue encore plus forte le matin de Noël, quand il avait trouvé sous l'arbre le cadeau qu'il avait demandé – sa première bicyclette à deux roues enveloppée de papier brillant. Son souhait s'était réalisé, et c'était la plus belle chose qui lui était jamais arrivée.

Sa mère, blottie dans les bras de son père, avait eu un sourire éclatant.

« Regarde-moi ça… Je me demande comment le Père Noël l'a fait passer par la cheminée ! »

Max le savait. Par magie. Et, même s'il savait maintenant que c'étaient ses parents qui avaient placé la bicyclette là, bien sûr, il comprenait qu'il y avait eu malgré tout de la magie. Le genre de magie dont Emma avait parlé, celle qui résidait dans les liens au sein d'une famille et qui consistait à partager, à célébrer dans la joie. Et elle avait eu raison sur autre chose, aussi. Ces enfants-là devaient trouver de nouveaux liens en qui ils puissent avoir confiance pour se sentir en sécurité. Et ils avaient besoin cette année-là d'un Noël particulièrement spécial.

Mais il lui fallait être aidé pour que cela se produise. Une aide de la part de quelqu'un qui en savait plus que lui sur les enfants. Qui connaissait mieux les familles que lui. Une personne qui était assez chaleureuse et assez affectueuse pour pouvoir encourager ces liens à se former et à devenir de plus en plus forts.

— Voulez-vous que nous allions voir Emma, quand nous aurons fini ici ? demanda-t-il à Ben et Tilly. Mon hôpital, où elle travaille, n'est pas loin. Si elle nous dit ce qu'il lui faudra pour fabriquer ces étoiles, nous pourrons l'acheter en rentrant.

La première pensée d'Emma, lorsqu'elle vit Max Cunningham entrer dans le service des urgences avec les trois enfants, fut que quelque chose n'allait pas. Son cœur manqua un battement tandis qu'elle imaginait l'un des petits malade ou blessé. Et cela dut se lire sur son visage car, alors qu'elle s'avançait vers eux, Max eut un sourire rassurant.

Plus que rassurant, en réalité. Il lui souriait comme si elle était la personne au monde qu'il souhaitait le plus voir, et elle sentit son corps se réchauffer, avec ce drôle de picotement qui la parcourait tout entière. Il était impossible de ne pas lui rendre son sourire. Ou de ne pas soutenir le regard de ces yeux d'un bleu étonnant. Il avait toujours été un très bel homme, mais ces dix ans lui avaient ajouté une maturité encore plus séduisante.

Elle n'eut pas de mal à endiguer la réaction de son corps, cependant, et à se dire combien il serait stupide d'imaginer que Max puisse éprouver lui aussi une réaction physique en *sa* présence. Il lui suffisait de se rappeler comment il avait ri après ce baiser. Et avec quelle promptitude il l'avait rassurée.

« Ne t'inquiète pas, Emma, tu n'as absolument rien à craindre. Nous savons tous les deux que tu n'es tellement pas mon genre ! Et je ne suis certainement pas le tien… »

Elle avait ri avec lui, mais une seconde plus tard. Il avait raison. Quelle femme sensée s'approcherait volontairement de quelqu'un qui lui briserait le cœur si elle était assez sotte pour s'éprendre de lui ?

Son sourire s'estompa tandis que ce souvenir lui revenait à l'esprit, mais Max était toujours aussi rayonnant.

— Nous sommes juste venus dire bonjour, déclara-t-il. Je me demandais comment les choses se passaient.

— Tout va très bien, répondit-elle. L'ambiance a été assez calme ce matin pour me permettre de me repérer et de rencontrer la plupart du personnel. Miriam m'a beaucoup aidée.

La surveillante faisait justement un détour pour venir les voir.

— Emma est une vraie pro, Max, lança-t-elle. Je doute qu'il y ait quelque chose qu'elle ne sache pas régler.

Mais l'attention de Miriam était rivée sur les enfants, et elle se pencha vers la poussette pour prendre Alice qui commençait à pleurnicher.

— Je peux ?

— Je vous en prie, répondit Max. Mais elle a besoin d'être changée et nourrie. Nous avons passé un bon moment avec le Père Noël chez Derby's.

— Juste le genre de choses dans lesquelles une grand-mère est experte, dit Miriam. Est-ce que tout est dans ce sac, là ?

— Elle a faim, annonça Ben.

— Je crois que tu as raison, trésor. Et vous deux ? Nous avons dans la salle du personnel de délicieux cookies en forme de bonshommes de neige. Vous aimeriez venir en manger ?

Ben hocha solennellement la tête, et Emma sourit en voyant Tilly glisser la main dans la sienne.

Max souriait toujours en regardant Miriam emmener les trois enfants.

— Tu as l'air de passer une bonne journée, dit Emma.

— Jusqu'ici, tout va bien. Je voulais m'approcher d'assez près pour entendre ce que Ben et Tilly demandaient au Père Noël, mais ça n'a pas marché. Tu pourrais peut-être le découvrir ? J'aimerais vraiment mettre quelque chose de spécial pour eux deux, sous le sapin.

S'attendait-il à ce qu'elle retourne au manoir Cunningham après son service ? Elle s'aperçut alors qu'elle n'avait pas encore cherché un endroit où loger, ayant été trop concentrée sur son travail, lors de cette première journée. Pour les cadeaux, elle trouverait, se dit-elle. Elle pourrait aider les enfants à écrire une lettre au Père Noël. Si elle promettait de garder leurs secrets, peut-être lui diraient-ils ce qu'ils voulaient.

— On a acheté un sapin, aussi, poursuivit Max. Et ils ont tous les deux choisi quelques décorations. Ben a pris une boîte de soldats de plomb et Tilly un ange qui ira au sommet de l'arbre – même si elle pense que c'est une fée.

Par-dessus l'épaule d'Emma, il parcourait son service du regard.

— Alors… As-tu eu quelque chose d'excitant à faire ?

— Pas vraiment. Nous n'avons utilisé une salle de réanimation qu'une fois pour une attaque sérieuse tôt ce matin.

À part ça, la gamme habituelle de douleurs thoraciques, d'asthme et de complications de diabète. Nous avons eu une fracture intéressante du tibia et du péroné, aussi…

Mais manifestement, Max n'écoutait pas. Il avait le regard fixé derrière Emma, vers l'arrivée des ambulances.

— Il se passe quelque chose, dit-il.

Emma se tourna et vit derrière les portes automatiques un homme qui portait un enfant dans ses bras. Malgré la distance, elle se rendit compte que l'enfant saignait abondamment. Un ambulancier vint presser le bouton qui ouvrait les portes coulissantes au moment où Emma et Max arrivaient.

— Il y en a d'autres.

L'homme qui portait l'enfant blessé était hors d'haleine et paraissait paniqué.

— Sur la route principale. Un camion a percuté trois voitures à l'arrêt. Ils ont besoin d'aide…

Un autre médecin urgentiste, une femme, était juste derrière Max et Emma.

— Je le prends, dit-elle. Voulez-vous que j'alerte l'équipe de traumatologie ?

— Oui, répondirent-ils en chœur.

Emma pensa aussitôt qu'elle devrait peut-être laisser Max s'occuper de cette urgence, même si, techniquement, elle était là pour le remplacer. Il surprit son bref coup d'œil, car il retint son regard. Visiblement, il ne se demandait pas s'il était censé être là ou pas.

— Nous ferions bien d'y aller, lâcha-t-il. On a besoin de nous.

Emma n'avait pas attendu ses instructions. Elle se dirigeait déjà vers les portes extérieures, bien qu'elle ne soit vêtue que de sa blouse sur un T-shirt à manches longues.

— Je vais chercher notre kit, dit l'un des ambulanciers à son collègue. Tu amènes le camion pour que nous puissions transporter plus vite les blessés.

Jetant un coup d'œil en arrière, Emma vit Max hésiter un bref instant avant de la suivre. Il regardait vers l'intérieur du service, où Miriam avait emmené les enfants. Elle sentit qu'il bataillait entre ses nouvelles responsabilités de figure paternelle et ses devoirs de médecin urgentiste. Est-ce que cela lui rappelait à quel point sa vie était en train de changer ? Ses paroles lui confirmèrent ses pensées.

— Dites à Miriam où je suis, lança-t-il à sa collègue qui s'éloignait. Demandez-lui de veiller sur les enfants pour moi.

Puis ils sortirent et coururent vers la scène de l'accident, le carrefour qu'ils avaient traversé la veille pour se rendre chez Max. Apparemment, un gros camion n'avait pas vu les voitures arrêtées au feu rouge et les avait embouties à grande vitesse. Trois véhicules avaient été touchés. Le camion s'était couché sur le côté, sous le choc, et écrasait en partie une autre voiture.

Emma avait vu beaucoup d'accidents de la circulation, au fil des années, mais jamais rien de semblable. Un attroupement se formait, des gens tentaient de s'introduire dans les voitures aux portes coincées. Des véhicules de secours affluaient, et malgré le bruit des sirènes elle entendait des cris d'effroi.

Elle ralentit l'allure en approchant du lieu de la collision, et Max se tourna pour la regarder.

— Ça va, Em ?

Elle hocha la tête en prenant une grande inspiration. Elle savait qu'elle avait les compétences voulues pour traiter un problème pareil, mais, en cet instant, la tâche lui paraissait écrasante. Max soutenait toujours son regard et il parut deviner cet instant de doute. Comme s'il éprouvait le même et se demandait s'il devait prendre les commandes.

— Nous sommes juste à côté de l'hôpital, dit Emma. Pour l'instant, il s'agit de s'assurer que les victimes sont assez stables pour les transférer à l'intérieur. Vérifications de base. Voies respiratoires, souffle, circulation. Colonne cervicale. Nous avons de l'aide en quantité. Les pompiers découperont les véhicules pour nous si nécessaire. Les secouristes dirigeront les extractions et les transferts.

Un ambulancier vint jusqu'à eux.

— Tenez… Mettez ça.

Il leur tendit des gilets fluorescents portant le mot *Médecin*.

— Non, attendez…

Une secouriste ôta sa veste, qu'elle tendit à Emma.

— Enfilez ça d'abord. Vous allez vous geler, en blouse.

— Mais… Et vous ?

— J'ai autre chose.

— Est-ce qu'on a commencé le triage ? demanda Max.

— Nous venons juste d'arriver. Notre véhicule de secours est en train de se garer derrière le camion de pompiers.

Emma regarda la file de voitures embouties. Par où fallait-il commencer ? Une des voitures était prise en sandwich entre deux autres, et les dégâts semblaient plus importants. Mais il y avait aussi le véhicule coincé sous le camion…

Max voulait visiblement commencer par le plus urgent.

— Avez-vous les étiquettes de triage ? demanda-t-il au premier ambulancier.

— Oui. Pouvez-vous venir avec moi ? Nous allons faire une première évaluation, et vous pourrez commencer à vous occuper des étiquettes rouges, s'il y en a.

Emma connaissait cette méthode de tri. Une étiquette rouge signifiait que la victime ne pouvait survivre qu'en étant traitée immédiatement.

Dans la première voiture, propulsée au milieu du carrefour, la vitre de la conductrice était cassée. La femme était consciente, elle se plaignait d'avoir mal au cou et ne voulait pas bouger. Sa blessure était peut-être sérieuse, mais elle pouvait attendre.

Ils passèrent rapidement à la deuxième voiture. À l'intérieur, deux personnes conscientes.

— Je crois que j'ai la jambe cassée, marmonna le passager.

La conductrice, elle, avait l'esprit confus. Elle demandait où elle était et ce qui s'était passé. On appela des secouristes pour s'occuper d'eux.

La troisième voiture était la plus endommagée, à part celle coincée sous le camion, et il fut rapidement clair que plus rien ne pouvait être fait pour la conductrice. Une étiquette noire confirma tragiquement qu'elle n'avait pas besoin de secours.

Des pompiers à proximité placèrent une bâche sur le véhicule contenant la victime.

— Le chauffeur du camion ne paraît pas blessé, dirent-ils à Max et Emma. Il est sorti tout seul de sa cabine. Les policiers l'interrogent.

— Je vais aller l'examiner, répliqua le secouriste d'un ton neutre.

Il était évident que l'homme était responsable de cette terrible collision en chaîne, qui avait fait au moins une victime, mais un problème mécanique ou médical avait pu provoquer l'accident.

Les pompiers se concertaient aussi sur la façon d'accéder à la voiture coincée sous le camion. Ils parlaient de stabiliser le poids lourd en attendant d'avoir le matériel nécessaire pour le relever. En voyant à quel point la voiture était écrasée, avec le toit au niveau du volant, Emma s'attendait à ce que le conducteur soit une autre victime. Elle se pencha pour essayer de regarder à travers la vitre du passager.

— Attention, doc ! cria un officier des pompiers. Nous ne savons pas si le camion est stable.

Max arriva aussitôt à côté d'elle, comme pour la protéger.

— Qu'est-ce que tu vois ? demanda-t-il.

— Des blessures au visage. Je ne vois pas bouger sa poitrine…

Mordant sa lèvre inférieure, Emma observa le corps du conducteur du mieux qu'elle put. Le siège avait été aplati par le toit, et il était presque allongé, portant encore sa ceinture de sécurité. Elle ne voyait pas de saignement important, mais…

— Oh… Sa poitrine se soulève, dit-elle, son cœur manquant un battement. Il respire. Ou il essaye…

Max avait la tête à côté de la sienne, à présent. Il était si près qu'elle pouvait sentir la chaleur de sa peau. Comme lorsqu'il l'avait regardée en arrivant sur les lieux, il lui sembla que sa proximité lui donnait plus d'assurance qu'elle n'en avait jamais eu.

Elle se tourna vers les pompiers.

— Il faut que j'accède à l'intérieur de cette voiture, dit-elle. C'est urgent.

— Nous ne pouvons pas commencer à découper la voiture tant que le camion n'est pas stabilisé.

— On n'a pas le temps d'attendre. Pouvez-vous briser la lunette arrière ? Je pense que je pourrai m'introduire à l'intérieur.

Le secouriste était revenu.

— Il n'y a pas de place, là-dedans. On ne pourra jamais faire entrer un brancard pour le sortir.

De nouveau, Emma chercha le regard de Max. Cette fois, l'impression qu'elle eut fut différente. Il n'envisageait pas d'intervenir parce qu'il n'était pas capable de faire ce qu'elle pouvait tenter, elle, grâce à sa taille menue. Il semblait l'encourager. Lui dire qu'il croyait qu'elle pouvait réussir. Et c'était… grandiose. C'était exactement ce dont elle avait besoin pour vaincre sa peur.

— Je peux entrer et m'assurer que ses voies respiratoires restent libres, insista-t-elle. Vous pourrez me faire passer les instruments dont j'aurai besoin.

Il fallait qu'elle essaye de sauver cet homme dont le monde avait été chamboulé en un éclair alors qu'il attendait tranquillement à un feu rouge. Ce qui lui arrivait n'était pas juste.

Le chef des pompiers paraissait indécis, mais Emma soutint son regard pour lui faire comprendre que s'il ne l'aidait pas elle allait essayer toute seule.

Finalement, il hocha la tête.

— D'accord. Reculez-vous, je vais casser la vitre.

Max se dit qu'il devait retourner dans son service. Non seulement il avait laissé les enfants à la garde d'une employée, mais il voulait voir comment les urgences allaient réagir au soudain afflux de patients traumatisés. Il savait que son équipe s'occuperait très bien des premiers accidentés, mais ceux qui étaient plus gravement blessés demanderaient plus d'assistance. Et ils devaient prévoir la nécessité d'une réanimation – s'ils pouvaient transférer vivant l'homme coincé dans sa voiture. Toutefois, c'était peut-être à Emma de rentrer à l'hôpital pour diriger le service, étant donné qu'elle le remplaçait officiellement ce jour-là.

Mais, en cet instant, elle était en train de se tortiller pour arriver jusqu'au conducteur inconscient d'une voiture écrasée par un camion. Ce qui paraissait difficile et très dangereux, et… et il n'était pas question qu'il s'en aille avant de savoir qu'elle ne risquait plus rien. Elle avait montré un courage incroyable pour s'insinuer dans le véhicule. Et maintenant, la voir calme et contrôlant la situation était tout bonnement impressionnant.

— Il a de multiples fractures au visage, et sa trachée est obstruée. Je ne pourrai jamais lui faire une intubation. Dans combien de temps pourra-t-on le sortir ?

— Nous mettons des vérins en place, répondit un pompier. On devrait pouvoir découper le côté de la voiture dans dix minutes environ.

— Trop long, dit Emma.

Presque allongée à côté de son patient, elle tourna la tête pour regarder Max.

— Une trachéotomie chirurgicale ? suggéra-t-elle.

Il hocha la tête.

— C'est ce que je ferais aux urgences, mais as-tu assez de place ?

— Il faudra que ça suffise. Son pouls baisse rapidement, et on va le perdre si je ne tente pas quelque chose tout de suite. J'ai besoin de gants, d'un scalpel numéro dix ou onze, d'un crayon médicinal et d'un tube endotrachéal de six, s'il te plaît.

Max lui tendit tout ce qu'elle demandait à travers la vitre cassée, se penchant pour lui mettre le matériel dans les mains et lui éviter de bouger. Il la regarda opérer et se préparer à faire la première incision.

— J'ai traversé la membrane cricoïde, annonça-t-elle quelques secondes plus tard. Je vais faire les incisions horizontales, maintenant.

Max savait que c'était là que les choses pouvaient devenir compliquées. Un afflux de sang pouvait obscurcir le champ opératoire et inquiéter quelqu'un peu familier avec ce procédé d'urgence. Mais, même quand les pompiers firent bouger la voiture pour stabiliser le camion, Emma resta imperturbable. Elle poursuivit son intervention et mit le tube en place, le fixant avec une facilité apparente dans le trou qu'elle avait pratiqué dans le cou de l'homme qu'elle voulait sauver.

— Tu peux voir où est le masque à oxygène, Max ? demanda-t-elle.

— Juste derrière toi.

— Je ne peux pas l'attraper…

Max se pencha davantage et parvint à le saisir. Il le lui donna, et elle le fixa au tube endotrachéal.

— Mouvements thoraciques réguliers, annonça-t-elle un moment plus tard. Peut-on envoyer de l'oxygène ? Je voudrais placer une perfusion, aussi.

Max regarda les pompiers qui installaient leur machine hydraulique pour découper le côté de la voiture. L'officier responsable lui fit un signe de tête.

— Ils sont prêts à commencer à couper, Emma, dit-il. Est-ce qu'il respire assez bien pour attendre quelques minutes, jusqu'à ce qu'on puisse le sortir ? Plus vite on le transférera aux urgences, mieux ce sera.

— Bien sûr.

Emma avait une main sur l'abdomen de l'homme pour sentir ses mouvements respiratoires, et de l'autre elle lui prenait le pouls.

— Oui… C'est bon… Sortons-le de là.

Elle resta avec son patient tandis que les pompiers découpaient la tôle tordue et dégageaient une ouverture. Puis elle dut bouger, et les ambulanciers prirent la relève pour mettre le blessé sur un brancard. Cela ne dura que quelques minutes mais, durant ce laps de temps, Max, qui se tenait à côté d'Emma, put percevoir sa concentration et sa tension. Visiblement, il était très important pour elle que ce cas se termine bien.

Quand elle leva les yeux vers lui, il put voir à quel point elle était déterminée à gagner ce combat pour la vie. Non seulement elle avait du courage à revendre, mais elle adorait son travail autant qu'il adorait le sien et se souciait vraiment de faire de son mieux pour les gens qu'elle soignait. Ce fut un instant de connexion aussi intense qu'il fut bref.

Les autres victimes de l'accident avaient déjà été transportées aux urgences, et ils y retournèrent ensemble. Il restait encore beaucoup de travail à faire, et Max voulait rester au côté d'Emma pour veiller à ce que le service assure tout ce qui était indispensable.

Il s'aperçut alors que, pendant les minutes d'extrême tension où il avait assisté Emma en train de sauver la vie d'un homme, il avait oublié qu'il avait aussi d'autres responsabilités. Que trois jeunes enfants l'attendaient, probablement dans la salle du personnel. En cet instant, il se sentit coupé en deux – d'une façon presque insupportable.

Emma avait-elle perçu qu'il était soudain dépassé ? Elle leva brièvement les yeux pour rencontrer son regard. La douceur de sa bouche laissait imaginer un sourire, et on lisait dans ses prunelles l'assurance qu'ils étaient en train de gagner. De remporter ce défi qu'ils venaient de relever ensemble.

Max choisit d'y voir quelque chose de plus : qu'il était peut-être confronté au plus grand défi de son existence, mais qu'il avait une très bonne chance de le gagner aussi. En particulier s'il pouvait persuader Emma de rester avec eux, fût-ce pour une courte durée. Et alors il se rappela que c'était la première raison pour laquelle il était passé à l'hôpital : essayer de la convaincre de ne pas chercher un autre endroit où habiter.

Il devrait attendre de trouver un moment approprié pour cela, aussi espéra-t-il que les enfants accepteraient de rester un peu plus longtemps dans son service. Par ailleurs, cela lui laisserait le temps de réfléchir à une façon de présenter les choses qu'Emma ne pourrait pas décliner.

Il pouvait lui rappeler sa promesse d'aider Ben et Tilly à fabriquer des étoiles.

Ou lui rappeler ce qu'elle pensait à propos de Noël et de cette magie qui pouvait naître quand une famille se retrouvait pour célébrer les liens qui unissaient ses membres. La magie de l'amour. De l'affection.

Il pouvait lui dire ce qu'il croyait fermement : qu'ils avaient tous besoin d'elle pour que cela se produise.

5.

C'était peut-être bien une erreur, se dit Emma.

Elle avait l'impression de franchir une ligne, en sachant qu'il lui serait impossible ensuite de faire marche arrière même si elle en avait vraiment besoin. Mais voilà, elle le faisait : elle retournait à Upper Barnsley. Et c'était la faute de Max Cunningham.

Quand son service avait été terminé, il lui avait demandé de retourner au manoir. Lui-même était resté à l'hôpital – en laissant des membres du personnel s'occuper de ses neveux – jusqu'à ce qu'ils aient stabilisé toutes les victimes de l'accident. Celles-ci avaient été soit transférées en salle d'opération, soit admises dans d'autres services pour y être soignées.

Puis il avait ramené les enfants, et Ben avait transpercé Emma de ce regard bien trop sérieux pour un petit garçon de six ans.

— C'est l'heure pour vous de rentrer chez vous, Emma ? avait-il demandé.

— Oui, je suppose, avait-elle répondu en regardant sa montre.

Mais savoir où elle allait rentrer, c'était la grande inconnue. Elle n'avait pas trouvé un instant dans la journée pour consulter les sites des hôtels situés à une distance raisonnable.

— On va fabriquer des étoiles ?

Le regard de Tilly était presque aussi grave que celui de son frère.

— J'aime bien les étoiles et… et vous avez dit que je pouvais aider.

Ben fixait toujours Emma.

— Vous avez promis…

En réalité, elle avait offert et non promis de leur montrer comment fabriquer des étoiles, mais à quoi bon jouer sur les mots ? Elle ne pouvait pas laisser tomber ces enfants.

Ni Max…

S'il lui avait amené les petits pour lui faire subir une sorte de chantage émotionnel afin qu'elle l'aide un soir de plus à s'occuper d'eux, il avait certainement atteint son but. Mais ce ne fut pas ce à quoi elle pensa quand son regard soutint le sien.

Pour être honnête, ses pensées n'avaient rien de très cohérent. C'était plutôt une sensation. Une impression de chaleur. Ils avaient travaillé ensemble, cet après-midi-là. Ils avaient sauvé une vie, et la connexion créée entre eux à cet instant précis n'était pas simplement professionnelle. Ils avaient partagé un but, ils avaient eu besoin l'un de l'autre pour l'atteindre, ils avaient réussi… et la confiance s'était installée. C'était de cette confiance que naissait la chaleur qui se répandait dans son être tout entier.

Ou bien cette connexion était-elle déjà là depuis des années et l'avaient-ils simplement redécouverte ?

Et peut-être s'était-elle approfondie la veille. Quand Emma avait été là pendant que Max bataillait pour assimiler les énormes changements qui venaient de mettre son monde sens dessus dessous.

Quand il avait dit qu'il avait *besoin* d'elle…

Quoi que ce soit, c'était puissant et touchait quelque chose de très profond dans le cœur d'Emma. Pas dans la partie qui était verrouillée, mais dans une nouvelle zone qu'elle n'identifiait pas très bien. C'était comme un no man's land, où elle balançait entre deux états distincts : soit accepter de tenir très fort à quelque chose qui pouvait vous briser le cœur si vous le perdiez, soit s'attacher en sachant que c'était temporaire, donc en admettant d'avance la perte de cette chose. Cette dernière possibilité correspondait à l'espace maintenant familier que son travail d'intérimaire installait dans sa vie professionnelle, et que le fait d'éviter toute relation à long terme mettait dans sa vie personnelle.

Pendant un instant, elle dut s'évertuer à chasser un étrange désir inattendu : celui d'en terminer avec cet espace vide et d'être prête à planter des racines, à se créer une vie qui ne changerait pas sans arrêt. Mais, sans aller jusque-là, elle pouvait au moins penser à quelque chose de positif, dans l'immédiat, et une idée lui vint. Après tout, pourquoi ne pas s'autoriser à redécouvrir une ancienne attirance qui ne semblait pas avoir faibli et à y prendre plaisir ? Ce serait aussi temporaire que son poste à l'hôpital. Elle savait que, lorsque sa mission prendrait fin, elle quitterait son travail et s'éloignerait de Max Cunningham. La vie devenue très compliquée de ce dernier ne la regarderait plus.

Peut-être pourrait-elle même se permettre de profiter de la compagnie de jeunes enfants en dehors d'un cadre professionnel, ce dont elle s'était gardée instinctivement pendant des années.

Tout était temporaire. Tenir parole et montrer à Ben et Tilly comment fabriquer des étoiles ne l'engageait qu'à passer une nuit de plus au manoir. Elle trouverait le temps le lendemain de chercher une chambre d'hôtel.

Lorsqu'elle arrêta sa voiture à côté de celle de Max, devant sa maison de famille, elle resta assise un moment au volant et le regarda sortir ses petits passagers de leur siège auto. Il jeta un coup d'œil par-dessus le sapin fixé sur le toit de la jeep et plongea un bref instant les yeux dans les siens, ses lèvres se relevant en un sourire.

Elle relâcha son souffle en un soupir qui prit un accent inattendu.

Oh ! non… Cette attirance n'avait pas faibli du tout. Et elle se rendit compte qu'elle venait de soupirer de désir.

D'envie, même…

Tandis que Max débouclait la ceinture de Tilly pour la sortir de son siège, il avait eu une pensée étrange et n'avait pu empêcher un souvenir de lui venir à l'esprit.

Cette fois où il avait embrassé Emma Moretti sous le gui à la fête de Noël du service de pédiatrie. Il n'y avait pas repensé par la suite parce que, de toute façon, il ne pouvait rien y avoir entre eux. Aussi douces qu'aient été ses lèvres, aussi délicieuses qu'aient été les courbes de son corps et aussi étonnamment puissante qu'ait été son envie de faire beaucoup plus que l'embrasser.

Emma était la femme maternelle par excellence. Le genre de femme destinée à se marier et à fonder une famille dès que possible. Une famille nombreuse, probablement, car elle adorait les enfants et les bébés. Et, comme c'était quelque chose que Max voulait éviter à tout prix, il lui avait été facile d'écarter l'attirance qui avait à la fois conduit à ce baiser et été attisée par lui.

Mais l'écarter ne l'avait pas fait disparaître, apparemment. À en juger par la réaction de son corps – une réaction à une très vive attirance physique —, elle était en fait plus forte qu'elle ne l'avait jamais été.

Était-ce parce qu'il retrouvait chez Emma des choses familières, mais en découvrait aussi de très différentes ? Elle était aussi superbe que dix ans auparavant, même si elle était plus mince et avait coupé ses magnifiques cheveux longs. Et elle paraissait… Comment dire ? Plus réservée, peut-être ? Moins encline à rire et à sourire. Oui, elle avait changé, mais cela conférait à cette attirance une aura de mystère qui accroissait encore son pouvoir.

Et Emma n'était pas la seule à être différente, non plus. Qui aurait pu prévoir que lui, le célibataire endurci, se retrouverait des années plus tard avec une famille nombreuse et qu'elle, la figure maternelle, serait toujours seule ?

Il déposa Tilly à côté de Ben qui lui prit aussitôt la main, puis il sortit le siège d'Alice.

— Bien, les enfants. Entrons dire bonjour à grand-père, et ensuite je porterai le sapin au salon.

Mais James Cunningham se révéla introuvable, tout comme Maggie qui avait laissé dans la cuisine une note indiquant les plats qu'elle avait préparés pour les adultes et les enfants.

— Papa est probablement au cabinet. Ou en visite. À moins qu'il ne soit sorti avec Pirate.

Ou bien qu'il n'évitât de passer du temps avec ses petits-enfants parce que, comme Max, il se demandait encore comment faire face à ses nouvelles responsabilités.

Lorsqu'ils étaient entrés, Alice s'était mise à pleurer. Max regretta un instant l'époque où, en pédiatrie, il pouvait remettre à sa mère ou à une infirmière un bébé qui avait besoin d'être changé et nourri. Mais il n'allait pas refaire comme la veille et mettre Alice de force dans les bras d'Emma. Pas alors qu'il avait vu cette lueur de panique dans ses yeux tandis qu'elle prenait le bébé contre elle.

En outre, il devait apprendre à s'en sortir. Aussi attrapa-t-il des lingettes et une couche propre dans le sac qu'il avait emporté avec lui en ville et s'attaqua-t-il à sa tâche. Elle ne fut pas facile, avec tous ces petits boutons-pression à gérer et Alice qui remuait énergiquement les jambes pendant qu'il la nettoyait. Mais il y arriva et se rendit ensuite à la cuisine pour préparer un biberon. Il trouva Emma assise à la longue table avec Ben et Tilly. Devant elle, toute une gamme de matériel, y compris les boîtes en carton qu'elle avait rapportées de l'hôpital.

Tandis qu'il tenait Alice sur un bras et, de sa main libre, mettait des mesures de lait en poudre dans le biberon, elle était en train de découper une forme.

— Ceci sera une grosse étoile, dit-elle aux enfants. Et je vais faire un modèle pour de petites étoiles, aussi. Vous pourrez en tracer le contour sur des morceaux de carton et, ensuite, je vous aiderai à les découper.

— Je sais découper tout seul, dit Ben.

— Moi aussi, ajouta Tilly.

— Bien sûr. Mais je vous aiderai si vous le voulez. Quand nous aurons plusieurs étoiles, je vous montrerai comment les recouvrir de papier d'argent. Puis il faudra faire un trou dans une des branches.

— Pourquoi ?

— Pour pouvoir accrocher les étoiles au sapin. Je suis sûre qu'il doit y avoir de la ficelle quelque part.

Ben leva les yeux vers Max qui secouait le biberon.

— Tu as rentré le sapin, oncle Max ?

— Pas encore, Ben. Je le ferai dès que j'aurai donné à manger à Alice.

Il espéra y arriver. Il n'avait pas encore réussi à donner un biberon au bébé, pour l'instant. La veille, il avait fallu qu'Emma vienne à son secours. Ce jour-là, il avait laissé faire Maggie le matin, puis Miriam pendant qu'ils étaient à l'hôpital. Il retint son souffle en s'asseyant au bout de la table, puis il cala Alice qui hurlait au creux de son bras et lui présenta la tétine. Il vit son expression intriguée tandis qu'elle le regardait, mais la faim l'emporta sur la méfiance : elle referma la bouche sur la tétine et se mit à téter.

Il savait qu'il souriait en levant les yeux pour voir si Emma avait été témoin de sa victoire. Il se sentait absurdement fier de lui. Tellement, qu'il en avait une boule dans la gorge. Il pouvait y arriver. Il y *arrivait.*

Emma avait dû l'observer du coin de l'œil tandis qu'elle recouvrait une étoile de papier d'aluminium, car elle croisa son regard et lui sourit. Ce sourire le rendit encore plus fier.

Emma était impressionnée.

Il se passa alors quelque chose d'étrange.

Max eut soudain une conscience aiguë de tout ce qui l'entourait dans les moindres détails. La chaleur et le poids du bébé sur son bras. Le léger contact de ses petits doigts sur sa main. L'odeur du lait et celle d'Alice, mêlée à un parfum de shampoing et de lotion. Il voyait également les deux autres enfants, Ben appuyé contre le bras d'Emma, très concentré, et Tilly sur les genoux de la jeune femme et vers qui elle levait les yeux.

Quant à Emma, elle le regardait, lui. Et même si cette scène ne pouvait pas être plus différente de celle de l'après-midi, où ils avaient sauvé un homme ensemble, il en retira la même impression : ils formaient une équipe et, en cet instant, ils réussissaient dans ce qu'ils essayaient de faire.

Mais il y avait plus que cela dans ce sentiment de connexion. Beaucoup plus…

Ce qu'il vivait là – il déglutit, la gorge serrée – était un moment *familial* qui le ramenait dans le passé. À l'époque où il avait encore son frère et sa mère qu'il adorait. Une époque où ils auraient pu faire quelque chose ensemble, eux aussi, dans cette même cuisine. Une époque où cette maison était un endroit si heureux. Un vrai foyer…

Soudain, avec un choc, il put voir à travers cette barrière qu'il avait commencé à dresser quand il était petit garçon. La barrière qui lui faisait croire qu'il ne voulait pas et ne voudrait jamais de ce qu'il avait eu autrefois, au sein d'une famille aimante. Que la vie serait beaucoup moins douloureuse et bien plus amusante s'il se contentait de patiner à la surface au lieu de nouer des relations profondes avec les autres. S'il se détournait de choses si énormes qu'elles en étaient terrifiantes et qu'il préférait enfermer dans un endroit où il n'allait jamais.

Il était devenu un fils qui aimait beaucoup son père, mais ne s'aventurait jamais dans l'espace privé et triste où James Cunningham s'était retiré après la mort de son épouse bien-aimée.

Un grand frère qui avait cru bon de dire à Andy que le Père Noël n'existait pas, et qu'il fallait qu'ils grandissent et s'occupent d'eux-mêmes afin de ne pas rendre les choses encore pires pour leur père.

Un oncle qui était heureux de jouer avec une nouvelle génération de Cunningham, mais n'avait jamais été tenté par l'idée d'avoir des enfants à lui.

Un amant capable de discerner le moment où une femme tombait amoureuse de lui et voulait davantage, et de saisir la première occasion pour rompre aussi aimablement et définitivement que possible.

Et, en cet instant qui l'ébranlait, il découvrait que derrière ces barrières se trouvait quelqu'un qui, en réalité, souhaitait désespérément les choses qu'il avait passé une vie à éviter. Il voulait le genre de relation aimante et engagée que ses parents avaient eue. Il voulait regarder grandir ses enfants. Les protéger et les guider.

Les aimer. Avoir à son côté une partenaire qui les aimerait

aussi. Qui l'aimerait *lui* et choisirait d'être avec lui pour le reste de sa vie.

Quelqu'un comme… Emma ?

Comme si elle avait perçu cette pensée stupéfiante, Emma détacha les yeux du regard de Max.

— C'est à toi maintenant, Ben, dit-elle. Tu peux mettre le papier d'argent sur l'étoile que tu as découpée.

Max aurait pu sourire de l'étoile maladroite, aux pointes arrondies, que son neveu avait fabriquée, mais il ne le fit pas. En partie parce qu'il ne voulait pas blesser Ben, mais surtout à cause du choc qu'il venait d'avoir et de l'idée qu'il s'était peut-être terriblement trompé durant toutes ces années. Dieu merci, il sentait ces barrières redevenir rapidement opaques, et il perdait la perception de ce qu'il avait vu derrière elles. Il avait bien appris à mettre hors de portée les choses qui le dépassaient émotionnellement.

Il était peut-être forcé d'avoir la famille qu'il n'aurait jamais imaginé avoir, mais cela ne voulait pas dire qu'il devait prendre le risque d'inclure quelqu'un d'autre dans sa vie. Bon sang… il lui suffisait de se rappeler la souffrance d'Andy quand son mariage avait capoté pour savoir que se fier à un amour romantique était encore plus risqué que d'ouvrir son cœur pour être une figure paternelle affectueuse. Il ne saurait jamais si percuter cet arbre à vive allure avait réellement été accidentel, mais le chagrin lié à la mort de son frère avait été dévastateur. Il avait perdu la moitié de sa famille, maintenant. Et même un peu plus, peut-être, parce que son père n'avait plus jamais été le même depuis son veuvage, et il avait aussi perdu une partie de lui.

C'était trop de pertes pour n'importe qui.

Il poussa un soupir de soulagement quand Alice finit de boire les dernières gouttes de son lait. Il posa le biberon sur la table et redressa sa nièce pour lui faire faire son rot.

Cette barrière était de nouveau solide, comprit-il. Il était en sécurité. Ce fut peut-être ce constat qui lui fit tourner la tête pour poser un baiser sur ses cheveux de bébé soyeux. D'accord, la barrière avait peut-être un peu bougé, et il savait qu'il pouvait faire de la place dans son cœur pour ces enfants privés de leurs parents, mais c'était tout.

Son père ne s'était jamais remis de la perte de la femme qu'il aimait, et il savait que l'échec du mariage d'Andy avait causé sa mort, volontaire ou non. Son frère avait été si ravagé qu'il avait pris le volant ivre, ce qui ne lui arrivait jamais. Le mariage – ou n'importe quel engagement à long terme avec une partenaire – était encore bien loin de son radar.

Emma, comme lui, n'avait pas à craindre quoi que ce soit qui dépasserait une relation professionnelle ou une amitié.

James Cunningham n'aimait pas l'arbre de Noël dressé dans le salon.

Il n'avait rien dit, certes, mais Emma avait perçu son choc lorsqu'il était entré dans la pièce où elle aidait Ben à accrocher ses étoiles aux branches du sapin que Max avait installé près de la cheminée, sur les ordres de son neveu.

Max, lui, soulevait Tilly afin qu'elle puisse suspendre son ange fée tout en haut de l'arbre.

James s'était figé un instant et, pour Emma, cela avait été comme si le monde s'arrêtait durant le même laps de temps. Elle put se représenter ce que voyait le maître de maison : un homme souriant portant une petite fille armée d'un ange, une femme qui tenait contre elle un petit garçon un peu plus âgé, un bébé qui dormait paisiblement dans un couffin et un feu de bois qui crépitait.

Peu importait si les quelques étoiles faites maison, les soldats de plomb de Ben et l'ange de Tilly ne décoraient que chichement le sapin. Cette scène était un cliché d'un Noël en famille, et il ne manquait plus que le grand-père assis dans son fauteuil en cuir, son mignon petit chien à ses pieds, pour le compléter.

Alors Emma sentit quelque chose s'agrandir dans sa poitrine. Elle savait bien que son cœur ne pouvait pas changer de taille, mais c'était l'impression qu'elle avait. Il devenait rapidement plus grand. Trop grand, parce qu'il commençait à craquer. Et à saigner…

Tout cela…

Cette sensation de faire partie d'une famille fêtant Noël. Le fait de voir plusieurs générations se réunir pour célébrer quelque chose de spécial. Avoir des enfants qui dépendaient d'elle pour recevoir autant d'amour et de protection qu'elle pouvait en offrir. Un partenaire avec qui partager le voyage de la vie…

Elle le désirait toujours. Elle le désirait tellement que son cœur la faisait souffrir comme s'il avait réellement éclaté.

Et peut-être que le père de Max, au fond, nourrissait le même genre de désir. Ou le sentiment d'une perte irrémédiable. Car, après ce bref instant, il tourna les talons et fit claquer ses doigts pour appeler son chien.

— Désolé, mon vieux, marmonna-t-il. J'oubliais que c'était le moment de ta promenade.

Pirate hésita, comme s'il aurait préféré rester dans ce tableau de famille, puis il suivit son maître hors de la pièce.

Emma dut écarter ses mains de celles de Ben parce qu'elles tremblaient. Elle eut besoin d'aspirer de l'air, aussi, parce qu'il lui semblait qu'elle n'avait pas respiré depuis un long moment.

C'était exactement ce qu'elle avait craint de voir arriver si elle s'impliquait davantage dans la vie de ces deux hommes et de ces enfants. Se voir rappeler qu'elle n'avait toujours pas ce qu'elle souhaitait le plus dans la vie – et avait souhaité depuis aussi longtemps qu'elle s'en souvenait : avoir une famille à elle. Elle avait appris à vivre sans. À accepter l'idée que cela n'arriverait peut-être jamais, en fait, à cause des murs qu'elle avait édifiés autour de son cœur et de son nouveau style de vie, qui faisait qu'elle ne restait jamais longtemps au même endroit. Mais ces choses-là lui avaient permis de tenir. Et elle ne risquait rien, car ce n'était pas près de changer. Ou pas encore, en tout cas. Pas alors qu'elle allait quitter cette partie du monde dans quelques jours. Cela ne changerait rien pour des enfants qui appartenaient à une autre famille, ni pour un homme qui ne s'était jamais intéressé à elle.

Sauf… que ce n'était pas tout à fait vrai.

Il avait été suffisamment intéressé pour l'embrasser, cette fois-là.

Et elle était presque sûre qu'il se souvenait aussi bien qu'elle de ce baiser. Elle savait aussi qu'ils avaient assez changé, tous les deux, pour que la curiosité les rapproche. Et… Après le regard intense que Max lui avait lancé par-dessus le sapin, dans l'après-midi, elle avait le sentiment que cette attirance accrue dont elle avait si vivement conscience pourrait très bien être mutuelle.

Elle relâcha doucement son souffle. Une attirance sexuelle était complètement différente du terrain miné des émotions liées aux notions de famille et de « pour toujours ». C'était quelque chose qu'elle pouvait affronter, même si cela n'avait pas fait partie de sa vie depuis très longtemps. Et elle n'avait pas à y penser tout de suite, car elle devait se concentrer sur des choses plus importantes, dans l'immédiat. Comme l'étoile de Ben.

6.

La sortie avec Pirate semblait avoir donné à James la force intérieure dont il avait besoin pour affronter la situation. Il aida à faire manger les enfants, à leur donner leur bain et à les mettre au lit. En se levant de table après le dîner, cependant, il s'excusa pour se retirer dans sa chambre au lieu de s'asseoir près du feu.

— La journée a été longue, dit-il.

— Tu es sûr de ne pas vouloir prendre un dernier verre ? demanda Max. Moi, je vais en prendre un. Emma, aimerais-tu un verre de vin ?

— Volontiers. Merci.

— Tu mérites de te détendre correctement, ajouta Max en allant chercher la bouteille de vin dans le réfrigérateur. Tu as eu une sacrée journée, aussi.

Ils avaient raconté à James l'horrible accident survenu près de l'hôpital et comment ils avaient travaillé ensemble sur les lieux. Emma s'était demandé si ce sujet avait particulièrement intéressé James pour des raisons professionnelles ou parce que cesser de parler des trois jeunes enfants qu'il avait recueillis sous son toit le soulageait. Il paraissait si fatigué que, de toute évidence, il devait batailler autant, sinon plus, que son fils avec les changements qui s'étaient produits dans sa vie. Emma éprouva de la sympathie pour lui. Il n'était pas étonnant qu'il ait besoin de se retrouver un peu seul.

Max resta silencieux le temps de lui donner un verre de vin, puis de se servir un whisky au salon.

— C'est cet arbre…, reprit-il. Je comprends pourquoi il bouleverse tant papa. Nous n'avons pas eu de sapin de Noël dans cette maison depuis la mort de maman.

— Sans doute n'est-ce pas facile, répliqua Emma. Mais c'est important, non ? Pour les enfants. Et…

Elle s'approcha de l'arbre chichement décoré pour toucher une étoile tordue et regarder l'ange fée qui penchait sur un côté.

— Et c'est un très beau sapin.

Max parut réprimer un rire tandis qu'il posait son verre et tendait la main pour redresser l'ange.

— Il est un peu triste comparé aux arbres de Noël dont je me souviens. Maman était une vraie fanatique de cette fête. Elle adorait les guirlandes lumineuses, les bougies, et possédait tant de boîtes de décorations que ses sapins étaient des œuvres d'art. C'était toujours une soirée spéciale quand Andy et moi étions autorisés à l'aider.

— Je pense que Ben se souviendra d'avoir fabriqué ces étoiles et de les avoir accrochées à cet arbre. Son premier Noël avec sa nouvelle famille.

Max garda le silence un instant, puis se racla la gorge comme s'il voulait changer de sujet.

— La dernière fois où je me souviens de t'avoir vue, c'était au moment de Noël, dit-il comme si un souvenir amusant lui revenait. Cela doit faire dix ans ? C'était à cette fête…

Mon Dieu… Au secours !

Emma sentit ses joues s'enflammer et elle ne put croiser son regard. Il se rappelait bel et bien ce baiser. Un bref instant, elle ne put penser à autre chose. La distance temporelle s'évanouit, presque à croire qu'il avait détaché les lèvres des siennes quelques secondes plus tôt. Ce picotement était de retour, dansant à travers son corps avant de se loger au creux de son ventre en un nœud brûlant. Pour tenter de le faire disparaître, elle s'obligea à se remémorer ce qui s'était passé ensuite : Max riant de ce baiser comme s'il n'avait aucune importance et elle l'imitant un peu après.

Le ton de Max parut plus hésitant lorsqu'il reprit la parole.

— Sais-tu pourquoi je t'ai embrassée ce soir-là, Emma ?

Elle réprima à son tour un petit rire. Puis elle se détourna, se dirigeant vers un bout du canapé.

— Tu avais un rameau de gui. Tu embrassais toutes les filles.

— Mais tu as été la première. C'était pour toi que j'avais pris cette ridicule branche de gui en plastique afin d'avoir un prétexte. As-tu une idée de la raison pour laquelle j'ai voulu faire ça ?

Emma s'assit sur les coussins en cuir moelleux.

Voulait-elle le savoir ?

Non. Elle ne voulait pas savoir que Max avait pu être attiré par elle autant qu'elle avait été attirée par lui. Au risque de rallumer toute attirance subsistant entre eux… Et quelque chose d'irrémédiable risquerait de se produire.

Ce qui signifiait en réalité – si elle était vraiment honnête avec elle-même – que la réponse à sa question était « oui ». En fait, elle voulait tellement savoir qu'elle leva les yeux vers Max, les sourcils interrogateurs pour l'encourager à parler.

— Dis-moi.

— Je t'avais vue pleurer.

Choquée, elle garda le silence pendant que Max s'asseyait dans le fauteuil de son père, entre elle sur le canapé et le sapin à la drôle d'allure.

— Toi, tu ne m'avais pas vu, poursuivit-il tranquillement. Et je voulais te rendre le sourire parce que je savais pourquoi tu avais pleuré.

Emma déglutit avec peine.

— Ah oui ?

— C'était le jour où ce petit garçon dont je ne sais plus le nom était mort. Il avait un problème cardiaque si grave que la seule façon de le sauver aurait été une greffe du cœur. Nous lui avions mis une perfusion quelques jours plus tôt pour lui administrer des médicaments, mais ça n'avait pas suffi. Et tu étais là quand il…

— Tyler, coupa Emma. Il s'appelait Tyler.

— Il était spécial pour toi.

Plus que spécial. Emma s'était prise d'amour pour ce bébé de dix mois au sourire lumineux malgré la maladie.

— Il a changé ma vie, murmura-t-elle. Plus que tu ne pourrais le croire.

Max lui décocha de nouveau ce regard, celui qui lui donnait toujours l'impression qu'il la voyait réellement pour la première fois. Et qu'elle était la seule personne au monde qui comptait en cet instant.

— J'ai su que quelque chose d'important avait changé dès que je t'ai revue à l'hôpital royal. D'ailleurs, il m'a fallu un moment pour te reconnaître. Mais qu'est-ce que cela a eu à voir avec Tyler ?

Emma but une gorgée de son vin. Puis une autre. Ce n'était pas quelque chose dont elle parlait. Ni même à quoi elle pensait beaucoup si elle pouvait l'éviter. Cela appartenait au passé, maintenant, et elle allait de l'avant du mieux qu'elle pouvait. Mais la vie de Max venait de changer de façon aussi monumentale que la sienne cinq ans auparavant, ce qui créait entre eux une nouvelle connexion. Cette nouvelle confiance fragile était là aussi, et elle méritait toujours d'être alimentée. Si elle lui racontait son histoire, elle lui confierait une part importante de son cœur, mais il y avait quelque chose dans ces yeux d'un bleu étonnant qui la faisait se sentir en sécurité. Qui disait qu'elle comptait assez pour que son histoire soit importante. Vitale, même…

— Je suis tombée enceinte, ajouta-t-elle. Quelques années après notre internat dans ce service pédiatrique.

Cela ne parut pas surprendre Max.

— Nous savions tous que tu étais faite pour la maternité, dit-il. Tu aimais tellement être avec ces bébés ! Tu t'es donc mariée ?

— Non. Mais je vivais avec l'homme que je pensais épouser, un chirurgien pédiatrique, Richard. La grossesse a complètement tué notre relation.

— Il ne voulait pas d'enfants ?

— Oh ! si, il en voulait. Mais ce bébé ne devait pas en faire partie. Il est apparu lors de mon échographie du deuxième trimestre que notre fille ne survivrait pas. Elle était anencéphale.

— Mon Dieu !

Max vida son verre.

— Je suis tellement désolé. Il a dû être si dur de devoir choisir d'avorter aussi tardivement.

— Mais je ne l'ai pas fait.

La voix d'Emma était à peine plus qu'un murmure.

— D'où le problème… Richard voulait se débarrasser du fœtus aussi vite que possible, mais j'ai choisi de porter mon bébé jusqu'à son terme. À cause de Tyler.

La douleur était toujours là. Le sentiment de trahison. Quelqu'un qui avait dit qu'il l'aimait n'avait pas été prêt à la soutenir dans un défi qui devait être tragique de toute façon, mais était très important pour elle : il s'agissait de rester fidèle à elle-même.

Max la fixait toujours, aussi put-elle voir l'instant où il comprit. Il écarquilla les yeux.

— Tu as porté un bébé dont tu savais qu'il ne survivrait pas afin qu'il puisse être un donneur pour des bébés comme Tyler ?

Emma hocha la tête, battant des cils pour retenir ses larmes.

— Je pensais que je savais ce que je faisais, et que ce ne serait pas aussi dur que ça l'a été en réalité. Perdre ma relation à cause de mon choix a rendu les choses encore plus difficiles, mais, d'une certaine manière, ça a probablement été une bonne chose. Il est devenu évident que nous étions trop différents pour pouvoir être heureux ensemble.

Elle prit une inspiration tremblante et ajouta :

— Ce qui m'a encore plus brisé le cœur, c'est qu'elle est née le jour de Noël. Elle n'a vécu que quelques heures. Je l'ai appelée Holly.

Max ne dit rien. Il se leva pour aller au buffet et prendre le flacon en cristal taillé pour se resservir à boire. Il resta debout un long moment, à contempler le liquide ambré qu'il faisait tourner dans son verre, avant de relever les yeux vers Emma. Ce fut un regard qui lui alla droit au cœur, et elle en sentit l'intensité dans chaque fibre de son corps. Ce n'était aucunement sexuel et exprimait le respect, l'admiration.

Quelque chose qui semblait tisser les fils de la connexion qu'ils avaient déjà en un tissu assez fort pour résister à tout.

— Tu es stupéfiante, Em, dit-il. Tu le sais, n'est-ce pas ?

Elle écarta d'un haussement d'épaules ce qui était sans doute un compliment exagéré, même s'il la rendait fière du choix qu'elle avait fait.

— Si je n'avais pas connu Tyler, j'aurais peut-être fait des choix différents. Je serais peut-être toujours pédiatre, au lieu d'être intérimaire. Je pourrais être mariée à Richard, avoir trois autres enfants et passer mes Noëls en Italie pour qu'ils puissent jouer avec leurs cousins…

Max secoua la tête.

— Je suis content que tu ne l'aies pas fait. Si ce Richard a été incapable de soutenir ton choix de faire quelque chose d'aussi incroyablement courageux et altruiste, alors il n'était pas quelqu'un avec qui tu aurais voulu passer le reste de ta vie, crois-moi.

Emma battit des cils. Il la trouvait courageuse ? Altruiste ? Stupéfiante, même ? Aurait-il soutenu ce choix, *lui* ? Elle avait le sentiment que oui, ce qui fit jaillir en elle quelque chose d'encore plus puissant que son attirance physique pour Max Cunningham. De plus fort que l'amitié, en fait. On pouvait s'éprendre d'un homme capable de vous soutenir dans les moments vraiment difficiles de la vie.

Plus que choquée par cette pensée, Emma détourna le regard de celui de Max. Par chance, elle eut une excuse pour bouger, car le nœud qui retenait l'étoile de Ben s'était défait, et l'étoile était tombée. Elle se baissa pour la ramasser et la raccrocher.

— Je ne peux pas imaginer à quel point ce jour de Noël a dû être dur pour toi, reprit Max. Je regrette vraiment que tu aies dû traverser cette épreuve seule.

Sa voix parut étonnamment proche tandis qu'Emma se redressait. Aussi ne fut-elle pas surprise de voir qu'il était venu se placer près d'elle. Son corps, en revanche, sembla pris de court, se réveillant avec un sens aigu de sa proximité, si puissant qu'il en était douloureux. Cela ressemblait plus à des coups de poignard qu'à un agréable picotement.

— Je savais que cela allait arriver. Je savais que je pourrais tenir le coup, même si ce serait dur. Et… il y avait une sorte de joie à trouver dans ce drame, aussi : savoir que d'autres bébés allaient pouvoir rentrer chez eux grâce à ce que Holly pourrait leur donner. Son cœur, ses reins, son foie…

La voix d'Emma mourut. Puis elle s'éclaircit la gorge avant d'ajouter :

— Tu as connu des Noëls tout aussi durs, ajouta-t-elle. Perdre ton frère l'an dernier, et ta mère quand tu étais si jeune. Ce deuil a dû jeter une ombre sur tous les Noëls, depuis.

— Nous ne fêtions pas Noël, tout simplement, répondit Max. C'est pourquoi ceci est si difficile pour mon père.

Mais ce n'était pas difficile que pour James, pensa Emma. C'était tout aussi difficile pour Max. Sa mère devait lui manquer de nouveau tandis qu'il regardait ses neveux batailler pour s'adapter à leur nouvelle famille. Et est-ce que cette année était la première où il mettait un arbre de Noël dans la maison ? Vu la façon dont il avait condamné toute la période des fêtes comme une « frénésie commerciale », elle suspectait qu'il avait toujours évité les décorations qui allaient avec. Elle suspectait aussi que ce rejet avait plus à voir avec le chagrin qu'avec autre chose. Ce qui créait une autre connexion entre eux, mais leurs chagrins lui semblaient différents. Celui de Max datait de très longtemps, quand il n'était qu'un petit garçon, et pour elle c'était très triste. Triste qu'un père et ses fils aient été si perdus et qu'il n'y ait eu personne pour les aider dans leur deuil. Ils croyaient probablement qu'ils ne pourraient jamais changer de sentiments vis-à-vis de Noël. Mais il serait encore plus triste que leur aversion pour cette fête soit transmise à une autre génération.

Emma souhaitait pouvoir faire quelque chose, parce que ce qui était en jeu était bien plus important que sa propre tristesse liée à Noël. Il s'agissait là de trois enfants innocents qui méritaient un peu de bonheur.

— Penses-tu qu'il peut faire face ? demanda-t-elle en parlant de James, mais en espérant que Max comprendrait qu'elle se référait aussi à lui.

À sa capacité de gérer une situation difficile émotionnellement.

— Il le faudra bien, répondit-il. Les enfants sont ici pour rester et… Eh bien… il semble qu'il y ait des règles en ce qui concerne Noël.

Emma sourit.

— Il y a des règles, oui. Et je suis sûre que Ben les connaît toutes.

Il lui rendit son sourire. Par un petit sourire qui s'agrandit de plus en plus.

— Quoi ? demanda-t-elle. Qu'est-ce qui t'amuse ?

— Rien. Je suis simplement content de te voir sourire. La dernière fois que j'ai voulu que cela se produise, j'ai dû t'embrasser.

Elle sentit son propre sourire s'estomper. La mention de ce baiser, une fois de plus, fit que leur conversation précédente – aussi intense et grave qu'elle ait été – commence à s'estomper aussi. Et le rappel du baiser plana entre eux.

Telle une suggestion. Comme s'ils se demandaient à quoi cela ressemblerait de recommencer. Comme s'ils s'apercevaient, l'un et l'autre, qu'ils avaient peut-être vraiment *envie* de recommencer. Ils se tenaient si près l'un de l'autre qu'il n'en faudrait pas beaucoup pour qu'ils se touchent ; et, s'ils continuaient à se regarder dans les yeux, c'était ce qui allait arriver. L'un d'eux bougerait, Max baisserait la tête ou Emma se hausserait sur la pointe des pieds, et le gui serait superflu parce qu'ils n'avaient pas besoin d'une raison pour s'embrasser : ils étaient simplement deux adultes célibataires attirés l'un par l'autre. Peut-être sérieusement attirés…

En cette fraction de seconde, cependant, alors que le fantôme de leur premier baiser les poussait l'un vers l'autre comme le plus puissant des aimants, un bruit rompit l'envoûtement. Des craquements qui venaient du babyphone indiquant qu'Alice se réveillait et se mettait à pleurer.

— Je ferais mieux d'aller la prendre, dit Max.

Mais il semblait réticent à bouger.

Emma ouvrit la bouche pour offrir son aide, mais aucun mot n'en sortit parce que ses pensées allaient si vite qu'elles s'emmêlaient. Des signaux d'alarme retentissaient très fort dans sa tête tandis qu'elle se rappelait cet instant, plus tôt dans la soirée, où cette vieille nostalgie de la famille avait resurgi. Elle ne pouvait pas se permettre de devenir plus proche de ces enfants qu'elle ne l'était déjà – et ne le voulait pas. Et que dire du moment où elle avait réalisé à quel point il serait facile de tomber amoureuse de Max ? Cela devrait suffire à la faire partir en courant parce que ce dont elle se souvenait surtout à propos de cet homme, c'était qu'il était un play-boy. Il n'avait jamais montré le moindre intérêt pour une relation qui soit plus que de l'amusement. De l'amusement à court terme.

Mais elle ne pensait pas seulement aux trois petits orphelins qui se trouvaient en haut, en cet instant. Elle pensait aux deux petits garçons qui avaient perdu leur mère des décennies plus tôt et dont le père avait dû être trop enlisé dans son propre chagrin pour savoir que faire. Résultat : ils ne savaient plus comment fêter Noël. D'une certaine manière, ils avaient besoin de dépasser les fantômes des tragédies qu'ils avaient vécues lors de Noëls précédents, mais ce n'était peut-être pas possible sans l'aide de quelqu'un d'extérieur à ce passé.

Quelqu'un comme elle, qui pouvait comprendre combien c'était difficile, mais pouvait voir aussi à quel point c'était important pour les enfants. Elle en serait capable, si elle en avait le courage. Certes, la chose raisonnable à faire serait de quitter cette maison – de se tenir loin de ce qui lui rappelait ce qui manquait à sa propre vie et loin de l'attirance croissante qu'elle éprouvait pour Max. Mais, si elle ne s'enfuyait pas, si elle restait pour aider à la fois les deux hommes et les enfants, ce pourrait être le fondement d'une nouvelle famille, de nouveaux liens. Cela rendrait possible une nouvelle vie.

Ce serait un vrai cadeau, non ?

Pas entièrement différent du choix qu'elle avait fait cinq ans auparavant – accepter de faire quelque chose de difficile afin de rendre une nouvelle vie possible pour d'autres. Max la trouvait stupéfiante, d'avoir fait cela.

Peut-être voulait-elle qu'il pense qu'elle était toujours stupéfiante ?

Elle prit une grande inspiration.

— Va chercher Alice, Max… Je te préparerai un biberon, mais ensuite il faudra vraiment que je prenne une douche et que je dorme. Je commence encore de bonne heure, demain matin.

Max n'avait toujours pas bougé.

— Et demain soir ? demanda-t-il d'une voix douce. Reviendras-tu ici après le travail pour nous aider à mettre d'autres décorations sur notre sapin ?

Oh… La chaleur de ces yeux. Un mélange de la nouvelle confiance qui les liait – et qui avait considérablement augmenté ce soir-là —, de souvenirs partagés du passé et des traces d'un baiser qui avait failli arriver. Et, derrière ce qu'il y avait entre elle et Max, Emma avait conscience des besoins d'autres personnes. De trois enfants à qui il fallait quelque chose de vraiment spécial pour se sentir en sécurité. D'un vieil homme triste qui souffrait toujours parce que ses souvenirs de Noël étaient trop douloureux.

Ce qu'il fallait à James, comme à Max, c'était de pouvoir croire suffisamment en la famille pour ouvrir de nouveau leur cœur. Elle comprenait très bien pourquoi ils s'étaient mis en retrait, mais elle voyait aussi combien la vie serait meilleure s'ils pouvaient lâcher le passé et embrasser un nouvel avenir. Et, si elle pouvait les aider à le faire, elle s'aiderait elle-même en même temps. Elle n'avait pas célébré Noël non plus depuis le jour où Holly était née et morte.

Peut-être que le destin l'avait amenée ici parce que le moment était venu de prendre un nouveau départ. Pour eux tous. Revenir au manoir ce soir-là n'avait pas été vraiment une erreur. L'erreur serait de partir avant qu'ils aient tous fait ce pas en avant.

Mais elle ne se fia pas à elle-même pour répondre à haute voix. Tout ce qu'elle réussit à faire, ce fut de hocher la tête avant de gagner la cuisine pour préparer le biberon d'Alice. Néanmoins, c'était une réponse définitive à la question de Max.

Elle serait là de nouveau le lendemain. Et le surlendemain. Et le jour de Noël.

Cela devenait manifestement plus facile.

La veille, dans cette même pièce, Max avait tenté de nourrir un bébé qui ne voulait pas de lui. Maintenant, assis dans le fauteuil de son père, il tenait une petite fille qui s'était presque rendormie avant d'avoir bu la moitié de son biberon. Il devrait sans doute la ramener dans la chambre et la recoucher, mais pour l'instant il n'avait pas envie de bouger.

La forme d'Alice, dans ses bras, lui devenait déjà familière. Son odeur aussi, lorsqu'il se pencha pour s'approcher de la petite tête nichée au creux de son coude. Il pensa à Emma. Et imagina ce que cela avait dû être de tenir ainsi un bébé – son propre bébé, à qui elle venait de donner naissance – en sachant qu'il allait lui être enlevé en un rien de temps pour toujours. Il avait été complètement soufflé par son histoire, et son respect pour elle avait grimpé en flèche. Il n'avait jamais rencontré une femme comme elle. Il n'avait jamais rencontré *personne* comme Emma Moretti, en fait.

Il pouvait comprendre à présent qu'il avait vraiment vu de la peur dans ses yeux, le premier soir, quand elle l'avait trouvé aux prises avec un bébé affamé, ne sachant pas comment s'y prendre. Et qu'avait-il fait ? Il lui avait simplement mis Alice dans les bras, et maintenant son geste lui paraissait horrible. Il avait envie de serrer Emma contre lui et de lui dire combien il était désolé. Pas seulement de l'avoir forcée à prendre Alice, mais pour tout ce qui lui était arrivé depuis que leurs chemins s'étaient séparés. Pour le chagrin qu'elle avait dû éprouver. Pour sa relation brisée, même s'il était convaincu que ce Richard n'était pas assez bien pour elle.

Elle était quelqu'un d'incroyablement spécial. Et une femme très attirante, par ailleurs. Il l'avait presque embrassée de nouveau, bonté divine ! Comment avait-il pu en arriver là après avoir entendu sa tragique histoire ? Et pourquoi avait-il eu envie de le faire encore plus que la première fois, quand tout ce qu'il voulait était de voir revenir ce sourire splendide ?

Le souvenir de cette fête de Noël l'incita à se demander si c'était le chagrin d'avoir perdu la petite Holly qui avait poussé Emma à abandonner la carrière qu'elle avait choisie parce qu'elle adorait les enfants et les bébés. Elle était manifestement excellente dans son travail d'intérimaire, s'adaptant tout de suite à de nouveaux environnements et se montrant brillante, mais cela ne semblait pas être ce qui convenait à quelqu'un comme elle. Sous certains aspects, elle lui rappelait sa mère – une personne si intelligente, si capable, avec tant d'amour à donner aux gens assez chanceux pour faire partie de son cercle rapproché.

Il était étrange que, même après des décennies, il lui soit encore possible d'éprouver la douleur de cette perte, mais elle était assez atténuée pour que Max puisse facilement recentrer ses pensées. Emma passait d'un poste à l'autre, maintenant, évitant tout engagement vis-à-vis de quoi que ce soit. De qui que ce soit ? Le jour de Noël lui apportait-il un peu de joie ou était-il seulement rempli de souvenirs aussi tristes qu'insupportables ?

Il pouvait le comprendre.

Toutefois… Elle avait dit qu'elle reviendrait les aider le lendemain soir. Qu'elle resterait jusqu'à Noël, en fait. Alors…

Max ôta doucement la tétine de la petite bouche détendue d'Alice, mais il attendit un long moment avant de poser le biberon sur la table à côté de lui.

Alors s'il pouvait, d'une certaine manière, faire de ce Noël un événement joyeux pour Emma ? Une période où elle serait à même de sourire, de prendre plaisir à être avec des enfants et des bébés – une famille ? Cela pourrait peut-être l'aider à faire un pas en avant vers un avenir qu'elle méritait vraiment, où le chagrin pouvait être contrebalancé par la joie. Où la tristesse pouvait être atténuée par la lumière que le rire et l'affection faisaient jaillir.

Cela n'aiderait pas qu'Emma. Cela pourrait être bon pour son père. Et pour lui-même aussi, peut-être. Ce ne serait sans doute pas facile, mais il n'y avait qu'à voir la façon dont Emma et lui avaient travaillé ensemble, ce jour-là. S'il pouvait l'associer en ramenant tout aux enfants – et peut-être à son père —, ils pourraient s'aider mutuellement à dépasser leurs problèmes personnels. Il pourrait faire taire son dégoût pour la frénésie commerciale de la période des fêtes. Emma, il fallait l'espérer, pourrait entrevoir un avenir où elle célébrerait les liens familiaux qui, pour elle, constituaient l'essence de Noël. Un avenir qu'elle pourrait embrasser sans restrictions ni peur.

Comme il ne travaillait pas, il aurait du temps pour se remémorer la façon dont sa mère rendait la maison vivante au moment de Noël. Il pourrait faire des courses – en ligne, si nécessaire – pour trouver des cadeaux qu'il mettrait sous le sapin. Il pourrait demander à Maggie de faire des pâtisseries de Noël, afin que la maison soit emplie de ces arômes délicieux dont il se souvenait vaguement. Il pourrait monter dans le grenier poussiéreux et sortir ces dizaines de boîtes qui contenaient des kilomètres de guirlandes lumineuses et des décorations en tout genre.

Il baissa les yeux sur le bébé dans ses bras et lui caressa doucement la joue de l'index.

— C'est ce que je vais faire, Alice, dit-il. Pour ton grand frère et ta grande sœur. Pour mon papa. Pour Emma. Et ne t'inquiète pas, nous prendrons plein de photos que tu verras plus tard. Ce sera une sorte d'entraînement. Nous serons vraiment bons quand tu seras assez grande pour te souvenir.

Il se leva lentement pour ne pas réveiller sa nièce et monta la coucher dans son berceau. Il était bon de voir qu'elle avait été assez tranquille pour s'endormir. Il était bon de passer devant la porte de la chambre, pas loin de la sienne, où il savait qu'Emma était couchée dans son lit et dormait peut-être aussi.

Et il lui paraissait encore meilleur d'avoir, pour les jours prochains, une mission qui pourrait aider Emma. Et son père. Il avait toujours travaillé dur et s'était beaucoup amusé dans sa vie. Cette mission n'était ni du travail ni un jeu, mais il allait y mettre tous ses efforts. À cent un pour cent.

Parce que c'était important pour tous les habitants de

cette maison, qu'il voulait tous les protéger et leur faire le précieux cadeau de la joie. Sa mission était peut-être concentrée sur un seul jour spécial, pour le moment, mais c'était un début, et il était déterminé à en faire le meilleur jour possible. Pour tout le monde, y compris Emma.

Et peut-être – étant donné ce qu'il avait appris sur elle ce soir – *spécialement* pour Emma.

7.

Passant son stéthoscope à son cou tandis qu'elle entrait aux urgences de l'hôpital royal le lendemain matin de bonne heure, Emma ralentit le pas et s'arrêta presque. D'accord, on était à la veille du 24 décembre, mais bon sang, que faisaient là tous ces gens habillés en Père Noël ? Ils devaient être une dizaine dans la zone de soins.

Miriam, la surveillante, essayait de garder son sérieux.

— Apparemment, une fête de Noël endiablée qui s'est mal terminée, dit-elle. Trop de gens dansaient sur la table, et un pied s'est cassé.

Emma haussa les sourcils.

— Un pied de table ou le pied de quelqu'un ?

Un sourire échappa à Miriam.

— De table, mais il y a un homme blessé à la cheville, une femme avec une possible fracture du poignet et des bleus et des bosses.

— Qui dois-je voir en premier ?

— La cheville, je pense. C'est le chef de la troupe. Il est assez ivre, alors il est peut-être blessé plus gravement qu'il ne s'en rend compte.

L'homme d'âge moyen portait toujours son bonnet rouge et blanc. Après avoir vérifié ses constantes vitales, qui étaient normales, Emma se présenta et lui demanda comment il se sentait.

— Je ne me suis jamais senti mieux, répondit-il. C'était la meilleure fête de ma vie.

— Elle a dû être réussie, si elle a duré jusqu'à l'aube…

— Oh ! je ne pense pas qu'elle soit finie ! On ouvrait une nouvelle caisse de prosecco quand nos taxis sont arrivés.

— Hum…

Emma examina la blessure de son patient. La cheville était assez enflée pour qu'il s'agisse d'une sérieuse entorse ou d'une fracture.

— Pouvez-vous essayer de remuer vos doigts de pied ?

L'homme s'exécuta avec un grognement de douleur, mais Emma n'était pas aussi concentrée que d'habitude. Ce n'était pas seulement la présence de tous ces Pères Noël en état d'ébriété qui la distrayait, c'était aussi la mention de l'alcool italien qui la faisait penser à cette fête de Noël remontant à dix ans. À ce baiser.

Le baiser qui avait failli se reproduire la veille au soir.

Elle en avait eu tellement envie ! C'était la raison pour laquelle elle avait laissé Max se débrouiller avec le biberon d'Alice et s'était glissée hors de la maison ce matin-là avant que quiconque soit levé. Les choses étaient déjà assez compliquées chez les Cunningham sans laisser déraper en plus une attirance sexuelle. Au cours de la nuit où elle n'avait presque pas dormi, elle avait décidé que même une brève aventure – la spécialité de Max – le détournerait de ses obligations vis-à-vis des enfants, et que sa mission à elle était de le garder concentré sur ses devoirs. Si ce n'était pas exactement ce qu'elle désirait, elle était prête à l'accepter dans l'intérêt de tous.

Mais elle devait rester concentrée sur sa tâche, elle aussi.

Elle continua à examiner son patient et à l'interroger, pendant qu'à côté l'ambiance allait bon train. Miriam dut même venir mettre de l'ordre, demandant aux Pères Noël d'aller danser dans la salle d'attente.

— Je ne pense pas que votre cheville soit cassée, conclut Emma. Mais nous allons vous faire passer une radio, par sécurité.

La femme au poignet fracturé fut elle aussi envoyée à la radio, mais les autres blessures furent déclarées mineures, et les patients en rouge et blanc se dispersèrent peu à peu, certains commençant à se plaindre de migraines.

— Les soirées de Noël ! marmonna Miriam en secouant la tête. Elles causent plus de dégâts qu'elles n'en valent la peine, la plupart du temps.

— Hum.

Emma devait cesser de penser à ces soirées, à Max et au fait d'être embrassée par lui.

Son patient suivant, amené en ambulance après une sérieuse attaque, suffit à lui rendre sa concentration, et cela continua pendant le reste de son service. Elle eut à traiter une série de cas qui exigeaient un diagnostic rapide et devaient être stabilisés d'urgence. La journée se termina par une fillette de dix ans qui souffrait d'une sévère crise d'asthme et dut être transférée en soins intensifs. Par bonheur, elle fut vite hors de danger.

Emma pensait encore à ce dernier cas tandis qu'elle roulait vers Upper Barnsley. La mère de la petite fille avait fondu en larmes quand on lui avait annoncé que le pire était passé.

— Pendant une heure, j'ai eu peur qu'elle ne puisse pas déballer ses cadeaux de Noël…

Cette phrase rappela à Emma que Max lui avait demandé de trouver ce que Ben et Tilly souhaitaient recevoir comme cadeau « spécial ». Elle pensait toujours les aider à rédiger une liste qu'ils mettraient dans la cheminée. Lorsqu'elle arriva à la maison, elle voulut en parler à Max, mais elle ne put placer une parole.

— Viens avec moi, dit-il aussitôt, comme s'il l'avait attendue de pied ferme. Nous n'avons pas beaucoup de temps.

Il la saisit par la main et l'entraîna dans l'escalier. Où allaient-ils ? Dans les chambres ? Emma songea à se dégager et à demander ce qui se passait, mais la chaleur de la main de Max autour de la sienne et sa détermination étaient irrésistibles. Tout ce à quoi elle put penser, ce fut qu'elle irait probablement n'importe où avec cet homme s'il voulait qu'elle le suive. C'était très excitant, surtout la sensation de sa peau contre la sienne tandis qu'ils se hâtaient de monter. Sa résolution de se tenir à l'écart de toute relation intime avec lui semblait faiblir rapidement.

Ils dépassèrent les chambres, prirent un autre couloir

décoré de portraits anciens et s'engagèrent dans un escalier plus étroit.

— Là-haut, c'étaient les quartiers des domestiques avant que ma famille achète la maison, expliqua Max. Quand nous étions petits, nous aimions nous y cacher, Andy et moi.

— C'est ce que nous faisons ? Jouer à cache-cache avec Ben et Tilly ?

— Non.

En haut de l'escalier, ils laissèrent des traces de pas sur les planchers poussiéreux.

— Ils sont à la cuisine avec Maggie et sa fille, Ruth, qui est en congé de maternité. Sinon, elle est institutrice en maternelle et elle est formidable avec les enfants. Ils sont en train de glacer des cookies de Noël, pour l'instant. Alice dort. Mon père fait une visite à domicile. C'est la première occasion que j'ai de faire ceci ; j'ai attendu toute la journée.

Il s'arrêta pour regarder un autre escalier qui était en fait une échelle de meunier. Puis il décocha un grand sourire à Emma.

— Le grenier est là-haut, dit-il en lui lâchant la main pour commencer à grimper. Il doit y avoir assez de décorations de Noël pour faire couler un navire de guerre, si elles n'ont pas été rongées par les souris. J'avais besoin d'aide pour les descendre, mais je ne voulais pas que Ben risque de tomber dans cet escalier. Je ne voulais pas non plus que papa sache ce que je comptais faire, car il aurait essayé de m'en empêcher. Ça ne va pas lui plaire mais, si nous pouvons commencer à les installer, je me suis dit qu'il verrait quel plaisir c'est pour les petits et… et…

— Il ne voudra pas les décevoir.

Emma hocha la tête en grimpant à l'échelle.

— Un peu de chantage émotionnel, hein ? Ça a marché avec moi, en tout cas.

— Quoi ? Quand ? demanda Max, l'air horrifié.

— Quand tu m'as rappelé que j'avais promis aux enfants de leur montrer comment faire des étoiles pour m'obliger à revenir.

— Oh…

Max disparut à travers la trappe ouverte dans le plafond, puis se tourna pour tendre la main à Emma. Il l'aida à accéder au grenier, souriant.

— Tu me pardonnes ? De t'avoir fait chanter ?

— C'était pour une bonne cause.

En la tirant vers le haut, il lui avait donné de l'élan, et elle s'avisa qu'elle pouvait s'affaler contre lui. Il poserait sans doute les mains sur ses épaules pour la stabiliser, et cela pourrait bien être l'occasion de reprendre là où ils s'étaient arrêtés la veille. De revenir à cet instant « avant baiser », si elle le voulait.

Elle en avait envie. Énormément. Mais en même temps cela la rendait nerveuse ; aussi, elle freina son élan et s'immobilisa. Elle remarqua la faible lumière qui tombait des vasistas. Le grenier était encombré de cartons, de meubles et de toutes sortes d'objets. Il sentait la poussière et les secrets. Même sans embrasser Max, elle trouvait la chose excitante parce qu'elle n'était jamais montée dans un vrai grenier digne d'un recueil d'histoires. Et ils étaient là ensemble, et… Eh bien…

C'était amusant. Et depuis combien de temps n'avait-elle pas fait quelque chose rien que pour le plaisir ?

— Regarde… Voilà un carton de décorations.

Max l'ouvrit.

— C'est la fausse verdure ! Je me rappelle que maman l'entortillait autour des barreaux de la rampe du grand escalier. Et là…

Il ouvrit une autre boîte.

— Ce sont les guirlandes lumineuses. Il nous en faut pour notre sapin, n'est-ce pas ?

— Absolument.

Emma attrapa un autre carton de la pile ; il était plein d'objets enveloppés dans du papier de soie.

— Des décorations. Oh ! regarde… Ce sont des fruits ! Des pommes, des poires, des cerises en métal doré ou argenté.

Max lui arrêta la main.

— Ne les défais pas tout de suite. Nous allons les descendre, et les enfants pourront aider à les déballer.

Le contact de ses doigts, de nouveau, figea Emma. Elle était aussi proche de lui que la veille, quand elle avait été sûre qu'ils se seraient embrassés si Alice ne s'était pas réveillée. Là, il n'y avait pas de pleurs de bébé, et ils étaient sans doute dans la partie la plus secrète de l'immense et vieille demeure, mais, lorsqu'elle regarda Max dans les yeux, elle sut qu'ils n'échangeraient pas de baiser. C'était comme s'ils scellaient une sorte de pacte silencieux : il s'agissait des enfants, et ils étaient partenaires dans une même équipe.

C'était la conclusion à laquelle elle était arrivée le soir précédent, aussi tentant qu'il ait été d'explorer ce regain d'attirance inattendu entre Max et elle. Et, apparemment, il avait décidé la même chose.

Elle ne devait pas être déçue, se dit-elle fermement. Elle ne l'était pas. Pas vraiment…

Si elle se le répétait assez souvent, elle finirait peut-être par le croire.

Oh ! bon sang…

Il avait tellement envie d'embrasser Emma. Avait-elle remarqué qu'il ne pouvait pas cesser de la toucher ? Elle aurait très bien pu monter l'échelle et prendre pied toute seule dans le grenier, un instant plus tôt, et maintenant il tenait de nouveau sa main sous prétexte de l'empêcher de déballer les décorations.

Et la façon dont elle le regardait… Comme si elle désirait qu'il l'embrasse ?

Eh bien, il ne le pouvait pas, point final. Céder à la tentation, c'était ainsi que l'ancien Max aurait réagi. Celui qui prenait plaisir à jouer avec des jolies femmes. À les aimer, à les quitter et à se fabriquer une réputation dont il avait finalement assez honte. Il avait des responsabilités bien plus importantes, maintenant ; en outre, il respectait beaucoup trop Emma pour penser qu'elle souhaiterait avoir une aventure avec lui.

En revanche, elle paraissait heureuse de s'occuper de décorations de Noël avec lui. Ensemble, ils descendirent carton après carton et, ainsi qu'il l'avait espéré, Ben et Tilly furent très excités par ce qu'ils pouvaient contenir. On ne les reconnaissait presque plus, comparés aux enfants silencieux et effrayés assis sur le canapé du salon quelques soirs plus tôt.

Maggie et sa fille restèrent pour aider – aussi curieuses que les enfants de voir ce qui était resté rangé pendant des dizaines d'années. Alice dormait dans son couffin près du canapé tandis qu'ils se mettaient à ouvrir les cartons.

Au fur et à mesure qu'ils sortaient les décorations, Max en indiquait l'usage. Des bouquets de clochettes faits pour aller sur les portes, une grosse couronne destinée à orner la porte d'entrée, quantité de bougies, une nappe et des serviettes de fête…

— Je ne pense pas que nous en aurons besoin, dit Max. Je ne saurais pas comment m'y prendre pour préparer un déjeuner de Noël.

Maggie et sa fille échangèrent un coup d'œil.

— Nous pourrions peut-être aider, intervint la gouvernante. Ruth et moi devions être seules à la maison, et nous avons une dinde bien trop grosse pour deux. Nous pourrions venir ici et faire le repas pour tout le monde, si vous voulez.

— Qu'en penses-tu, Ben ? demanda Max. Y a-t-il des règles pour le déjeuner de Noël ?

Le petit garçon hocha la tête.

— Des petits cochons en couverture. Et de la gelée rouge en dessert.

Maggie éclata de rire.

— Je crois que nous pourrons nous débrouiller. Vous serez là aussi, j'espère, Emma ? demanda-t-elle.

— J'ai un service de nuit le 24 décembre, alors je serai de retour à temps pour le déjeuner du 25.

Max disposa une longue guirlande lumineuse tout autour du sapin, puis conseilla aux enfants de reculer pendant qu'il la branchait.

— Je ne sais pas très bien ce qui va se passer, expliqua-t-il. Ces lampes n'ont pas servi depuis très longtemps.

— Pourquoi ? demanda Ben.

— Parce qu'elles faisaient partie des décorations de Noël de ma maman – votre grand-mère – et… Eh bien, elle est morte, et comme nous étions très tristes nous ne les avons plus jamais ressorties.

Max actionna l'interrupteur, et les ampoules s'allumèrent en clignotant, faisant étinceler le sapin. Il décida que c'était un bon présage. Que tout allait marcher avec un peu de magie de Noël.

— Ma maman est morte aussi, dit Tilly, sa lèvre inférieure tremblant. Et je suis triste.

— Je sais, mon cœur.

Du coin de l'œil, Max vit Emma commencer à s'approcher de Tilly, mais elle s'arrêta, les poings serrés, comme si elle avait peur de suivre son instinct pour réconforter la petite fille. Alors ce fut lui qui vint soulever sa nièce dans ses bras pour lui faire un câlin, résistant à l'envie d'attirer Emma à lui, aussi. S'il essayait de la forcer à ouvrir son cœur à ces enfants, elle pourrait changer d'avis et ne pas passer Noël avec eux. Il pouvait seulement espérer qu'un peu de cette magie étincelante de Noël l'envelopperait et qu'elle trouverait le courage de dépasser sa peur. Et qu'ainsi elle verrait ce qu'un nouvel avenir pouvait lui offrir.

— Peux-tu m'aider, Tilly ? demanda-t-il. Tu pourrais déballer les décorations qui sont dans ce carton, et nous les suspendrons au sapin.

— Il y a ce truc vert, aussi, dit Emma en tirant sur la longue guirlande faite de lierre, de gui et de houx artificiels. Je pourrais en décorer la rampe, peut-être ? Et accrocher les clochettes aux portes ?

Ben et Tilly se précipitèrent pour l'aider.

Ce fut alors que le drame se produisit. La haute silhouette de James Cunningham s'encadra dans la porte du salon, incarnation vivante de la fureur.

— Par tous les diables, que se passe-t-il ici ? tonna-t-il. Où avez-vous pris ces cartons ?

— Au grenier, papa, répondit Max en s'efforçant de garder un ton neutre. Nous avions besoin de décorations pour le sapin.

Mais on l'entendit à peine à cause des enfants qui pleuraient. Ce rugissement furieux avait propulsé Ben avec son bout de guirlande derrière les jambes d'Emma. Tilly avait fondu en larmes et Alice, réveillée, s'était mise à hurler. Maggie et Ruth allèrent vers le bébé, et Max vit la façon dont Emma tendit instinctivement les bras pour protéger les deux enfants proches d'elle. Elle lançait un regard noir à son père, paraissant à la fois horrifiée et en colère qu'il fasse peur à tout le monde.

Max était fâché aussi, même si une partie de son cœur se brisait pour son père. Il savait que James serait bouleversé de voir réapparaître les précieuses décorations de sa femme sans en avoir été averti, mais il jugeait injuste d'effrayer les enfants de cette manière. Pirate, l'air inquiet, se faufila sous un fauteuil.

— Vous n'avez pas le droit ! s'écria James. Rangez-moi tout ça ! Ben… Lâche cette chose. Tout de suite.

La guirlande glissa des mains du petit garçon.

Max s'éclaircit la gorge.

— Si maman était là, c'est exactement ce qu'elle ferait, papa, dit-il.

— Je veux ma maman ! sanglota Tilly en s'affalant par terre.

Ben quitta l'abri d'Emma pour venir consoler sa petite sœur. Sortant de dessous le fauteuil, Pirate alla lentement vers les enfants. S'asseyant près de Tilly, il pressa la truffe sur ses mains qui couvraient ses yeux. Surprise, la petite fille s'arrêta de pleurer.

Maggie, qui berçait Alice, réussissait peu à peu à la calmer. Ruth, les mains sur son ventre proéminent, comme pour se protéger, dévisageait nerveusement l'employeur de sa mère. Tournant la tête, Max vit qu'Emma le regardait fixement. S'il avait eu des doutes sur son engagement à l'aider dans son projet – rendre ce Noël spécial pour les enfants —, ils s'évaporèrent instantanément. Face à l'opposition de James, elle était devenue aussi déterminée que lui à réussir. Elle ferait tout ce qu'il faudrait pour préserver ces petits, même si elle devait le faire seule, mais elle souhaitait son aide.

Elle avait besoin de lui à son côté, songea-t-il avec une détermination farouche.

Il ferait le maximum pour les protéger, elle et les enfants.

— C'est ce que maman aurait voulu que nous fassions, papa, déclara-t-il fermement. Tu sais à quel point elle adorait Noël. À quel point elle voulait que tout le monde soit heureux. Cela fait très longtemps que ce n'est pas arrivé, je le sais, mais cette année nous allons avoir un vrai Noël dans cette maison.

James fixait les cartons. L'énorme couronne que Maggie avait mise de côté pour l'installer sur la porte d'entrée. Les grappes de grelots et les décorations enveloppées dans du papier de soie.

— Oh… Faites ce que vous voulez, alors ! lança-t-il d'un ton coupant. Manifestement, vous n'en ferez qu'à votre tête, de toute façon. Moi, je sors.

Il fit claquer ses doigts.

— Pirate, viens avec moi.

Mais le petit chien ne bougea pas. Au contraire, il se pressa plus près de Tilly, et Ben posa une main sur sa tête blanche. Un instant, horrifié, Max se demanda si son père allait s'avancer et arracher le chien aux enfants, mais James, après avoir fixé la scène un moment, poussa un grondement frustré et tourna les talons pour sortir avec raideur.

Pendant un long, long moment, le silence régna dans le salon. Il fut rompu par la petite voix de Ben.

— Je ne crois pas que grand-père aime Noël.

Max alla jusqu'à son neveu et s'accroupit près de lui.

— Il l'aimait, autrefois, dit-il. C'était le plus beau jour de l'année pour nous tous, quand j'étais un petit garçon comme toi. Il a oublié, c'est tout. Mais nous pouvons l'aider à s'en souvenir. Il n'est pas en colère contre toi. Il est juste…

— Triste, compléta Ben en hochant la tête. Parce que sa maman est morte.

Max ne corrigea pas son erreur.

— C'est toujours triste quand quelqu'un qu'on aime meurt, approuva-t-il. Et il est normal d'être triste, mais il est aussi normal de s'amuser. Pourquoi ne pas nous amuser, maintenant, et voir comment rendre la maison jolie avec toutes ces décorations ? Tu crois que, Tilly et toi, vous pouvez installer cette longue guirlande de verdure le long de l'escalier ?

Tandis que les enfants se dirigeaient vers la porte, il surprit le coup d'œil anxieux d'Emma.

— Tout va bien, dit-il. Papa est sorti marcher. Il lui faut juste un peu de temps pour se faire à tout ça.

Elle ne parut pas convaincue.

— Cela fait très longtemps, ajouta Max. Je le suspecte d'être bien plus guéri qu'il ne le réalise lui-même, mais il ne s'en rendra jamais compte si on ne lui arrache pas ce pansement qu'il persiste à garder. Passer un vrai Noël avec ses petits-enfants sera peut-être la meilleure chose qui puisse lui arriver.

Emma fronçait toujours les sourcils.

— Tu ne crois pas que Ben va avoir un peu peur de lui, après cette explosion ?

Max soutint son regard.

— Peut-être. Mais je pense qu'il s'en remettra. Même ce qui fait peur n'est pas trop grave quand on a quelqu'un à son côté. Et je suis là pour Ben. Il m'aura toujours.

Emma saisirait-elle le message tacite qu'il était là pour elle, aussi ? Qu'elle l'avait à son côté pour affronter ce qui était probablement sa première vraie célébration de Noël depuis longtemps ?

Peut-être fut-ce le cas. Ses yeux brillèrent comme s'ils se remplissaient de larmes.

— C'est un petit garçon chanceux, dit-elle doucement. Et je pense que tu as raison. Tout va bien aller pour lui.

Beaucoup plus tard ce soir-là, Emma descendit l'escalier pour aller chercher un verre d'eau à la cuisine, admirant la guirlande entrelacée aux barreaux de la rampe. À sa surprise, elle trouva Max assis à la table, son ordinateur portable ouvert devant lui avec le babyphone à côté. James était là aussi, devant une assiette vide. Elle en conclut qu'il avait mangé le repas qu'ils lui avaient laissé dans le four puisqu'il n'était pas rentré dîner.

— Je vous dois des excuses, aussi, dit-il d'un ton bougon.

Elle les accepta d'un signe de tête.

— Vous avez manqué aux enfants quand ils se sont couchés. Ils auraient voulu que vous leur lisiez une histoire. Ben a dit que cela pourrait vous faire vous sentir mieux parce que les histoires le font toujours se sentir mieux.

James la dévisagea un long moment.

— Vous savez toujours ce qu'il faut dire, n'est-ce pas, ma douce ? Vous êtes comme mon Hannah.

Il se leva.

— Je vais me coucher. Mais je ferais mieux de sortir Pirate, avant. Il commence à neiger, et il n'aime pas quand elle est trop épaisse. Savez-vous où il est ?

— Couché à côté du lit de Ben, répondit Emma. Je crois qu'il a décidé que c'est son travail de protéger les enfants.

— Il n'est pas le seul, n'est-ce pas ?

James mit son assiette dans l'évier.

— Tout va bien… Maintenant que j'ai surmonté le choc, je sais que j'ai eu tort et je le dirai aux enfants demain. Il est temps que Noël soit fêté de nouveau ici.

Il sourit à Emma.

— Je devrais peut-être écrire mon souhait de Noël sur un bout de papier que vous mettriez dans la cheminée. Max m'a dit que vous l'avez fait pour les enfants, ce soir.

— Je suis sur le sujet, intervint Max. Je regarde si je peux trouver ce qu'ils veulent en ligne pour faire tout livrer en secret demain.

— Ben n'a-t-il pas dit qu'il voulait un vélo bleu ? demanda Emma. Ça risque d'être difficile à cacher.

— Il y a quelques pièces inutilisées au-dessus du cabinet médical, des chambres avec salle de bains qui feraient un bon logement pour une nounou à plein temps, plus tard ; il sera facile d'entreposer les jouets livrés. Nous les emballerons demain soir et les mettrons sous le sapin pour le matin de Noël.

James se dirigea vers la porte.

— N'oubliez pas les chaussettes, marmonna-t-il. Celles que ta maman suspendait toujours au-dessus de la cheminée. Elles doivent être dans un de ces cartons.

— Il fait de gros efforts, dit Max calmement quand son père eut quitté la pièce. Ce n'est pas facile.

— Je sais. Pour toi non plus.

Emma l'avait observé pendant qu'ils décoraient l'arbre de Noël, et elle avait vu avec quelle vénération il tenait certains objets – tels que les splendides anges de verre —, comme s'il se remémorait la dernière fois où il avait fait cela avec sa mère. Et son cœur s'était serré pour ce petit garçon qui avait dû redouter Noël pendant tant d'années, par la suite.

Elle tira une chaise pour s'asseoir à côté de lui et voir l'écran de son ordinateur.

— Tu y arrives ? demanda-t-elle.

— Pas mal. Derby's possède un formidable rayon de jouets. J'ai trouvé le vélo de Ben, avec un ballon de foot et une tente.

— Une tente ?

— Andy et moi en avions une que nous plantions dans les bois et nous faisions comme si nous étions à des kilomètres de tout. J'ai pensé que Ben aimerait peut-être essayer.

— C'est une super idée.

— En revanche, je ne vois pas bien ce que Tilly veut dire par « des affaires de fée ».

— Oh… Je peux aider, pour ça.

Emma prit la souris et passa en revue les différents articles disponibles.

— Regarde : une panoplie complète, avec une robe, une baguette, un chapeau pointu et des ailes. Il y a même un pot de « poussière de fée », probablement de la poudre scintillante qu'elle va mettre partout… Voilà, tu as tout.

Elle leva les yeux avec un sourire ravi, en imaginant la mine de Tilly lorsqu'elle découvrirait exactement ce qu'elle avait commandé. Mais elle n'avait pas réalisé à quel point elle s'était rapprochée de Max. Et elle ne s'était pas attendue à le voir la regarder avec un grand sourire, aussi content qu'elle d'avoir trouvé le cadeau parfait.

Et alors il fut là de nouveau. Ce moment où leurs regards se soudèrent et où leur sourire s'estompa, tandis qu'ils s'apercevaient qu'ils ne pouvaient pas se quitter des yeux. Que cette attraction magnétique était tout simplement trop puissante pour qu'ils puissent y résister.

— Merci, dit Max d'une voix un peu rauque et terriblement sexy. Je n'y arriverais pas sans ton aide.

— Oh… Je le fais avec plaisir.

La voix d'Emma ressemblait plus à un murmure, et son dernier mot fut celui qui rompit l'équilibre. *Plaisir…* Il resta en suspens entre eux, et elle sut que Max avait exactement le même genre de pensée qu'elle. Que le vrai plaisir était là aussi, en suspens, attendant que l'un d'eux fasse le premier pas.

Ils le firent peut-être ensemble, car une fraction de seconde plus tard leurs lèvres se touchèrent. Si doucement d'abord qu'Emma dut fermer les yeux pour pouvoir sentir ce contact. Puis les lèvres de Max bougèrent, et elle entrouvrit les siennes. Mais ce fut lorsqu'elle sentit la langue de Max qui cherchait sa propre langue qu'elle cessa de penser à ce qui se passait pour s'abandonner dans une sensation oubliée.

Du pur plaisir, c'était sûr. Si intense que rien d'autre n'existait. Cela ne ressemblait en rien à ce baiser public sous le gui lors de cette soirée qui remontait à des années. Ne ressemblait en rien aux baisers qu'Emma avait pu recevoir dans sa vie. Elle ne voulait pas que cela s'arrête, mais le besoin de respirer rendit une pause indispensable. Lorsqu'elle ouvrit les yeux, étouffant une exclamation, elle découvrit Max qui la fixait, paraissant aussi sidéré qu'elle.

Au secours…

Cela n'était pas censé arriver.

Elle se prépara à ce qui allait se produire, à présent. Un rire, peut-être, pour montrer que ce baiser était sans importance ? L'assurance, de nouveau, qu'elle n'avait rien à craindre, car elle n'était « tellement pas » le genre de Max ?

Lorsqu'il ouvrit la bouche pour dire quelque chose, elle ferma les yeux afin de pouvoir cacher sa réaction aux paroles qu'il allait prononcer.

8.

Max ne savait pas du tout quoi dire, mais il éprouvait le besoin d'exprimer son appréciation pour ce qui avait dû être le baiser le plus mémorable de sa vie. Et ce n'était pas rien étant donné sa longue expérience.

Il y avait quelque chose de très différent chez Emma Moretti. Ce n'était pas seulement la douceur de ses lèvres, le goût incroyable de sa bouche, la façon dont elle réagissait à lui comme s'ils tenaient une conversation dans un langage qu'ils étaient seuls à connaître. C'était bien davantage. Parce qu'il en était venu à comprendre qu'elle était la femme la plus extraordinaire qu'il avait jamais rencontrée et qu'il avait un énorme respect pour elle, professionnellement mais encore plus sur un plan personnel.

Qu'elle ait choisi de vivre une expérience aussi traumatisante avec son bébé, seulement pour aider, était quelque chose qui la plaçait bien au-dessus de lui en termes d'humanité, de générosité, et du genre de vertu que personne n'associerait à un homme de sa réputation. Penser qu'elle puisse être intéressée par lui le faisait se sentir étrangement timide. Mais ce baiser venait de révéler qu'elle était peut-être bien aussi attirée par lui qu'il l'était par elle. Et qu'elle pouvait, en fait, être aussi avide que lui d'aller plus loin qu'un simple baiser.

Un *simple* baiser ?

Le juron qui s'échappa finalement de la bouche de Max n'était pas quelque chose qu'il utilisait en public, normalement, mais il lui fallait une formule à la fois succincte et puissante pour résumer sa réaction. Ses paroles surprirent certainement Emma. Elle ouvrit brusquement les yeux et les écarquilla, choquée.

— Je pensais que tu allais rire, dit-elle. Pas dire… *ça*.

— Mais pourquoi rirais-je ?

— C'est ce que tu as fait la dernière fois où tu m'as embrassée.

— Ah oui ? Non… Je pense que c'est *toi* qui as ri, et que j'ai été content que tu sembles plus heureuse parce que c'était ce que je voulais.

— Tu as ri le premier, insista Emma. Puis tu m'as dit de ne pas m'inquiéter parce que je n'étais « tellement pas » ton genre.

Oh… C'était vrai. Et faux en même temps. Même alors, il avait su précisément à quel point Emma Moretti était attirante, mais elle n'était absolument pas son genre parce qu'elle était dangereuse pour lui. Ou qu'il était dangereux pour elle. Elle voulait des choses si différentes dans la vie, et il aurait fini par lui faire du mal s'il avait cédé à cette attirance. Il était vraiment ironique que ce soit lui qui se retrouve avec une famille nombreuse, maintenant, alors qu'Emma était libre comme l'air, qu'elle allait d'un endroit à l'autre et avait la possibilité de travailler et de s'amuser avec qui elle voulait.

Une autre pensée le perturbait un peu : si Emma se rappelait encore exactement ses paroles après tout ce temps, était-ce parce qu'il l'avait blessée alors qu'il cherchait justement à ne pas le faire ?

Il soutint son regard.

— Tout homme normal aurait fantasmé sur toi, Emma. J'ai dit ça parce que je savais que *je* n'étais pas ton genre. Je voulais peut-être le dire avant que tu le fasses.

— Tu n'étais pas mon genre, dit-elle, un petit sourire au coin de la bouche. Tu étais le mauvais garçon du groupe, le type d'homme à prendre et à laisser tomber les femmes. Mais toute femme normale aurait fantasmé sur toi.

Max eut soudain du mal à déglutir. Disait-elle ce qu'il pensait qu'elle disait ? Qu'elle avait fantasmé sur lui ? Que c'était toujours le cas ? Il pouvait le découvrir en l'embrassant de nouveau, se dit-il. Si elle voulait qu'il l'embrasse de nouveau. Et si elle acceptait, alors il pourrait la soulever dans ses bras et l'emporter… Où ? Dans sa chambre à coucher ? Où Alice dormait dans son berceau ?

Il tourna la tête vers le babyphone posé à côté de son ordinateur. Emma suivit la direction de son regard, et il l'entendit soupirer. La proximité de trois enfants posait certainement un problème. La petite voix qu'ils entendirent tous les deux à la porte de la cuisine une seconde plus tard rendit cette difficulté encore plus réelle.

— Oncle Max ?

Il se tourna vivement.

— Qu'y a-t-il, Ben ?

— Je me suis réveillé.

— C'est ce que je vois, mon grand.

Max ferma son ordinateur avant que Ben puisse voir ce qu'il regardait.

— Est-ce que tu as fait un cauchemar ?

— Pirate s'est enfui.

— Non, dit Emma avec un sourire rassurant. Ton grand-père l'a sorti pour une petite promenade. Il ne va pas tarder à revenir.

Son regard accrocha celui de Max, et cela rappela à ce dernier combien il allait leur être difficile de trouver du temps pour être seuls dans un proche avenir, s'ils y parvenaient. Et ce n'était pas comme si Emma allait rester ici très longtemps… Était-il fou de penser que connaître de façon plus intime cette femme stupéfiante était possible ? Que c'était une idée raisonnable ? Il avait l'impression qu'Emma nourrissait le même genre de pensée. Et qu'elle arrivait aux mêmes conclusions.

Que ce n'était pas plus fou que les circonstances complètement inattendues dans lesquelles ils se trouvaient, vivant momentanément ensemble dans cette vieille maison avec trois orphelins, leur grand-père et son chien. Et avec la fête de Noël à organiser alors qu'ils avaient tous deux évité de faire ce genre de choses pendant des années. Qu'ils étaient des adultes célibataires et que, s'ils en avaient envie, ils pouvaient choisir de céder à une attirance sexuelle qui ne ferait de mal à personne. Que cette attirance existant entre eux n'allait pas disparaître de sitôt et que, peut-être, ils avaient besoin de découvrir si elle pourrait tenir sa promesse : être l'une de ces expériences que l'on ne rencontre qu'une fois dans sa vie.

Non pas qu'ils soient sur le point d'avoir l'occasion de le vérifier. Il fallait que Max aille recoucher Ben. Mais, au moment où il quittait la cuisine avec son neveu, la porte d'entrée s'ouvrit, et son père entra avec Pirate. Il sentit la main de Ben serrer plus fort ses doigts, mais le courageux petit garçon se redressa à côté de lui comme s'il se préparait à être grondé de nouveau par son grand-père.

Emma était également sortie de la cuisine, alors, pendant un instant, ils se tinrent tous là en retenant leur souffle. Ce fut Pirate qui brisa la tension en allant vers Ben, agitant la queue. L'enfant lâcha la main de son oncle et s'accroupit pour étreindre le petit chien blanc.

— Je crois que Pirate veut retourner se coucher, dit James dans le silence qui suivit. Dois-je monter vous border, tous les deux ?

Il y eut un silence encore plus tendu, puis Max relâcha son souffle avec soulagement quand, après avoir fixé son grand-père pendant un bon moment, Ben hocha gravement la tête et avança vers lui. Il l'avait presque atteint lorsqu'on frappa très fort à la porte, derrière James.

Il ouvrit.

— Qui diable… ? *Jenny ?*

— Oh ! docteur Cunningham, je suis vraiment désolée de vous déranger si tard, mais je vous ai vu passer. C'est Terry, je crois qu'il a réellement une crise cardiaque, cette fois…

Max et Emma s'avancèrent tous les deux vers la femme paniquée. Emma prit son manteau accroché près de la porte.

— Je viens, dit-elle. Avez-vous appelé une ambulance ?

— Oui, mais il neige fort, maintenant, et je ne suis pas sûre qu'ils pourront arriver jusqu'ici.

Max ne prit pas la peine de se couvrir.

— Je vais chercher notre pack de premiers secours au

cabinet, lança-t-il. Et le défibrillateur. Je te retrouve là-bas dans une minute, Emma.

Il se tourna et vit que son père tenait la main de Ben.

— Ne t'inquiète pas, dit James. Je suis là. Va avec Emma. Je m'occuperai des enfants.

— Tu es sûr ?

— Oui. Prends ton téléphone. J'appellerai si j'ai besoin de toi. File…

Max avait dû courir très vite pour arriver si rapidement dans la propriété voisine, car Emma n'avait eu que quelques minutes pour commencer à examiner Terry.

— La douleur s'est produite il y a environ vingt minutes, annonça-t-elle. Une douleur au centre de la poitrine, irradiant dans son bras gauche. Intensité dix sur dix, avec vomissements et sueurs abondantes. Elle n'a pas été soulagée par son spray. Pouls radial sensible mais faible.

C'étaient les symptômes classiques d'une attaque, contrairement à sa visite précédente. Max commença à préparer le défibrillateur.

— Il y a de quoi faire une intraveineuse et une bouteille d'oxygène dans le pack, lâcha-t-il.

— On y va.

Emma posa une main rassurante sur l'épaule de Terry.

— Max va faire comme moi l'autre jour et vous poser des électrodes pour voir ce qui se passe avec votre cœur. Moi, je vais vous donner de l'oxygène et fixer une petite canule dans une veine pour vous administrer quelque chose contre la douleur. Nous y ajouterons un fluide afin de maintenir votre pression sanguine. C'est bon ?

Terry hocha la tête. Il avait l'air terrifié, sa femme aussi.

Emma se mit à l'œuvre. Max travaillait à côté d'elle, posant les électrodes. Ils collaboraient d'une manière aussi facile que le jour de l'accident, mais il y avait quelque chose de différent, maintenant. La confiance professionnelle qu'ils avaient l'un dans l'autre était imprégnée d'une connexion beaucoup plus personnelle. Non pas qu'ils aient songé à ce baiser, en cet instant, mais il était là, à l'arrière-plan, et il les rapprochait encore.

— La douleur est-elle toujours de dix sur dix ? demanda Emma.

Terry hocha la tête, les yeux fermés. Jenny se tenait derrière la chaise sur laquelle il était avachi, une main sur la bouche.

— Je vais vous donner de la morphine, et quelque chose pour calmer les nausées. Vous devriez ressentir très vite un mieux.

— Et j'ai besoin que vous restiez aussi immobile que possible, Terry, dit Max. Je vais enregistrer votre cœur.

Il leva les yeux pour capter le regard d'Emma quand le papier commença à sortir du moniteur. Il savait qu'elle avait déjà vu ce qui se passait sur l'écran. Terry faisait bien une crise cardiaque.

— Infarctus inférieur, déclara-t-elle calmement quand il lui montra le diagramme imprimé.

Les attaques qui se produisaient dans cette région avaient un meilleur pronostic, mais il restait urgent de transporter Terry à l'hôpital pour lui appliquer le traitement qui rouvrirait ses artères coronaires.

— Je vais appeler l'hôpital pour les prévenir de se préparer à une angioplastie, dit Max.

— Peux-tu vérifier où se trouve l'ambulance ? Et est-ce qu'ils sont équipés pour qu'on puisse envoyer l'électrocardiogramme ?

Il hocha la tête.

— Oui et oui.

Emma se retourna vers leur patient.

— Où en est la douleur maintenant, Terry ? Sur une échelle de zéro à dix ?

— Peut-être cinq.

— Formidable. Je vais prendre votre tension. Essayez de vous détendre. Vous serez bientôt à l'hôpital.

— Alors il a vraiment une crise cardiaque, cette fois ? demanda Jenny.

— C'est ce qu'il semble, Jenny. Mais essayez de ne pas

trop vous inquiéter. Le traitement va arrêter les dégâts. Vous avez fait ce qu'il fallait en appelant l'ambulance et en venant nous chercher.

— L'ambulance n'est plus qu'à quelques minutes, annonça Max. Apparemment, la route n'est pas trop mauvaise. Ils attendent Terry aux urgences.

— Jenny, pouvez-vous préparer un sac pour Terry ? Juste son pyjama, sa brosse à dents et ce dont il pourrait avoir besoin pour un jour ou deux à l'hôpital ?

Jenny parut reconnaissante de pouvoir faire quelque chose d'utile. Elle avait terminé quand les ambulanciers arrivèrent, de la neige sur les épaules. Ils étaient d'humeur enjouée, ce qui était rassurant.

— Vous avez bien de la chance d'avoir des médecins à côté de chez vous, dirent-ils à Terry. Apparemment, ils ont fait le plus dur pour nous. Il ne nous reste plus qu'à vous emmener à l'hôpital, où vous serez en un rien de temps.

— Est-ce que je peux venir avec lui ? demanda anxieusement Jenny.

— Bien sûr, mon chou.

— Je peux venir aussi, déclara Emma en prenant son manteau.

— Ce n'est pas la peine, doc. Vous avez déjà fait le principal. Nous tiendrons Terry à l'œil.

Max enroulait les fils du défibrillateur.

— Allez avec Terry, Jenny, dit-il. Nous rangerons tout et fermerons la maison. Je laisserai la clé à la place habituelle.

— Oh… Merci, Max. Je ne peux pas vous dire à quel point nous vous sommes reconnaissants, à vous et à votre père… Nous avons de la chance de vous avoir à Upper Barnsley.

— J'appellerai l'hôpital dans un moment pour avoir des nouvelles. Ne vous inquiétez pas, conclut Max en souriant à Jenny.

Emma accompagna celle-ci jusqu'à l'ambulance, où elle s'installa à la place du passager. Puis le véhicule s'en alla, gyrophare allumé, et Emma rentra aider Max à remballer leur matériel.

C'est alors qu'elle réalisa qu'ils étaient de nouveau seuls

pour la première fois depuis qu'ils avaient partagé cet incroyable baiser.

Depuis que Max avait reconnu qu'il l'avait toujours trouvée séduisante. Depuis qu'elle lui avait à peu près dit la même chose.

Le silence fut soudain légèrement embarrassé.

— Il neige vraiment, dehors, dit Emma. Je devrais peut-être mettre mes chaînes pour aller travailler, demain matin.

— Ils dégageront vite les routes.

Max ferma une poche du kit de premiers secours.

— Tu crois que j'aurais dû aller avec Terry ?

— Il n'avait pas besoin de toi. Je connais ces ambulanciers, ils sont formidables. En outre… J'ai besoin de toi, moi, avec tout ce matériel à porter.

Il lui décocha un semblant de clin d'œil.

Le cœur d'Emma manqua un battement, et sa bouche fut trop sèche, tout à coup, pour rétorquer qu'il y était bien arrivé tout seul une heure plus tôt. Le regard qu'il lui adressait était suffisamment intense pour qu'elle soit tout à fait sûre qu'il pensait de nouveau à ce baiser, lui aussi. À ce que ce serait de recommencer. D'aller où le désir les emmènerait – et ils savaient tous les deux, exactement, où ce serait.

Ils allaient se rendre dans une partie de l'immense manoir qui était bien à l'écart des enfants et de tout danger d'interruption. Si Emma voulait s'en tenir à sa résolution de ne pas distraire Max de ses nouvelles responsabilités de tuteur, c'était probablement sa dernière chance de le faire.

Mais serait-ce une si mauvaise chose s'ils cédaient tous les deux à cette attirance frémissante qui était sur le point d'entrer en ébullition ? Ce n'était pas comme si cela allait changer quelque chose. Dans moins de deux semaines, Emma pourrait être n'importe où dans le monde, prenant un nouveau poste d'intérimaire. Elle ne reverrait peut-être jamais Max. C'était assez étrange : elle se persuadait d'aller avec un homme qu'elle avait soigneusement évité des années plus tôt justement parce qu'il pensait ce genre de choses – qu'il était parfaitement acceptable de céder au désir physique sans la moindre intention d'en faire quelque chose de plus.

Et, si elle ne le faisait pas, elle ne saurait jamais si ce qu'elle imaginait était vrai : que Max Cunningham pouvait lui faire passer une nuit dont elle se souviendrait le reste de sa vie.

— Je vais prendre le kit, dit-elle en se détournant, car si elle continuait à regarder Max dans les yeux cela la rendrait peut-être si nerveuse qu'elle changerait d'avis. Il a l'air plus léger que le défibrillateur.

Ils passèrent devant la porte d'entrée de la partie principale de la maison.

— Apparemment, tout est calme sur le front sud, dit Max.

Ils tournèrent le coin de la bâtisse. Il y avait toujours de la lumière au rez-de-chaussée, aussi leur était-il assez facile de voir où ils allaient. Emma remarqua que la neige s'amassait sur le lierre qui grimpait sur les vieilles pierres. Elle vit aussi une volute de fumée qui montait d'une des nombreuses cheminées.

— C'est une demeure splendide, déclara-t-elle, soulagée de trouver quelque chose à dire. Quel endroit magique où grandir !

— Oui, mais ça n'a plus jamais été la même chose après la mort de maman. Pour dire la vérité, j'ai été content de m'en aller pour faire mes études de médecine. Il y avait partout des ombres tristes, et aucun de nous ne savait comment allumer de la lumière pour les chasser. Andy est celui qui s'en est rapproché le plus. Il a fondé sa propre famille et s'est remis à fêter Noël.

Max secoua la tête en ouvrant la porte du cabinet médical.

— Mais la tristesse en a remis une couche avec l'échec de son mariage, sa mort, et maintenant trois enfants qui vont grandir sans parents.

— Ils t'ont, toi.

Emma déposa le kit dans un coin de la salle d'attente.

— Et je pense qu'ils ont aussi leur grand-père, maintenant. Tu as vu la façon dont il donnait la main à Ben quand nous sommes partis ? Avec Pirate à côté d'eux ? Ce petit chien a créé un lien entre eux.

— Je crois que tu as raison.

Max rangea le défibrillateur sur le banc.

— Je l'espère, en tout cas. Ces petits ont vraiment besoin de lui, et cela pourrait suffire à le faire sortir de sa coquille. Il s'y est terré bien trop longtemps.

Emma ouvrit la bouche pour dire que James n'était pas le seul à s'être caché de la vie. Que Max lui-même avait peut-être besoin d'apprendre à croire de nouveau en l'amour. Assez pour s'engager et faire de cet amour une part importante de sa vie. Et aimer ses neveux serait un très bon départ pour cela.

Mais c'était quelque chose qu'il devait découvrir par lui-même, non ?

— Ce n'est pas facile, dit-elle. De laisser entrer quelqu'un dans son cœur quand on sait à quel point il est dur de perdre une personne qu'on aime autant. Je pense que ta mère a dû être quelqu'un de merveilleux. En tout cas, elle adorait Noël ! Toutes ces décorations que nous avons sorties aujourd'hui, c'est incroyable.

Max lui sourit.

— Tu sais quoi ? J'adore les voir ressorties de leurs boîtes. Ce sont des souvenirs heureux, et ils sont encore plus forts que les tristes. Nous avons mis les plus petites décorations que nous avons pu trouver sur ce minuscule sapin que Ben portait avec lui quand il est arrivé. Je l'ai installé dans leur chambre.

Le sourire d'Emma se voulut encourageant, mais il trembla un peu.

— C'est une gentille attention. Ce sapin était spécial.

— Je veux me rappeler comment était Noël quand j'étais petit, ajouta Max. Je veux que Ben et Tilly connaissent la même chose. Alice aussi, quand elle sera plus grande. Je veux que Ben, en trouvant son vélo bleu sous le sapin le matin de Noël, sache que la magie est réelle. Que le Père Noël existe et qu'il a eu sa lettre. Comme moi quand j'ai eu mon premier vélo.

Le sourire d'Emma était encore plus tremblant, maintenant. Peut-être que Max était déjà bien parti pour ouvrir de nouveau son cœur. Il était tout à fait possible qu'il veuille fuir le mariage, après avoir vu son père dévasté par la mort de sa femme et son frère ravagé par l'échec de son union, mais s'il changeait d'avis il n'aurait aucun mal à trouver une femme prête à l'aimer. Une femme qui pourrait être une mère pour ces trois enfants et lui donner le genre de famille qu'il avait eue autrefois. Il le méritait.

— Je sais qu'il découvrira la vérité un jour, mais ça peut attendre, non ? On peut lui laisser un peu de temps pour croire à la magie ?

Max s'était rapproché d'Emma en parlant, et maintenant il était assez proche pour lui toucher le visage. Pour laisser ses doigts et son pouce descendre doucement le long des joues, avant de lui saisir délicatement le menton. Il courba la tête, prêt à couvrir ses lèvres des siennes.

— Ça, c'est une magie en laquelle je peux encore croire…, murmura-t-il.

Emma se laissa aller contre lui en lui rendant son baiser et sentit ses grandes mains dessiner la ligne de ses épaules, puis se glisser entre eux pour caresser ses seins. Elle étouffa un petit cri à la vive sensation qui parcourut son corps, et les mains de Max s'immobilisèrent aussitôt, comme s'il craignait qu'elle ne veuille pas qu'il continue.

Ce qui ne pouvait pas être plus loin de la vérité. Emma n'avait jamais rien désiré autant dans sa vie que de sombrer dans une béatitude hors du temps qui ferait disparaître le reste du monde. Elle voulait cette magie…

— Ne t'arrête pas, chuchota-t-elle en levant le visage pour embrasser de nouveau Max. Je t'en prie, ne t'arrête pas…

9.

Avait-elle réellement cru que céder à cette puissante attirance entre Max Cunningham et elle ne changerait rien ?

Comme elle s'était trompée !

Tout avait changé.

Emma ne pouvait cesser d'y penser. Elle évoquait chaque caresse, chaque contact de ses mains. Chaque baiser – certains si tendres qu'ils lui avaient mis les larmes aux yeux, d'autres si passionnés qu'ils avaient ébranlé le monde sur son axe. Comment elle s'était presque endormie, blottie dans ses bras après l'amour, sentant les battements réguliers de son cœur sous sa joue, jusqu'à ce qu'il lui rappelle gentiment qu'ils devaient quitter cette chambre au-dessus du cabinet médical. Il fallait qu'il regagne la partie principale de la maison pour le cas où les enfants auraient besoin de lui pendant la nuit.

Elle était restée longtemps éveillée dans sa propre chambre, revivant chaque instant qu'ils avaient passé ensemble. En revanche, elle ne s'était pas trompée sur un point : elle avait vécu quelque chose qu'elle n'oublierait jamais, jamais. Quelque chose qui lui donnait l'impression d'avoir quitté la vie ordinaire pour un endroit très différent. Un endroit lumineux où les couleurs étaient plus intenses, la nourriture plus savoureuse, où la simple odeur d'un sapin dans la maison vous ravissait. Un endroit où le rire était le plus beau son du monde, où l'excitation de voir la neige tomber à gros flocons était si forte qu'elle la ramenait à son enfance, et où même la corvée de mettre des chaînes sur ses pneus pour aller travailler l'après-midi ne lui avait pas paru aussi fastidieuse qu'elle l'aurait pu.

C'était un endroit qu'elle avait fini par reconnaître, même si elle n'en avait jamais fait l'expérience à un tel niveau.

Au début, ce fut une surprise de recevoir de fréquents textos de Max tandis qu'elle accomplissait une tâche après l'autre durant son service animé du 24 décembre. Alors qu'elle prenait quelques minutes pour aller voir Terry en cardiologie – les stents qu'on avait placés dans ses artères coronaires étaient une réussite —, elle reçut des images de Ben et Tilly en bottes dans la neige, tenant des carottes qu'ils allaient laisser dehors pour les rennes du Père Noël. Puis, entre deux patients, elle put voir Pirate avec un ruban brillant passé dans son collier, tandis que Ben le tenait dans ses bras. Le plus beau, c'était que le petit garçon était assis sur les genoux de son grand-père, et Emma dut chasser une larme en constatant qu'une barrière au moins était en train de s'écrouler.

Le petit film que Max lui avait envoyé beaucoup plus tard, alors que les enfants devaient être au lit et qu'il avait pu s'éclipser dans les pièces où les cadeaux avaient été cachés, avait notablement affecté sa concentration.

Est-ce qu'il se souvenait de ce qui s'était passé dans une de ces chambres avec autant de détails qu'elle ? Ses tentatives pour envelopper le vélo de Ben dans du papier cadeau la firent rire et diminuèrent un peu la tension émotionnelle qu'elle sentait monter.

Elle répondit par un texto :

> Beaux efforts. Laisse-le comme ça, avec le guidon et les pédales qui dépassent. De toute façon, Ben le reconnaîtra tout de suite. Il l'a commandé au Père Noël, non ?

L'activité devint vraiment intense dans le service alors qu'on approchait de minuit. Ils reçurent un homme qui avait été victime d'un coup de poignard dans une rixe de bar, et Emma dut rester en réanimation un long et difficile moment. Lorsqu'ils eurent enfin envoyé le blessé grave en salle d'opération et qu'elle vit le selfie où Max s'était coiffé du chapeau pointu de Tilly, elle sourit.

Elle passa de longues secondes à contempler le visage qui emplissait son écran, se remémorant ces beaux yeux bleu foncé plongés dans les siens alors qu'ils étaient aussi proches physiquement que deux personnes pouvaient l'être.

Elle envoya de nouveau un texto :

J'aimerais être là-bas, ça paraît bien plus amusant qu'ici.

Max répondit aussitôt :

J'aimerais que tu sois là, aussi. Plus que tu ne peux l'imaginer.

Oh… Elle ne l'imaginait que trop bien, si cela ressemblait à ce qu'elle éprouvait. Et, quand le picotement de son corps se changea en une folle envie d'être avec Max – si intense qu'elle lui coupa le souffle —, elle comprit finalement ce qui se passait.

Elle était amoureuse de Max Cunningham.

Ce n'était pas seulement qu'il lui avait fait connaître le meilleur échange sexuel de sa vie. Le sexe, entre eux, n'avait pu être aussi stupéfiant que grâce à la connexion qui les liait déjà. Et à la confiance qui les unissait – un mélange de familiarité, parce qu'ils se connaissaient depuis très longtemps, de respect l'un pour l'autre, sur le plan professionnel autant que sur le plan personnel, et de partage des expériences douloureuses qu'ils avaient vécues chacun de leur côté. Il se pouvait bien, aussi, qu'elle ait toujours été un peu amoureuse de Max ; simplement, elle n'avait jamais rien fait dans ce sens parce qu'elle n'appartenait pas au même univers que lui.

Et elle n'était toujours pas à sa place ici, avec une nouvelle famille qui essayait de s'unir. Alors être amoureuse de cet homme poserait toujours un problème – en particulier quand cela lui donnait envie de rester dans cet endroit du monde et de ne pas changer de poste dans un proche avenir. Quand cela lui donnait l'impression qu'elle pourrait facilement ouvrir son cœur aux générations de Cunningham qui encadraient

Max et gagner ainsi une famille toute faite, d'une taille que ses parents italiens approuveraient chaudement.

Max avait beau faire les premiers pas pour tenter de se construire un nouveau mode de vie, alors que l'ancien avait volé en éclats, il n'avait jamais désiré les mêmes choses qu'elle. Elle pouvait comprendre son existence volage, étant donné la tragédie qu'il avait vécue dans son enfance, mais la vérité, c'était qu'il ne donnerait jamais son cœur. Pas comme elle pourrait donner le sien à une personne avec qui elle choisirait de passer le reste de sa vie.

Certes, il aimerait les enfants qui avaient débarqué de façon inattendue dans sa vie – il les aimait déjà – et il prendrait bien soin d'eux et de son père. Mais il devrait endosser beaucoup plus de responsabilités qu'il n'avait jamais envisagé d'en prendre et, pour finir, il s'organiserait. Il engagerait une gouvernante et une nounou à plein temps et reprendrait son travail aux urgences de l'hôpital royal dans un très proche avenir. Il ferait réparer son appartement et le garderait probablement, même s'il vivait au manoir, parce que ce serait l'endroit parfait où recevoir ses conquêtes féminines. Il serait peut-être encore moins enclin à envisager une relation à long terme afin de préserver trois enfants qui avaient déjà subi bien trop de bouleversements dans leur vie.

Être amoureuse de Max était son problème, songea Emma, et il valait mieux que personne n'en sache rien. Max ne s'en apercevrait probablement pas, surtout le lendemain, pour Noël, où tout tournerait autour des enfants. Mais on était déjà le 25, constata-t-elle en regardant sa montre qui indiquait minuit passé. Ce qui signifiait qu'elle approchait du moment où elle pourrait s'échapper avant que Max remarque quelque chose de différent chez elle.

Elle avait seulement promis de rester assez longtemps pour aider à offrir un jour de Noël magique à Ben, Tilly et Alice. On y arrivait. Elle serait en congé le 26 décembre et pourrait en profiter pour trouver un autre hébergement. Ensuite, il n'y aurait plus qu'une semaine jusqu'au jour de l'an, date à laquelle la nouvelle nounou devait arriver.

Et les choses en resteraient là. Peut-être qu'ils garderaient contact et que Max enverrait chaque année une carte de Noël montrant les enfants qui grandissaient. Une chance que l'on puisse envoyer des cartes électroniques, maintenant, parce que Dieu seul savait où elle serait dans le monde.

Elle agrandit la photo de Max sur son écran. Pour se pénétrer de son sourire et de l'expression de ses yeux.

— Docteur Moretti ? Nous avons un patient de niveau 1 arrivant en ambulance. Électrocution due à des guirlandes lumineuses défectueuses. Quelqu'un a commencé une assistance cardiaque et respiratoire avant que les ambulanciers soient sur place. Arrivée prévue dans deux minutes…

— La salle de réanimation 1 est libre ?

— Oui.

— Prévenez l'équipe de traumatologie, s'il vous plaît. Et faites descendre le cardiologue de service.

Emma remit son portable dans la poche de sa blouse. Impossible de dire quand elle pourrait vérifier où en était l'emballage des cadeaux, et c'était aussi bien.

Elle avait besoin de prendre du recul.

De garder les choses sous contrôle afin que personne ne soit blessé, y compris elle-même. C'était le jour de Noël, et elle allait jouer son rôle pour le rendre aussi parfait que possible pour la famille Cunningham sans se sentir investie. C'était une stratégie qui marchait depuis des années, maintenant. Elle la maîtrisait.

Elle maîtrisait aussi son métier et, dans l'immédiat, elle devait relever le défi d'un post-arrêt cardiaque dû à une électrocution. Cette personne n'allait pas mourir aux premières heures de Noël. Pas si Emma Moretti pouvait y faire quelque chose.

Max fut le premier à se réveiller le jour de Noël, ce qui l'étonna. Il s'était levé dans la nuit pour Alice et aurait dû être assez fatigué pour dormir sur ses deux oreilles. En outre, il se rappelait comment Andy et lui se levaient à l'aube et descendaient voir sur la pointe des pieds si la magie de Noël avait opéré cette année-là encore.

Il entendait le doux souffle venir du berceau installé dans le coin de sa chambre, mais celui-ci ne l'avait pas réveillé. C'était le léger tapotement en provenance du couloir – le bruit des griffes d'un petit chien sur le parquet, en dehors du tapis. Ainsi, il n'était pas le premier réveillé, finalement. Il ne put s'empêcher de sourire lorsqu'il entendit les chuchotements de Ben, encore plus audibles que les griffes de Pirate.

— Chut, Pirate… Ne réveille pas oncle Max. Trouvons d'abord grand-père, parce qu'on doit avoir un câlin de Noël… C'est une des règles.

Max savait avec qui il aimerait faire un câlin de Noël, en cet instant. Emma serait-elle horrifiée, si elle savait à quel point elle avait occupé ses pensées depuis qu'ils avaient fait l'amour aux petites heures du 24 décembre ? Il avait envie de recommencer.

Dès que possible.

Aussi souvent que possible.

Pour le reste de sa vie…

Bonté divine… Il était bien réveillé, maintenant, c'était sûr. Comment diable cette idée avait-elle refait surface ? Il avait déjà réglé les choses dans sa tête après avoir détecté une brèche dérangeante dans ses barrières personnelles : n'avait-il pas pensé, brièvement, qu'il avait envie du genre de relation durable qui unissait ses parents lorsqu'ils avaient fondé leur famille ? Qu'Andy avait cru trouver avec la femme dont il était tombé si profondément amoureux ?

Que se passait-il, là ?

Était-il en train de tomber amoureux d'Emma ?

Non. Il ne tombait pas amoureux. Il ne se permettrait jamais de prendre ce genre de risque, au contraire des femmes, aussi s'empressait-il toujours de terminer rapidement les choses.

Aimer était une magie en laquelle vous croyiez jusqu'au moment où vous appreniez combien la vie pouvait être cruelle, et il l'avait appris très jeune. C'était comme la magie de Noël, jusqu'à ce que vous découvriez que le Père Noël n'existait pas. Ben y croyait encore, et Max voulait être là quand le petit garçon verrait son vélo sous le sapin, car il avait envie de se rappeler ce qu'il avait éprouvé, lui, toutes ces années auparavant. Il souhaitait ressentir cette magie-là, juste un instant.

Il repoussa ses draps et rassembla ses habits ; un jean, un T-shirt et un gros pull en laine parce que le chauffage central ne marchait pas très bien, apparemment. Il y avait également cette curieuse sensation de silence ouaté qui venait de l'épaisse couche de neige, dehors. Emma rentrerait-elle sans problème à la fin de son service, ce matin-là ?

Et voilà qu'elle était de nouveau là. Dans sa tête.

Dans son cœur aussi, à en juger par la sensation de sa poitrine qui se contractait. C'était troublant, étant donné que le cœur n'était pas un organe capable de penser ou de sentir. Une sorte de magie en soi.

Il fallait qu'il reprenne les choses en main. Il voulait que ce jour de Noël soit spécial pour Emma afin qu'elle puisse aller de l'avant et retrouver la joie. Il voulait qu'il soit spécial pour les enfants. Pour son père aussi, parce qu'il devrait peut-être lutter pour faire face, ce jour-là. Comment avait-il réagi quand un petit garçon et un chien avaient grimpé dans son lit, de bon matin, pour un câlin de Noël ? Prenant le babyphone, Max quitta sa chambre pour aller voir.

— J'ai eu un *vélo*, Emma ! Un vélo bleu, exactement comme je l'avais demandé…

— Oh… C'est incroyable, Ben !

Il fut impossible à Emma de ne pas retourner le sourire heureux qui l'accueillit dans le vestibule lorsqu'elle rentra enfin après un service qui s'était prolongé.

— Il s'en est sorti ? lança la voix de Max.

Il arriva du salon quelques secondes plus tard. Tilly était perchée sur sa hanche, en costume de fée.

— Le type à la guirlande lumineuse ?

— Il était assis dans son lit et parlait quand je suis partie. Il ne rentrera pas chez lui pour son déjeuner de Noël, mais je ne pense pas que sa famille soit trop inquiète.

— Je suis sûr qu'ils sont ravis qu'il soit encore en vie.

Max soutenait le regard d'Emma et paraissait ravi aussi, pensa-t-elle. À cause de cette victoire ou parce qu'il était aussi content de la voir qu'elle l'était de le revoir ? La chaleur qui envahit son corps l'obligea à ôter son manteau, son bonnet et son écharpe pour les accrocher au portemanteau.

— Je suis une fée, dit Tilly.

— Je vois, mon cœur. Tu es la plus jolie fée que j'aie jamais vue. Quelque chose sent délicieusement bon, ajouta-t-elle en inspirant.

— C'est ce que Maggie et Ruth sont en train de cuisiner. De la dinde, de la sauce au pain, des choux de Bruxelles et des pommes de terre rôties – le grand jeu. Avec des saucisses au bacon pour Ben, aussi. Les fameux « petits cochons en couverture ». Elles sont arrivées avant qu'il se remette à neiger, une chance. Comment as-tu trouvé les routes ?

— Un peu difficiles par ici. Ils ont dû les dégager ce matin, mais comme il neige fort j'étais contente d'avoir mes chaînes.

— Je veux essayer mon vélo…, dit Ben, tout triste.

— Si nous faisions un bonhomme de neige, à la place ? suggéra Max. Après le repas ? La neige se sera peut-être arrêtée, sinon, nous risquons d'être coincés à l'intérieur pour un moment. Nous devrons trouver d'autres façons de nous distraire, si ça arrive.

Il adressa un léger clin d'œil à Emma qui se força à détacher de lui le regard. Cette lueur dans ses yeux lui indiquait exactement quel genre de distraction il avait à l'esprit, ce qui semblait utopique en présence de deux jeunes enfants.

— Je vais voir si Maggie et Ruth ont besoin de mon aide à la cuisine, dit-elle.

— Viens d'abord un moment près du feu. Papa a insisté pour ouvrir du champagne, et il y a une coupe pour toi.

— C'est une règle, déclara Ben. Grand-père a dit que c'était une des règles de mamy, mais c'est seulement pour les adultes. Allez, venez, Emma. Venez voir nos jouets. Et il y a de nouvelles histoires, aussi…

— Oui…, insista Max. Viens, Emma. Nous avons un

Noël très spécial, mais nous attendions tous que tu arrives pour que tu le partages avec nous.

Le sol du salon était jonché de papier cadeau froissé. Alice dormait dans son couffin près du fauteuil de James, et Pirate était couché à ses pieds, mâchonnant un os en caoutchouc. Les guirlandes lumineuses du sapin scintillaient, et le feu étincelait. Emma regarda Tilly glisser des bras de son oncle afin qu'il puisse servir le champagne, et tout naturellement elle grimpa sur les genoux de son grand-père. Ben prit un livre d'images dans une pile et le tendit à James. Puis il se pelotonna par terre à côté de Pirate tandis que l'aîné de la famille Cunningham commençait à lire l'histoire.

Emma était déjà un peu décalée, après son service de nuit, et elle eut l'impression de pénétrer dans un tableau de Noël. Alors elle but la boisson de fête à petites gorgées tandis que Max s'approchait d'elle, près du feu. C'était exactement ce qu'elle avait imaginé quand elle avait dit à Max combien ce Noël était important pour ces enfants en leur donnant l'occasion de se souder en tant que famille. C'était parfait et c'était un plaisir d'y participer ainsi que d'en être le témoin. En outre, d'après Max, il avait encore de meilleures nouvelles en réserve.

— Je t'ai dit que Ruth est une institutrice d'école maternelle, tu t'en souviens ?

Emma hocha la tête.

— Et elle est merveilleuse avec les enfants.

— Oui. D'après Maggie, elle veut venir habiter Upper Barnsley pour que sa mère puisse l'aider avec le bébé. Elles ont concocté un plan, à elles deux : Ruth pourrait être notre nounou, et Maggie resterait comme gouvernante, tout en s'occupant du bébé de sa fille. Ça semble être un bon plan, non ?

La tête d'Emma tournait, à présent.

— Il paraît parfait. Tu vas pouvoir retourner travailler. Tu ne seras peut-être même pas obligé d'attendre le jour de l'an ?

Ce qui signifiait qu'on n'aurait plus besoin d'elle comme remplaçante. Si elle quittait le manoir le lendemain, elle ne le reverrait peut-être jamais. Comme James, les enfants ou Max, et cela… n'allait pas du tout.

Pas du tout, du tout.

— Docteur Cunningham ?

— Qu'y a-t-il, Maggie ?

Max et James se tournèrent en même temps vers la porte où la gouvernante tripotait son tablier d'un air anxieux.

— Est-ce que l'un de vous pourrait venir une minute ? Ruth ne se sent pas très bien.

Emma posa sa coupe sur la cheminée pour la suivre, mais Max l'avait déjà devancée. Elle jeta un coup d'œil par-dessus son épaule avant de fermer la porte et vit que James hochait la tête, prêt à s'occuper des enfants.

Peu après, elle souhaita être restée où elle était et avoir envoyé James assister son fils. Il n'avait fallu que quelques minutes à Max pour découvrir pourquoi Ruth avait été obligée de s'allonger sur le vieux divan au fond de la cuisine.

— Vous êtes en travail, dit-il. Et ça se passe très vite, mais le bébé ne risque rien. Je n'ai pas envie d'essayer de vous conduire à l'hôpital au risque que vous accouchiez sur le bord de la route. Je vais appeler une ambulance, mais il n'est pas garanti qu'elle arrive à temps avec la quantité de neige sur la chaussée.

La façon dont la tête d'Emma tournait maintenant n'avait rien à voir avec la fatigue ou le peu de champagne qu'elle avait bu. C'était plus une surcharge d'adrénaline. Il s'agissait de faire face ou de fuir, et tout ce qu'elle souhaitait était de prendre la fuite.

Un autre bébé allait naître le jour de Noël ?

Non… non, non, non…

Elle ne pouvait pas assister à ça. Et encore moins y participer.

Mais Max se tenait devant elle, et son regard lui disait qu'elle *pouvait* y arriver. Qu'il le fallait, parce qu'il avait besoin qu'elle le fasse.

— Tu sais où est le kit de premiers secours au cabinet, dit-il. Pourrais-tu aller le chercher, s'il te plaît ? Il y a aussi un kit d'obstétrique à côté du placard à médicaments. Maggie a la clé et elle va aller avec toi pour prendre ce qu'il nous faut, mais il y a urgence.

Sortir de cette pièce serait très bien. En sortir rapidement serait encore mieux.

Emma se tourna et partit en courant.

10.

Ce devait être l'urgence la plus inhabituelle que Max avait jamais eu à gérer. Il était là, dans la cuisine de sa maison d'enfance, avec les arômes d'un repas de Noël traditionnel qui commençaient à emplir la pièce, et il allait aider un bébé à venir au monde.

Une ambulance était en route, mais il était quasiment sûr qu'elle n'arriverait pas à temps pour la naissance. Ruth devait avoir des contractions depuis un certain temps. Elle avait dit à Max qu'elle avait mis ses douleurs sur le compte d'un mal au dos qui l'ennuyait depuis deux ou trois jours. Et d'autant qu'aujourd'hui elle était debout depuis des heures pour aider sa mère à préparer le déjeuner de Noël qu'ils allaient tous partager.

Le temps qu'Emma et Maggie reviennent avec les kits, Max avait enfilé des gants et examiné la future mère. La pression périnéale était forte, ce qui signifiait que la tête du bébé n'allait pas tarder à apparaître.

Ruth n'était pas sa seule patiente. Il y avait aussi le bébé, qui allait arriver beaucoup plus vite que d'habitude, et c'était un souci : risques accrus d'hémorragie, de déchirure pour la mère, d'aspiration de liquide amniotique par le bébé ou d'infection parce que l'environnement était loin d'être stérile.

— Prenez des serviettes propres, Maggie, pour les placer sous Ruth, dit-il. Je suis surpris qu'elle n'ait pas encore perdu les eaux.

Maggie était pâle, mais elle tenait le coup.

— Je reviens tout de suite. Oh ! mon Dieu… La sauce au pain déborde. Je pensais bien que ça sentait le brûlé…

Et Max n'était pas non plus le seul médecin présent. Emma, qui avait ouvert le kit, avait également mis des gants et préparait de quoi faire une intraveineuse. Elle savait que faire une perfusion était une priorité, non pour soulager la douleur, car il était trop tard, mais pour administrer des fluides si Ruth perdait trop de sang.

Elle était encore plus pâle que Maggie. Mais elle faisait ce qu'elle devait faire, et Max sentait combien c'était difficile pour elle. Et il comprenait complètement la violence de la situation, pour elle.

Son propre bébé était né le jour de Noël, et elle l'avait perdu peu après, ce qui devait lui rappeler la douleur à la fois physique et émotionnelle de ces moments, et Max sentit son cœur se déchirer.

Il lui était insupportable de voir Emma souffrir à ce point. L'envie de la réconforter était si forte qu'elle interféra un instant dans sa concentration, et en cette fraction de seconde il réalisa à quel point elle était importante pour lui.

Il ne « risquait » pas de tomber amoureux de cette femme.

C'était déjà fait. En l'espace de quelques jours seulement, alors que son monde s'écroulait autour de lui, laissant place au chaos, il avait trouvé un roc humain auquel s'ancrer. Quelqu'un qui lui avait montré un avenir qu'il pouvait embrasser. Une personne qui l'avait touché à un point qu'il n'aurait jamais pu imaginer auparavant, et qui était la seule à pouvoir le faire, il le savait. Il était un homme meilleur pour avoir eu Emma Moretti dans sa vie durant ces quelques jours-là. Déjà, il ne pouvait plus imaginer son existence sans elle.

Alors il sentait sa souffrance, mais il savait que, d'une certaine manière, elle devait l'affronter, sans quoi elle ne pourrait jamais avancer dans la vie et embrasser un avenir à elle – que ce soit ou non avec lui. Et, parce qu'il l'aimait, il devait l'aider.

Ces pensées jaillirent dans son esprit, plus comme une prise de conscience intuitive qu'une analyse logique. Il devait se concentrer sur ses deux patients et, tandis que Maggie arrivait avec des serviettes moelleuses – qui furent mises en place quelques secondes seulement avant la perte des eaux —, il n'eut qu'une seconde pour accrocher le regard d'Emma. Pour essayer de lui faire savoir qu'il comprenait. Qu'il allait faire ce qu'il faudrait pour s'assurer qu'elle puisse tenir le coup. Que tout allait bien se passer.

Je suis là…

Son message fut muet, mais il sut qu'il avait été reçu parce qu'il sentit le contact s'établir entre eux. Comme si elle avait accepté sa main tendue. Comme si sa force, à lui, était la bienvenue.

Chaque fois qu'Emma voyait Max gérer une nouvelle situation, son respect pour cet homme semblait s'accroître et emplir son cœur d'un mélange d'émotions qui lui paraissaient sans limites.

Par exemple, elle était si fière de ses capacités médicales. Elle aimait tant la douceur qu'il montrait, tout en restant intransigeant par rapport à ce qui devait être fait. Comme en cet instant, alors qu'il prenait dans sa paume l'arrière de la tête du bébé qui apparaissait, en appuyant dessus pour éviter une expulsion trop rapide. Sa main semblait si grande comparée à la tête minuscule qu'il soutenait tandis que le front, puis le visage, puis le menton et le cou étaient apparus. Après quoi il aida à dégager une épaule, puis l'autre.

— C'est très bien, Ruth. On y est presque.

Mon Dieu, qu'il était difficile d'essayer de garder une attitude purement professionnelle ! Emma pouvait sentir la douleur de chaque contraction, et elle se rappelait exactement quelle sensation on avait quand le reste du corps du bébé glissait hors de vous, une fois les épaules passées. Elle se rappelait aussi ce moment, suspendu dans le temps, où vous guettiez le premier cri de votre enfant. Un moment qui avait été terrible pour elle parce qu'elle savait qu'il y avait de fortes chances qu'elle n'entende pas ce cri. Mais…

Oh ! comme elle aurait aimé que Max ait été là pour la naissance de son bébé !

Et la façon dont il l'avait regardée, quelques minutes plus tôt, quand elle était revenue pour l'assister pour cette naissance précipitée… Comme s'il mesurait exactement combien cela pouvait être dur pour elle, mais avait confiance en elle pour surmonter les difficultés et était sûr que son admiration pour elle n'était pas mal placée. Il l'avait regardée ainsi quand elle lui avait raconté la tragique histoire de la naissance de Holly. Et elle avait l'impression que les fils qui les reliaient devenaient si forts qu'ils pourraient supporter n'importe quel poids.

Mais peut-être Max se trompait-il…

Ce fut le premier cri du bébé de Ruth qui rompit l'équilibre et ramena Emma tout droit dans cette salle d'accouchement, cinq ans auparavant. À sa conviction qu'elle pourrait faire face parce qu'elle savait à l'avance ce qui allait arriver, mais… cela n'avait pas été le cas. Les autres avaient peut-être eu l'impression qu'elle tenait bon, mais c'était seulement parce qu'elle se cachait. Elle avait fui émotionnellement et construit des murs protecteurs qui venaient de s'écrouler au simple cri d'un nouveau-né.

— Je… suis désolée, murmura-t-elle en se levant. Il faut… que je m'en aille.

Où était-elle ?

Ce fut près d'une heure plus tard que Max put enfin se concentrer sur ce qui avait été un souci de plus en plus pressant. On n'avait pas vu Emma depuis qu'elle avait fui la cuisine après la naissance du bébé de Ruth. Il n'avait pas pu aller la rechercher à ce moment-là, bien sûr, devant s'occuper de ses patients, même si tout s'était passé aussi bien qu'il aurait pu l'espérer. Les résultats du bébé au test d'Apgar étaient parfaits. Ruth n'avait pas perdu beaucoup de sang et avait expulsé le placenta sans problème. Quand l'ambulance arriva, avec une escorte de police et un chasse-neige, le fils de Ruth tétait déjà, et une grand-mère pleine de fierté était prête à les accompagner à l'hôpital.

— Juste par sécurité, Maggie, dit Max. Je suis sûr qu'ils vous renverront chez vous cet après-midi.

— Comment pourrais-je vous remercier ? répondit-elle en essuyant des larmes. Je viens d'aider le Dr Cunningham à changer la couche d'Alice et je lui ai donné un biberon pour elle, mais je pense que votre déjeuner de Noël risque d'être un peu raté. La dinde et les pommes de terre sont restées au four trop longtemps, et cette sauce est immangeable.

— Cela ne fait rien... C'était votre repas de Noël, aussi, et je suis sûr que cela vous est égal de le manquer.

— Vous pourriez réchauffer les saucisses au bacon pour Ben. Et il y a la gelée rouge au frigo. Je suis désolée, Max. Je voulais aider à rendre ce Noël parfait pour vous tous.

— Tout ira bien pour nous. Allez prendre soin de votre famille, Maggie. Je m'occupe de la mienne.

— Mais où est Emma ?

— C'est ce que je vais voir.

Il se rendit au salon, mais il ne comptait pas la trouver avec son père et les enfants. L'expression de ses yeux lorsqu'elle avait entendu le cri du bébé de Ruth, à fendre le cœur, lui avait indiqué qu'elle était confrontée à un fantôme qu'elle voulait combattre seule.

Mais elle avait tort.

Elle avait besoin de lui. Ou peut-être était-ce lui qui avait besoin d'être avec elle.

Il alla voir dans sa chambre, mais elle était vide.

Il sortit dans un monde silencieux et blanc, où de gros flocons recouvraient lentement les traces de roues des véhicules d'urgence partis depuis longtemps. Le froid mordant lui cuisait la peau, et il regarda vers les bois de chaque côté de l'allée, puis secoua la tête. Emma était loin d'être stupide et elle n'était pas habillée pour aller dehors. En outre, il n'y avait pas d'empreintes de pas dans cette direction.

En revanche, des empreintes étaient visibles au coin de la maison. Mais avaient-elles été laissées par Emma et Maggie lorsqu'elles étaient allées chercher au cabinet le matériel qu'il avait demandé ? Avec la neige qui tombait, il était difficile de dire s'il y avait des traces plus récentes, toutefois Max les suivit.

Parce qu'il se souvenait d'avoir pris ce chemin avec Emma lorsqu'ils avaient rapporté le kit de premiers secours de chez les voisins, l'autre nuit. Et il se rappelait où ils s'étaient retrouvés un peu plus tard. Il ne se remémorait pas l'époustouflant échange sexuel qu'ils avaient eu, mais ce qui s'était passé après. Quand il avait tenu Emma dans ses bras, peau contre peau. Cœur contre cœur. Comment cet endroit lui avait semblé être le plus parfait au monde. Le plus parfait où il pourrait jamais être.

S'il souffrait, s'il était effrayé ou s'il avait simplement besoin de réconfort, ce serait l'endroit où il voudrait se retrouver… Dans les bras d'Emma. Mais, si ce n'était pas possible, il pourrait très bien choisir ce qu'il y avait de mieux après cela : retourner à l'endroit où il avait été une fois dans les bras d'Emma, pour pouvoir imaginer ce réconfort et s'envelopper dedans comme dans la plus chaude des couvertures, surtout par un jour comme celui-là.

Max pénétra dans le cabinet médical, puis se dirigea vers l'escalier pour monter à la chambre de l'étage.

Ses larmes de douleur avaient finalement cessé un moment plus tôt.

Emma s'était couchée en chien de fusil sur l'ancien lit en laiton et avait tiré sur elle le vieil édredon qui était roulé au bout. Elle avait entendu quelqu'un monter l'escalier depuis le cabinet médical. Sans doute Max, car il était la seule personne à savoir qu'elle connaissait l'existence de cette chambre, mais elle était trop épuisée pour bouger. Tellement vidée qu'elle pensait être incapable de bouger de nouveau.

Il ne dit rien lorsqu'il entra dans la chambre. Il s'allongea simplement de l'autre côté du lit, sous l'édredon et contre Emma, moulant son corps autour du sien. Sa chaleur la réchauffa beaucoup mieux que l'édredon en plume qui les recouvrait, et elle put sentir battre son cœur dans son dos. Un battement régulier qui était une affirmation de vie.

De tendresse…

On aurait dit de l'amour…

Ses mots, quand il les prononça, furent doux contre son oreille.

— Je sais que ça fait mal. Je te tiens. Ça va aller…

Ses paroles à elle tremblèrent.

— Mais non, ça n'ira pas. Je voudrais que ça aille, mais… j'ai peur. Je croyais que j'avais réglé l'histoire de ce drame, mais je ne l'avais pas vraiment fait. Je me suis cachée – tout ce temps. Entendre ce cri m'a brisée, Max. Je donnerais n'importe quoi pour entendre crier un autre bébé à moi, un jour, mais comment pourrais-je repasser par là quand je sais à quel point ça peut faire mal ?

— Tu ne peux pas te cacher éternellement.

Max lui caressait les cheveux.

— Enfin, tu le peux, mais j'espère que tu ne le feras pas. Tu as tant d'amour à donner, Em. Et il y a tant d'amour que d'autres veulent te donner. Si tu continues à te cacher, ils ne te trouveront pas, et tu ne pourras ni donner ni recevoir cet amour, et ce sera bien triste, non ?

Elle se tourna dans ses bras pour pouvoir presser le visage contre le battement rassurant de son cœur.

— Personne n'essaye de me trouver, Max. Je me suis assurée de ne jamais rester assez longtemps au même endroit pour que cela arrive.

— Ça ne prend pas forcément longtemps.

Emma sentit les lèvres de Max se poser sur le haut de sa tête.

— Je t'ai trouvée – et je ne cherchais même pas.

Elle retint son souffle.

— Je ne voulais pas chercher, poursuivit-il doucement. Parce que je pense que je me cachais aussi. Et, même quand la vérité était sous mes yeux, j'étais incapable de la voir. Comme ce soir-là où tu fabriquais des étoiles avec Ben et Tilly, et où je donnais le biberon à Alice. J'ai eu l'impression un instant que nous formions…

— Une famille ? chuchota Emma dans le silence. Je sais. J'ai eu cette impression aussi quand nous décorions le sapin. Jusqu'à ce que ton père explose. Jusqu'à ce que je me rappelle combien il était plus sûr de reculer. De se cacher…

— Je ne croyais pas en Noël, dit Max. Je savais que la magie n'était pas réelle. Qu'elle était morte avec maman, mais tu sais quoi ?

Elle s'écarta juste assez pour pouvoir voir son visage.

— Quoi ?

— Tu m'as fait croire en une autre sorte de Noël. Et une autre sorte de magie… Pas celle où tu crois que quelqu'un descend dans la cheminée pour t'apporter le vélo dont tu rêvais depuis si longtemps, mais de la magie quand même. La magie de la famille. Mon père est probablement encore assis près du feu, jouant avec ses petits-enfants ou leur lisant une autre histoire. Il est peut-être allé à la cuisine afin de réchauffer ses saucisses au bacon pour Ben, ou bien ils se sont jetés sur la gelée rouge. Mais ce qu'il fait, en réalité, c'est laisser entrer ces enfants dans son cœur, et cela signifie qu'il va se remettre à vivre. À vivre vraiment… Et c'est magique, non ?

Emma sentit ses yeux se mouiller. Une larme roula sur sa joue.

— Oui… C'est de la vraie magie. Comme l'amour…

— J'ai tenu à te faire rester avec nous parce que je savais que cela ne pourrait pas arriver sans toi. Nous avons besoin de toi, Em. Nous avons tous besoin de toi, mais moi le premier. Je t'aime, Emma Moretti. Je suis amoureux de toi et je n'aurais jamais pensé dire cela à quelqu'un un jour parce que je ne croyais pas en cette magie-là, non plus. Tu es la seule femme au monde qui pouvait m'amener à y croire. Je souhaite que tu restes jusqu'à la fin de ce Noël-ci, et pour Noël prochain. Et pour chaque Noël à venir, aussi longtemps que je vivrai…

Les larmes coulaient librement, maintenant. Max était sorti du repaire où il s'était caché durant la majeure partie de sa vie. Il risquait son cœur. Pour les enfants qui étaient arrivés dans sa vie, mais pour *elle,* aussi.

Pouvait-elle être aussi courageuse ?

— Je t'aime aussi, Max. J'ai besoin de toi. Je veux cesser de me cacher, mais ce sera possible seulement parce que, grâce à toi, je me sens beaucoup plus courageuse que je ne le suis en réalité. Je veux être là pour chacun de ces Noëls et…

Et elle dut s'interrompre parce que Max l'embrassait. Des larmes se mêlaient à ce baiser. Un peu de rire, aussi, et beaucoup, beaucoup d'amour. Après quoi, étroitement enlacés, ils regagnèrent la maison pour rejoindre la famille qui les attendait tous les deux.

Épilogue

Deux ans plus tard…

Il valait mieux que le manoir Cunningham ait un grand nombre de chambres parce qu'il semblait que la maison doive accueillir chaque année davantage d'invités.

— Désolée, Maggie…

Emma considéra l'énorme tas de petites saucisses entourées de bacon et piquées d'un cure-dent.

— Il va falloir que je commence à limiter le nombre de mes parents italiens qui viennent ici pour Noël avant que ça représente vraiment trop de travail.

Elle alla se laver les mains dans l'évier pour pouvoir aider aux préparatifs.

— Je me demande ce qu'ils vont penser de ces « petits cochons en couverture » ? J'ai essayé de traduire l'expression, mais ma grand-mère a paru très sceptique.

Maggie se mit à rire.

— Je suis sûre qu'elle va les adorer. Et moi j'adore voir la maison pleine, avec tous ces enfants qui courent partout. J'ai aussi adoré la fête des sept poissons, hier soir, et je trouve super que votre maman ait apporté la magnifique crèche de votre famille. Ruth adore tout ça, elle aussi. Elle a été impressionnée par votre atelier de fabrication d'étoiles, hier.

Emma rit à son tour.

— Nous avons tant d'étoiles biscornues, maintenant, qu'à mon avis il va falloir tendre une ficelle à travers le plafond l'année prochaine pour les accrocher. Sinon, nous n'aurons plus assez de place pour les autres décorations du sapin.

— Ruth vous aidera. Elle dit que son travail ici, c'est comme si elle avait sa propre petite école. Et le plus formidable, c'est qu'elle peut emmener son petit Joseph avec elle.

Tout en se séchant les mains, Emma regarda par la fenêtre. Le fils de Ruth, âgé de deux ans, faisait autant partie de la bande d'enfants excités qui jouaient dehors que ses nièces et neveux italiens.

— Ben l'a mis dans la brouette, dit-elle. Avec Alice. J'espère qu'il va réussir à les transporter tous les deux. Ils sont un peu comme des jumeaux, non ? Ils ont six mois de différence, mais ils sont inséparables.

— C'est peut-être parce que nous fêtons l'anniversaire de Joe en été, pour qu'il ne se confonde pas avec Noël. Tilly est convaincue qu'ils ont le même âge.

Maggie disposa une autre rangée de saucisses sur la plaque du four.

— Est-ce que Ruth les surveille ? demanda-t-elle.

— Oui, avec Max.

Emma regardait toujours par la fenêtre.

— Ils semblent avoir tout sous contrôle, pour le moment. Pirate est dehors, aussi, mais il est probablement aussi impatient que les autres de rentrer. Qu'est-ce qui nous a fait décider que les enfants pouvaient regarder dans leur chaussette avant le petit déjeuner, en gardant le reste des cadeaux pour avant le dîner ?

— Oh… Ça me rappelle quelque chose. Ben s'inquiétait de savoir où était son petit sapin. Vous savez, celui qu'il a apporté quand il est arrivé ici et que vous avez garni de décorations miniatures ?

— Je l'ai mis en hauteur pour le protéger, répondit Emma. Les petits touchent à tout. C'est un vrai cirque, ici, en ce moment.

Mais elle adorait cela. Elle en aimait chaque instant. Parce que chaque jour apportait tant d'amour et de choses nouvelles, spéciales, dans sa vie.

Ce jour-là, l'une de ces choses spéciales était qu'il

s'agissait du premier Noël du dernier membre en date du clan Cunningham. Oubliant qu'elle était sur le point d'aider Maggie à fabriquer cette armée de « petits cochons en couverture », Emma alla vers le landau installé de l'autre côté du poêle Aga pour contempler sa fille de quatre mois. Hannah, prénom de sa grand-mère paternelle, était vêtue d'un ensemble très mignon – une minuscule combinaison verte de lutin, avec des chaussons au bout recourbé et un bonnet vert et rouge. Elle était réveillée, mais elle ne pleurait pas. Quand elle vit sa mère, son petit visage s'illumina d'un grand sourire, et elle tendit les bras.

La porte de la cuisine s'ouvrit alors qu'Emma soulevait son bébé dans ses bras. Le visage de Max s'illumina de la même joie que celle de Hannah, et il alla droit à sa femme et sa fille pour les enlacer toutes les deux.

— Où est papa, Maggie ? demanda-t-il.

Le visage de la gouvernante s'adoucit d'un sourire qui poussa Max et Emma à échanger un regard entendu. Ils suspectaient qu'il pouvait peut-être se passer quelque chose, de ce côté-là, et ce sourire semblait le confirmer.

— Il est en haut, en train d'enfiler ce costume de Père Noël pour distribuer les cadeaux. Est-ce que je dois aller voir s'il est prêt ?

— Bonne idée, dit Max en hochant la tête. Je me demande combien de temps Ruth va réussir à garder les troupes dehors. Je ne pense pas que nous aurons un Noël blanc, cette année, mais il fait très froid.

Il attendit que Maggie soit sortie pour se pencher et embrasser Emma – un long baiser tendre qui correspondait à tout ce qu'elle aimait tant chez son mari. Et dans leur vie ensemble, meilleure à chaque mois qui passait. Comment avaient-ils pu ne pas s'apercevoir, quand ils s'étaient rencontrés douze ans plus tôt, qu'ils étaient parfaits l'un pour l'autre ? Qu'ils pouvaient relever tous les défis de la vie à partir du moment où ils le faisaient ensemble ?

— Du champagne ? demanda Max. Je crois bien que c'est une de ces règles de Noël.

— Après les cadeaux, dit-elle en souriant. En tant qu'autre

membre du cabinet médical d'Upper Barnsley, je pense que j'ai le devoir de répondre à tous les appels jusqu'à ce que ton père ait quitté son costume de Père Noël.

— Alors je vais attendre aussi – afin que nous puissions porter ensemble ce premier toast à un heureux Noël.

— Il est déjà heureux. Je ne pense pas qu'il pourrait l'être davantage.

Elle se trompait. Il pouvait l'être.

La porte de la cuisine s'ouvrit de nouveau, et une ribambelle de jeunes enfants se rua à l'intérieur.

— Maman… Papa…, dit Tilly, six ans, complètement excitée. Il faut que vous veniez… Le *Père Noël* est ici !

Max et Ben, à côté d'elle, échangèrent un grand sourire, et Emma comprit de quoi il retournait. En tant qu'aîné, Ben était maintenant dans le secret ; il savait que c'était la famille qui était à l'origine de la magie de Noël et il en était content. Il savait aussi quelle partie importante de cette famille il représentait et, dorénavant, il aiderait à créer cette magie pour ses petites sœurs.

Ce Noël allait être le meilleur qu'ils avaient jamais eu.

Jusqu'au prochain, bien sûr…

AMY RUTTAN

Un chirurgien inoubliable

Traduction française de
ANNE DAUTUN

BLANCHE

HARLEQUIN

Titre original :
REUNITED WITH HER HOT-SHOT SURGEON

Prologue

Pearl Henderson préparait ses bagages tout en luttant pour refouler les larmes qui lui picotaient les yeux.

Non, elle n'allait pas pleurer devant Calum !

— Tu n'es pas obligée de faire ça, dit celui-ci, l'air dérouté.

— Si. C'était prévu, soutint-elle.

— En quoi était-ce prévu ?

— Nous étions convenus de nous marier à cause du bébé, répondit-elle, espérant maîtriser le tremblement de sa voix. Il n'y a plus de bébé, alors je reviens à mes projets. J'accepte le job qu'on m'a offert.

Calum avait toujours dit qu'ils se marieraient pour le bébé. Après leur internat en médecine, quand elle était tombée enceinte, il s'était vu proposer un poste à San Francisco, où ils vivaient. Elle n'avait pas eu cette chance, mais un job était disponible pour elle à New York. Elle l'avait refusé à cause de sa grossesse. Ce motif avait disparu à présent.

Elle avait toujours répugné à se marier. Calum avait rencontré sa mère, il savait donc pourquoi elle ne voulait pas aller à l'autel. En tout cas, le bébé n'étant plus là, cette union n'avait plus de raison d'être.

Lorsqu'elle avait découvert sa grossesse, elle avait eu peur. Le mariage lui était apparu comme une bouée de sauvetage. Il lui avait semblé que c'était le bon choix, d'autant qu'elle aimait Calum. Mais au début de leur relation, plus d'un an auparavant, ils avaient été clairs l'un avec l'autre : la carrière avant tout.

— Pearl, nous pourrions rester ensemble, dit doucement Calum.

Elle le dévisagea.

Elle avait envie de le croire parce qu'elle n'avait pas cessé de l'aimer. Il lui était douloureux de le regarder. Continuer de vivre avec lui prolongerait le chagrin.

Elle se détourna, craignant de se laisser convaincre.

— Admettons que je reste. Et après ? On se marierait quand même ?

Il hésita.

— Éventuellement…

Elle soupira.

— Il vaut mieux que je parte. Le poste qu'on m'a proposé à New York m'attend toujours.

— Alors, tu acceptes le job que ton père t'a suggéré. Une fonction bien rémunérée, c'est ça ? fit Calum, acide.

Que ce poste soit à responsabilités et bien payé, elle s'en moquait. Elle avait besoin de changer d'air. Sa souffrance était trop forte. Tout ici lui rappelait qu'elle avait été tout près d'avoir droit au « et ils vécurent heureux » des contes de fées. D'avoir droit à la famille dont elle avait rêvé en grandissant auprès de parents destructeurs, impossibles à satisfaire. Ses seuls bons moments, dans la vie, elle les avait eus avec sa grand-mère aujourd'hui disparue.

Et avec Calum.

Mais, quand ils s'étaient connus, ils avaient des objectifs professionnels très différents. Elle n'allait pas lui mettre des bâtons dans les roues maintenant.

— Tu ne vas quand même pas partir sous prétexte que nous ne sommes plus tenus de nous marier, observa Calum.

— Pourquoi pas ? Nous avions chacun notre plan de carrière, non ? Tu n'es plus obligé de m'épouser maintenant que le bébé n'est plus là. Je sais que tu agissais par devoir, mais te voilà libre. D'ailleurs, notre relation aurait pris fin lorsque l'un de nous aurait dû partir en poste ailleurs…

Elle baissa les yeux sur ses bagages, luttant contre un afflux de larmes.

Elle garderait son chagrin pour elle. Elle ne ferait pas

peser sa souffrance sur Calum. Ce désir de famille, c'était un rêve qu'elle avait appris à écarter depuis longtemps.

— Tu penses que j'agissais par sens du devoir, ce sentiment d'un autre âge ? demanda vivement Calum.

— C'était ta motivation, non ?

— Au début, oui, je suppose, mais…

— Pour quelle autre raison devrions-nous nous marier, alors ? Quand nous nous sommes mis ensemble, tu ne voulais pas d'une famille. On était d'accord sur ce point. Donc, quelle raison y aurait-il ?

— Les choses ont changé au cours de cette année, Pearl.

— Qu'est-ce qui a changé ? Pour moi, le seul changement c'était le bébé, et il n'est plus là. Retour à la case départ.

En était-elle bien sûre ?

Non. D'accord, elle mentait. Elle offrait à Calum une porte de sortie. Elle *s'offrait* une porte de sortie. Elle avait peur. Elle savait ce qui arrive quand deux chirurgiens se marient et que l'un est contraint de suivre une autre voie professionnelle. Elle le savait, Calum finirait par lui en vouloir de le freiner dans sa carrière, et elle lui en voudrait aussi.

— J'ai accepté ce job, Calum. Il faut que je parte, dit-elle en fermant la glissière de son sac de voyage.

— Très bien, alors. Pars. Tes priorités sont on ne peut plus claires.

Là-dessus, Calum quitta la pièce en claquant la porte.

Elle ne put retenir un mouvement de recul.

Elle agissait pour le mieux, se répéta-t-elle… Mais elle n'en aurait pas juré.

1.

Cinq ans plus tard

« Respire, bon sang ! »

Le Dr Pearl Henderson prit une profonde inspiration, mais cela ne lui calma guère les nerfs. Elle était en nage.

Pourquoi diable avait-elle enfilé ce pull ? Elle avait oublié que le mois d'octobre est plus clément à San Francisco qu'à New York. Il y avait décidément trop longtemps qu'elle vivait sur la côte Est. Elle s'était habituée aux automnes et aux hivers de New York, plus froids, et à ses étés chauds et humides. Même si la Californie n'avait pas cessé de lui manquer.

C'était sa faute, puisqu'elle était partie ! Mais aujourd'hui elle était de retour en Californie. Et elle allait voir Calum.

Elle serrait si fort sa mallette qu'elle avait mal et elle tenta de dominer la tension qui l'envahissait à la perspective de retrouver l'hôpital où elle avait laissé une part de son cœur.

Ce lieu la hantait encore au bout de cinq ans. Elle avait toujours eu envie d'y revenir, sans trop savoir comment s'y prendre. Chirurgienne remarquée, elle était devenue l'un des médecins sportifs les plus cotés de la côte Est, mais cela ne lui suffisait pas.

Parce que Calum lui manquait ?

Elle chassa cette idée. Elle ne pouvait pas penser en ces termes, même s'ils contenaient une part de vérité. Ce serait dur pour elle de revoir Calum Munro. Ce serait même un choc. Quitter le seul homme qui avait compté pour elle, mettre fin à leur relation lui avait brisé le cœur. Hélas, elle n'avait pas eu le choix. Quand ils s'étaient mis ensemble, Calum ne voulait pas se marier, et elle avait été d'accord. Ils avaient tous les deux un but où le mariage n'avait pas de place. Calum méritait d'être libre.

Elle devait mobiliser toute sa force intérieure pour le revoir face à face. Elle devait penser avant tout au bien de son patient, en professionnelle. Les San Francisco Bridgers – l'équipe de la Ligue nationale de football américain dont elle était le nouveau médecin attitré – l'avaient mandatée pour cette démarche afin de sauver leur futur joueur star. Pour que George ait une chance de s'en tirer face à un diagnostic de cancer brutal susceptible de mettre fin à sa toute jeune carrière.

Le nouveau joueur des Bridgers avait un ostéosarcome, et seul le Dr Munro pouvait lui offrir une chance de s'en tirer. Calum avait opposé un refus à l'équipe sans voir le dossier pour cause de liste d'attente trop longue, mais Pearl ne permettrait pas qu'un emploi du temps surchargé compromette les chances de survie de George. Le jeune homme avait travaillé dur, il méritait de réaliser son rêve. Il n'avait joué que quelques matchs, sa carrière était devant lui, et voici que, soudain, il était confronté au cancer !

Tout être humain devait pouvoir réaliser ses rêves. Elle-même avait été dépossédée de cette chance, elle ne l'avait mesurée qu'après l'avoir perdue. Elle espérait seulement que Calum lui avait pardonné et qu'il accepterait de la rencontrer. Elle ne le croyait pas capable d'un ressentiment durable. Il n'y avait d'ailleurs pas lieu de nourrir de rancune. Et, pour sa part, elle ne lui reprochait certes pas la façon dont leur relation s'était terminée, car c'était elle qui y avait mis fin.

Le bébé parti, elle n'avait plus vu de raison de continuer. Cela l'avait ramenée à l'impitoyable réalité : dans sa vie, il n'y avait jamais rien de sûr, le métier mis à part. Même son propre corps lui avait fait défaut, incapable de garder le bébé.

À ce souvenir, des larmes lui montèrent aux yeux.

Mais elle ne devait pas pleurer. Un chirurgien ne pleure pas.

« Ne montre jamais ta faiblesse, lui avait dit sa mère un

jour. Tu me fais honte. M'as-tu jamais vue pleurer parce que ton père m'a freinée dans mes élans ? »

Ces mots durs résonnaient encore dans son esprit. Après, elle n'avait plus jamais pleuré. Pas même devant Calum. Elle ne s'était autorisé quelques larmes qu'avec sa grand-mère.

Elle inspira encore un grand coup, puis entra dans l'hôpital pour gagner le département de chirurgie où travaillait Calum.

Là, ils avaient tous deux commencé leur internat, sa vie professionnelle s'était épanouie… Et sa vie intime avait commencé à s'effondrer.

Dès qu'elle pénétra dans la réception principale, ce fut comme si elle n'était jamais partie. Rien n'avait changé. Tous les souvenirs remontaient à sa mémoire – les amitiés qu'elle s'était faites, les victoires remportées, les vies sauvées. C'était ici qu'elle avait appris tout ce qu'elle savait, ici qu'elle était tombée amoureuse. Elle avait été accueillie et avait prospéré, contrairement à ce qui avait eu lieu auprès de ses parents, qui se faisaient continuellement la guerre et n'étaient jamais contents d'elle ni d'eux-mêmes.

Mais elle ne devait pas s'abandonner à l'illusion d'être ici chez elle. Ce n'était qu'un hôpital semblable à tous ceux où elle avait travaillé depuis. Elle n'y avait plus droit de cité.

Déterminée à rester concentrée sur son but, elle localisa le bureau du Dr Calum Munro.

Elle avait téléphoné pour s'assurer qu'il n'avait pas de consultation et n'était pas d'astreinte. Il devait à présent avoir terminé sa tournée matinale et regagné son bureau. Il ne pouvait pas lui opposer un refus ! S'il était resté l'homme qu'elle avait connu cinq ans auparavant, il relèverait le défi que représentait le cas de George.

En était-elle si sûre ?

Oui, elle l'était. Tout comme elle, Calum aimait les cas difficiles. C'était une des raisons qui les avaient rapprochés durant leur internat : ils aimaient relever les défis. Tous deux avaient travaillé dur. Et Calum avait été le seul à la comprendre. Même si sa mère rabâchait que deux chirurgiens ne peuvent pas être amis ou amants, vu son propre mariage. Sa mère jurait qu'elle avait aimé son père autrefois mais, quand elle avait vu sa carrière suspendue à la naissance de Pearl, elle avait pris en horreur son mari et sa fille.

« C'est la compétition qui domine dans un couple de chirurgiens, prétendait-elle. La seule chose qui compte, c'est être meilleur que l'autre dans le travail. C'est tout. »

Et son père tenait les mêmes propos, se rappelait Pearl. Alors, qui pouvait dire où elle et Calum en seraient aujourd'hui si elle n'avait pas perdu le bébé et qu'ils s'étaient bel et bien mariés ?

Mais Calum s'était avéré différent. Il *était* différent. N'est-ce pas ?

Elle prit l'ascenseur pour gagner l'étage d'oncologie orthopédique.

Cet endroit lui était si familier ! Elle et Calum y avaient passé de longues heures à l'époque de leur internat sous l'égide de l'exceptionnel Dr Chin, qui les avait formés.

Une fois sortie de l'ascenseur, comme en un état second, elle dépassa la réception et se dirigea tout droit vers le bureau au bout du couloir.

La porte du bureau était ouverte. Calum était debout près de son bureau, dos tourné. Ses cheveux blond-roux qu'elle aimait tant étaient parsemés de gris aux tempes et plus courts qu'autrefois, lorsqu'elle écartait les boucles qui lui retombaient sur le visage pour l'embrasser…

Elle eut un coup au cœur à ce souvenir.

Elle avait cru que les années écoulées lui faciliteraient la tâche. Quelle erreur ! Tout lui revenait en mémoire en cet instant. Chaque caresse, chaque rire partagé, chaque baiser. Elle en était submergée. Son cœur battait la chamade, et elle ne trouvait pas ses mots.

Alors qu'elle hésitait devant le seuil, Calum se retourna comme s'il sentait qu'on l'observait, et ses yeux se dilatèrent.

— Pearl ?

— Oui, dit-elle avec nervosité, recouvrant enfin sa voix.

Elle ajouta après s'être éclairci la gorge :

— Ça fait longtemps.

L'expression chaleureuse du regard bleu qu'elle avait tant aimé se dissipa comme l'éclair, et Calum lâcha, l'air dur :

— Vraiment ?

Puis il se remit à son travail.

Bon. De toute évidence, il lui gardait rancune. À quoi aurait-elle dû s'attendre ? Elle s'était préparée à cette éventualité… Ça faisait tout de même mal. Elle avait espéré que Calum était différent. Apparemment, elle s'était trompée.

Mais elle était résolue à ne pas être ignorée ni repoussée. C'était pour son patient qu'elle était là.

— Calum, lança-t-elle avec fermeté.

— Il n'y a rien à dire, Pearl. Je ne veux pas discuter du passé. Tu arrives cinq ans trop tard.

— Je n'ai pas fait tout ce chemin pour ressasser le passé. Je suis venue te parler d'un cas médical.

— J'ai une liste d'attente longue comme un jour sans pain, je ne peux pas prendre d'autres patients. Il y a ici d'autres chirurgiens, et je suis sûr qu'ils ont de la place.

— Tu restes fixé sur le passé ? demanda-t-elle en entrant et refermant la porte.

Calum se tourna vers elle, paupières plissées.

— Pas du tout. J'énonce un constat, c'est tout. Je suis débordé et je n'ai pas le temps de m'occuper d'un *quarterback* que sa blessure empêche de gagner des millions.

— Un secondeur, rectifia-t-elle d'un ton dégagé.

— Peu importe. Il y a d'autres chirurgiens.

— Comment sais-tu qu'il s'agit d'un joueur de football ? C'est pour ça que tu as refusé ce patient sans consulter le dossier ?

— Je n'ignore pas que tu as été engagée comme médecin attitré d'une équipe de New York. Chacun sait que tu es au top dans ton domaine. Félicitations, dit sèchement Calum.

Ah, ça ! Était-il jaloux d'elle ? Il avait toujours soutenu qu'il voulait une grande carrière. C'était dans ce but qu'il était devenu médecin. Elle n'avait pas envie de le croire jaloux, mais son attitude indiquait le contraire.

— Je travaille en Californie, maintenant, dit-elle en sortant le dossier de son patient. Et il ne s'agit pas d'une blessure. En cas de blessure, je suis capable d'assurer n'importe quelle intervention chirurgicale. C'est un ostéosarcome, et très agressif. Je sais que tu as le meilleur taux de succès dans ce domaine. Ce jeune homme a travaillé dur pour atteindre son but. À l'université, en obtenant des bourses, en multipliant les petits boulots. Et voici que ce coup dur le met sur la touche.

Calum se retourna vers elle.

— Un ostéosarcome ?

— Oui. Je ne peux rien pour lui, et pour traiter cette maladie tu es le meilleur. C'est du moins ce qu'on prétend. Ce joueur parti de rien était destiné à devenir une superstar. Il est jeune et mérite d'avoir une chance de s'en sortir.

L'expression de Calum se radoucit, et elle sut qu'elle l'avait ému. Lui-même avait travaillé si dur pour faire médecine ! Il avait eu plus de difficultés à surmonter que bien d'autres, et elle savait que, même si son jeune patient avait signé un contrat à six chiffres, le fait d'avoir mentionné ses débuts difficiles et sa détermination pouvait attendrir Calum.

Elle craignait qu'il oppose un nouveau refus aux Bridgers parce qu'elle était leur employée et parce que le père de Calum était l'un des investisseurs de l'équipe. Calum était loin d'avoir des relations idéales avec son géniteur, elle ne l'ignorait pas. Mais la vie d'un jeune homme était en jeu et, si Calum Munro était resté l'homme qu'elle avait connu, il ferait tout ce qui était en son pouvoir pour George. C'était ce côté tendre, qu'il s'acharnait à cacher, qui l'avait attirée en lui.

Il ouvrit le dossier et, se calant dans son fauteuil, en prit connaissance.

Debout, elle attendit, le cœur battant.

Lui apporterait-il son aide ou avait-il changé en cinq ans ?

Si elle en croyait ses parents, il camperait sur sa rancune, comme eux. Mais Calum n'était pas comme ça. Il voulait toujours aider les autres…

Mais, au fond, le connaissait-elle vraiment ?

Oui, elle était sûre de lui comme chirurgien. Sa compassion, sa volonté d'être le meilleur avaient décidé de son attirance pour lui dès le départ, alors qu'elle ne voulait surtout pas bâtir une relation avec un homme après avoir été confrontée à l'union désastreuse de ses parents.

Elle avait grandi auprès d'un père et d'une mère qui se disputaient, trichaient, se renvoyaient la responsabilité de leurs échecs, cherchaient sans cesse à avoir le dessus l'un sur l'autre. Ils avaient fini par divorcer lorsqu'elle était en dernière année de médecine. Enfin, il n'y avait plus de disputes, mais pas non plus de foyer normalement constitué à rejoindre pendant les vacances scolaires. Désormais, sa mère marinait dans l'amertume et la colère. Son père avait épousé une femme plus jeune et fondé une nouvelle famille. Leur haine réciproque avait fortifié la résolution de Pearl de rejeter toute vie de couple.

Jusqu'à ce qu'elle rencontre Calum Munro.

Calum était si différent ! Il avait mis de la couleur dans sa vie sans émotions, avait apporté une bouffée d'air frais dans son univers lugubre. Il visait haut, comme elle, mais il comprenait son enfance malheureuse, et un lien amical s'était noué entre eux. Elle avait été attirée par sa lumière, il avait été son réconfort, son « foyer ». Puis, un soir où ils avaient un peu trop bu, elle avait cédé à son attraction puissante. Leur intimité s'était renouvelée, installée, la mettant en danger d'avoir le cœur brisé.

Elle n'avait certes pas envie de revivre sa souffrance sentimentale d'alors ! Elle saurait veiller à ce que ça ne se reproduise pas.

— Ce n'est pas très bon, dit avec douceur Calum, toujours concentré sur le dossier.

— Non. Je peux m'asseoir ?

Comme il acquiesçait, elle s'assit face à lui. Il posa le dossier, se passa une main sur le visage.

— Je suis désolé. Je ne savais pas qu'il s'agissait d'un cancer et que c'était si grave. J'ai cru avoir affaire à une énième équipe sportive cherchant à me débaucher de mon poste hospitalier.

— Je me serais chargée moi-même d'une blessure courante. Mais je ne peux pas assumer ça. J'ai besoin d'aide.

Calum hocha la tête.

— Je suis navré pour ce jeune homme… C'est un sale coup dur.

— Pourrais-tu le recevoir ? S'il y a quelqu'un que j'aimerais voir se charger de son cas, c'est bien toi, et de loin.

Une expression étrange passa sur le visage de Calum.

— Pourquoi moi ?

— Tu es un grand chirurgien, Calum. Et j'ai pensé que, entre amis…

— Nous ne sommes pas amis mais collègues, coupa-t-il avec fermeté. Si je m'occupe de ce jeune homme, il devient mon patient. Je n'ai pas besoin de ton assistance.

C'était une nouvelle gifle. Cela faisait mal, mais elle s'était préparée à une telle réaction. Elle était en partie tentée de se désister, de lui confier ce cas. Ainsi, elle pourrait préserver ses distances, éviter d'être affectée par Calum. Déjà, ces retrouvailles faisaient remonter à la surface des sentiments et des souvenirs qu'elle croyait avoir enfermés à double tour.

En revanche, elle n'était pas disposée à accepter d'être mise à l'écart. Pas pour ce patient-là. George était son patient depuis que les San Francisco Bridgers l'avaient engagé à sa sortie de l'université, elle l'avait suivi de sa blessure au cours du troisième match jusqu'à cet ultime et terrible diagnostic. Originaire de Philadelphie, il était loin de chez lui. Sa mère ne pouvait pas délaisser ses autres enfants. Peinée de le savoir seul, Pearl l'avait pris sous son aile. Elle était résolue à veiller sur lui et elle n'y renoncerait pas à cause de Calum.

— George est mon patient, dit-elle. Tu ne le connais pas, ni les traitements qu'il a suivis. Il fait partie de l'équipe dont je suis responsable, et je l'accompagnerai jusqu'au bout. Puisque tu affirmes que nous ne sommes pas amis, je consens à une relation simplement cordiale. Mais je ne serai pas mise à l'écart.

— Soit, fit Calum.

Elle se sentit soulagée mais le lui cacha, comme elle dissimulait tant d'autres émotions. Tout comme elle, Calum pouvait se montrer têtu. Il n'avait jamais apprécié d'être poussé dans ses retranchements. Quand il pensait avoir choisi la bonne ligne de conduite, il refusait de battre en retraite. C'était une des choses qu'elle admirait en lui.

— Merci, dit-elle.

— De rien, fit-il d'un air radouci. Mais j'attends une compensation en retour.

— L'équipe te rémunérera.

— Sans aucun doute. Mais, en contrepartie du privilège que t'accorde mon hôpital, je tiens à ce que tu assumes une partie de mes dossiers, dit-il avec un regard quelque peu espiègle, en arborant un large sourire.

— Quoi ? Mais je n'ai pas le temps !

— Oh ! tu le trouveras ! J'en trouve bien pour ton patient, moi.

Elle s'empourpra.

Il avait raison. Et, en secret, elle était ravie de reprendre du service en chirurgie. Les interventions de médecine sportive qu'elle effectuait consistaient pour la plupart à poser des prothèses du genou ou à traiter des déchirures des ligaments. Revenir en traumatologie, traiter des cas variés, ce serait une bonne chose.

— Marché conclu, docteur Munro, dit-elle en se levant et en prenant sa mallette. Merci d'accepter de voir mon patient. Quand puis-je l'amener ?

— Tu peux m'appeler Calum, tu sais.

— Pourquoi ? Puisque nous ne sommes pas amis, paraît-il.

— Je n'avais pas l'intention de t'insulter. J'étais surpris de te voir après si longtemps, c'est tout, répondit-il en laissant couler un soupir. Ça fait un bail.

Elle sourit.

— Je ne me suis pas sentie insultée. Et il y a un bail qu'on ne s'est pas vus, c'est vrai.

— Ça fait bizarre de t'entendre m'appeler « docteur Munro ». Inutile d'être aussi formaliste.

— Tu voulais te situer sur le plan professionnel.

— Je te répète que j'ai eu un choc. Tu n'as pas du tout changé, tu sais.

Elle eut un petit coup au cœur.

— Toi non plus, dit-elle.

Rien n'avait vraiment changé, d'ailleurs. Elle avait cru que cinq ans d'éloignement suffiraient à mettre en repos les fantômes du passé. Erreur. Elle avait besoin de maintenir une certaine distance entre elle et lui, il fallait conclure cette conversation !

— Donc, quand puis-je t'amener George ? répéta-t-elle, tentant d'ignorer les sentiments que Calum réveillait en elle.

— Si tu l'amenais cet après-midi ? Vers 16 heures ? Si ça te convient, bien sûr.

— Cela me convient.

— Et essaye de te relaxer, Pearl. Je m'excuse pour ce que je t'ai dit. C'était juste que… J'ai eu un choc en te découvrant sur le seuil de mon bureau.

Elle se détendit quelque peu.

Elle comprenait ses sentiments. Elle aussi avait reçu un choc en le revoyant. Mais elle n'allait pas le laisser paraître. Elle devait garder ses distances. Calum l'attirait. Il l'avait toujours attirée. Travailler avec lui s'annonçait difficile.

Même si l'initiative était venue d'elle, au fond, elle n'était pas préparée à ces retrouvailles. Elle avait cru l'être mais, face à lui, tout le passé était remonté à la surface. La nuit où elle l'avait quitté était encore présente à sa mémoire…

Elle refoula ses souvenirs et hocha la tête.

— Je te retrouve à 16 heures.

Puis elle quitta le bureau.

Ses mains tremblaient, son pouls s'était précipité.

Non, elle n'était pas immunisée contre le Dr Calum Munro. Et elle avait intérêt à maîtriser ça. Elle n'allait certes pas remettre son cœur dans la balance, même s'il en avait envie !

Calum se renversa dans son fauteuil et tenta d'assimiler la scène qui venait d'avoir lieu.

Il ignorait que Pearl était de retour à San Francisco et travaillait pour les San Francisco Bridgers. S'il avait su…

Cela aurait-il changé son attitude ?

Peut-être. Quand il pensait aux Bridgers, ce qui lui venait à l'esprit, c'était son père, la main tendue en quémandeur.

Grayson Munro ne le reconnaissait pour fils que lorsqu'il pouvait tirer profit de lui. Après avoir, des années durant, tenté de le contenter, Calum avait compris que, quelle que soit sa réussite, il ne conquerrait jamais l'attention ni le respect de son père. Il avait donc renoncé et cessé de s'en soucier.

Il avait été approché par toutes les grandes équipes sportives de San Francisco et d'ailleurs depuis que sa mère de cœur, l'université où il avait fait ses études, lui avait attribué un MSA, la plus haute distinction scientifique, pour son traitement de l'ostéosarcome. Sa clientèle avait explosé, mais il ne deviendrait jamais le médecin exclusif d'une équipe sportive de haut niveau par appât du gain.

Quand il avait débuté dans le métier, il aurait pu se laisser tenter, car cela aurait impressionné son père. Mais, lorsque Pearl était partie, il avait pris conscience qu'il ne pouvait pas passer son existence à essayer d'impressionner les autres. Il aimait l'hôpital et le travail qu'il y accomplissait. C'étaient les deux seules constantes fiables de sa vie.

Il avait mené ses recherches et soutenu la création de ce département chirurgical afin de pouvoir aider tout patient atteint d'un ostéosarcome, qu'il soit ou non un athlète de haut niveau. Et, en toute franchise, il éprouvait quelque rancune envers les grandes équipes comme les Bridgers. C'était une équipe du même genre qui avait entraîné Pearl sur la côte Est après qu'elle avait perdu leur bébé.

Elle avait toujours désiré devenir le médecin attitré d'une grande équipe professionnelle, ce que lui-même trouvait détestable. Pourtant, une part de lui restait convaincue que le travail n'était pas tout aux yeux de Pearl Henderson – que ça n'avait été qu'un prétexte pour justifier sa fuite. Dans les situations difficiles, elle avait tendance à se fermer aux autres, à contenir les émotions dont elle se sentait submergée, comme si cela lui faisait honte. Il ne se souvenait pas de l'avoir vue pleurer une seule fois – même quand ils avaient perdu leur bébé.

À l'époque où ils étaient ensemble, il y avait eu des moments où il l'avait vue telle qu'elle était, avec sa joie, son chagrin, sa compassion, sa vulnérabilité. Mais jamais il n'avait vu ses larmes. Aussi avait-il soupçonné qu'elle donnait le change. Elle s'efforçait toujours de rester calme et maîtresse d'elle-même, mais ce n'était qu'une façade.

Était-ce si sûr ?

Il n'en était pas sûr, non. Pearl lui avait fait comprendre dès leur rencontre qu'elle n'avait pas envie de sortir avec quelqu'un, surtout s'il s'agissait d'un collègue, et qu'une famille traditionnelle ne l'intéressait pas. Ils étaient sur la même longueur d'onde. Lui-même n'avait pas eu une vie familiale particulièrement saine, et il n'avait jamais envisagé de fonder une famille. À cause de son passé familial, il avait longtemps refusé toute relation. Il s'était cru incapable de s'engager. Jusqu'à ce qu'il rencontre Pearl.

Il aurait dû garder ses distances avec elle, mais il la trouvait divertissante. Elle était intelligente, sexy, et après une première folle nuit, une chose en entraînant une autre, elle s'était retrouvée enceinte. Pendant un moment béni de son existence, il avait cru qu'il pourrait avoir ce qu'il avait secrètement désiré en grandissant. Malgré sa peur bleue de devenir père, il avait voulu tenter d'être meilleur que Grayson Munro. Il avait désiré avoir des racines, fonder une famille traditionnelle.

Et avoir Pearl. Il avait toujours voulu Pearl.

Puis son monde s'était écroulé, il avait tout perdu. Au lieu de se réconforter mutuellement après la perte de leur bébé, Pearl et lui s'étaient séparés. Elle était partie occuper le poste grassement rémunéré qu'elle avait en vue, et il était resté seul avec son chagrin.

Cela lui avait brisé le cœur de porter seul son fardeau, alors qu'elle paraissait indifférente à la perte de leur enfant.

Cependant, il aurait dû savoir à quoi s'attendre. Il était habitué à la solitude. Personne ne restait jamais avec lui. Son père était parti, sa sœur, Sharon, avait quitté la maison pour aller à l'université et n'était jamais revenue. Sa mère avait dû le laisser seul pour se rendre au travail, puis elle était morte. Le deuil de sa mère, il l'avait affronté seul. Et, quand Pearl l'avait quitté, il avait encore affronté seul le deuil de cet enfant qu'il avait ignoré vouloir auparavant.

Pearl était au courant de toutes ces choses, et pourtant elle l'avait abandonné, lui brisant le cœur. Il avait beau s'y efforcer, il n'arrivait pas à s'en remettre. Il ne parviendrait jamais à oublier Pearl.

S'il ne pouvait pas l'oublier, il n'allait pas pour autant la laisser entrer à nouveau dans sa vie. Il s'était juré de ne jamais lui pardonner, de ne plus jamais la revoir. Mais, quand elle était apparue à la porte de son bureau comme si le temps n'avait eu aucune prise sur elle, il avait eu l'impression que leurs cinq ans de séparation n'avaient jamais eu lieu.

Elle avait toujours ses beaux cheveux d'un châtain profond mêlé de reflets roux. Ses yeux bleus si brillants étaient aussi fascinants que le jour où il l'avait vue en levant les yeux d'un diagramme à la fac. Il n'avait pas oublié la douceur veloutée de ses lèvres roses et charnues, le goût de sa peau, son abandon quand il la tenait dans ses bras. Elle était aussi belle que dans son souvenir, et toute la colère qu'il ressentait parce qu'elle l'avait quitté s'était dissipée.

De plus, il ne pouvait pas opposer un refus au patient dont elle avait la charge. Il n'allait pas refuser de s'occuper de ce jeune homme pour la seule raison qu'il était toujours furieux que Pearl l'ait abandonné. Il n'avait rien d'un monstre, il n'était pas comme son père.

Grayson Munro était un bourreau de travail qui ne songeait qu'à son compte en banque. Il ne l'avait jamais aidé. Afin de payer ses études, Calum avait dû économiser sur tout, travailler dur pour obtenir des bourses, effectuer plusieurs jobs. Son père avait de l'argent, mais il lui refusait le moindre centime. Il gardait tout pour lui. Même lorsque leur mère n'avait plus eu un sou pour les nourrir, lui et sa sœur, Grayson s'en était soucié comme d'une guigne. Bien entendu, Calum avait quelque crédit à ses yeux aujourd'hui puisqu'il avait obtenu un prix renommé pour ses recherches médicales et l'importante dotation qui allait avec… Grayson avait un charme de façade, savait conquérir la confiance des gens, mais en réalité personne ne comptait pour lui. C'était un Narcisse uniquement préoccupé de lui-même.

Pearl n'était pas narcissique, elle. Elle se souciait de ses patients. Elle était tendre et bonne. Sous ses dehors froids, elle avait de la compassion et se passionnait pour son travail. C'était ce qui l'avait attiré. Elle lui avait paru authentique, lui qui avait grandi auprès d'un imposteur…

En fait, il devait lui parler, lui dire ce qu'il avait ressenti à son départ ! Il y avait des choses qu'il voulait garder pour lui, au sujet de l'horrible nuit. Des choses que, selon lui, elle ne méritait pas d'entendre. Mais il tenait tout de même à ce qu'elle sache que son départ l'avait anéanti.

Se levant brusquement, il partit à sa poursuite.

Pearl avait presque atteint le bout du couloir qui débouchait sur la réception. Il n'avait pas envie d'éveiller la curiosité de la réceptionniste portée aux commérages, qui le connaissait depuis l'époque de son internat, alors que Pearl et lui travaillaient ici sous l'égide du Dr Chin. Elle savait qu'ils avaient vécu ensemble, qu'il y avait eu un bébé en route.

Pourtant, il ne pouvait pas laisser partir Pearl.

— Pearl, attends ! lança-t-il.

Elle se retourna d'un air presque choqué.

— Calum ? Il y a un problème ?

Il désirait parler, mais les mots ne venaient pas. Il était furieux de se voir réduit au silence. Tant de choses à dire, et elles ne sortaient pas ! Durant les cinq ans écoulés, il avait médité le passé, envisagé ce qu'il dirait à Pearl s'il la revoyait. Mais, à présent qu'il en avait l'occasion, les mots restaient coincés dans sa gorge.

Elle l'avait profondément blessé, et il n'allait certes pas partager de nouveau son cœur. Avec elle moins qu'avec toute autre.

— Si je venais voir George tout de suite ? lâcha-t-il enfin.

En réalité, il n'avait envie d'aller nulle part. Il avait pas mal de travail administratif à mettre à jour. Mais il ne trouvait pas d'autre prétexte pour l'avoir rattrapée dans le couloir.

— Tu veux le voir maintenant ? demanda-t-elle, déroutée.

— Il doit souffrir.

— C'est le cas, dit-elle avec douceur.

— Alors, il vaudrait mieux que j'aille le voir au lieu de le contraindre à se déplacer jusqu'ici. Je peux effectuer un examen préliminaire et programmer ensuite son admission un jour de consultation habituel.

Elle sourit, de ce sourire chaleureux et authentique que peu de gens à part lui avaient vu éclore quand ils étaient internes.

— Tu as un sourire magnifique, tu sais, lui avait-il dit un jour.

— Pardon ? avait-elle lâché, éberluée, en levant les yeux de ses dossiers.

— Je parlais de ton sourire. Tu te montres bonne avec les patients, et c'est sincère, mais avec les autres médecins tu es froide et tu te fermes comme une huître. Tu caches tes sentiments. Pourquoi ?

Elle s'était redressée, l'air presque effrayé.

— Les patients, c'est autre chose. Ils ne sont pas en compétition avec moi.

— Tu considères que l'internat est une compétition ?

— Ce n'est pas le cas ?

— Je ne l'ai jamais envisagé en ces termes.

— La chirurgie est une compétition. Les chirurgiens sont compétitifs par nature.

— Eh bien, je ne suis pas ici pour rivaliser avec les autres, avait-il affirmé. Je suis ici pour apprendre à sauver des vies.

L'expression de Pearl s'était adoucie, mais pour un instant seulement, puis elle s'était remise à ses dossiers.

C'était la première fois qu'elle s'était laissé approcher, en quelque sorte. Il avait appris ensuite qu'elle avait été élevée par deux chirurgiens coriaces et qu'elle avait l'art de dissimuler ses émotions. Mais ce sourire… Il l'avait fait craquer. Il lui donnait l'impression qu'elle lui permettait de franchir l'enceinte de la forteresse qu'elle avait érigée pour refouler les autres.

— Bien, dit-il en sortant son téléphone, indique-moi où me rendre, et je t'y retrouve dans… Disons une demi-heure ?

— Entendu, fit-elle, lui empruntant le smartphone pour y entrer l'adresse du centre d'entraînement des Bridgers. Je vais prévenir George.

Calum acquiesça et recula d'un pas pour tenter d'établir une distance.

Il ne savait pas ce qu'il faisait. Que diable se passait-il ?

C'était parce qu'elle avait souri. Ce sourire l'avait encore fait craquer.

— À tout à l'heure, lança-t-elle.

Elle entra dans l'ascenseur qui venait de s'ouvrir, la porte se referma, et il fronça les sourcils, furieux de l'avoir de nouveau acceptée dans sa vie.

Pearl Henderson laissait transparaître son faible pour un patient, elle venait le voir pour quêter son aide, et il se sentait fondre. Il retombait dans le piège. Une fois encore, elle bouleversait son univers !

Une chose était sûre, il ne lui permettrait pas d'aller plus loin. Il ne commettrait pas deux fois la même erreur.

2.

Calum trouva sans peine le centre d'entraînement des Bridgers. Il savait où il se situait, car son père l'avait incité plusieurs fois à y venir depuis qu'il avait remporté son prix de médecine. Grands dieux, mais qu'allait-il faire là ? Il aurait pu recevoir son futur patient à l'hôpital, mais non, il avait fallu qu'il propose d'aller à sa rencontre !

Il avait été submergé par les souvenirs en revoyant Pearl. S'il ne s'était pas lancé aussi étourdiment à sa poursuite, il n'aurait pas eu à venir ici…

Il se secoua mentalement.

C'était pour ce jeune athlète qu'il était là, pas pour Pearl !

Il pénétra dans le complexe voisin du quartier de Haight-Ashbury, impressionné par son architecture ultramoderne qui se fondait avec l'ancienne.

Les Bridgers avaient beau être nouveaux venus dans la baie de San Francisco, ils ne regardaient pas à la dépense !

La dernière fois qu'il avait parlé à son père, celui-ci n'avait pas tari sur les moyens financiers de l'équipe. Apparemment, Grayson jugeait bon de financer des sportifs professionnels après avoir laissé mourir de faim son ex-femme et ses enfants.

En balayant du regard la réception du centre d'entraînement, Calum sentit se ranimer sa vieille rancune envers son père. Un équipement dernier cri, une réception aménagée par des décorateurs professionnels, des œuvres d'art coûteuses, du carrelage en marbre… Voilà ce que celui-ci prisait plus que tout. Ce qui avait à ses yeux plus de valeur que sa famille !

Mais il n'allait pas permettre que cela interfère avec son

travail. Il avait avec son père une relation détachée, strictement professionnelle. Il s'en tiendrait là au lieu de partir en vrille à cause d'anciennes émotions. Il avait mis son cœur en jeu une fois, et mal lui en avait pris. Pas question qu'il récidive.

— Calum !

Il se retourna et vit Pearl qui venait vers lui. Aussitôt, son pouls s'accéléra, et il fut horrifié de constater l'empire qu'elle conservait sur lui. Il détestait ne pas être maître de lui.

— Pearl, fit-il d'une voix bourrue.

— Je suis contente que tu aies accepté de venir, dit-elle gentiment. George a une journée difficile.

Il y avait de la tension dans son sourire. Elle se tenait très droite, le dos raide, elle semblait gênée.

Lui aussi ressentait de la tension, à dire vrai.

— Si tu veux bien me suivre, continua-t-elle.

Il lui emboîta le pas.

Il tentait de rester détaché mais, si près d'elle, captant l'odeur de son shampooing à la fleur de tiaré, il éprouvait ce qu'il avait éprouvé cinq ans plus tôt. C'était dur de ne pas retomber dans leurs anciennes habitudes, de ne pas la prendre par la main comme autrefois. Et de garder un maintien rigide pour ne pas l'effleurer tandis qu'il marchait près d'elle.

— Je sais que c'est dur, dit-elle, brisant leur silence tendu. Je ne veux pas qu'il y ait un malaise entre nous. Tu voulais que nous soyons collègues, et je le veux aussi.

— Nous *sommes* collègues.

Pearl haussa ses sourcils finement dessinés.

— Allons, Calum, nous sommes adultes. Ce qui a eu lieu…

— Laissons tomber, coupa-t-il sèchement. C'est du passé.

Les yeux de Pearl se dilatèrent, un bref instant seulement.

— Bon.

— Concentrons-nous sur notre patient, ajouta-t-il avec raideur.

La dernière chose dont il avait envie, c'était de parler de ce qui s'était passé cinq ans auparavant. D'éprouver l'ombre d'une émotion rattachée à cet horrible moment. En réalité, il désirait ne rien ressentir du tout et il était jaloux du détachement apparent de Pearl.

Mais elle s'était toujours comportée ainsi. Les internes l'avaient surnommée la Reine des glaces, à part lui et un ou deux autres.

Il n'avait pas envie de penser à elle sous ce jour-là. Il ne voulait pas se souvenir de toutes les fois où la Reine des glaces avait fondu à son contact et lui avait mis le corps en feu. Il venait accomplir un travail.

Il suivit Pearl dans une salle d'examen.

Le jeune athlète, George Vaughn, était assis sur la table d'examen, une poche de glace appliquée sur sa jambe malade allongée. George était athlétique, mais du genre mince et nerveux – un bel atout pour un secondeur : il pouvait courir.

Lorsqu'il vit Pearl, son regard s'illumina.

— Salut, doc ! fit-il.

— Bonjour, George. Voici le Dr Calum Munro, l'un des tout meilleurs chirurgiens orthopédistes, spécialiste de l'ostéosarcome.

— Enchanté de vous connaître, docteur, dit le jeune homme d'une voix tendue.

— Moi de même, George, déclara Calum en lui serrant la main. Quel est le degré de douleur, aujourd'hui ? ajouta-t-il en approchant un fauteuil afin de s'asseoir et d'examiner la jambe.

— Je dirais sept sur dix. La glace me fait du bien.

Calum doutait que la glace lui apporte un soulagement. Les traits tirés de George démentaient ses propos. La douleur qu'il ressentait était d'origine osseuse. La tumeur infiltrait les tissus, atteignait les nerfs. George tentait de crâner, comme bien des jeunes gens. C'était bien qu'il soit combatif. Il faut être fort pour se battre contre le cancer et le vaincre. Il faut de la force mentale pour continuer à lutter lorsque le corps crie pouce.

— Je peux vous examiner ? demanda-t-il.

— Allez-y.

Le jeune homme grimaça alors qu'il retirait la poche de glace.

La zone du genou était enflée et, dès que Calum la toucha légèrement, George laissa échapper un soupir étranglé.

Calum effectua l'examen et demanda un écho-Doppler du flux sanguin dans la jambe.

— Croyez-vous pouvoir m'aider, docteur ? s'enquit George avec espoir.

Calum ne pouvait pas lui fournir d'emblée une réponse. Pas avant de connaître à fond le dossier. Il ne voulait pas lui donner de faux espoirs, mais il ferait tout ce qui était en son pouvoir pour son patient.

— Je vais voir vos analyses et vos scanners et, à partir de là, j'établirai avec le Dr Henderson le traitement le plus adapté.

— Merci, docteur, dit George, confiant.

Avec un sourire, Calum lui donna une petite tape sur l'épaule.

— Laisse-moi t'aider, intervint Pearl, soutenant George par un bras pour seconder Calum qui l'aidait à descendre de la table d'examen.

Elle donna ses béquilles à George, puis demanda :

— Quelqu'un te raccompagne ?

— Oui. Le coach m'a amené, et il me ramène. Il veut sûrement parler de stratégie.

— De stratégie ? fit Calum.

Pearl se mit à rire.

— Mon ami George ici présent, en plus d'être un des secondeurs les plus rapides que j'aie vus depuis longtemps, est un excellent stratège. Il assiste le coach sur ce plan depuis qu'il est en congé.

— Oui, mais ce n'est pas ce que je veux continuer à faire pendant toute ma vie, se hâta de dire George. Je veux retourner sur le terrain.

— Nous ferons tout notre possible pour que ça arrive, affirma Calum, avant de regretter les mots qu'il venait de prononcer.

Il évitait en général de faire des promesses intenables, mais cela avait été plus fort que lui. Il avait de la peine pour

George. Qu'aurait-il ressenti, lui, s'il lui avait été interdit de continuer à vivre son rêve d'être chirurgien ?

La vie est injuste. Il en avait eu fortement conscience lorsqu'ils avaient perdu le bébé, puis lorsqu'il avait perdu Pearl. Le destin lui avait distribué une mauvaise donne. Mais il ferait de son mieux pour qu'il en aille autrement pour George, même s'il ne pouvait pas lui garantir le succès.

— Nous allons faire de la stratégie cet après-midi, le Dr Henderson et moi, ajouta-t-il avec un clin d'œil espiègle à George.

Pearl aida George à franchir le seuil et le suivit du regard pour s'assurer qu'il traversait le couloir sans encombre. Puis elle rentra dans la salle d'examen et referma la porte.

— Alors, comme ça, on va faire de la stratégie ?

— Bien sûr. C'est ce que font des collègues, non ?

— Oui, effectivement, répondit-elle, un peu sonnée.

Elle était contente que Calum semble si optimiste sur le cas de George, car elle n'était pas pour sa part dans la même disposition d'esprit. Vu l'éducation qu'elle avait reçue et les parents auxquels elle avait eu affaire, elle était plutôt pessimiste et elle était immanquablement surprise que, dans leur duo, Calum ait toujours été le plus optimiste des deux. Il n'avait pourtant pas eu une enfance meilleure que la sienne ! Elle essayait de s'améliorer, de voir le meilleur côté de la vie, mais c'était difficile avec des parents qui lui serinaient qu'elle n'était pas à la hauteur.

Tout ce qu'elle avait eu de bon dans la vie lui avait été enlevé. Tout.

— Arrête de pleurer, Pearl. Tu me fais honte ! lui avait lancé sa mère d'une voix sifflante, devant l'entrée de l'hôpital où la grand-mère de Pearl venait de mourir.

— Mais c'est mamie… Je ne peux pas… Elle me manque.

— Tu t'imagines que tu es la seule ?

Sa mère avait soupiré, contrariée.

— Qui va s'occuper de toi, maintenant ?

Pearl avait essuyé ses larmes.

— Je pourrais rester avec toi. Je ne pleurerai pas, c'est promis. Je ne pleurerai pas.

— Pleurer est un signe de faiblesse. Il ne faut pas montrer de la faiblesse.

Pearl avait acquiescé. Elle avait le cœur gros et envie de pleurer mais, si elle avait fondu en larmes, sa mère l'aurait renvoyée. Elle avait donc ravalé son si lourd chagrin.

Sa grand-mère avait pris soin d'elle, lui avait donné de l'amour. Hélas, elle était morte. Pearl avait toujours désiré retrouver un foyer tel qu'elle l'avait eu chez sa grand-mère. Mais comment ?

Puis elle avait rencontré Calum et était tombée enceinte. Cela l'avait terrifiée, mais en secret elle désirait une famille. Une vraie famille. Peut-être pourrait-elle enfin l'avoir, donner et recevoir de l'amour comme lorsqu'elle était enfant, auprès de sa grand-mère ? Malheureusement, elle avait perdu le bébé. Après ça, c'était dur d'être optimiste. Et, au bout de cinq ans, ça faisait toujours très mal. Comme si cette blessure datait de la veille. Pourtant, elle ravalait ce chagrin comme elle l'avait fait à la mort de sa grand-mère.

— On va manger un morceau ? proposa Calum, l'arrachant à ses pensées moroses.

— Pardon ?

— Je n'ai pas déjeuné. Vu l'heure qu'il est, ce sera une collation plutôt tardive, mais ça te dirait d'aller quelque part pour discuter du cas de George ?

Elle sentait qu'elle ne devrait pas sortir avec Calum. Mais elle n'était pas particulièrement occupée ce jour-là, car son équipe de kinésithérapeutes était avec les athlètes. Aucun n'avait de blessure sérieuse, et elle s'en réjouissait. En réalité, George était son seul véritable patient, et elle devait discuter de son dossier avec Calum. Elle pouvait donc l'accompagner. Elle devait garder ses distances, mais on pouvait tout de même déjeuner entre collègues, non ? C'était une réunion professionnelle, rien d'autre, même si elle se sentait nerveuse et avait les mains moites.

— Bien sûr, répondit-elle, espérant que sa voix ne tremblait pas. Elle était si nerveuse en présence de Calum ! Elle devait recouvrer son calme, être maîtresse d'elle-même, cesser de penser au passé.

— Super, dit Calum. J'ai des idées sur le cas de George et j'aurais aussi besoin de ta collaboration sur certains dossiers.

— Oui, puisque je te seconde dans tes cas cliniques, maintenant.

— C'est ça. Nous y gagnons tous les deux. Et nous t'accordons un droit d'exercice à l'hôpital, car je suis disposé à suivre George.

— J'apprécie ton geste et je suis prête à aider, dit-elle en contenant de son mieux l'émotion qui menaçait de la submerger.

Calum eut un large sourire.

— Puisque te voilà à mon service, j'aimerais que tu interviennes à l'hôpital.

— On croirait presque que tu viens d'énoncer une condamnation, observa-t-elle en souriant et en se détendant un peu. Je t'ai déjà donné mon accord. Dis-moi quand tu veux que je sois là.

De fait, elle était contente qu'il n'ait pas pris quelque décision insensée, comme lui retirer le suivi de George. Elle était tout à fait disposée à effectuer des heures de service à l'hôpital et à assister Calum dans le suivi de certains patients – ceux qui étaient traités à titre gratuit, par exemple. Dans le cadre de la médecine sportive, elle n'avait en plus de l'équipe qu'une clientèle restreinte. Ce serait bien de revenir en bloc opératoire et d'effectuer des interventions chirurgicales qu'elle n'avait pas souvent l'occasion de pratiquer. Ces interventions dans lesquelles elle excellait sous la direction du Dr Chin, ce qui l'avait poussée à se spécialiser en chirurgie orthopédique. Elle se demandait parfois pourquoi elle était partie…

Oui, bien sûr. Sa grand-mère avait été fan de football américain, et elles suivaient le championnat ensemble. Chaque fois qu'il y avait match, sa grand-mère l'emmenait à la *tailgate party*, le rassemblement festif précédant la rencontre, où l'on buvait et discutait. Alors, travailler avec une équipe sportive avait toujours été son but et, quand elle avait perdu le bébé, il lui avait semblé que le moment était venu de franchir le pas et de concrétiser ce rêve.

En réalité, la véritable raison de son départ de San Francisco, elle devait l'admettre, c'est qu'elle avait craint que sa relation avec Calum ne se dégrade si elle restait. Elle ne voulait pas le perdre, mais elle avait peur qu'il n'en vienne à la détester comme ses parents se détestaient.

Quand ils s'étaient mis ensemble, Calum et elle avaient des buts professionnels différents, même s'ils se formaient à la même spécialité. Tout comme les parents de Pearl, qui s'accusaient mutuellement d'avoir freiné leur carrière.

Elle ne voulait pas de ça pour son couple. L'idée que Calum puisse la haïr lui était insupportable. Alors, elle était partie.

— Quand veux-tu que je vienne à l'hôpital ? lui demanda-t-elle.

— Eh bien, je ne serai pas là, mais ce serait bien que tu sois présente à minuit. Les patients avec des traumatismes orthopédiques graves sont redirigés vers nous par les hôpitaux locaux. Parfois il y a du monde, d'autres fois c'est calme, mais nous assurons le service.

— Va pour minuit.

Il y avait longtemps qu'elle n'avait pas assuré de garde de nuit, mais elle ferait face.

— Content de te savoir à bord, dit Calum. Bon, si on allait manger ? Et parler boulot.

— Volontiers, répondit-elle en souriant. Attends-moi, j'en ai pour cinq minutes.

Elle disait vrai, elle était heureuse de déjeuner avec lui. Calum était intelligent, talentueux, sûr de lui sans être pour autant arrogant. Avec lui, elle avait traversé une période lumineuse de sa vie. Leurs cinq années de collaboration lui avaient manqué. Pour être tout à fait franche, *il* lui avait manqué, même si elle lui avait rendu sa liberté. Ce déjeuner tardif et la discussion du cas de George, ce serait comme autrefois, du temps où ils étaient amis et œuvraient ensemble.

Après avoir rangé le dossier de George, verrouillé son bureau et laissé un message à son équipe, elle rejoignit Calum qui patientait dans le hall.

Elle eut un petit coup au cœur en voyant qu'il l'avait attendue, que ce n'était pas un leurre, que peut-être ils pouvaient redevenir amis… Une idée qui la rendait heureuse et lui faisait peur à la fois.

Elle prit une profonde inspiration alors qu'elle se rapprochait de lui.

Elle avait eu l'habitude de le voir en jean, T-shirt et vieilles tennis lorsqu'il n'était pas en casaque. Les cinq ans écoulés et son statut de patron du service de chirurgie orthopédique l'avaient changé. Il était toujours en jean, mais celui-ci était désormais impeccable. Il portait un T-shirt haut de gamme, un veston sport décontracté et une paire de chaussures chics. Il avait de l'allure et restait superbe à l'approche de la quarantaine.

Il lui coupait le souffle, toujours. Aucun autre homme ne lui avait fait cet effet depuis. Il avait été son premier amour et à vrai dire le seul. Il lui était arrivé de sortir avec d'autres, mais ça n'avait pas été pareil. Aucun homme ne lui avait donné l'impression de défaillir.

Elle avait oublié que Calum mettait à bas toutes ses défenses, et ça la contrariait de réagir de nouveau ainsi.

Il fallait qu'elle se reprenne ! Elle était là pour travailler. Pas pour ranimer leur relation défunte.

Il lui sourit, et de fines rides se dessinèrent au coin de ses yeux.

— Tout va bien ? lui demanda-t-il.

— Il fallait seulement que j'avertisse ma secrétaire, même si je n'ai pas de séance prévue avec un joueur aujourd'hui. Il se pourrait qu'on me bipe, mais c'est peu probable.

Calum hocha la tête.

— De toute façon, on n'ira pas loin. Tu te rappelles sûrement le petit restaurant italien près de Buena Vista Park.

— *Il Polpo arrabiato* ? Il existe toujours ? fit-elle, surprise.

C'était autrefois un de leurs refuges préférés. Ce n'était pas cher, et la salle était gaie.

— Oui, il est toujours là avec sa pizza cuite au four à bois. Il fait beau, on peut s'y rendre à pied, et c'est un endroit tranquille et sympa pour faire des plans.

— Va pour *Il Polpo arrabiato* !

Tandis qu'ils couvraient ensemble la centaine de mètres qui les séparaient du restaurant, un souvenir en particulier s'imposa à l'esprit de Pearl.

Souriant, Calum avait choqué son verre contre le sien dans un cliquetis cristallin.

— À la fin de notre internat !

— Et à l'endroit le plus kitsch de San Francisco ! avait-elle ajouté.

— À ça aussi.

Il avait avalé une gorgée, avait posé son verre et lui avait pris la main. Ses doigts avaient frémi, et elle avait rougi à ce contact. Elle s'était rapprochée de lui et avait appuyé la tête sur son épaule, savourant l'instant. Savourant le sentiment d'être soutenue et aimée.

Elle retint un soupir.

Ils y avaient passé bien des heures heureuses au *Polpo arrabiato*, et le fait d'y revenir lui faisait l'effet d'un retour à la maison. Mais elle n'avait pas de maison. Elle n'avait pas de famille et elle était seule.

3.

Il Polpo arrabiato, également connu sous le nom de *The Angry Octopus*, était un restaurant italien niché dans une vieille demeure victorienne donnant sur Buena Vista Park. Peint en orange vif, il surprenait. Il n'avait certes pas le chic des célèbres *Painted Ladies* si souvent représentées sur les cartes postales de San Francisco, mais les habitants du quartier étaient habitués à sa couleur tape-à-l'œil. Pearl avait oublié qu'il était d'un orange aussi criard. Cependant, même si c'était une horreur, c'était un délicieux restaurant où s'offrir une pizza cuite au feu de bois près de Haight-Ashbury.

Comment l'avaient-ils découvert, au fait ?

Le souvenir lui revint d'un seul coup, telle une douceur inattendue.

— *Cet endroit te plaira, avait insisté Calum.*

— *J'en doute. Non, mais tu as vu cet orangé !*

— *Tu voulais une pizza. C'est ici qu'on trouve les meilleures de tout San Francisco.*

— *Je vis dans cette ville depuis toujours, et je n'en ai jamais entendu parler !*

— *Parce que tu as grandi dans les parages du Presidio. Alors que, moi, j'ai souvent arpenté ce quartier-ci.*

— *Tu as grandi dans le quartier de Mission District. Comment le Haight pourrait-il être ton lieu de prédilection ?*

— *Ce n'était pas la joie à la maison. J'errais beaucoup en ville.*

Elle avait hoché la tête, ne comprenant que trop bien. Chez elle non plus, ce n'était pas la joie.

— Quoi qu'il en soit, c'est un restaurant orange décoré d'une pieuvre. Comment peuvent-ils servir la meilleure pizza ?

— Fais-moi confiance, avait dit Calum.

Et elle lui avait fait confiance.

Ça ne lui était pas facile d'accorder sa confiance. Les promesses jamais tenues de ses parents l'avaient rendue défiante. Mais à ce moment-là, pour la première fois, elle avait eu foi en quelqu'un.

Quand ils arrivèrent à la hauteur du restaurant, elle eut l'impression d'être revenue en arrière dans le temps.

La dernière fois qu'ils étaient venus ici, c'était pour fêter la fin de leurs études médicales, l'ultime étape pour être chirurgiens. Ils avaient fêté ça avec leurs amis Diane et Jerome. Une sacrée soirée. Avec pas mal de vin et de rires. Il y avait bien longtemps qu'elle ne s'était pas laissée aller comme ça ! Ils n'y étaient pas revenus par la suite, le temps leur avait manqué. C'était étrange d'y retourner.

Elle s'immobilisa et prit une profonde inspiration pour tenter de ralentir les battements précipités de son cœur.

— Est-ce que ça va ? lui demanda Calum, qui s'était arrêté pour la regarder.

— Ça fait un bail, murmura-t-elle d'une voix un peu tremblante, gênée d'avoir perdu sa maîtrise de soi.

Elle ne considérait pas que l'émotion était forcément une faiblesse, mais elle ne pouvait pas se défaire du sentiment d'humiliation que sa mère lui avait insufflé chaque fois qu'elle révélait une part de vulnérabilité. Même si elle détestait la dictature que cela exerçait sur son esprit.

— Oui, ça fait longtemps, dit Calum. Quand sommes-nous venus ici la dernière fois ?

— Après la fin de nos examens. On avait pas mal bu, ce soir-là, dit-elle avec un léger rire.

— Ça oui, fit Calum, le regard pétillant. Et le vin n'était pas de qualité supérieure, en plus. J'avais une de ces gueules de bois le lendemain !

— Je m'en souviens. Nous ne sommes jamais revenus après cette fameuse soirée.

— Je crois bien que non, murmura Calum avec nostalgie.

Elle sentit son cœur battre plus vite et secoua la tête, cherchant à refouler ses réminiscences.

— Tu es sûre que ça va ? lui redemanda Calum.

— Oui. Je suis un peu secouée parce que le lieu n'a pas du tout changé.

— Oh ! ils ont rajouté des décos de pieuvre à l'intérieur.

— Tu viens souvent ici, alors, dit-elle, un peu blessée.

Elle qui pensait que c'était « leur » endroit ! Une part retorse d'elle-même ne pouvait s'empêcher de se demander qui il avait amené ici depuis.

Quelle importance, puisqu'elle l'avait laissé filer ?

Mais ça comptait, même si elle n'était pas prête à l'admettre.

— Souvent, non, mais de temps à autre.

Il y avait eu dans la voix de Calum une note de tristesse à peine perceptible.

Elle le comprenait. Elle ressentait la même chose. Mais peut-être pouvaient-ils partager, après tout, un repas agréable et productif ?

— Allons, viens.

Elle le suivit.

Dans le restaurant, la décoration donnait le tournis. On aurait dit qu'un monstre marin avait fait une descente dans les lieux et laissé en repartant une nuée de rejetons. Il y avait des pieuvres partout. Une invasion de mauvais goût qui détonnait dans ce quartier.

— Mince ! On a lâché un kraken ou quoi ? murmura-t-elle.

Calum pouffa.

— Le kraken est-il un poulpe ?

Elle lui sourit.

— Va savoir. C'est une créature mythologique avec des tentacules, je crois.

Même si la déco était kitsch, elle adorait cet endroit excentrique et décalé.

Ils retrouvèrent leur ancienne alcôve, désormais tapissée de vinyle où pullulaient des tentacules violets en relief.

Calum pouffa alors qu'ils s'asseyaient face à face.

— Tu as l'air horrifiée. Ils n'ont pas de monstruosités de ce genre, à New York ?

Elle éclata de rire.

— J'essayais de cacher mon effarement.

— Tu n'y parviens pas très bien, chuchota Calum.

Elle se pencha par-dessus la table, peinte pour ressembler à un globe oculaire. Un gros œil de kraken furieux qui la dévisageait. C'était horrifique mais drôle.

— Cet endroit est encore plus extravagant que je ne le pensais.

— C'est pour ça que les touristes y affluent. Connais-tu une seule pizzeria qui ressemble à cet endroit-ci ?

— J'ignore s'il en existe et je n'ai pas particulièrement envie de le découvrir, répliqua-t-elle avec un léger rire.

— Je comprends ça, fit Calum, le regard espiègle.

Elle ouvrit le menu, contente de retrouver des plats familiers sur les pages. Pourvu que la cuisine n'ait pas changé, que les pizzas ne soient pas servies avec une garniture de tentacules ou quelque chose de ce genre !

— Je sais à quoi tu penses, affirma Calum.

— Vraiment ?

— Tu te demandes si les pizzas ressemblent à la déco. Eh bien, pas du tout. Ils ne sont pas allés aussi loin. Enfin, pas encore… Oh ! en fait, si, il y en a une dans le genre ! La pizza surprise aux fruits de mer.

— Je prends note, dit-elle en fronçant le nez. Tu y as goûté ?

— Oui, un soir où j'étais d'humeur aventureuse.

— Et ? s'enquit-elle en s'efforçant de contenir une envie de rire.

— L'expérience n'était pas emballante.

Cette fois, elle ne put pas s'empêcher de s'esclaffer.

Cela lui venait si facilement, avec Calum. Il savait toujours abattre ses défenses, lui donner du bonheur. C'était effrayant. Elle ne pouvait pas se laisser entraîner. Cela valait mieux pour elle comme pour lui…

Pourtant, en ce moment précis, elle n'arrivait pas à se rappeler pourquoi elle avait jugé préférable de partir. Il lui était arrivé de se poser la question, au cours des cinq ans écoulés.

Elle se pencha sur le menu, essayant de juguler ses émotions, sa douleur, son chagrin.

— Te voilà bien silencieuse, tout à coup, observa Calum.

— Ce n'est rien.

— Visiblement, c'est quelque chose, au contraire.

Elle n'avait pas envie qu'il ouvre une brèche dans ses remparts. Elle ne voulait pas perdre de nouveau le contrôle de ses émotions.

— Peut-être, dit-elle, mais tu ne veux pas en parler.

— De quoi ?

— Du bébé. De mon départ.

— Tu as raison, je ne veux pas en parler, dit-il avec un soupir. Je ne peux pas.

Elle le comprenait. Et elle n'avait certes pas envie de provoquer une scène.

Elle ne savait plus où se mettre. Elle avait envie de discuter avec Calum comme au bon vieux temps, mais il n'y était pas prêt, et elle n'était pas sûre de l'être non plus. Elle avait cru que l'éloignement suffirait à réparer les choses. Erreur.

— Bon, je ferais bien de choisir mon plat, qu'on puisse en venir à George. D'autant que je suis attendue au centre d'entraînement.

Calum ne savait pas très bien ce qui arrivait à Pearl, mais elle avait changé soudain. Un instant plus tôt, elle s'était comportée comme autrefois, puis elle avait édifié de nouveau son mur protecteur.

Pour sa part, il n'était pas non plus tout à fait à l'aise. Elle n'avait pas été là quand il avait eu besoin d'elle et avait dû affronter son chagrin tout seul. Il n'allait pas aborder ce sujet maintenant. Ils étaient là pour parler boulot, point.

C'était sans doute l'attitude à adopter, mais c'était si simple de rire avec elle !

En fait, il tenait toujours à elle. S'il voulait que ça reste professionnel entre eux, il n'aurait pas dû l'amener ici. Pour un peu, il se serait giflé d'avoir fait cette suggestion. *Il Polpo arrabiato* avait été leur endroit. Il n'y venait pour ainsi dire plus. Il y avait dîné une fois ou deux en cinq ans parce que les pizzas étaient bonnes et que ce n'était pas loin de chez lui. Mais c'était dur pour lui d'être ici. C'était ici qu'ils venaient après de trop longs tours de garde, qu'ils évacuaient les tensions de la journée. C'était ici que leur amitié était devenue quelque chose de plus.

Quand il s'agissait de Pearl, il ne raisonnait pas sainement. Il prenait de nouveau le chemin d'une peine de cœur. Mais une part de lui se souvenait que la vie avait été meilleure quand elle était là. Qu'il avait été très amoureux d'elle. Elle lui donnait le sentiment de ne plus être seul. De pouvoir avoir la famille qu'il avait toujours désirée. Les souvenirs de leur vie ensemble… Il n'arrivait pas à s'en détacher ni à les fuir. Ils étaient toujours présents, et c'était cette part de lui qui l'avait poussé à amener Pearl ici.

— Tu t'es décidée ? demanda-t-il, curieux de voir si elle ferait le même choix qu'autrefois.

La pizza hawaïenne. Épouvantable, selon lui. De l'ananas comme garniture, beurk !

— La pizza hawaïenne, dit-elle en refermant le menu.

— Typique, fit-il avec un sourire.

— Quoi, qu'est-ce qu'il y a ?

— Tu prends toujours la même chose.

— Je n'ai pas ton goût de l'aventure pour choisir une pizza aux calamars !

— Il n'y avait pas que des calamars.

— Tais-toi, dit-elle en faisant la grimace, je préfère ne pas savoir.

Il se mit à rire.

— Tout ça m'a manqué.

L'expression de Pearl s'adoucit.

— À moi aussi.

Il faillit lui prendre la main, mais se retint en voyant que la serveuse venait prendre leur commande. Lorsque celle-ci se fut retirée, la conversation si détendue et si libre un instant plus tôt s'éteignit. Pearl arrivait tout juste à le regarder.

Pourquoi était-ce si difficile ? Ils pouvaient redevenir amis, ils pouvaient collaborer. Ils avaient si bien travaillé ensemble ! C'était possible de s'en tenir là, même s'il aspirait à autre chose, au fond. Après tout, ils s'étaient réunis pour décider d'un plan d'action pour George. Si elle voulait rester sur un terrain professionnel, il s'y tiendrait aussi. Ça l'empêcherait de parler du bébé, de leur deuil. Il ne voulait pas aborder ça maintenant. Il perdrait le contrôle de lui-même et, s'il voulait que cette relation de travail soit réussie, il devait conserver la maîtrise de ses émotions.

— Je veux commencer par une radiothérapie ciblée, dit-il, brisant enfin le silence.

— C'est un bon point de départ, il me semble.

— Oui, ça l'est. Ma thérapie a un taux de succès élevé.

— Mais ça ne marche pas toujours.

Il serra les mâchoires.

— Pourquoi faut-il que tu dises ça ? Tu es tellement pessimiste, parfois.

— Je suis réaliste. Toi, trop optimiste.

— Mon optimisme sauve des vies. Les gens atteints d'un cancer ont besoin d'espoir.

Elle soupira.

— C'est vrai. J'en suis consciente, mais j'aimerais savoir ce que tu feras si le traitement échoue. Tu n'as pas besoin de m'expliquer ta méthode, je la connais, c'est pour ça que j'ai fait appel à toi. Mais que feras-tu si ça ne marche pas ?

Il eut la gorge nouée.

Il détestait envisager les issues possibles. Chaque patient était différent et réagissait à sa façon. Il n'aimait pas envisager les choses en termes extrêmes, mais parfois, hélas, il n'y avait pas d'autre choix.

— Je serai obligé d'amputer.

Pearl secoua la tête.

— Je détesterais qu'on lui impose une chose pareille.

— Je te comprends, dit-il gentiment. Mais il arrive que la maladie soit trop avancée. Si ça réussissait à tous les coups, je détiendrais la panacée du cancer, et ce n'est certes pas le cas. Mais j'essaye de rester positif. Je tente tout ce qui est possible avant d'opter pour la solution extrême. L'amputation est le seul moyen de se débarrasser d'un ostéosarcome, mais je m'efforce de croire que cette thérapie sera efficace pour George. Même si de nombreux facteurs s'opposent à sa réussite.

— Je m'en rends compte.

— Je savais que tu comprendrais. Tu es une brillante chirurgienne, Pearl. Tu as bien fait de solliciter mon aide.

Elle sourit, et la dureté de son regard, l'indifférence qui marquait son expression lorsqu'elle se fermait s'évanouirent. Elle abaissa la barrière qu'elle semblait relever sans cesse pour tenir les gens à distance. Il retrouvait la Pearl dont il avait gardé le souvenir.

— J'espère que ton traitement réussira.

— Moi aussi. J'espère qu'on interviendra à temps. George t'a-t-il indiqué le début des symptômes ?

— Il dit qu'il a commencé à avoir des douleurs peu avant son engagement chez les Bridgers. Sa mère n'avait pas les moyens de l'envoyer chez un bon médecin, à l'époque. Elle avait toutes les peines du monde à s'occuper de ses frères et sœurs. Et il était à l'université, loin de chez lui. Il était aussi boursier, alors ses douleurs, il les a ignorées. Il devait continuer à jouer au football pour poursuivre ses études.

— Donc, il se peut qu'il ait ignoré les premiers symptômes depuis un bon moment ?

— C'est possible, mais je choisis de le croire. Même si ce n'est pas pour ça qu'il est venu me consulter. Il était blessé, et c'est à cette occasion que j'ai découvert son cancer.

Calum hocha la tête, rembruni.

C'était un cruel tour du destin que George ait eu des symptômes depuis pas mal de temps déjà et qu'il ait eu trop peur pour réagir. Sa propre mère avait fait de même. Elle leur consacrait tout son argent, à lui et à sa sœur. Elle avait eu peur de consulter et de découvrir ce qu'elle avait. Par crainte que ça coûte trop cher, elle avait longtemps ignoré ses symptômes, et il était trop tard lorsqu'elle s'était enfin décidée à voir un médecin.

La jambe de George n'avait pas encore subi de fracture due à la maladie, alors il espérait qu'ils prenaient les choses à temps, mais il n'en était pas sûr.

— Bon, vas-tu me parler de mes autres obligations professionnelles ? demanda Pearl.

— Quelles obligations ?

— Tu m'as dit que, puisque tu acceptais ce job pour les Bridgers et qu'on m'accordait des privilèges spéciaux à l'hôpital, je devais travailler pour toi.

Il eut un large sourire.

— Exact. J'avais momentanément oublié.

— Pas étonnant. La pizza surprise, surtout aux fruits de mer, c'est mauvais pour les neurones.

Elle le taquinait ! Pour un peu, il en aurait oublié pourquoi ils étaient ici et tout ce qui s'était passé depuis la dernière fois.

Seulement, cela éveillait aussi sa souffrance qu'elle soit près de lui, dans leur repaire préféré, et qu'elle le taquine comme autrefois. Il n'avait qu'une envie, étendre le bras et l'enlacer. Après cinq ans, il la voulait toujours !

Contrarié d'être aussi affecté, il tenta de se concentrer sur son départ, mais il refusait de se rappeler sa peine d'alors. Ce chagrin-là était insupportable, il avait eu sa dose. Tout ce qu'il voulait, c'était encore un peu du bonheur qu'il avait connu à cette époque-là. Tout ce qu'il voulait, c'était Pearl.

Tout en savourant sa pizza, il lui parla des interventions chirurgicales qu'il avait programmées. Il y avait surtout une opération de la colonne vertébrale pour laquelle il désirait son assistance. Elle avait toujours eu la main sûre pour ce genre d'interventions, et le chirurgien avec lequel il faisait équipe d'habitude lui faisait faux bond.

Ils revinrent ensemble à pied jusqu'au centre d'entraînement où il devait récupérer sa voiture.

C'était bizarre de marcher dans la rue avec Pearl. Il avait envie de la prendre par la main comme autrefois. Ne pouvant se le permettre, il avait fourré les mains dans ses poches.

— Merci pour le déjeuner, dit-elle d'une voix contenue.

— Merci d'apporter ton aide ce soir.

Elle lui sourit, puis détourna les yeux en s'empourprant.

Comme leur déjeuner avait été plus que tardif, les rues étaient déjà envahies de gens qui rentraient chez eux. C'était l'heure d'affluence. Heureusement, il n'habitait pas loin de l'hôpital, il serait vite à la maison et retrouverait Max, son chien, qui l'attendait avec impatience pour leur promenade dans le Golden Gate Park.

— As-tu trouvé où te loger ? demanda-t-il.

— Oui. J'ai une petite maison que l'équipe a louée pour moi pas trop loin d'ici. Une jolie maison contemporaine. Pas aussi classe que les *Seven Sisters*, mais bien. Et je peux aller au travail à pied. Je n'ai pas encore de voiture…

Il eut l'impression qu'elle se retenait de lui demander s'il habitait toujours leur ancien appartement.

Il n'y vivait plus. Quand elle était partie, il n'avait pas pu supporter d'y être seul. Sa nouvelle maison se trouvait au coin de la rue des *Seven Sisters*, les plus connues des *Painted Ladies*, les célèbres maisons peintes de San Francisco.

— Je n'habite plus notre ancien appartement, dit-il très vite.

Elle s'empourpra de nouveau.

— Non, j'imagine. C'était minuscule.

— Oui. Je possède une maison à l'angle des *Seven Sisters*. On aime se balader à Alamo Square Park, Max et moi.

— Max ?

Il ne put retenir un sourire en pensant à Max.

— Mon chien. Un bâtard noir et blanc que j'ai recueilli.

— J'aimerais avoir un chien, avoua Pearl, mais je suis toujours par monts et par vaux.

— Eh bien, c'est difficile de s'enraciner quelque part quand on passe son temps à fuir.

L'expression de Pearl se durcit.

— Les racines, je n'ai pas eu la chance de savoir ce que c'est, dit-elle avec raideur.

— Je suppose que non…

Comment arriveraient-ils à collaborer s'il continuait à commettre des impairs ?

Il se rendit compte alors qu'ils étaient parvenus au centre.

— Encore merci pour le repas et pour avoir accepté de t'occuper de George. Je pourrai te communiquer ses analyses dans un jour ou deux. Tiens-moi au courant de la date de ses scanners.

— C'est promis. Et je te revois demain à 11 heures

pour l'intervention dont je t'ai parlé. La décompression neurovertébrale.

— Bien sûr. Et je serai là pour le service de nuit. Passe une bonne soirée, Calum.

Elle s'engagea dans le périmètre du centre d'entraînement des Bridgers, et il resta là à la regarder s'éloigner.

Il aurait pu demander à un autre chirurgien de l'assister. Était-il capable d'affronter une nouvelle collaboration avec Pearl ? Il aurait dû lui dire non mais, même cinq ans après, il se montrait faible en ce qui la concernait.

Ça ne valait rien de bon d'avoir le cœur trop tendre. Il n'avait pas très envie de souffrir encore. Il n'était pas sûr de pouvoir encaisser ça.

4.

Pearl était lasse. Ça faisait du bien de boire un café.

Il y avait longtemps qu'elle n'avait pas assuré de service de nuit. En fait, cela remontait à ses années d'internat. Elle avait procédé à de longues interventions nécessaires après un match, été présente sur la touche lorsque des joueurs avaient été évacués du terrain, mais il y avait belle lurette qu'elle ne s'était pas trouvée dans l'attente de blessés dans un service d'urgences qui recevait les cas graves.

Ce soir, c'était calme, ce qui donnait l'impression que la nuit n'en finissait pas. Il y avait eu quelques patients en postopératoire, c'est tout. Mais elle se gardait de commenter le manque d'activité. Cela portait la poisse.

— Du nerf, Henderson ! lança une voix. Il faut se réveiller !

Elle sursauta, puis se détendit en voyant Calum arriver dans le service en tenue chirurgicale, souriant et les yeux pétillant d'espièglerie.

— Je croyais que tu n'étais pas d'astreinte ? observa-t-elle.

— Effectivement, mais je me sentais mal de te laisser seule pour ta première nuit.

— Au risque de te surprendre, j'ai déjà assuré ce genre de garde, dit-elle, taquine. Mais j'apprécie que tu te soucies de moi.

— La solidarité est quand même de mise, fit Calum. La décompression neurovertébrale est programmée pour 11 heures. Inutile de rentrer chez toi puisque tu termines à 4 heures du matin. Tu te rappelles où se trouvent les salles de repos ?

Elle ne put empêcher ses joues de s'empourprer.

Elle n'avait certes pas oublié où elles se situaient, ni ce qui s'était passé dans l'une d'elles !

Elle sentit ses joues s'enflammer plus encore au souvenir d'un moment volé particulièrement torride. Les mains de Calum sur sa peau. Ses baisers, ses caresses, le plaisir éprouvé… Et le fait que Calum soit tout près, en tenue chirurgicale comme cette nuit-là, n'arrangeait rien.

Elle s'éclaircit la gorge.

— Oui, je m'en souviens, dit-elle. Et je serai prête pour l'intervention. Je suis impatiente d'y participer.

— Tant mieux.

Comme le téléphone sonnait, Calum se pencha par-dessus le comptoir pour répondre, et son bras effleura celui de Pearl. Elle éprouva une sorte de décharge électrique. Ce seul contact, léger et fugitif, déchaîna son désir.

— On sera prêts, dit Calum dans le récepteur. Dans combien de temps ? D'accord.

Il raccrocha.

— Qu'est-ce qui se passe ?

— Accident de la route. Un blessé grave. Un pick-up s'est fait écraser par un transporteur.

— Le chauffeur de la camionnette est le blessé ?

Calum hocha la tête.

— Il est touché sur le côté droit. Os brisés, lésions nerveuses probables. Tu te sens prête à relever le défi ?

— Oui. On a combien de temps pour se préparer ?

— Dix minutes.

Dopée par une poussée d'adrénaline, elle suivit Calum dans la zone des ambulances, où il l'aida à mettre une casaque chirurgicale et des gants.

Il y avait un moment qu'elle n'avait pas affronté une telle situation. Et longtemps qu'elle n'avait pas travaillé avec Calum.

La sirène de l'ambulance se rapprocha, et le véhicule fut bientôt dans l'entrée des urgences. Le hayon de l'ambulance s'ouvrit.

— Traumatisme majeur, annonça l'ambulancier qui avait

mis pied à terre. San Francisco General a jugé préférable que le blessé vous soit confié, docteur Munro.

Calum acquiesça, et ils aidèrent les deux hommes à décharger le blessé.

Un coup d'œil rapide suffit à Pearl pour se faire une idée des dommages subis par le patient. Vu l'état de sa main droite, elle se demanda ce qu'ils pourraient sauver.

— Les organes vitaux sont préservés, observa Calum, qui examinait les documents fournis par l'ambulancier.

— Oui, dit ce dernier. Pas d'atteinte grave aux organes vitaux. C'est sidérant.

— On l'emmène tout de suite au bloc opératoire, lança Calum. Docteur Henderson, vous voulez bien faire le point avec le secouriste et me rejoindre ensuite ?

— Bien sûr !

Calum s'était toujours plaint de sa manie de tout contrôler, mais en fait il était accro au travail autant qu'elle !

L'ambulancier lui remit l'ensemble du dossier réalisé par San Francisco General, le principal hôpital public de San Francisco. Alors que l'homme retournait vers son véhicule après un signe de tête, elle regarda l'imagerie fournie.

La colonne vertébrale et les organes essentiels du patient étaient intacts, mais il avait de multiples lésions.

La nuit promettait d'être longue, mais c'était le désir de relever ce genre de défi qui l'avait dirigée vers la chirurgie orthopédique, à la grande déception de ses parents, cardio-chirurgiens tous les deux. Ils pensaient qu'elle aurait dû choisir leur spécialité.

Elle n'avait jamais pu les satisfaire ! Mais, en cet instant, cela n'avait aucune importance. Cette nuit, elle allait être utile.

L'intervention chirurgicale avait été épuisante. Les dommages étaient si importants ! Calum avait besoin de quelques heures de sommeil pour récupérer, avant de procéder à la décompression neurovertébrale.

Il n'aurait jamais pu traiter ce blessé sans l'assistance de Pearl. Elle avait été tout le temps présente, œuvrant à ses côtés. Il n'avait pas eu à lui expliquer quoi que ce soit, contrairement à ce qui se passait avec ses internes. Elle anticipait toujours l'étape suivante. Elle était douée, c'étaient des talents comme le sien qu'il voulait dans son équipe. Ils avaient réussi à sauver le bras et la main de John, le patient accidenté. La hanche devrait être remplacée, mais il fallait d'abord attendre que la fracture du pelvis se ressoude, et cela prendrait du temps. John aurait à subir d'autres opérations. Mais pas cette nuit. Son corps avait déjà bien assez subi.

Étouffant un bâillement, Calum entra dans la salle de repos enténébrée et referma la porte sans bruit. Pearl s'y trouvait, et il ne voulait pas la réveiller.

— Inutile d'entrer sur la pointe des pieds, je ne dors pas, dit-elle dans le noir.

— Pourquoi ne dors-tu pas ? Tu as une voix fatiguée.

— Je me demandais comment va John.

— Son état est stable.

— Tant mieux, lâcha-t-elle dans un bâillement.

— Ne bâille pas, gronda-t-il en l'imitant malgré lui. C'est contagieux.

Elle eut un petit rire.

— Désolée, c'est plus fort que moi.

Il s'assit sur le lit face au sien. Dans la faible lumière qui filtrait par les stores de type vénitien, il entrevoyait vaguement sa silhouette. Il la devina assise en tailleur, dos contre le mur. Et ce fut comme s'il était revenu cinq ans en arrière, lorsqu'ils avaient fait l'amour pour la première fois. Son corps s'enflamma au souvenir de cette nuit.

— Les lits sont toujours aussi inconfortables, observa-t-elle. Tu devrais faire quelque chose pour ça.

— Je suis chef du service d'orthopédie, pas grand patron du service de chirurgie.

— Mais tu le seras. C'était ton objectif, non ?

— On verra.

Il avait voulu prouver qu'il travaillait dur, qu'il méritait plus que Grayson Munro ne l'en jugeait digne. Mais désormais, cela avait perdu de son importance. Il était las de courir après son père. Et après Pearl.

L'estomac noué, il dit :

— Je vais essayer de dormir. Bon boulot, Pearl. C'était bon de collaborer de nouveau avec toi.

— Pareil pour moi, Calum.

Il demeura allongé dans le noir à écouter la respiration de Pearl jusqu'à ce qu'elle soit profonde et régulière, lui assurant qu'elle s'était endormie. Alors, se renversant sur le dos, il ferma les yeux et se repassa sur son écran mental leur moment d'après l'amour, tous deux blottis sur le petit lit, alors qu'il la tenait enlacée et l'écoutait respirer dans son sommeil.

C'était étrange d'être séparé d'elle maintenant. Il lui fallait faire appel à toute sa volonté pour ne pas la rejoindre et la prendre dans ses bras. Bon sang, il devait mettre de la distance entre eux avant de perdre toute raison !

Il se leva et quitta la salle pour aller dormir dans son bureau.

Pearl se réveilla, s'attendant à voir Calum dans le lit d'en face, mais il n'était plus là.

Elle ne s'en étonna pas. Dès l'instant où elle avait mentionné son désir de devenir le grand patron du service de chirurgie, il y avait eu un malaise. Ils tenaient encore l'un à l'autre, c'était ça, le problème. Comme elle, il s'était souvenu de leur nuit ici, elle en aurait juré.

Recrue de fatigue, elle s'était endormie, mais elle avait l'impression de n'avoir pas cessé de s'agiter dans son sommeil. Calum l'obsédait.

C'était bon d'avoir œuvré avec lui pour sauver John. Si cet hôpital lui rappelait son chagrin sentimental et son deuil, c'était aussi l'endroit où elle avait passé les meilleurs moments de sa vie. Cette époque-là lui manquait, les amis qu'ils s'étaient faits, la camaraderie, le travail. Et le bébé. Et Calum. Les choses étaient si faciles avec lui, même s'ils avaient eu aussi des disputes quand ils travaillaient ensemble et s'il arrivait que cela passe très vite du chaud au froid.

Elle avait grandi avec des parents toujours à couteaux

tirés. Ils se lançaient des invectives pour, la minute d'après, s'unir dans une étreinte passionnée. Des étreintes qu'ils connaissaient aussi en dehors des liens du mariage…

Elle-même était fidèle. La passion explosive et destructrice que vivaient ses parents lui faisait honte. Pour sa part, elle avait envie d'une tout autre relation. De la passion, certes, mais aussi de la camaraderie, de l'amitié. Elle voulait ce qu'elle avait eu avec Calum… Et qu'elle avait anéanti. Même si elle était fatiguée et préoccupée à l'idée de côtoyer longuement Calum, elle était aussi excitée à la pensée de le seconder. Ils faisaient la paire en chirurgie !

Elle se dirigea avec lassitude vers la salle de détente.

Un ou deux gobelets de ce café noir très fort que le Dr Chin comparait à de l'huile de moteur ne lui feraient pas de mal avant d'entrer en salle d'intervention. D'autant que l'opération durerait plusieurs heures.

Enchantée de constater que « l'huile de moteur » était toujours là, elle s'empara d'un gobelet.

— Calum m'a dit que tu étais de retour, mais je ne pouvais pas le croire ! lança une voix.

Elle sourit à la vue d'une silhouette familière.

— Diane ! Tu es encore ici ? Je croyais que vous aviez un ranch en dehors de la ville, Jerome et toi !

Très émue, Pearl étreignit son amie.

Diane Lopez, médecin anesthésiste, avait fait son internat avec elle, Calum et Jerome, qu'elle avait épousé avant le départ de Pearl. Aux dernières nouvelles, ils avaient acquis un ranch aux abords de Sonora. Même si elles étaient restées en contact, rien ne valait une rencontre en personne ! Elle n'avait pas vu Diane depuis que son fils, Derek, était bébé.

— C'est bon de te revoir ! s'écria Diane. Tu n'as pas du tout changé.

— Pff ! J'ai du mal à le croire.

— Tu as l'air en forme.

— Toi aussi. Comment va Derek ?

— Bien, dit Diane en prenant place sur le canapé. Notre transfert de San Francisco à Sonora est pratiquement terminé.

Jerome a cessé d'exercer comme anesthésiste. Il est médecin généraliste, maintenant, il a ouvert un cabinet là-bas.

— C'est super ! Tu ne mets pas trop de temps pour venir du ranch jusqu'ici ? s'enquit Pearl, s'asseyant à côté de son amie.

— Il y en a pour deux heures et demie quand ça roule bien. Mais je n'en ai plus que pour quelques jours ici. Ensuite, je serai en poste dans un hôpital de Sonora. Je prends un petit congé avant de commencer. J'entrerai en fonction après le nouvel an.

Diane et Jerome avaient toujours rêvé de posséder une propriété à la campagne pour y élever leurs enfants. Ils avaient atteint leur but.

Pearl les enviait un peu. Même si elle tentait de se convaincre qu'elle n'avait jamais voulu d'une famille, même si elle avait peur que ça ne marche pas, c'était tout de même son désir persistant. Qui ne se réaliserait jamais.

— C'est génial. Je suis si contente pour toi ! Mais c'est triste que tu partes au moment de mon retour à San Francisco.

— Oui, mais tu n'ignores pas que c'est ce qu'on a toujours voulu, Jerome et moi.

— Au moins, je vais travailler avec toi pendant encore quelques jours, dit Pearl.

Elle finit son café non sans une grimace.

— Il est toujours aussi mauvais, commenta Diane. Je me demande comment vous faites pour avaler cette horreur, Calum et toi.

— Avaler quoi ? demanda Calum, qui venait d'entrer.

Pearl faillit s'étrangler sur sa dernière gorgée de café en le voyant. Pourvu qu'elle n'ait pas rougi !

— L'huile de moteur du Dr Chin, répondit Diane. Ce truc infect.

Calum pouffa et remplit un gobelet. Il jeta un bref coup d'œil à Pearl, comme si elle était une sorte d'accessoire.

— C'est un bon carburant, dit-il.

— C'est ça ! Je parie que ça ferait même décoller une voiture, fit Diane. Bon, je vais préparer le patient.

Calum acquiesça.

— Entendu. On te rejoint sous peu. Je veux mettre Pearl au courant.

Diane hocha la tête, puis étreignit de nouveau Pearl.

— Ça me fait tellement plaisir de te revoir !

— À moi aussi, dit Pearl, se détendant un peu.

Elle était contente de savoir que Diane serait en salle d'intervention. Il lui restait peu de copains de l'époque de son internat. Diane et Jerome étaient des amis durables.

Calum aussi.

Elle refoula cette pensée et essaya de finir son café, mais il était vraiment trop amer. À New York, elle avait pris l'habitude du *latte*, du cappuccino et autres boissons avec de la crème mousseuse maison.

— Je vois que tu n'as pas renoncé à la bonne vieille tradition du café avant une opération, déclara Calum avec décontraction.

— Si on peut appeler ça du café, grogna-t-elle en reposant son gobelet. Je m'en souvenais avec nostalgie, mais…

— Oui ?

— La nostalgie est parfois trompeuse.

— D'abord les lits inconfortables, maintenant le café ! New York t'a rendue difficile, la taquina Calum.

— Et toi, tu as l'air fatigué.

Il avait les yeux cernés, mais il était beau quand même.

— Où as-tu passé la nuit ? ajouta-t-elle.

— Je croyais que tu avais dormi, fit-il, pris au dépourvu.

— J'ai le sommeil léger.

— C'est pour ça que je me suis réfugié sur le divan de mon bureau, dit-il avec un léger rire.

— Veinard.

— Pas vraiment. Il ne permet pas de s'allonger, il est trop petit. D'où le besoin de café.

— Depuis quand sommes-nous trop vieux pour encaisser une nuit blanche ? plaisanta-t-elle.

— Je ne suis pas trop vieux.

— *Moi*, j'ai pris un coup de vieux.

— Pas du tout ! s'écria spontanément Calum.

Elle en eut un léger coup au cœur et le feu aux joues.

— Bon, cette opération ? s'empressa-t-elle de demander.

— Eh bien, il s'agit d'une décompression neurovertébrale pour un patient atteint de nanisme. C'est aussi sur un patient présentant une achondroplasie que nous avons réalisé une de nos premières interventions sans supervision.

Elle sourit, secrètement contente qu'il s'en souvienne.

— C'est vrai. Il y a un moment que je n'ai pas effectué ce genre de chirurgie. En général, je traite des déchirures des ligaments au genou ou à l'épaule.

— Notre patient a une prothèse à la hanche et aux deux genoux. Il est acteur et il a fait une chute au cours d'une cascade. Il y a écrasement d'un disque cervical. Comme l'espace était étroit à cause de son achondroplasie, il y a maintenant un risque de lésion de la moelle épinière. J'espère réaliser une décompression, mais je serai peut-être obligé d'effectuer une fusion vertébrale. Je ne le saurai qu'après ouverture.

— Tu es conscient, bien sûr, qu'il risque des problèmes respiratoires et hémorragiques ?

— Oui, et c'est pourquoi j'ai tenu à prendre Diane comme anesthésiste. C'est la meilleure, elle a participé à de nombreuses interventions de ce type. Il n'est pas facile de maintenir les fonctions respiratoires d'un tel patient. Celui-ci compte pour moi. Je veux les meilleurs pour lui, et je suis donc très heureux que tu sois là.

— Je suis heureuse de t'aider, dit-elle, toute réchauffée par ce compliment.

Calum engloutit le reste de son café.

— Bon, je ferais mieux d'y aller. Tu te rappelles où se trouve le bloc opératoire ou je dois t'accompagner jusque-là ? blagua-t-il.

— Je pense pouvoir y arriver sans m'égarer, répliqua-t-elle sur le même ton. J'y serai dans dix minutes.

Calum hocha la tête, il gagna le seuil, puis se retourna.

— J'ai programmé le scanner de George pour cet après-midi. J'espère que nous aurons terminé l'intervention à ce moment-là.

— Il est inutile que je sois là lorsque George aura son

scanner. Sa mère est en ville, et son coach l'accompagnera aussi. Mais j'aimerais voir les radios dès qu'elles seront prêtes.

— Entendu. On se retrouve en bas.

Elle alla prendre dans son vestiaire une tenue chirurgicale et se débarrassa de celle dans laquelle elle avait dormi pour enfiler le pantalon et la casaque aux couleurs familières.

— Hé, salut ! fit Diane, qui entrait dans la salle des soignants.

— Je te croyais auprès du patient, dit Pearl, surprise.

— Il voulait s'entretenir avec Calum avant de me laisser faire son intraveineuse, alors j'en profite pour venir te demander quelque chose.

Pearl se raidit, s'apprêtant à affronter une question intime.

Diane savait qu'elle et Calum avaient prévu de se marier avant qu'ils perdent le bébé, et elle craignait que son amie ne cherche à en savoir davantage. Diane attendait Derek au moment où Pearl était tombée enceinte. Dire que, si elle n'avait pas perdu son bébé, elle aurait elle aussi un petit garçon de cinq ans.

— Oui, que veux-tu savoir ? s'enquit-elle.

— Que fais-tu ce week-end ? Tu vas voir tes parents ?

Cette question lui noua l'estomac.

Elle n'avait pas vu ses parents depuis deux ans. Ils désiraient la voir, mais elle ne leur avait toujours pas rendu visite depuis son retour à San Francisco.

— Non, je reste en ville.

— Tu n'es pas d'astreinte pour les Bridgers ?

— Non. Ils n'ont pas de match ce week-end. Où veux-tu en venir ?

— Comme on ne s'est pas vues depuis une éternité, j'aimerais que tu viennes passer le week-end au ranch. Jerome veut te faire admirer son nouveau cabinet.

Pearl sourit, gênée.

C'était gentil, mais elle n'était pas sûre de vouloir passer le week-end au sein d'une famille heureuse. Cependant, elle n'avait pas non plus envie d'être seule.

— C'est sympa de m'inviter…

— Je sais que je te prends au dépourvu mais, quand j'ai

dit à Jerome que tu étais là, il est devenu comme fou. On était inséparables autrefois, tous les quatre.

— Je sais, dit-elle, la gorge nouée. Je vais réfléchir.

— Entendu. À tout de suite.

Diane s'en alla, et Pearl demeura pensive.

Diane avait évoqué leur ancienne amitié à quatre… C'est vrai qu'ils étaient alors inséparables. Ils avaient souvent fait un quatuor quand Diane et elle étaient enceintes. C'était un peu comme un rêve, ce moment de sa vie où elle avait eu presque tout ce qu'elle désirait avoir. Cette période inespérée, elle la regrettait toujours… Non, elle ne pouvait pas se rendre chez Jerome et Diane.

Mais l'autre option, c'était un week-end en solitaire. Elle pouvait bien sûr sauter dans un avion pour voir sa mère à Los Angeles ou son père à Seattle – tous deux l'avaient implorée de leur rendre visite –, mais elle n'avait pas envie de les voir. Elle avait du mal à supporter la toxicité qu'ils dégageaient. C'était à cause d'eux qu'elle ne croyait pas à l'amour des contes de fées. Elle avait voulu parier sur le bonheur, et ça avait mal tourné. Bien sûr, il y avait des exceptions. Diane et Jerome vivaient heureux ensemble depuis longtemps et avaient réalisé leur rêve. C'était dur de constater que, pour sa part, elle ne savait pas ce qu'elle attendait du destin en dehors de son métier – la seule bonne chose de sa vie.

Elle secoua la tête, essayant de dissiper sa désillusion.

Il n'y avait pas de place pour de telles pensées en ce moment. Elle devait agir en médecin. Elle était une chirurgienne capable de sauver des vies…

Sauf la sienne, apparemment.

Pearl leva les yeux vers Calum, de l'autre côté de la table d'opération où leur patient était allongé sur le ventre, pour l'accès à la colonne vertébrale.

Avec un malade atteint d'une déformation squelettique, c'était une situation délicate, car cela ne facilitait pas les capacités respiratoires. Mais Diane était à son affaire.

Le patient était acteur et avait tenu à exécuter lui-même

ses cascades. Voilà pourquoi ils étaient amenés à tenter une décompression neurovertébrale. Dans cette intervention délicate, elle était l'assistante de Calum. Le chirurgien, c'était lui. Elle redécouvrait l'étendue de son talent et était plus que jamais convaincue d'avoir bien fait de lui confier George. Calum était la meilleure chance de son protégé.

Comme s'il avait senti qu'elle le regardait, il leva très brièvement les yeux. Ses paupières se plissèrent, et elle sut qu'il souriait sous son masque.

— Quel effet cela fait-il de réaliser de nouveau une décompression, docteur Henderson ? lui demanda-t-il.

— C'est bon d'être de retour. Et un plaisir de retravailler avec vous, docteur Munro. J'avais presque oublié à quel point vous étiez talentueux.

Elle était sincère. Son retour et sa collaboration avec Calum lui donnaient le sentiment d'être de retour chez elle.

Les yeux bleus de Calum se plissèrent de nouveau, et elle espéra que cela indiquait un sourire, et non une grimace.

— Moi itou, dit-il.

L'approbation de Calum lui faisait plaisir, et elle était enchantée de retrouver leurs échanges ludiques au bloc.

— Je suis gênée par ce compliment, docteur Munro, minauda-t-elle.

Il haussa un sourcil sans cesser de travailler.

— Tu n'as pas changé d'un iota. Concentrons-nous.

— Je suis concentrée, rétorqua-t-elle. Tu connais mon penchant pour le bavardage en salle d'intervention lorsque l'opération se déroule sans accroc ?

— Non, pas du tout, dit-il, pince-sans-rire.

Il y eut quelques rires parmi les infirmières et les internes qui suivaient l'intervention. Même Diane riait un peu.

— J'en conclus que tu n'as pas changé non plus et que tu veux un silence absolu quand tu opères.

— Je préfère ça, oui. Même si, ayant été formé par le Dr Chin, j'ai appris à travailler dans le vacarme.

Pearl sourit de nouveau.

Le Dr Chin était enclin à mettre de la musique – surtout le groupe Queen – lorsqu'il réalisait une intervention délicate. C'était lorsque le patient n'allait pas bien que le silence s'abattait sur le bloc opératoire. Aussi, le silence autour de Calum la mettait mal à l'aise.

— Si on mettait un peu de musique ? suggéra-t-elle. Le patient réagit bien.

— Tu mets de la musique, toi ? s'enquit Calum.

— Eh bien, oui. Il faut croire que le style du Dr Chin a déteint sur moi.

Calum pouffa.

— Je n'ai jamais envisagé d'avoir une playlist chirurgicale.

— Selon plusieurs études, la musique douce peut réduire la tension artérielle.

— Vraiment ? fit Calum d'un ton incrédule.

— Je te ferai parvenir la documentation, dit-elle en aspirant un début d'écoulement de sang.

Elle prit conscience du même coup que l'intervention avait cessé de se dérouler « sans accroc ». Ce n'était plus une simple décompression neurovertébrale.

— Bon sang, murmura Calum, tu vois ça ?

— Oui, il y a atteinte de la moelle épinière.

— Je vais devoir lui faire une fusion. Le patient ne voulait pas d'une soudure des vertèbres parce que la convalescence est plus longue et implique plus de séances de kinésithérapie. Il a insisté sur son refus d'une fusion à cause de son métier. En l'occurrence, il n'a plus le choix. Sauf à rester paralysé.

— Certes. Il n'y a pas d'autre option.

Ils œuvrèrent rapidement, modifiant la chirurgie prévue, et Pearl se réjouit d'avoir Calum pour partenaire.

Ils avaient été formés à l'école d'un brillant chirurgien. Même s'ils n'avaient pas eu l'occasion de réaliser ensemble une intervention depuis cinq ans, ils retrouvaient sans peine leur complicité. Tout se déroulait sans heurt. Comme s'ils ne faisaient qu'un.

L'intervention était plus longue que prévu. Calum savait que Pearl désirait être présente quand George aurait son scan. Du reste, elle eut un appel au bloc opératoire pendant qu'ils effectuaient la fusion vertébrale. Elle sortit, et il supposa qu'elle quitterait le bloc pour son patient VIP. Elle n'était pas tenue de rester, il pouvait réaliser seul une fusion vertébrale.

Mais elle revint. Elle lui expliqua qu'elle avait dit à George pourquoi elle ne pouvait pas être présente et que celui-ci avait très bien accepté qu'elle ne l'escorte pas en radiologie. Lorsque l'intervention fut terminée, elle partit consulter les scans avant que le patient soit recousu, ce qui ne posait aucun problème.

Calum était impressionné et content qu'elle ait conservé la même priorité : sauver des vies.

Quand elle était partie sur la côte Est avec la première équipe sportive, il avait cru s'être trompé à son sujet. Il avait pensé qu'elle plaçait la carrière avant tout. Comme son père et comme les parents de Pearl qui, disait-elle, donnaient la priorité à leur avancement sur leur famille. Il avait été blessé et déçu qu'elle se sauve comme une voleuse pour ce job, mais il l'avait peut-être méjugée, car elle avait continué à l'assister au lieu de se précipiter auprès de sa graine de star du football comme si elle était sa nounou.

Il s'était peut-être fait des idées fausses à son sujet ?

Cette pensée le perturbait. Car, alors, c'était lui l'idiot qui l'avait laissée partir. Travailler avec elle, c'était l'entente parfaite. C'était comme un retour à la maison.

Il se hâta de refouler cette pensée.

Il ne devait pas associer Pearl à l'idée d'un foyer. Il avait cru en trouver un auprès d'elle et après cela il n'avait plus jamais associé quiconque à la notion de foyer. Exception faite de son chien, Max.

Quand le patient eut été emmené en soins intensifs et qu'il eut parlé à la famille, il se rendit dans le service de radiologie pour voir si Pearl s'y trouvait toujours.

Elle était assise dans la salle enténébrée, devant un ordinateur. Elle fronçait les sourcils et se mordait la lèvre inférieure – l'expression qu'elle avait eue lorsqu'elle lui avait annoncé qu'elle attendait un enfant de lui.

Mais pas en lui apprenant qu'elle avait perdu le bébé. Elle n'avait pas exprimé la moindre émotion, alors. Elle s'était montrée froide, détachée. Mais il savait qu'elle se sentait perdue. Il s'était senti perdu, lui aussi, tout en considérant qu'il n'en avait pas le droit. Ce n'était pas lui qui avait porté l'enfant, mais il avait souffert comme elle de cette perte. Et à présent, malgré ces réminiscences, il avait envie de la prendre dans ses bras et de la réconforter. Mais elle le repousserait sûrement comme autrefois.

— Merci pour ton aide, dit-il gentiment depuis le seuil.

Elle se détourna de l'écran, l'air surpris.

— Pour quoi ?

— Ta collaboration pour la fusion vertébrale.

— Oh ! de rien ! C'était bien de retravailler avec toi.

— Que fais-tu encore ici ? Tu devrais rentrer te reposer.

— Impossible. Il y a du nouveau.

— Ce sont les scanners de George ?

Elle acquiesça et lui tira une chaise pour qu'il puisse s'asseoir et examiner les scanners.

Dès qu'il vit l'imagerie, l'inquiétude lui noua l'estomac.

C'était l'ostéosarcome le plus étendu qu'il avait jamais vu. Et, par comparaison avec les scanners antérieurs, il avait grossi. Il eut la sensation déprimante qu'il ne parviendrait pas à sauver cette jambe. Qu'il allait échouer et faire défaut à Pearl et à George. Et il ne voulait pas de ça. Il refusait d'être comme son père.

— C'est étendu, dit-il d'une voix contenue.

— C'est moche. Je n'en ai jamais vu qui se développe aussi vite, murmura Pearl. C'est affreux.

— Que dirais-tu à George ?

— Comment ça, qu'est-ce que je lui dirais ?

— Si tu étais son chirurgien !

Pearl soupira, se passa une main sur le visage.

— Si j'étais sa chirurgienne, je lui dirais qu'il n'y a pas d'autre solution que l'amputation. Mais j'ai traité peu d'ostéosarcomes. Je n'ai pas, comme toi, développé une thérapie. Un traitement vigoureux de ce cancer, récompensé d'un prix prestigieux.

— Ne place pas trop d'espoirs en moi, Pearl, dit Calum.

Ce cancer était une menace létale. Il y avait longtemps

qu'il n'en avait pas vu d'aussi agressif. La dernière fois, c'était juste après le départ de Pearl, alors qu'il travaillait autant qu'il pouvait avec le Dr Chin, pour s'étourdir et oublier. Il s'agissait d'un jeune adolescent atteint d'un ostéosarcome tel que celui-ci. Après de multiples chirurgies, et bien des souffrances pour le garçon, ils avaient tout de même dû amputer. C'est alors que le Dr Chin lui avait dit que, parfois, surtout quand le pronostic vital était engagé, le meilleur moyen d'aider quelqu'un était d'éviter de nuire.

Calum refusait ça, mais la pratique lui avait appris que le Dr Chin avait eu raison. Que parfois on ne peut rien. C'était cependant son sentiment d'impuissance qui l'avait poussé à mettre au point une thérapie pour des situations de ce genre. Quant au jeune garçon, s'il avait perdu une jambe, il était débarrassé de son cancer et vivait toujours.

Soudain, Pearl lui prit la main.

Ce geste le surprit, et il fut incapable de le repousser parce qu'il le rassurait. C'était une bonne sensation.

— Je crois en toi, Calum. Je pense que tu peux réussir.

— Rectificatif, dit-il en lui répondant par une pression de main. *Nous* pouvons réussir.

— Oui, répondit Pearl. Nous vaincrons ça ensemble. Tu as des tas de choses à m'apprendre.

Il la regarda, stupéfait de s'entendre dire une chose pareille.

Elle retira sa main. Elle avait les joues roses, et il dut faire appel à toute sa volonté pour ne pas la serrer dans ses bras en affirmant que tout irait bien.

Leur collaboration au bloc chirurgical lui insufflait un espoir fallacieux, il était tenté de croire que rien n'avait vraiment changé entre eux. Mais tout avait changé, au contraire, il avait intérêt à s'en souvenir.

Pourtant… Peut-être pourraient-ils repartir de zéro ?

Pas sûr. Il doutait de pouvoir tenter le coup.

Il s'éclaircit la gorge et se leva, éprouvant le besoin de mettre de la distance entre eux.

— George est toujours ici ? demanda-t-il.

— Non. Il est parti avec sa mère. Il faudrait qu'on établisse un plan d'action à lui présenter. On devait le faire au *Polpo arrabiato*, mais ça n'a pas très bien marché.

— En effet. On pourrait essayer un endroit plus neutre pour décider d'une stratégie. Sauf si tu es trop fatiguée.

— Non, c'est une bonne idée. Je veux seulement rentrer me changer d'abord.

— Je pourrais passer te prendre, suggéra-t-il, conscient que Pearl n'avait pas de voiture.

— Entendu, dit-elle d'une voix un peu incertaine. Je t'enverrai mon adresse par SMS.

— 20 heures, ça te va ? Je connais un endroit qui ferme tard. Je t'enverrai la documentation sur ma thérapie, et on verra quoi faire à partir de là.

— D'accord pour 20 heures.

Il hocha la tête et s'empressa de partir.

Dans quoi s'embarquait-il ? Il avait été résolu à garder ses distances et il invitait Pearl à dîner ! Il perdait tout sens commun avec elle. Qu'est-ce qui ne tournait pas rond chez lui ?

Décidément, il l'avait dans la peau.

5.

Pearl était tourneboulée par l'invitation de Calum. Cela la rendait nerveuse, mais elle s'en réjouissait aussi. Peu importe le restaurant, ce serait un repas agréable avec un ami.

Calum était-il un ami ?

Une part d'elle-même n'en était pas convaincue. Elle tenait encore à lui. Mais elle avait mis un terme à leur relation, et pour lui ils étaient des collègues. Elle aurait dû dire non, mais elle avait accepté. Elle désirait profiter du savoir qu'il lui transmettrait, connaître sa thérapie. Il avait un taux de réussite incroyable ! Elle avait envisagé la situation de George de façon positive après le précédent scanner, mais l'imagerie récente lui inspirait une angoisse profonde. Cependant, Calum avait obtenu de nombreux succès, il avait su se forger une nouvelle voie. Elle l'admirait et l'enviait pour ça.

Elle-même avait choisi la voie professionnelle où son père l'avait poussée, faisant valoir que, si elle tenait à gâcher sa carrière en se spécialisant en orthopédie plutôt qu'en chirurgie cardiaque, elle ferait bien de devenir la chirurgienne attitrée d'une équipe sportive de haut niveau.

Une part d'elle-même avait envie de quitter ce job, mais elle adorait travailler avec les joueurs. Ils lui donnaient le sentiment de faire partie de l'équipe. Leurs triomphes étaient aussi les siens. Quand l'un d'eux retournait sur le terrain guéri d'une blessure, c'était si gratifiant ! Elle se raccrochait à cela pour oublier Calum et la perte du bébé.

Maintenant, elle avait terriblement peur pour George. Si la thérapie ne réussissait pas, que se passerait-il ?

Mais Calum avait raison, elle devait envisager les choses sous un jour positif. Ce n'était pas le moment de flancher. George comptait sur elle, et l'équipe aussi. Elle allait apprendre beaucoup avec Calum. Et elle lui prouverait qu'elle était une bonne chirurgienne, même s'il estimait qu'elle avait choisi la facilité avec un poste lucratif.

Elle prit une profonde inspiration et ouvrit le mail de Calum pour prendre connaissance de sa documentation.

Au dîner, ils ne parleraient pas du passé. Il ne serait question que de George. Bien sûr, ce n'était pas la première fois qu'ils se faisaient ce genre de promesse…

Elle sourit en se remémorant la scène.

— *On est censés bûcher nos examens ! avait dit Calum en lui ôtant son verre des mains.*

— *Mais on connaît le programme sur le bout des doigts ! Je propose qu'on s'interroge mutuellement. À chaque mauvaise réponse, celui qui se trompe devra vider son verre.*

— *Tu es folle, avait commenté Calum, rieur.*

— *Tu te vantes d'avoir l'estomac en béton, alors vas-y, prouve-le !*

— *Hé, c'est toi qui étais éméchée au repas du conseil d'administration ! Tu es montée sur la table pour massacrer un air de comédie musicale.*

— *Je chante très bien ! avait-elle protesté en riant.*

— *Hum, personne n'a cru entendre une berceuse sur les collines de San Francisco, cette nuit-là ! Plutôt des miaulements de chat écorché.*

Le pari ridicule avait viré ce soir-là en quelque chose d'autre. Elle sentit une vague de chaleur l'inonder au souvenir de leur premier baiser. Elle avait eu l'esprit plein de Calum, ensuite. Elle l'avait embrassé encore dans la salle de repos, et ce deuxième baiser en avait amené un autre, puis encore un autre… Elle ferma les yeux en effleurant sa bouche de ses doigts, se rappelant le contact des lèvres de Calum sur les siennes.

Aucun homme ne lui avait procuré de telles sensations,

et elle savait au fond d'elle-même qu'aucun autre n'en aurait jamais le pouvoir. Plus jamais elle n'ouvrirait ainsi son cœur. Il était hors de question qu'elle revive un tel chagrin.

Elle soupira et se mit à parcourir la documentation, tentant d'oublier Calum.

Comme son téléphone sonnait, elle décrocha.

— Pearl ? fit sa mère à l'autre bout du fil.

Pearl grimaça.

En général, elle esquivait ses coups de fil. Elle la rappelait lorsqu'elle se sentait capable d'avoir l'énergie émotionnelle nécessaire pour converser avec elle. D'ailleurs, il s'agissait la plupart du temps de conversations à sens unique.

Sachant à quoi s'attendre, elle s'enquit :

— Oui, maman, que puis-je pour toi ?

— Tu ne me demandes pas comment je vais ? protesta sa mère. Je croyais t'avoir donné une meilleure éducation.

— Maman, c'est toi qui te manifestes, tu devrais d'abord me poser la question, non ?

Il y eut un instant de silence. Puis sa mère poursuivit :

— Pearl, je veux que tu viennes me voir. Il y a des années que tu m'évites. Tu avais l'excuse d'être loin, mais tu es de retour sur la côte Ouest, maintenant.

— Tu détestes avoir des invités. Ils perturbent ton emploi du temps de chirurgienne, paraît-il.

— Tu vas en visite chez ton père, c'est ça ? Tu l'as toujours préféré à moi.

— Maman, je ne suis plus un bébé. Et je ne peux pas venir. J'ai à m'occuper d'un cas complexe parmi mes athlètes. Et d'une équipe de football. Le calendrier de la saison est très chargé.

— Un cas complexe ? fit sa mère, piquée.

— Un des joueurs a un ostéosarcome.

— Ce n'est pas complexe. Dans ce cas-là, on ampute. N'importe quel bon chirurgien sait qu'un ostéosarcome étendu ne peut être éradiqué que par amputation.

Elle leva les yeux au ciel.

— Je travaille avec un chirurgien qui a développé une

thérapie. En fait, on lui a décerné une des plus hautes récompenses en recherche médicale. Un MSA.

— Tu collabores avec le Dr Munro ? fit aussitôt sa mère, impressionnée. J'ignorais que tu le connaissais.

— J'étais fiancée avec lui il y a cinq ans, maman. Tu l'as rencontré, dit sèchement Pearl.

— C'est *le même* Calum Munro qui a remporté un MSA ?

— Oui, lâcha Pearl, exaspérée. L'homme que tu m'as conseillé de ne pas épouser. Tu étais enchantée qu'on ait rompu nos fiançailles.

— Je n'ai jamais compris pourquoi tu t'étais fiancée. Si tu n'avais pas été aussi obsédée par lui il y a cinq ans, tu aurais peut-être un MSA, maintenant.

Inouï ! Étant donné la mentalité de ses parents, elle leur avait caché qu'elle était enceinte. Elle avait eu l'intention de le leur annoncer tôt ou tard, mais elle savait ce qu'ils auraient dit : qu'elle commettait une erreur et ruinait sa carrière. Après avoir perdu le bébé, elle n'avait pas éprouvé le besoin de les mettre au courant. C'était à elle de porter seule sa douleur. Se confier à eux aurait tout sali. Elle aurait dû partager avec eux ses rêves, sa nostalgie du bébé, et ils auraient tenté de discréditer son chagrin.

— Qu'est-ce que ça peut faire, maintenant ? dit-elle. Bon, il faut que je te laisse, maman. J'ai un dîner professionnel.

— Très bien. Du moment que tu ne vas pas voir ton père à Seattle, il vaut mieux que tu restes et fasses ton travail.

Il y avait une note indéfinissable dans la voix de sa mère, elle n'arrivait pas à deviner quoi. Elle lui dit au revoir, raccrocha, puis s'enfouit la tête entre les mains.

Elle avait mal au crâne, tout à coup.

L'Interphone sonna, et elle se redressa, regardant l'heure.

Ah, zut ! C'était Calum, et elle n'était pas prête. Combien de temps avait-elle discuté avec sa mère et était-elle restée perdue dans ses pensées ? Cela ne lui ressemblait pas.

Elle alla décrocher l'Interphone.

— Oui ?

— Salut, Pearl, c'est Calum. Es-tu prête ?

— Non, reconnut-elle, j'ai été retardée par un coup de fil. Tu veux bien monter ?

— Bien sûr.

— Bon, je t'ouvre. J'occupe l'appartement en terrasse.

Elle n'était qu'en partie vêtue, alors elle enfila un peignoir et se brossa les cheveux. Il lui restait à finir de se maquiller, se vêtir, prendre ses notes, et elle serait prête.

On frappa à la porte d'entrée. Ayant regardé par le judas, il lui sembla que son cœur s'arrêtait de battre.

Calum portait un veston classe, un pantalon et un chandail gris. Le gris du pull rehaussait l'éclat de ses yeux si bleus – même vus à travers le judas.

Elle le désirait toujours malgré le passage des années. Même si elle avait fui son chagrin, elle tenait encore à lui.

Faisant un effort pour dompter sa nervosité, elle ouvrit.

Il la regarda de haut en bas, puis de bas en haut, et un demi-sourire releva le coin de sa bouche.

— Une toilette plus décontractée que je ne m'y attendais, la taquina-t-il.

— Tais-toi donc, grommela-t-elle en s'écartant pour le laisser entrer. Ma mère m'a interrompue en pleins préparatifs. Elle m'a téléphoné.

Calum fit la grimace.

— Ah. Et comment va la reine des glaces de Los Angeles ? Elle me déteste toujours autant ?

Pearl éclata de rire.

— Elle n'avait pas saisi que le Dr Munro récompensé d'un MSA et Calum Munro, le mufle qui voulait épouser sa fille, n'étaient qu'une seule et même personne, figure-toi !

— Tu te fiches de moi ?

— Quand il s'agit de Moira Henderson, je ne plaisante jamais, rétorqua-t-elle en secouant la tête avec lassitude.

— C'était si pénible que ça ? fit Calum.

— Tu sais comment elle est.

— Oh ! je n'ai pas oublié notre première et seule entrevue ! « Monsieur, vous n'êtes qu'un saligaud ! »

Pearl rit à cette imitation de sa mère.

— On ne m'avait jamais appelé « monsieur » avant, dit Calum avec humour.

— Mais « saligaud », si ?

— Ma sœur l'a fait, une fois, parce que je lui avais emprunté sa couverture de randonnée. Il y avait eu un gros orage, elle avait pris de la boue.

Pearl ne put retenir un sourire.

— C'était son appel semestriel pour demander que je vienne la voir. Ma mère craint toujours que mon père ait l'avantage d'une visite sur elle. Et il est pareil. La guerre, après tant d'années.

— Je n'ai pas ce genre d'expérience, soupira Calum. Mon père ne s'occupe jamais de moi.

Elle se rembrunit.

— Il n'a pas changé. Il n'est présent pour l'équipe que s'il y a des investisseurs dans les parages. Du moins, il se montre courtois et gentil.

— Quelle élégance de sa part ! ironisa Calum. Ma mère était une femme bonne. Elle me manque.

— Moi, c'est ma grand-mère qui me manque, dit Pearl, nostalgique. J'en ai profité moins longtemps que toi de ta mère. Elle a eu une bonne influence sur ta vie.

— Ça, c'est vrai.

— Tu vois. C'est pour ça que tu es plus optimiste que moi.

Taquin, Calum enchaîna :

— Tu es donc pardonnée bien que tu me fasses attendre.

— Assieds-toi, je n'en ai pas pour longtemps.

Calum se balada dans l'appartement, peu meublé et un peu trop moderne pour son goût, mais clair et net. Il ne ressemblait pas à Pearl. Celui qu'elle avait eu avant qu'ils se mettent ensemble était plus cosy et éclectique. Celui-ci semblait privé de vie. Stérile. Froid.

Mais chez lui ce n'était pas mieux, pensa-t-il. En fait, c'était un vrai bazar. Quand il n'était pas à l'hôpital, il y faisait des rénovations. Il avait acquis sa maison pour une bouchée de pain parce qu'elle était en mauvais état.

Après que Pearl l'avait quitté, il avait éprouvé le besoin de s'occuper lorsqu'il n'était pas en service à l'hôpital. Le travail manuel l'aidait à oublier son chagrin, alors il la retapait petit à petit afin de pouvoir la revendre un jour. Il y avait un espace de vie aménagé, le reste était en chantier. Mais Max et lui n'avaient besoin que d'une chambre, une salle de bains et une cuisine. La maison avait un petit jardin clos, parfait pour que Max s'y ébatte et mène sa vie. Les parcs où se promener ne manquaient pas dans le voisinage. Et, quand il avait le temps, ils allaient à la plage sur la côte ou randonner en forêt dans les *Redwoods,* le grand parc national. Cette vie lui convenait, même s'il se demandait parfois pourquoi il rénovait une aussi vaste demeure. Quel besoin en avait-il ? Il n'envisageait pas de se marier ni d'avoir des enfants. La douleur de perdre Pearl et le bébé avait été trop forte. Il ne pourrait pas en supporter une autre. Alors, avoir une grande maison, c'était ridicule. L'espoir que Pearl revienne, qu'ils aient droit à une seconde chance, quelle folie !

Il patienta, assis au bord du canapé.

Il avait des arrière-pensées sur ce dîner…

— Je suis prête, lança Pearl, sortant de sa chambre.

Il eut le souffle coupé en la voyant.

Elle portait une robe fourreau noire à la fois élégante et professionnelle. La jupe courte dévoilait ces jambes qui s'étaient repliées autour de ses reins…

Ne pas penser à ça, surtout pas maintenant ! Il fallait désamorcer la situation, ignorer qu'il avait envie de la prendre dans ses bras et de l'embrasser.

Oui, il mourait d'envie de l'embrasser. Même après avoir tant souffert. Il désirait l'embrasser encore. C'était dur de rester maître de soi alors qu'il se rappelait avec acuité l'époque où elle lui appartenait.

— Tu as de l'allure. C'est cent fois mieux que le peignoir, déclara-t-il, la chambrant gentiment.

— Merci, lui dit Pearl en s'empourprant. Désolée, mais je n'ai pas vraiment lu toute ta documentation. Ma mère a monopolisé mon temps.

— Pas de problème. Je ne pensais pas que tu pourrais tout lire ce soir.

Elle prit son manteau dans son armoire, et il l'aida à l'enfiler. Ses doigts lui effleurèrent la nuque, éveillant son trouble.

Il lui ouvrit la porte, et ils quittèrent l'appartement. Dans l'ascenseur, ils se tinrent côte à côte avec raideur, en silence. Il fixait la porte close, ne sachant que dire.

Il y avait de la gêne entre eux, et il détestait ça.

Sa voiture était garée devant l'immeuble. Il ouvrit la portière du 4x4, et Pearl se hissa sur le siège. Elle s'assit sur un jouet en caoutchouc qui émit un couinement d'animal qu'on égorge.

Il eut du mal à ne pas s'esclaffer devant l'expression ahurie de Pearl quand elle extirpa l'objet.

— C'est un jouet de Max, dit-il. Désolé, je croyais les avoir tous sortis de la voiture.

Elle se mit à rire et pressa le jouet, qui émit un nouveau couinement strident.

— Ça écorche les oreilles !

— Un peu comme quand tu chantes, plaisanta-t-il.

— Quoi ? Tu insinues encore que je chante comme une casserole ?

— J'ai insinué ça, moi ?

— Quand tu as évoqué la préparation des examens et la fois où on avait bu.

— Eh bien, c'est la vérité.

Elle lui expédia dessus le volatile en caoutchouc, qu'il saisit au vol et lui renvoya illico, si bien qu'il couina de nouveau.

Elle leva les yeux au ciel.

— Tu es immature, décréta-t-elle.

Elle lança le jouet sur le siège arrière, et il claqua la portière en pouffant de rire au souvenir de son air horrifié.

C'était une des choses qu'il aimait chez elle, son humour. Elle savait encaisser le ridicule. Elle tournait en plaisanterie ce qui aurait gêné ou mis en colère d'autres personnes.

Il se mit au volant et fit tourner le moteur.

— Où va-t-on ? demanda Pearl.

— Dans un nouveau restaurant qui s'est ouvert du côté des quais. J'ai pensé qu'on pourrait le tester. La vue est jolie, la nuit sur la baie.

— Bonne idée. J'ai toujours aimé ces coins-là.

— Les coin-coin, tu veux dire ? plaisanta-t-il.

— C'est ça, moque-toi de moi. Mais gare. Si tu continues, je pourrais me remettre à chanter !

Il s'esclaffa de bon cœur.

C'était si facile de rire avec Pearl. Mais il arrivait aussi qu'elle se ferme, qu'elle ait peur de ses sentiments et prenne la fuite. Mais pour le moment elle était de retour. Supporterait-il qu'elle s'enfuie de nouveau ?

Cette fois, c'était différent. Ils étaient seulement amis.

En était-il vraiment sûr ?

Il se faufila dans les rues venteuses de San Francisco, gagnant le front de mer et le Café Bistro – ainsi était baptisé le restaurant. Quand il eut trouvé à se garer, ils gagnèrent la salle où une table leur était réservée. Le serveur les conduisit à un box d'angle qui donnait sur la baie et où ils pourraient discuter sans être gênés… D'ailleurs la salle était presque vide.

Lorsqu'ils furent assis et que le serveur se fut retiré, Pearl se pencha en avant, le regard brillant à la lumière des bougies.

— Pourquoi est-on seuls ici ? chuchota-t-elle.

— Je n'en sais rien.

— Ce n'est pas bon signe. Évite de commander des fruits de mer ! dit-elle en laissant couler un rire.

Il espérait que le restaurant s'avérerait bon. En tout cas, c'était un lieu qui n'éveillerait pas de souvenirs douloureux. Mais, si la cuisine était mauvaise, cet endroit deviendrait aussi un mauvais souvenir…

— Pour ce qui est de George, commença Pearl. S'il te plaît, dis-moi qu'on peut tenter une thérapie au lieu de recourir à l'amputation.

— Je ne peux pas prédire l'évolution des choses. Mais tu n'as pas oublié le point de vue du Dr Chin sur les interventions inutiles lorsqu'il n'y a plus d'espoir.

— Tout de même, la tumeur n'a pas essaimé. Nous n'avons pas trouvé de métastases.

— Je sais, c'est encourageant.

— Alors, il y a de l'espoir. Je respecte le point de vue du Dr Chin et je m'y tiens quand il n'y a plus d'espoir. Pourquoi faire plus de mal que de bien ? Mais, puisque la tumeur n'a pas migré, on peut essayer de faire ça à notre manière, non ?

Il serra les mâchoires.

— Ce ne sera pas une intervention anodine, et la radiothérapie sera dure. Tu n'ignores pas que l'un des effets des radiations est l'affaiblissement des muscles. Même si nous préservons sa jambe, il pourrait ne plus être capable de jouer en professionnel, il faut qu'il en prenne conscience.

Pearl soupira.

— Je sais, nous devrons le lui expliquer. Et trouver un terrain d'entente, lui présenter un front uni.

— Nous étions souvent d'accord sur beaucoup de choses, dit-il doucement.

— Je sais, lâcha Pearl, s'empourprant de nouveau.

— Quand on collaborait, c'était extraordinaire. Nous formions un duo qui avait de l'impact, dans cet hôpital.

— Oui, on formait une sacrée équipe, reconnut-elle, le regard pétillant.

— Tu m'as manqué quand tu es partie, dit-il.

— Toi aussi, tu m'as manqué.

Il avait du mal à parler de la perte du bébé, du chagrin éprouvé. Auparavant, il avait refusé d'aborder ce sujet, mais là, il avait envie de le faire.

— C'est à cause du bébé que tu es partie ? Seulement pour ça ?

Elle se mordilla la lèvre inférieure.

— Nous avions des projets différents, cette grossesse était inattendue, et c'était dur pour moi de gérer ça.

— C'était dur pour moi aussi.

— Je sais et je suis désolée. J'aimerais changer le passé, mais… Professionnellement, on a avancé, en tout cas.

— Je suis content que tu sois de retour, Pearl.

— Je suis contente d'être là et de travailler avec toi.

— Vous avez choisi ? s'enquit le serveur, revenu auprès de leur table.

— Je crois, dit Calum, qui ne s'était jamais autant réjoui de l'interruption d'un serveur.

Ce soir, ils étaient censés se concentrer sur leur patient. Pourtant, quand il était avec Pearl, il oubliait tout le reste malgré ses efforts, et cela lui faisait peur. Il voulait travailler avec Pearl, ça oui. Mais tout recommencer, non. Quoique…

Pearl n'avait pas envie de dire à Calum que la cuisine était atroce et que c'était sans doute pour ça que le restaurant était désert. Elle ne voulait pas le blesser alors qu'il semblait prendre plaisir à ce dîner. Mais, au moment du dessert, elle déclina l'offre du serveur.

— Tu es sûre de ne pas vouloir de dessert ? demanda Calum.

— Tu en prends, toi ? s'enquit-elle d'un air dubitatif.

— Non, dit-il.

Et il grimaça, ce qui la fit pouffer.

Ils partagèrent la note et s'empressèrent de quitter le Café Bistro.

— Il devrait s'appeler le Café Imbuvable, blagua Calum.

— Alors, toi aussi tu as trouvé ça mauvais ?

— Oui, mais comme tu avais l'air contente…

— Je ne l'étais pas ! Il y avait une tonne d'ail dans mon plat.

— Mon steak était de la semelle. Il était si desséché qu'il aurait fallu le mettre à tremper pour le rendre mangeable.

— Si on prenait une crème glacée pour compenser ? J'ai envie d'une bonne glace, et on est au bord de la mer, non ?

— J'adorerais ça.

C'était comme s'ils étaient revenus au bon vieux temps, plaisantant, discutant et allant prendre une glace. Ils dénichèrent un glacier établi dans une ancienne manufacture. Ils s'installèrent en terrasse, où il y avait des braseros.

— C'est bien meilleur que le dîner, dit Pearl en piochant une cuillerée de crème glacée.

— Et comment ! Il y avait une éternité que je n'avais pas fait ça.

— Pareil pour moi. Il y avait une sorte de faux yaourt glacé assez bon à New York, mais il ne soutiendrait pas la comparaison.

— Un faux yaourt glacé ? fit Calum, l'air horrifié.

— Oui, un genre de crème fouettée, rien à voir avec ça.

Mais pourquoi tombait-elle à nouveau dans ce piège ? Avec Calum, elle avait l'impression d'être redevenue une interne en médecine sans souci. C'était si amusant, si facile et excitant d'être avec lui ! Il était urgent de changer de sujet ! De revenir en terrain sûr.

— Va-t-on parler à George et à sa mère, demain ? demanda-t-elle d'un ton sobre.

Calum hocha la tête.

— Plus vite on commencera la thérapie, mieux ça vaudra. Je peux venir au centre tôt demain matin.

— Ce serait bien, dit-elle. J'apprécie que tu aies décidé d'aider George.

— Je ferai de mon mieux, Pearl, mais si le cancer s'étend…

Il n'acheva pas sa phrase, c'était inutile. La carrière du jeune homme s'achèverait avant même d'avoir commencé, il serait frustré de tous ses rêves.

Elle eut le cœur serré en pensant à son bébé.

Elle n'avait pas vraiment rêvé d'avoir un enfant, mais elle s'était habituée à l'idée de devenir mère, et ce cadeau lui avait été repris. La perte du bébé lui avait lacéré le cœur. Elle n'avait eu aucune prise à ce moment-là, aucun contrôle sur son corps incapable de garder le bébé. Sa propre impuissance l'avait terrifiée. Même si elle connaissait la raison médicale de sa fausse couche, une part irrationnelle d'elle-même se disait qu'elle n'avait peut-être pas voulu assez fort cet enfant et qu'elle ne le méritait donc pas. Cette idée folle la hantait parce que le bébé n'avait pas été programmé. Et parce que sa propre naissance avait gâché la vie de ses parents…

Elle se faisait horreur de penser en ces termes.

— Il faudrait que je rentre, dit-elle, finissant sa glace.

Je dois avertir le coach pour que George soit au centre à la première heure.

En rejoignant la voiture, ils contemplèrent la pleine lune au-dessus de la baie et du mythique Golden Gate Bridge. Les lumières de la ville scintillaient sur l'eau, un brouillard bas dérivait au-dessus de l'océan. Le silence enveloppait tout.

Elle avait oublié la magie de cette ville. Elle avait oublié qu'elle était porteuse de si nombreux souvenirs. Elle n'était qu'une pauvre insensée !

— Alors, la glace a chassé le goût d'ail ? demanda Calum.

— Peut-être.

— Voyons ça, murmura-t-il.

Il se tourna face à elle, lui prit les épaules, et elle sentit son cœur s'accélérer, sachant très bien à quoi s'attendre.

Il lui effleura le visage, et elle se laissa aller entre ses bras tandis qu'il l'embrassait comme si rien n'avait changé.

Si elle ne réagissait pas, elle perdrait le contrôle. Elle ne pouvait pas se le permettre ! Elle avait envie de ce baiser, mais elle ne pouvait pas se laisser happer à nouveau dans une relation avec lui. Ils étaient censés être amis, rien de plus.

Paniquée, elle repoussa Calum.

— Tu sais, je vais rentrer en taxi, dit-elle. Bonne nuit, Calum.

Là-dessus, elle se détourna et s'éloigna, le laissant planté là, l'air dérouté.

Elle était de nouveau en fuite.

6.

Annoncer une mauvaise nouvelle, Pearl détestait ça. Cette part de son métier lui faisait horreur. C'était dur de voir le visage défait de George alors que Calum lui expliquait de quoi il retournait. Mais il devait savoir quel traitement il lui faudrait subir, quelles en étaient les répercussions, et qu'ils ne pourraient peut-être pas sauver sa jambe.

George paraissait anéanti. Il fixait la table d'examen, l'air perdu. Sa mère lui tenait la main, refoulant ses larmes.

Elle savait ce qu'on ressent lorsque votre vie s'écroule, lorsque tous vos espoirs et vos rêves sont détruits car votre corps vous fait défaut.

— George, dit-elle gentiment, tu dois savoir quelles sont tes options.

— Donc, ça a encore grossi. Rapidement ? demanda George.

— Oui, répondit Calum. C'est une tumeur agressive. Si tu choisis la voie de la thérapie, il faut l'entreprendre au plus vite. Quand j'aurai pratiqué une biopsie, je pourrai déterminer le traitement d'attaque.

George hocha la tête, puis commença après un moment de silence :

— Et l'autre option, c'est…

— L'amputation, lâcha Pearl. Je suis vraiment navrée, George.

— L'amputation guérirait-elle son cancer ? s'enquit la mère de George.

— Oui, elle ôterait la tumeur. Jusqu'ici, le cancer n'a

pas produit de métastases. Mais, même en cas d'amputation, il faudra une chimiothérapie pour garantir qu'il ne se reproduira pas.

— Mon chéri, si on se décidait pour l'amputation ? demanda sa mère, implorante.

— Je ne veux pas de l'amputation, maman. Je veux me battre, dit farouchement George.

Calum se pencha vers lui.

— Très bien. Mais sache, George, que je n'ai jamais tenté ce traitement sur un patient atteint d'un ostéosarcome aussi avancé. Si la thérapie échoue, il faudra quand même t'amputer, et tu seras beaucoup plus faible. Même si le traitement réussit, tu peux être très affaibli.

— Je comprends, mais il faut qu'on essaye.

— Bien, fit Calum. Dans ce cas, je veux commencer sans tarder. Je vais te faire admettre à l'hôpital. Nous allons débuter par la biopsie pour que je sache comment cibler la maladie.

George acquiesça, puis se tourna vers sa mère.

— Ça va aller, maman. Tu peux rentrer à Philadelphie.

— Non ! Ma place est ici avec toi. Ne te fais pas de souci, tes frères et sœurs sont assez grands maintenant.

Pearl sentit un pincement de jalousie.

Elle n'avait pas des parents aussi aimants. Seule sa grand-mère lui avait porté un amour inconditionnel. Et Calum.

Elle tenta de ne pas penser à leur baiser et à sa fuite. Ce baiser l'avait déstabilisée. Il ressuscitait le passé, et cela lui faisait peur.

— En avant, allons à l'hôpital, que je batte ce putain de cancer !

— George, s'écria sa mère, surveille ton langage !

Calum rit et alla ouvrir la porte pour que la mère de George puisse le véhiculer hors de la salle où ils s'étaient réunis.

— J'ai entendu pire, dit-il avec amusement. On se retrouve dans quelques heures. George, tu ne manges ni ne bois rien entre-temps, d'accord ?

— C'est promis, docteur.

George serra la main de Calum, sa mère le fit rouler hors de la pièce, et Calum referma la porte derrière eux.

— C'était dur, soupira Pearl.

— Mais moins qu'hier ?

— Calum… On est censés être collègues. Ça m'a prise au dépourvu.

L'expression de Calum se radoucit.

— Je suis désolé de ce qui s'est passé, déclara-t-il. Je n'avais pas l'intention de t'embrasser… Moi aussi, j'ai été pris au dépourvu.

— Pas de problème. Ce qui est fait est fait.

— Tu vas venir me voir réaliser la biopsie, alors ?

— Bien sûr, dit-elle très vite. Si tu es d'accord.

— Certainement. Est-ce que ça va ?

— Oui, ça va.

Mais en réalité elle n'allait pas très bien. Entre le dîner raté, la visite chez le glacier et le baiser, elle avait eu une nuit agitée. Elle craignait d'être en train de retomber amoureuse.

Mais de qui se moquait-elle ? Elle n'avait *jamais* cessé de tenir à Calum ! Elle était incapable de se maîtriser en sa présence, elle se laissait aller à leurs anciennes habitudes, elle le laissait l'embrasser…

En fait, elle avait eu envie de ce baiser. Avec Calum, elle perdait pied. Ses souvenirs la ramenaient sans cesse à leur bonheur d'autrefois, à leur amour.

— Bon, dit Calum, nous avons une stratégie et pouvons aller de l'avant. Mais tu parais fatiguée.

— Je le suis, avoua-t-elle. J'ai mal dormi. J'étais inquiète à l'idée de cet entretien avec George.

Cela l'avait tracassée, mais elle préférait cacher à Calum qu'elle n'était pas en forme à cause de lui. Elle était tendue quand ils étaient ensemble, car il franchissait ses barrières protectrices. Elle ne voulait pas réellement le tenir à distance, tout en ayant peur de le laisser entrer dans sa vie. Elle avait peur de souffrir ou de le faire souffrir. C'était tellement plus facile de rester sur le terrain de l'amitié !

Une chose était sûre, elle avait besoin de s'aérer, de prendre du champ pour remettre les choses en perspective.

En rentrant chez elle la veille après sa soirée avec Calum, elle avait envoyé un message à Diane pour accepter son invitation au ranch.

Elle choisissait encore de fuir…

— George sait à quoi s'en tenir, il a pris sa décision en adulte, dit Calum, l'arrachant à ses pensées.

— Il faut que j'aille voir les joueurs sur le terrain. As-tu envie de prendre l'air ? demanda-t-elle.

— Bien sûr.

— Allons-y, alors.

Calum, toujours galant, lui ouvrit la porte, et ils quittèrent la salle d'examen. Elle le guida vers le terrain où les Bridgers étaient à l'entraînement.

— Tu veux que je vienne avec toi sur le terrain ? demanda Calum.

— Bien sûr. Tu peux être utile.

— Utile à quoi, je ne vois pas très bien. Tu as l'habitude de traiter les blessures du sport.

— Mais si, tu peux aider. Viens donc.

Ils se dirigèrent vers la touche. Les joueurs qui s'y trouvaient firent de grands signes, et elle fut accueillie par des : « Salut, doc ! » et des : « Quoi de neuf, doc ? »

— Docteur Calum Munro, voici Jose Fernandez, le *quarterback*. Il a pris des coups, et ça lui a valu quelques côtes cassées.

— Enchanté de vous connaître, docteur Munro, dit Jose en tendant la main.

Elle fronça les sourcils en voyant qu'il avait la main bandée d'un pansement adhésif. Elle la lui saisit.

— Qu'est-ce que tu as encore fait ?

Jose haussa les épaules.

— Je me suis fait tacler au dernier match. Comme je ne suis pas tout à fait remis de ma commotion cérébrale du mois dernier, j'ai perdu l'équilibre. J'ai eu les deux doigts retournés en tombant.

— On aurait dû te renvoyer sur le banc de touche. Il faut des semaines pour se remettre d'une commotion, Jose, dit-elle en examinant la main.

— Je sais, doc. Il me semblait que j'étais en forme, quand même.

— Tu as passé une radio ?

— Pas encore. Mais j'allais le faire, je vous jure.

Elle lui décocha un regard sévère, puis s'écarta pour laisser la place à Calum.

— Qu'en pensez-vous, docteur Munro ?

— Il y a un déboîtement, de toute évidence. C'est enflé. C'est bien d'avoir mis un bandage adhésif, Jose.

— Ça ne se présentait pas aussi mal hier soir. Pendant le match, ça allait, mais à l'entraînement aujourd'hui ça s'est aggravé. J'ai un peu mal.

— Tu files voir Maria pour cette radio. Je veux voir l'importance du déboîtement et m'assurer qu'il n'y a pas de lésion des tendons. C'est ton bras de lancer.

— Bien, doc, fit José en quittant le terrain.

— Tu leur parles comme si tu étais leur mère, dit Calum, taquin.

— Je le suis un peu, au fond. Ils doivent être prudents en cas de blessure et ne pas s'obstiner à jouer malgré la douleur. Mais j'ai beau le leur répéter, ils le font quand même. Ce sont des athlètes professionnels.

— Je comprends, fit Calum.

— Ah, oui ?

— Bien sûr. Les chirurgiens sont pareils. Nous travaillons durant de longues heures éprouvantes en ignorant ce que nous dit notre corps. En luttant pour la vie de nos patients, nous oublions de manger, de dormir.

— C'est juste. Même si mes parents sont en désaccord avec toi.

— Ils sont chirurgiens aussi, non ?

— Oui, mais, selon eux, les chirurgiens orthopédistes ne sont pas aussi importants qu'un cardiochirurgien ou un neurochirurgien. On peut vivre sans une jambe, mais pas sans un cœur… Même si mes parents y arrivent apparemment assez bien. Je crois t'avoir déjà parlé de ça.

— C'est vrai. J'ai tendance à effacer de ma mémoire ce qui concerne ta mère, plaisanta Calum.

Elle se mit à rire.

— Je ne peux pas t'en blâmer.

— Je ne comprends pas pourquoi ils ont toujours détesté que tu aies choisi cette spécialité.

— Parce que ce n'est pas la leur, pardi. Bien que mon père respecte mon travail chez les Bridgers.

— Pour quelle raison ?

— L'argent.

— On en revient toujours à ça ! Mon père pensait que je devais devenir investisseur comme lui parce que j'avais manifesté de l'aptitude pour les chiffres à l'adolescence. Petit, je n'existais pas à ses yeux.

Pearl connaissait Grayson Munro, un homme très persuasif qui l'avait encouragée à faire tout son possible pour sauver la carrière de George parce qu'il avait beaucoup investi financièrement dans l'avenir du joueur. Aurait-il conclu une sorte de marché avec Calum ? Calum ne voulait peut-être pas vraiment s'occuper de George. Il était possible qu'il n'ait pas eu le choix.

— Je regrette de t'avoir amené ici. J'avais oublié momentanément ta relation avec ton père.

— Quelle relation ? fit Calum avec un haussement d'épaules. Ça n'a aucune importance.

— C'est pour ça que tu m'aides ? lui demanda-t-elle.

— Mais de quoi parles-tu ? fit-il, haussant les sourcils.

— Ton père est un des plus gros actionnaires des Bridgers. Ce n'est pas lui qui t'a contraint à accepter mon patient ?

Calum était frappé de stupeur. Pearl le connaissait-elle donc si peu ? Grayson Munro était peut-être un actionnaire des Bridgers, mais il n'avait pas sollicité son aide. Pourquoi Pearl cherchait-elle toujours des raisons de le repousser ?

— Je ne parle pas avec mon père, Pearl. Il n'a rien à voir avec ça.

— Je te crois, dit-elle, pinçant les lèvres.

— Tu sais bien que je n'ai pas de relations avec lui.

— Oui. Désolée.

Il savait qu'elle avait des difficultés à accorder sa confiance, mais il était content qu'elle le croie. Jamais il n'avait menti à Pearl.

Bien sûr, il ne lui disait pas tout. Il ne lui disait pas que leur baiser de la veille au soir lui avait fait peur, qu'il avait été blessé qu'elle le plante là, mais aussi soulagé. Quand il était avec elle, il perdait la maîtrise des choses. Lorsqu'il l'enlaçait, il oubliait qui il était.

Tout à coup, il se réjouit de quitter la ville pour le week-end. Max irait dans sa garderie pour chiens favorite et lui, dans les montagnes afin de retrouver un peu de calme loin de toutes ces émotions. Il en avait été submergé lorsqu'il avait embrassé Pearl. Au point d'oublier ce qui s'était passé entre eux, son chagrin quand elle était partie.

Il l'aimait toujours, mais il ne pouvait pas lui ouvrir les bras. Lorsqu'elle l'avait quitté la veille, il s'était rappelé pourquoi il refusait de donner son cœur.

— Je te suis reconnaissante de collaborer. Je ne voudrais pas d'autre allié que toi, assura-t-elle.

Il acquiesça, peu convaincu. Si c'était lui qu'elle voulait, pourquoi était-elle partie cinq ans auparavant ?

— Bon, dit-il, je vais reprendre le chemin de l'hôpital.

— D'accord. Je t'y rejoins dès que j'aurai examiné la main de Jose.

— Prends garde à ce qu'il n'ait pas aussi le cœur brisé !

Elle leva les yeux au ciel.

— À tout à l'heure, lança-t-elle en se dirigeant vers le centre.

Il partit dans la direction opposée, prenant le temps d'évaluer les émotions qu'il éprouvait, la facilité avec laquelle il se laissait happer de nouveau dans la vie de Pearl et les raisons pour lesquelles il perdait pied quand il avait affaire à elle.

— Calum !

Il tressaillit et fit volte-face tandis qu'une sensation désagréable lui nouait l'estomac.

Grayson Munro était dans les tribunes, non loin de là.

Il y avait belle lurette qu'il ne l'avait pas vu, au moins aussi longtemps qu'il avait été séparé de Pearl. Et, s'il lui semblait que sa séparation d'avec Pearl avait duré une éternité, le temps écoulé depuis sa dernière entrevue avec son père lui paraissait trop court.

— Père, dit-il avec raideur.

Grayson Munro portait l'un de ses coûteux costumes sur mesure. Quand Calum voyait ça, il pensait à sa mère qui avait peiné à joindre les deux bouts et s'était parfois privée de manger pour les nourrir, sa sœur et lui.

Les cheveux noirs de son père étaient aujourd'hui presque blancs. Calum était content d'avoir les cheveux roux de sa mère. Il n'avait que peu de ressemblance avec son père. Ils n'avaient en commun que leur nom.

— Que fais-tu ici, fiston ?

Grayson ne l'appelait « fiston » que pour donner le change en présence de témoins. Il y avait un groupe de gens assis un peu plus haut, l'air poli, sans doute des actionnaires. C'était donc pour ça que son père jouait la comédie.

— Tu n'y vas pas avec le dos de la cuillère, hein ? lâcha-t-il.

Cela déplut à Grayson, mais il continua sa comédie hypocrite.

— Je suis surpris de te voir, fiston. Si tu venais saluer ces messieurs ? Je leur ai parlé de mon fils qui a remporté le prix de médecine le plus prestigieux.

— Une autre fois, dit Calum, saluant de la main le groupe. J'ai rendez-vous à l'hôpital.

— Ça peut sûrement attendre. Un chirurgien orthopédiste n'a guère d'urgences, si ?

Calum plissa les paupières.

— En fait, c'est pour un de vos joueurs stars. George Vaughn. Il a un très vilain ostéosarcome, et votre chirurgienne m'a sollicité pour l'aider avec la thérapie d'avant-garde qui m'a valu le prix dont tu parles. Il m'attend à l'hôpital.

Grayson fut frappé de stupeur.

— Je ne me doutais pas que c'était aussi grave.

— Ça l'est. Alors, quand je dis « une autre fois », c'est une autre fois, rétorqua Calum, tendu.

— Je t'appellerai plus tard, fiston. Prends soin de notre joueur.

Grayson remonta les gradins pour rejoindre les investisseurs, et Calum, écœuré, le vit faire des courbettes et passer la brosse à reluire.

Son père le laissait partir sans résistance parce qu'il y avait des témoins et parce qu'il avait investi dans ce patient. Investi *financièrement*, s'entend. Sinon, il aurait fait des histoires. Calum et sa mère étaient censés se mettre au garde-à-vous chaque fois que Grayson Munro leur faisait l'honneur de sa présence.

Sa mère avait aimé Grayson. Même après la rupture, elle avait toujours espéré qu'il reviendrait. Calum, lui, n'avait pas nourri d'espoir de ce genre. Et, même s'il avait affirmé à Pearl que Grayson ne l'avait pas forcé à s'occuper de George, il espérait, en soignant le joueur, s'acquitter de la prétendue dette que son père prenait un malin plaisir à lui rappeler parce qu'il avait payé son éducation.

Il n'avait jamais désiré une famille parce qu'il n'avait pas eu un modèle paternel digne de ce nom mais, quand Pearl était tombée enceinte, il avait été prêt à tenter le coup. Parce qu'il aimait Pearl et qu'il voulait leur enfant. Il croyait qu'il leur serait possible d'être heureux, et plus ils étaient restés ensemble, plus il avait espéré avoir la famille qu'il n'avait jamais eue. Dès qu'il avait appris la grossesse de Pearl, il s'était juré de faire mieux que son père. Mais la possibilité lui en avait été ôtée quand ils avaient perdu le bébé, et il avait trop souffert pour renouveler une telle tentative. Cependant, jamais il n'accorderait la priorité à un patient pour des raisons financières. Il avait du cœur.

— Et là, tu sens quelque chose, George ? demanda Calum, testant l'endroit où il effectuerait l'incision pour la biopsie.

Il avait mis le jeune homme sous péridurale, ce qui évitait de devoir attendre six heures pour s'assurer que le patient ait l'estomac vide et puisse subir une anesthésie générale.

— Je ne sens rien du tout, doc, dit George sous le drap chirurgical.

— Parfait, fit Calum.

— Tu t'en tires très bien, George, intervint Pearl, encourageante, de l'autre côté de la table chirurgicale.

— Oui, mais je suis le seul joueur embarqué dans cette galère et une opération.

— Jose s'est fait écraser deux doigts. Je l'ai fait admettre juste avant de te rejoindre.

— Quoi ? fit George en la dévisageant. Comment est-ce arrivé ?

Calum pouffa discrètement.

Pearl, qui ne livrait jamais d'informations confidentielles sur ses patients, était en train de distraire George de la longue lutte qu'il entamait contre le cancer. Jose lui avait donné son autorisation, car il désirait aussi que son camarade oublie un peu sa situation éprouvante.

— Pendant le match d'hier. Ce qui paraissait n'être qu'une entorse a pris une tournure plus sérieuse. Il n'est pas encore remis de sa commotion cérébrale, alors il est un peu hors du coup. Il va rester sur la touche un moment. Le coach n'est pas ravi ravi de devoir se passer de toi pendant la saison, et de Jose pendant deux mois au moins. Il va falloir l'opérer.

— Non, j'imagine qu'il n'est pas très content, dit George, qui se détendait un peu.

Pearl l'aidait à penser à autre chose. On l'avait surnommée la Reine des glaces du temps de leur internat, mais rien n'était plus loin de la vérité. Elle était bonne avec ses patients. Même si elle tentait de le cacher, elle avait un côté tendre. Il était bien placé pour le savoir. Elle avait défailli entre ses bras, sous ses caresses.

Il prit le scalpel qu'on lui tendait pour pratiquer l'incision, afin de prélever un échantillon de la tumeur qui envahissait le tissu osseux. Il allait l'examiner de près au microscope pour savoir à quoi il s'attaquait.

— Docteur Munro, vous avez commencé ? demanda le jeune homme.

— Il a commencé, répondit Pearl, mais si tu le déranges sa main pourrait déraper !

— Je ne dérape jamais, marmonna Calum, qui décocha un clin d'œil à George.

Ce dernier se mit à rire.

— C'est drôlement calme, ici. Vous n'avez pas un peu de musique ? Je meurs d'ennui, moi !

— Le professeur qui nous a formés aimait écouter Queen quand il opérait, dit Pearl. Mais ça dérange Calum.

Elle lança un regard pétillant dans sa direction.

Il adorait être en salle d'intervention avec elle. Leur duo fonctionnait à merveille. Ils agissaient et pensaient comme une seule personne. En vrais partenaires. En égaux.

— Ne vous gênez surtout pas pour mettre le patient de votre côté, docteur Henderson, plaisanta-t-il.

— Désolé, docteur Munro, je serai toujours du côté de cette dame, fit George.

Calum eut un léger rire tout en atteignant le point où il allait effectuer le prélèvement.

— Je ne te le reproche pas, en l'occurrence. Le Dr Henderson n'est pas désagréable à regarder.

— C'est sûr, dit le jeune homme.

Soudain, ses yeux se révulsèrent.

— George ? lâcha Pearl. George, reste avec moi !

— Sa tension artérielle est en train de chuter, intervint le Dr Knox, l'anesthésiste. Cela arrive avec une péridurale. Je traite ça tout de suite.

Pearl hocha la tête, mais Calum vit qu'elle était inquiète.

— Ce n'est sûrement pas la première fois qu'un de tes patients a une réaction à une péridurale, lui dit-il.

— En général, j'opère sous anesthésie générale. Je me vois mal poser une prothèse du genou sous anesthésie locale.

— Cela m'est arrivé, déclara Calum. Il y a deux ans, nous avons eu un patient allergique pour lequel la péridurale était l'unique solution.

— Je t'envie, affirma Pearl. Tu as un éventail de cas plus étendu que moi.

— Je ne suis pas parti, moi, fit-il remarquer.

Déjà, George revenait à lui.

— Euh, c'est fini ? s'enquit-il d'une voix faible.

— Presque, lui annonça Calum. Encore quelques minutes.

Il leva les yeux vers Pearl, mais celle-ci était concentrée sur George et lui tournait le dos.

Il était conscient de lui avoir fait de la peine. Les mots lui avaient échappé, mais elle était bel et bien partie pour un job mieux payé avec une variété restreinte de cas à traiter. Lui était resté confronté à tous les cas de figure possibles, ce qui lui avait permis d'innover avec tant de succès.

Pourtant, il se détestait de l'avoir blessée, c'était la dernière chose qu'il aurait voulue.

7.

Pearl prit une inspiration en descendant du dernier train à Sonora. Le voyage avait été long, mais lui avait donné le temps de rattraper du travail en retard et de réfléchir.

Elle s'était sentie blessée par les propos de Calum pendant la biopsie de George, mais elle ne pouvait pas les lui reprocher. Il avait raison, elle était partie. Elle lui avait fait du mal. Tous les jours, elle regrettait la décision qu'elle avait prise cinq ans auparavant.

Après que l'état de George s'était stabilisé, elle était allée voir Jose, lui avait expliqué l'opération qu'elle allait pratiquer et avait réalisé l'intervention. George avait commencé sa radiothérapie jeudi. Et vendredi, elle avait pris le train.

Calum l'avait évitée, et elle avait fait de même. Elle devait instaurer de la distance entre eux. Ce séjour chez Diane et Jerome était l'idéal pour échapper aux fantômes de San Francisco. Elle était contente de passer un peu de temps à la campagne, loin de la ville et surtout, de Calum.

— Pearl !

Se retournant, elle vit Diane qui la hélait depuis le parking de la gare. Elle se fraya un chemin parmi la foule pour rejoindre son amie, qui l'étreignit chaleureusement.

— Je suis ravie que tu sois venue et que tu aies survécu aux heures de voyage en train. Il te faut une voiture ! la taquina Diane.

— J'aime bien le train. Ça m'a permis de travailler, mais je suis contente d'être là. J'ai hâte de prendre une douche et de me changer.

— Bien sûr. Jerome prépare le barbecue.

— Fin octobre ? fit Pearl, sidérée.

— Tu oublies qu'on est sur la côte Ouest. On ne se gèle pas comme à New York, ici !

— En octobre, il n'y fait quand même pas si froid que ça.

Bien que, si, il arrivait qu'il neige. New York sous la neige lui manquerait. Elle aimait Central Park sous un tapis blanc, mais elle ne regrettait pas la foule incessante et le froid glacial des hivers new-yorkais.

Diane et Jerome habitaient Mountain Springs, leur ranch était niché dans les collines, au cœur d'une vallée très boisée. Sonora était seulement la ville la plus proche qu'on pouvait rejoindre en train. Elles montèrent dans la jeep de Diane qui quitta bientôt la petite cité californienne.

Pearl avait hâte de faire une longue balade sur les chemins forestiers pour se vider la tête de Calum. C'était reposant de le savoir à San Francisco alors qu'elle était ici. Depuis son retour, elle ne pensait qu'à lui, et ça la rendait malade. Il y avait trop de fantômes là-bas. Elle avait besoin de s'en libérer un jour ou deux pour avoir les idées claires.

— Alors, ta mère t'a relancée ? demanda Diane, l'arrachant à ses pensées.

— Une fois de plus.

— Tu n'es pas obligée de la supporter, tu sais.

— Je sais, mais mes parents ont le chic pour me perturber.

— Tu es une excellente chirurgienne qui ne se laisse pas marcher sur les pieds, mais avec eux tu es trop gentille, dit Diane avec douceur.

— Je m'en rends compte. Ils ne s'aiment pas et ils se fichent des autres. Ils sont si égoïstes ! Ils me faisaient honte quand j'étais gamine. Je ne voulais surtout pas leur ressembler.

— Je te comprends. On se trouve souvent tiraillé en famille. On a beau s'éloigner des êtres destructeurs, ils ont façonné notre existence, et c'est dur de s'en délivrer.

Pearl hocha la tête.

C'était tellement vrai ! Il y a dans la vie des gens qui font partie de nous, et c'est en pure perte qu'on tente de s'en détacher. Elle devrait admettre que Calum représentait une part importante de son passé et qu'il exercerait toujours une attraction sur elle.

Le trajet jusqu'au ranch fut agréable. Diane lui parla de son nouveau travail, du cabinet de Jerome et des exploits de Derek, garçonnet de cinq ans très turbulent.

Alors qu'elles se garaient devant la maison en rondin au bout du chemin d'accès, Pearl eut un choc en reconnaissant dans l'allée un 4x4 immatriculé à San Francisco.

— Diane ? fit-elle en espérant que sa voix ne tremblait pas trop.

— Je sais. Désolée, mais il vient tous les deux mois.

— Je regrette que tu ne m'aies pas prévenue !

— Tu ne serais pas venue et tu te serais morfondue à San Francisco. D'ailleurs, je vous ai vus ensemble dans la salle d'intervention, l'autre jour, et tout allait bien. Je ne pensais pas que ça te contrarierait.

Diane descendit de voiture, et Pearl demeura assise un instant, se pénétrant de ces derniers éléments.

Oui, elle s'était bien entendue avec Calum pendant l'intervention, mais Diane n'avait pas été présente à la biopsie de George. Ni lorsqu'ils s'étaient embrassés et qu'elle avait fui.

Elle pouvait gérer ça. Ce ranch était assez grand pour eux deux, mais quand même…

Elle descendit de voiture et prit son bagage. La porte d'entrée s'ouvrit, et Jerome parut sur le seuil.

— Quand Diane m'a dit que tu venais, je n'en suis pas revenu ! s'écria-t-il en l'étreignant. Tu m'as manqué, *chica*. Il y a beaucoup trop longtemps qu'on ne s'est vus.

— C'est vrai, dit Pearl en l'embrassant. Où est Derek ? Je lui ai apporté quelque chose de New York.

— Il dort. Il était fatigué d'attendre.

Jerome lui prit son sac, et elle les suivit, Diane et lui, dans la salle principale de leur belle maison en rondin. Elle fut aussitôt impressionnée par les hauts plafonds et l'atmosphère campagnarde de ce vaste espace ouvert malgré les aménagements modernes.

— Pearl ?

Calum descendait l'escalier. Il s'arrêta en l'apercevant.

— Salut, Calum, dit-elle, espérant que Diane et Jerome ne percevaient pas la tension soudaine.

— Je ne savais pas que tu venais, reprit Calum en achevant de descendre.

Il avait une expression étrange, et elle sut qu'il cherchait à cacher qu'il était aussi secoué et mal à l'aise qu'elle.

— Je ne savais pas non plus que tu serais là.

— Je viens tous les ans à cette époque de l'année.

— Calum a beaucoup aidé à la construction de cet endroit, intervint Jerome. Il est super doué dans le travail du bois.

— Waouh ! fit-elle. Je n'en avais pas idée.

— Non, comment le saurais-tu ? fit Calum.

— Laisse-moi te montrer ta chambre, Pearl, intervint Diane, un large sourire aux lèvres – elle avait sûrement perçu la tension ambiante. Tu dois avoir envie de te rafraîchir avant que Jerome tente de t'empoisonner avec sa bière maison.

Elle prit le bagage de Pearl des mains de Jerome et s'engagea dans l'escalier. Pearl lui emboîta le pas. Elle se retourna brièvement et vit que Calum la suivait du regard.

Le week-end promettait d'être long.

Après s'être lavée et changée, Pearl descendit au rez-de-chaussée. Elle était fatiguée par le voyage et il était tard, mais elle avait faim. Elle avait humé avec appétit en sortant de la douche les odeurs du barbecue de Jerome, qui montaient jusqu'à sa chambre.

Tout le monde était dans la cuisine autour de l'îlot principal. Les verres de vin avaient fait leur apparition, et Calum riait et bavardait avec leurs amis.

Tout à coup, elle eut l'impression d'être une intruse.

Mais Diane avait tenu à ce qu'elle vienne, et elle avait envie de revoir le petit Derek.

Elle pénétra timidement dans la cuisine.

— Salut ! dit-elle.

— Tu veux un verre de vin ? lui proposa Diane.

— Oui. Du moment que ce n'est pas la cuvée de Jerome…

Diane éclata de rire et lui servit un verre de vin rouge.

— Je suis vexé que tu doutes de mes capacités à brasser de la bière ou à faire du vin, Pearl. J'ai tout le matériel qu'il faut, observa Jerome.

Diane haussa les sourcils et secoua discrètement la tête. Pearl s'efforça de ne pas rire.

Jerome se dirigea vers la terrasse couverte, à l'arrière de la maison, d'où s'élevait la fumée du barbecue à gaz.

— Je vais voir s'il a besoin d'aide, dit Diane, se hâtant de suivre son mari, la laissant seule avec Calum.

— Navrée de gâcher tes plans, s'empressa-t-elle de dire. Si j'avais su que tu serais là, je ne serais pas venue, je ne voulais pas m'imposer.

Calum soupira.

— C'est moi qui te demande pardon. Je ne pensais pas ce que j'ai dit l'autre jour pendant la biopsie.

— Excuses acceptées. Moi, ton baiser m'a déstabilisée, et j'ai paniqué.

— Moi aussi, j'ai été déstabilisé. Pearl, ça ne me dérange pas que tu sois là. Diane est ta meilleure amie. Nous pouvons nous comporter en adultes, non ? Cet endroit est bien assez grand pour nous deux.

— Crois-tu que ce soit un coup monté ? demanda-t-elle.

Il haussa les épaules.

— Je ne sais pas à quoi joue Diane. Je crois qu'elle a la nostalgie du bon vieux temps.

— L'époque où on tentait de mener à bien notre internat en médecine, toujours fauchés et éreintés ?

Calum sourit.

— C'est ça.

— La vie paraissait plus simple alors, dans un sens.

— En effet. Ainsi, tu as évité d'aller chez ta mère, si je comprends bien ?

— Voilà. Je suis passée maîtresse dans cet exercice, plaisanta-t-elle.

— J'ai rencontré ton père, tu sais.

— Quand ?

Il pouffa.

— Quand j'ai eu le prix, en fait. Ce n'est pas l'homme le plus… chaleureux du monde.

— Pour dire les choses poliment.

— Tu ne lui as jamais parlé de moi, n'est-ce pas ?

— Si, mais rien n'aurait pu lui être plus indifférent. C'est ma mère qui a déclaré que je gâchais ma vie. Aujourd'hui, tu es un beau parti pour eux.

Ce fut avec un regard espiègle que Calum se pencha par-dessus l'îlot central.

— Un beau parti, hein ?

Elle pouffa.

— Tu es un beau parti aux yeux de ma mère parce que tu as remporté un prix prestigieux et que tu es un brillant chirurgien. Bien sûr, quand je voulais t'épouser, tu n'en valais pas la peine, et je jetais ma vie en l'air.

— Tu le voulais vraiment ?

— Quoi ?

— M'épouser ?

Pearl s'empourpra une fois de plus, quant à Calum, son pouls s'accéléra. Lorsqu'elle rougissait comme ça, il avait un coup au cœur. Il la trouvait irrésistible.

Cette femme l'avait quitté. Elle l'avait abandonné comme tant d'autres l'avaient fait dans sa vie : son père, sa sœur, et même sa mère, d'une certaine façon, lorsque celle-ci était morte. Mais Pearl lui donnait le sentiment d'être à nouveau vivant. Il n'avait jamais désiré qu'elle. Il avait toujours envie de faire sa vie avec elle.

— Calum, je…, fit-elle en rougissant de plus belle.

Il allongea le bras et lui prit la main.

Elle était aussi petite et délicate que dans son souvenir. Il avait souvent admiré ses mains. Des mains de chirurgienne, mais qui restaient douces et s'adaptaient si bien au creux de ses doigts ! Il ne savait pas très bien où cela le menait. Il avait seulement envie d'être proche d'elle à nouveau. Seigneur, il avait tellement envie de l'embrasser ! Pourquoi ne savait-il pas lui résister ?

Elle leva les yeux, entrouvrit les lèvres, et il lui effleura la joue du bout du pouce.

Elle eut un soupir étranglé, et il se pencha un peu plus.

— Tu n'es pas obligée de répondre, souffla-t-il.

— Ce n'est pas ça, c'est…

— Je crois que les côtelettes sont cuites, annonça Diane en revenant dans la cuisine.

Pearl retira la main et avala une gorgée de vin, Calum recula. Diane marqua un arrêt et les regarda.

— Tout va bien ? s'enquit-elle d'un air dérouté.

— Tout à fait bien, soutint Calum.

C'était un mensonge. Il y avait quelque chose d'inachevé entre Pearl et lui, ils avaient été si proches, soudain. Au point de rétablir le courant après toutes ces années.

— On discutait d'un patient commun. Le jeune secondeur des Bridgers, dit Pearl.

— Ah, non, on ne va pas parler boulot, geignit Diane. C'est censé être un week-end de détente !

— Je peux t'aider ? demanda Pearl en la suivant dans la salle à manger.

Calum réprima un soupir de regret.

Il était contrarié par l'interruption. Il avait envie d'embrasser Pearl. Il valait peut-être mieux que Diane soit revenue avant qu'il se laisse entraîner trop loin.

Il délaissa son verre de vin et sortit sur la terrasse où Jerome achevait la cuisson.

— Ça va ? demanda ce dernier.

— Très bien.

Nouveau mensonge.

Calum se planta au bord de la terrasse et contempla le ciel.

Les étoiles étaient à présent visibles, la nuit claire et fraîche. C'était délicieux, il comprenait que Diane et Jerome aient caressé ce rêve.

— Il est évident que tu ne vas pas bien, dit Jerome.

— Et d'où tiens-tu cette certitude ?

— Il y a plus de dix ans que je te connais. Tu essayes de renfermer tes émotions, mais je vois que quelque chose te tracasse. Vous, les chirurgiens, vous vous croyez inoxydables, capables de tout encaisser. Mais vous êtes souvent moroses.

— Pff ! N'importe quoi !

— Je peux l'affirmer parce que je ne suis pas chirurgien. Je suis médecin de famille. Je peux donc m'exprimer librement.

— Ah ? Alors, quand vas-tu parler à Diane de l'écran de télé géant que tu as acheté et que tu as planqué pour qu'elle ne le voie pas ? Tu sais, celui qui est aussi grand que le mur de son living ?

— Je finirai par lui dire. Vas-tu dire à Pearl ce que tu ressens ?

Calum eut l'estomac noué tout à coup.

Jerome avait mis dans le mille. Il n'était pas sûr de livrer un jour ses sentiments à Pearl. Trop de temps s'était écoulé. Il était peut-être trop tard pour eux.

— Calum, pourquoi ne lui parles-tu pas, tout simplement ?

— Je le ferai… bientôt. Là, nous devons collaborer sur un cas important, donc rester sur un plan professionnel. Ça vaut mieux.

Visiblement, Jerome ne le croyait pas, mais, en bon ami, il se garda d'insister.

— Très bien, mon pote, fit-il en empoignant le plat. Attaquons les côtelettes !

Calum lui ouvrit la porte et le suivit à l'intérieur.

Il allait tout de même essayer de ne pas partir à la dérive.

8.

Calum se leva plus tard qu'il ne l'aurait voulu, après une très mauvaise nuit.

D'habitude, il dormait à poings fermés chez Diane et Jerome. Cette fois, il n'avait pas cessé de penser à Pearl, à leur rapprochement, à ce qu'il avait ressenti en la touchant, en l'embrassant de nouveau. À sa présence au bout du couloir…

Dire qu'elle était toute proche de lui !

Il prit une douche froide pour se réveiller et essayer de dissiper les lambeaux persistants de son rêve – prendre Pearl dans ses bras et lui montrer à quel point il la désirait.

Secouant la tête, il descendit au rez-de-chaussée pour prendre un café. Il entendit le rire de Derek et, en se penchant par-dessus la rampe, il vit le petit garçon installé avec Pearl sur le vaste canapé en L devant la cheminée.

Il eut l'impression que son cœur s'arrêtait de battre.

La scène avait quelque chose de si naturel ! Derek s'était pelotonné près de Pearl, et elle paraissait heureuse tandis que le petit garçon reconstituait un puzzle en trois dimensions de l'Empire State Building.

Il pensa à l'enfant qu'ils avaient perdu.

— *J'ai si peur, Calum ! Comment se fait-il que tu n'aies pas peur ?*

— *J'ai peur aussi, avait-il prétendu en souriant.*

— *Ça ne se voit vraiment pas. Mon Dieu, je ne peux pas être mère !*

— *Pourquoi pas ?*

— Je ne connais rien aux bébés, aux enfants. Rien du tout. Je veux dire, je sais les soigner, mais être une maman…

Il l'avait serrée contre lui.

— Tu peux en être une, j'en suis sûr.

Pearl avait eu un rire nerveux.

— D'accord, mais ce n'est pas ce que je voulais.

— Quelle que soit ta décision, je serai d'accord. Mais je suis là et je suis certain que nous pouvons y arriver.

— Je le pense aussi, avait-elle chuchoté. Mais quand même, je ne suis pas très sûre d'être une bonne mère.

— Tu seras super.

En voyant maintenant Pearl avec Derek, il réalisait qu'elle aurait été une très bonne mère. Il était triste de penser qu'il n'avait pas eu l'occasion de prouver qu'il avait vu juste à ce sujet.

D'ailleurs, pour sa part, que savait-il d'une famille ? Il n'avait pas grandi dans un vrai foyer. Comment serait-il un bon père ?

Il acheva de descendre l'escalier et, évitant le living où se trouvaient Derek et Pearl, gagna la cuisine.

Jerome buvait un café, accoudé à l'îlot central.

— Où est Diane ? s'enquit Calum en se servant.

— Elle a dû se précipiter à l'hôpital local. Il y a eu un glissement de terrain la nuit dernière avec toute cette pluie qui est tombée, et ils ont réquisitionné tous ceux qu'ils pouvaient. Mais elle ne devrait pas tarder à rentrer.

— Tu as l'air éreinté, dit-il en sirotant son café.

— Tu peux parler ! fit Jerome.

— Je n'ai pas arrêté de m'agiter, mais je n'ai pas entendu Diane.

— Elle est partie à 3 heures environ.

— Ils ont besoin d'un coup de main à l'hôpital ?

— Non, Diane m'a envoyé un SMS pour prévenir qu'elle serait de retour dans une heure ou deux. Même si c'est une petite ville à côté de San Francisco, nous avons nous aussi nos chirurgiens inoxydables, figure-toi !

Calum rit.

— Non, sans blague ? Je n'aurais jamais cru.

— Petit malin, va, grommela Jerome.

Calum finit de boire son café, puis sortit.

Il désirait faire une balade mais, une fois dehors, il fut confronté à un banc de brouillard. Il bruinait. Il n'avait pas très envie de se retrouver trempé si ça virait à la pluie.

Il s'installa dans un fauteuil sur la terrasse couverte.

— Hé, il m'avait bien semblé que tu étais levé, fit une voix derrière lui.

Pearl était sur le seuil. Elle referma la porte et vint s'asseoir près de lui. Elle avait un grand pull ample et une étole, mais elle était pieds nus.

— Tu n'as pas froid ? demanda-t-il, fixant ses pieds nus.

— Non. Il fait plus chaud ici qu'à New York, dit-elle en ramenant les jambes sous elle. J'espérais partir en balade.

— Moi aussi, mais je préfère éviter de me retrouver sous « une froide pluie de novembre ».

— On n'est pas encore en novembre. Et il fait chaud.

— Je sais, mais je ne connais qu'une chanson sur la pluie en automne.

Pearl sourit, et son regard s'éclaira.

— *November Rain*, Gun N' Roses… J'adore.

— C'est une de celles que tu chantes quand tu as bu un coup de trop. Le canard en caoutchouc de Max l'interprète mieux que toi.

Elle poussa un gémissement de comédie.

— Tu ne me lâcheras jamais avec ça, hein ?

— Probablement pas, fit Calum.

Là-dessus, il se mit à piailler dans une très mauvaise imitation d'elle, qui la fit s'esclaffer.

— Je ne chante quand même pas aussi mal !

— Oh ! mais si ! Tu es une excellente chirurgienne mais une chanteuse déplorable.

— Tu n'as pas non plus de quoi te vanter. Tu danses hyper mal. Tu n'as aucun rythme.

— Mais qu'est-ce que tu racontes ? fit Calum.

Il se leva pour se trémousser, ce qui lui valut une tape de Pearl, qui allongea le bras pour la lui décocher.

Soudain, elle sortit son mobile de sa poche, le vibreur se faisait entendre. Elle se rembrunit.

— Oh non !

— Qu'est-ce qu'il y a ?

— George ne supporte pas bien la chimiothérapie. C'est un message de sa mère.

— Dis-lui que j'appelle l'oncologue. On va faire un test sanguin, et je ferai modifier le dosage.

Pearl hocha la tête, et il sortit son propre mobile.

L'oncologue avait anticipé sa réaction et déjà effectué un test sanguin. Calum prit connaissance des résultats, puis envoya un message pour indiquer la marche à suivre. L'équipe d'oncologie était au top, mais il y avait pour la thérapie une procédure qu'il avait mise au point, et c'était lui qui en faisait les ajustements.

— Bon, ça devrait aider George, dit-il. L'équipe me tiendra au courant. Tu peux rassurer la maman.

En réalité, le fait que George supporte mal le traitement l'inquiétait, mais il n'allait pas en faire part à Pearl. C'était d'ailleurs inutile, elle était inquiète aussi.

— Tu as participé à la construction de cette maison, paraît-il, déclara Pearl, changeant de sujet.

— Oui, j'aime bricoler. Ma maison est une vieille demeure victorienne, elle était condamnée lorsque je l'ai achetée. Je la rénove petit à petit. J'ai un appartement au dernier étage, où je vis confortablement.

— Que feras-tu quand tu auras terminé ? Tu vas y rester ou la revendre ?

— Je n'en sais rien. Je me plais ici. J'ai adoré bosser sur cette maison avec Jerome. Mais j'aime l'endroit où je travaille et j'ai pris la relève du Dr Chin. Je ne pourrais pas renoncer à tout ça pour m'installer dans ce coin.

Et d'ailleurs, pour qui y aurait-il renoncé ?

— C'est beau, ici, dit Pearl. J'ai toujours aimé les maisons en rondin et la forêt, mais mes parents ne sont pas vraiment des amoureux de la nature.

— Pas possible ? ironisa gentiment Calum.

— Mon père se prend pour un écolo parce qu'il possède

un vaste terrain qui domine le bras de mer de Puget Sound. La maison est une horreur moderne en pleine nature, et il n'y est pour ainsi dire jamais. Il a une nouvelle épouse, et ils ont eu deux enfants.

— Je ne savais pas que tu avais des demi-frères ou sœurs.

— Je ne suis pas la bienvenue chez eux. On dirait que le brouillard se lève, non ? Il ne pleut plus. Je pense que je vais la faire, cette balade, finalement.

— Ça te dérangerait d'avoir de la compagnie ?

— Bien sûr que non.

— Très bien, je prends mon blouson, et on va faire une virée dans les bois. Je connais tous les chemins alentour.

Ils se préparèrent pour sortir, tandis que Derek et Jerome regardaient des dessins animés à la télévision. Le petit garçon était tout excité à l'idée d'assister cet après-midi-là au défilé de *Founder's Day*, en commémoration de la guerre d'Indépendance.

Pearl savait qu'elle n'aurait pas dû accepter cette promenade avec Calum. Mais c'était bien d'avoir la compagnie de quelqu'un qui connaissait le coin comme sa poche. Il l'attendait, vêtu d'une veste en cuir et de chaussures de randonnée. Elle aussi avait mis des chaussures de marche.

— Prête ? lui lança-t-il.

— Oui.

Ils remontèrent l'allée jusqu'à l'endroit où un petit chemin de terre s'en écartait pour disparaître en plein bois. Elle ne l'avait pas remarqué en arrivant. Il paraissait bien entretenu et était assez large pour laisser passer un cheval. Le soleil fit son apparition, dissipant les ultimes lambeaux de brouillard.

C'était agréable de marcher avec Calum. Elle adorait être avec lui, même après tout ce temps.

Quand il lui avait pris la main et lui avait effleuré le visage, cela avait ranimé quelque chose au fond d'elle. Quelque chose qu'elle avait voulu croire disparu mais qui ne s'effacerait jamais.

— Pour hier soir…, dit-elle en s'immobilisant.

Calum s'arrêta.

— Quoi, hier soir ?

— Tu m'as demandé si je voulais t'épouser quand j'étais...

Elle laissa la phrase en suspens, incapable de prononcer le mot *enceinte*.

— La réponse est oui, reprit-elle. Je voulais t'épouser.

L'expression de Calum s'adoucit, et il fit un pas vers elle.

— Vraiment ?

— Eh bien, je ne voulais pas me marier... Mais toi, je te voulais, Calum.

Et elle le voulait toujours. Elle le désirait, elle l'aimait encore. Même si elle n'était pas sûre de savoir ce qu'était l'amour.

Calum ne dit rien. Il franchit l'espace qui les séparait, ses mains viriles se posèrent sur ses cheveux, et elle se trouva emportée dans un baiser intense. Dès que leurs bouches se rencontrèrent, elle sentit surgir la passion toujours sous-jacente entre eux. Elle se cramponna à lui comme pour ne jamais le laisser partir. Cette fois, elle n'avait pas envie de fuir.

Elle était si envoûtée par la possessivité fiévreuse des lèvres de Calum qu'elle crut perdre l'équilibre et sentir le sol frémir sous ses pieds.

Hé ! la terre tremblait pour de vrai !

Calum interrompit leur baiser et la maintint fermement contre lui.

— Une secousse, lâcha-t-il.

— Oui.

Ils restèrent immobiles sur un sol qui ne semblait plus si solide, tout à coup. Elle avait l'impression d'être debout sur un gros amas de gélatine. Mais le tremblement s'arrêta presque aussi vite qu'il avait commencé.

Calum la relâcha, et ils se dévisagèrent un instant.

— Ce n'était pas si terrible, dit-il. J'espère que ce n'était pas un signe avant-coureur.

Alarmée par la force de la secousse et gênée de son abandon, elle détourna le regard.

— Allons voir si Derek et Jerome vont bien.

Ils se prirent par la main sans réfléchir et revinrent rapidement sur leurs pas jusqu'à la maison.

Jerome était sorti sur la terrasse couverte, Derek dans les bras. Le petit semblait un peu secoué.

— Le ciel soit loué ! Je me faisais du souci pour vous, dit Jerome en posant à terre son fils, qui se serra contre lui.

— Tout va bien, fit Calum.

— J'ai allumé le scanner radio pour capter la police. Il n'y a pas trop de dégâts pour le moment, et Diane est en route pour la maison.

— Papa, on peut rentrer ? demanda Derek.

Jerome acquiesça, et le petit garçon se réfugia en courant à l'intérieur.

— On se demandait si c'était un phénomène avant-coureur. C'était fort, mais ça ne donnait pas l'impression d'un véritable tremblement de terre, observa Pearl, qui avait grandi en Californie et vécu quelques séismes spectaculaires.

— Espérons que ce n'était qu'une secousse, dit Calum.

— On croise les doigts, fit Jerome.

Il poussa un cri de soulagement en voyant arriver la voiture de Diane. Il étreignit sa femme et l'embrassa.

Pearl, émue, pensa au baiser inattendu dans la forêt.

Même si elle n'aurait pas dû consentir à cet échange, elle voulait aller plus loin. La violence de son désir pour Calum l'exaltait et la terrifiait. Se rendant compte qu'il lui tenait toujours la main, elle se dégagea.

— Est-ce que ça va ? chuchota-t-il.

— Oui.

— Pour ce qui s'est passé…

— Tu n'as pas d'explications à donner. Je me sens bien. Tout va bien, on n'est pas obligés d'en parler.

Une expression étrange passa sur les traits de Calum.

— C'est ça. À quoi bon en parler ?

Et il s'éloigna vers la maison, s'engageant dans l'escalier.

Quelle idiote ! Elle n'apprendrait donc jamais ?

Il y avait foule au défilé de *Founder's Day* de Mountain Springs. Pearl eut plaisir à voir l'excitation de Derek, que

Calum porta sur ses épaules presque toute la soirée en suivant la parade.

Il savait y faire avec les enfants. Elle ne pouvait s'empêcher de l'imaginer avec leur bébé et en avait la gorge nouée. La vie aurait pu être si différente !

Elle n'arrêtait pas de penser à leur baiser. C'était si bon d'être dans les bras de Calum, de sentir ses lèvres sur les siennes, de s'enflammer de désir ! Elle donnerait tout pour passer ne serait-ce qu'une nuit avec lui.

Quand elle se leva le lendemain, ce fut pour découvrir que toute la maisonnée était enrôlée pour le grand dîner de *Founder's Day*. Apparemment, la fête durait tout le week-end dans la région. Les parents de Diane viendraient en voiture, il y aurait donc neuf personnes à table.

Jerome était sur la terrasse en train de rôtir la dinde ou de la fumer, elle ne savait pas trop. Chargée de la tarte aux patates douces, elle disposa consciencieusement les mini-guimauves sur l'appareil.

— Tu es plus lente qu'un escargot, plaisanta Calum, qui mélangeait quelque chose dans un cul de poule. Éparpille-les donc dessus !

Elle lui lança une mini-guimauve en pleine tête.

— Occupe-toi de tes oignons !

— Je m'en occupe, dit-il, rieur.

— Qu'est-ce que tu prépares ? demanda-t-elle. On dirait de la colle à papier peint ! Tu ferais mieux de vérifier la recette.

— Et toi d'accélérer, ou cette tarte ne sera jamais prête.

Elle lui expédia encore un projectile sucré.

Elle continuait de disposer les guimauves sur la tarte quand il y eut un grondement.

Elle se figea.

— Qu'est-ce que c'était ? fit-elle.

Le grondement se renouvela, accompagné cette fois d'un cliquètement de récipients, puis une forte secousse se propagea. C'était plus puissant que le tremblement dans la forêt. Un vrai séisme.

— Seigneur ! souffla-t-elle, terrifiée.

En un instant, Calum l'attrapa et l'entraîna sous un encadrement de porte. Ils se cramponnèrent alors que la maison se soulevait.

Elle avait beau avoir grandi en Californie, elle ne s'était jamais habituée aux secousses. Mais Calum l'entourait de ses bras, et elle se sentait protégée. Elle se blottit contre lui, se raccrochant à lui alors que le sol tremblait sous leurs pieds.

Le phénomène parut durer une éternité, mais s'acheva tout de même. Le cœur battant la chamade, elle resta serrée contre Calum, les yeux fermés.

— Pearl, ça va ? murmura-t-il. Je ne voulais pas te saisir aussi brutalement.

— Oui, ça va. Je suis contente que tu l'aies fait.

En réalité, elle ne se sentait pas très bien et n'avait pas envie de bouger. Elle restait cramponnée à lui comme à sa bouée de sauvetage et savourait d'être là avec lui, étroitement enlacée, protégée. Elle aurait pu rester ainsi indéfiniment.

— *Derek !*

Le cri glaçant de Diane les précipita dehors.

Elle avait oublié que Jerome, Diane et Derek se trouvaient à l'extérieur au moment de la secousse !

Dehors, personne. Le barbecue était renversé, la dinde à terre.

Calum coupa le gaz tandis que Pearl appelait de toutes ses forces.

Jerome survint à l'angle de la maison – son front saignait.

— Par ici !

Ils le suivirent jusqu'à la grange dont une partie s'était écroulée, et à l'arrière de la bâtisse ils virent Diane prostrée près d'un amas de décombres.

En approchant, Pearl eut un affreux coup au cœur.

Ce n'étaient pas seulement des gravats. Un petit bras en dépassait. Derek était prisonnier là-dessous !

9.

L'ambulance était en route.

Calum aida Jerome à débarrasser les débris tandis que Pearl retenait Diane. Dès qu'ils eurent dégagé Derek et vérifié qu'il n'y avait plus aucun risque d'éboulement, Calum, le cœur serré, vérifia ses fonctions vitales avec précaution. L'enfant était renversé sur un tonneau. Pour le cas où il y aurait une fracture, une atteinte à la colonne vertébrale, il ne fallait pas le bouger. Calum redoutait une lésion de la colonne, car l'effondrement de la structure l'avait placé dans une position bizarre. Il espérait très fort que le petit garçon s'en tirerait. Il connaissait Derek depuis tout petit et il était terrifié de le voir ainsi, mais il mettait ses sentiments de côté pour faire son travail.

Jerome, pourtant médecin, voulut prendre la main de son fils.

Calum l'arrêta.

— Ne le bouge pas. Pas avant qu'on ait une planche dorsale. Il pourrait y avoir une lésion de la colonne vertébrale.

— Oh ! mon Dieu ! souffla Jerome.

— Tout va bien, je maîtrise la situation. Envoie-moi les secouristes. Et Pearl.

Jerome hocha la tête et partit vers la maison, où l'ambulance arrivait. Pearl vint s'accroupir près de Calum.

— Calum, murmura-t-elle d'une voix mal assurée, j'ai peur pour sa colonne vertébrale, dit-elle. Tu as vu sa position ?

— Oui. Il faut le mettre sur un plan dur. C'est nous qui l'emmènerons à l'hôpital. Personne d'autre ne touchera à sa colonne vertébrale. J'ai besoin que tu m'assistes quand je l'opérerai.

Elle hocha la tête, et il lut sa détermination dans son regard. Ensemble, ils le sauveraient, il en était sûr.

Pearl s'écarta pour laisser place aux secouristes, et Calum guida ces derniers pour que petit garçon soit placé en douceur et avec sûreté sur la planche dorsale.

Diane, en larmes, se serrait contre Jerome.

Calum leur dit qu'il accompagnerait le petit dans l'ambulance et veillerait à être consulté s'il avait la moindre fracture. Les secouristes véhiculèrent Derek vers l'ambulance avec son aide et le montèrent à bord. Calum monta à son tour.

— J'y vais aussi, dit Pearl.

Diane hocha la tête.

— On vous suit en voiture.

Calum était dans l'angoisse pour le petit blessé. Pourvu que la moelle épinière ne soit pas atteinte et qu'il puisse éviter à Derek la paralysie ! Alors que le véhicule de secours descendait la colline vers la ville, il échangea un regard avec Pearl et lut dans ses yeux une inquiétude égale à la sienne.

— Ce sera compliqué, dit un ambulancier. Des pylônes électriques et des arbres ont été abattus. L'hôpital est débordé après la secousse tellurique.

— Nous sommes des chirurgiens de San Francisco et nous vous aiderons autant que possible, mais après avoir eu la certitude que Derek va bien.

Le secouriste hocha la tête.

Il n'y avait pas grand-chose à ajouter. Calum était prêt à travailler sans relâche s'il pouvait en échange obtenir des privilèges à l'hôpital et sauver Derek. Il ferait de même s'il s'agissait de son propre enfant ou de Pearl.

À l'hôpital, un certain chaos régnait aux urgences. Le traumatologue se porta à leur rencontre. Il y eut un bref échange, le secouriste transmettant les informations sur Derek et soulignant la crainte d'une fracture vertébrale.

— Et vous, qui êtes-vous ? demanda le traumatologue à Calum et Pearl. Les parents ?

— Non, je suis le Dr Munro, chirurgien orthopédiste,

et le Dr Henderson qui m'accompagne est chirurgienne orthopédiste aussi. Nous nous chargeons de ce patient.

— C'est *mon* service d'urgences ! tonna le traumatologue.

— Nous sommes spécialistes de la chirurgie vertébrale, intervint Pearl. Les parents ne vont pas tarder, ils nous ont autorisés à soigner leur fils. C'est le petit garçon du Dr Diane Lopez.

Le chirurgien traumatologue hocha la tête.

— Vous pouvez utiliser l'unité chirurgicale numéro trois. Nous sommes débordés.

— Nous vous aiderons dès que nous serons assurés que l'état de Derek est stabilisé, dit Calum.

Les secouristes véhiculèrent Derek dans l'unité trois, où l'équipe d'intervention leur fournit des casaques. Tout en nouant la sienne, Pearl alla voir le chirurgien en chef. Calum aida l'équipe à transporter la planche de Derek sur le lit, en soulignant la nécessité de déplacer l'enfant avec précaution.

— Il a peut-être une fracture de la colonne. Il faut une tomodensitométrie. Il pourrait y avoir d'autres traumatismes.

Il se pencha sur le petit garçon pour tester une fois de plus les fonctions vitales. Il y avait une réaction des pupilles, aussi espérait-il qu'il n'y avait pas de traumatisme crânien ni d'hémorragie cérébrale.

— On a le feu vert. Le chef de service est compréhensif, annonça Pearl, de retour. On peut l'emmener au scanner ?

Calum acquiesça.

— Oui. Il respire, il est intubé, mais son état est stable.

Après s'être assurés que les sacs de perfusion étaient raccordés comme il fallait, ils véhiculèrent Derek hors de l'unité chirurgicale, précédés d'une infirmière qui les guida jusqu'en radiologie, où ils eurent la priorité. Ils purent installer eux-mêmes Derek sur sa planche en vue du scanner. Puis ils laissèrent opérer les radiologistes.

Calum dut entraîner Pearl dans la pièce voisine.

Elle leva la tête vers lui. Elle avait les larmes aux yeux. Il ne l'avait jamais vue si proche des larmes.

— Il est si petit ! souffla-t-elle. C'est injuste, ce qui lui arrive. J'ai peur, Calum. J'ai peur pour lui.

Lui-même avait du mal à laisser le petit garçon seul, même si Derek n'était pas conscient de ce qui se passait. Il serra Pearl dans ses bras, et elle se tint blottie contre lui tandis qu'ils patientaient.

— Les scans sont prêts, docteur Munro, annonça le Dr Redding, le radiologue.

Calum lâcha Pearl, et ils se penchèrent sur les clichés.

Il y avait bien une fracture. Heureusement, la moelle épinière n'était pas atteinte. Il allait falloir faire une fusion vertébrale. Il y avait une ou deux côtes touchées, mais c'étaient des fissures fines, et les poumons étaient intacts.

— Il y a une légère hémorragie apparente dans la région de la rate, fit remarquer le radiologue, mais ça semble sans gravité. C'est courant en cas de traumatisme. Nous surveillerons ça, pour voir si ça ne s'aggrave pas.

— Merci, docteur, fit Calum. Nous devons l'emmener au bloc opératoire, maintenant.

— Reste avec Derek, lui dit Pearl. Je vais voir Diane et Jerome pour les tenir au courant et m'entretenir de nouveau avec le chirurgien en chef. Je suis sûre qu'on pourra l'opérer au plus vite. Veille à ce que notre garçon reste stable.

« Notre garçon ».

Il fut stupéfait de l'entendre employer cette expression. Derek n'était pas leur fils… Mais cela revenait presque au même. Leur bébé aurait eu le même âge s'il avait vécu.

La gorge soudain nouée, Calum se dit qu'il devait être fort. Il devait se vider l'esprit pour se concentrer sur la tâche à accomplir. Il n'y avait pas de chirurgiens de leur spécialité dans cet hôpital. Ils étaient la seule chance de Derek. Il ne ferait pas défaut au petit garçon. Ni à Diane et Jerome.

Pearl examinait sous le microscope la moelle épinière de son filleul.

Il n'avait pas été facile de tenir Diane et Jerome hors de la salle d'intervention. Surtout Diane, qui aurait voulu effectuer l'anesthésie. Mais c'était contraire au serment qu'ils avaient prononcé. Elle ne pouvait pas s'occuper de son fils ni être présente au bloc opératoire.

Pearl imaginait sa souffrance à se voir aussi impuissante. Elle se rappelait avec acuité la sienne quand elle avait perdu son bébé. Son savoir médical ne lui avait servi à rien, ça avait été une douleur atroce.

— La T4 et la T5 sont fracturées. Il va falloir faire une fusion et placer des tiges, murmura Calum.

— Je suis du même avis, dit-elle, maîtrisant tant bien que mal le tremblement de sa voix.

— Pearl ? fit Calum.

Il posait sur elle son regard bleu intense de l'autre côté de la table d'intervention.

— Ça va, dit-elle. Je peux faire ça.

— Tant mieux, parce que j'ai besoin de toi.

— Moi aussi, j'ai besoin de toi. Nous maîtrisons la situation.

Elle vit se former de fines rides au coin de ses yeux et sut qu'il souriait.

— Exact.

Hochant la tête, elle se concentra de nouveau sur sa tâche.

Elle ferait ce qu'il fallait pour que le petit garçon de Diane et Jerome ne reste pas paralysé. C'était pour ça qu'elle était devenue chirurgienne, en fait. Son travail actuel était gratifiant, mais être en salle d'intervention et opérer un patient dont la colonne vertébrale était atteinte, c'était tout autre chose. En ce moment, elle sauvait une vie.

Elle était en proie à l'émotion et se retenait de pleurer en voyant Derek dans un tel état, mais elle ne ferait pas défaut. Elle était prête à tout pour sauver le petit garçon. C'était ça, son job de chirurgienne. Cela lui avait manqué, et elle était furieuse contre elle-même d'avoir déserté. Elle aurait voulu pouvoir revenir en arrière.

Certes, elle n'était pas sûre d'être assez forte pour ça. Pas sûre de pouvoir reprendre son ancienne vie en un claquement de doigts. Elle avait si peur ! Mais elle voulait et devait essayer.

L'opération avait duré plusieurs heures.

À 6 heures du matin, Pearl, épuisée, gagna avec Calum la petite salle d'attente où se trouvaient Diane et Jerome.

Diane était pâle. Jerome, la tête bandée, lui entourait les épaules de son bras.

— L'opération s'est bien passée, annonça Calum. Comme il avait deux vertèbres fracturées, il a fallu lui faire une fusion vertébrale. La convalescence sera longue, mais je suis confiant, il marchera de nouveau.

Diane éclata en sanglots.

— Heureusement que vous étiez là, je ne sais pas ce qui se serait passé, sinon, dit-elle entre deux hoquets.

Pearl lui sourit, les larmes aux yeux.

— Derek va s'en tirer, Diane. Il est en soins intensifs sous la responsabilité du chirurgien pédiatre de service.

— Merci, fit Diane en les étreignant tour à tour. Merci à tous les deux. On peut le voir ?

— Je doute que le médecin de garde empêche le Dr Lopez de voir son fils, observa Calum avec un léger sourire.

Diane hocha la tête et partit avec Jerome.

Calum s'effondra dans un fauteuil en se frottant les yeux.

— Quelle journée ! Tu parles d'un week-end de détente !

— Pas exactement celui que j'envisageais, dit Pearl en s'asseyant à côté de lui. Je comptais prendre le train du matin pour San Francisco, mais c'est raté.

— Je te ramènerai en voiture, ce sera plus rapide.

— Merci, j'apprécie ton geste.

— Si j'avais su que tu venais, je t'aurais emmenée.

— Tu es sûr ? Vu le malaise qu'il y avait entre nous avant qu'on vienne ?

— Bon, peut-être pas quand j'étais dans cette disposition d'esprit. Mais aujourd'hui je peux te ramener. J'ai juste besoin d'un café fort. Après, on pourra y aller… En espérant que le tremblement de terre n'a pas provoqué trop de dégâts.

— Écoute, tu peux te reposer encore quelques heures. On se mettra en route après. Je vais aller voir le chirurgien en chef pour m'assurer qu'ils n'ont pas besoin de nous.

— D'accord, dit Calum en étouffant un bâillement.

En quittant la salle d'attente, Pearl se sentait épuisée physiquement et moralement. Elle n'en pouvait plus de réprimer ses sentiments, de tenir tout le monde à distance. Elle ne pouvait pas modifier le passé, mais une chose était sûre : elle devait trouver le moyen de se rattraper. Elle était lasse de fuir.

10.

— Désolé, la route est fermée, dit le policier à Calum.

Pearl réprima un gémissement.

Ils avaient quitté le ranch. Les parents de Diane, mis au courant de la situation à leur arrivée, avaient pris le relais. Pearl avait aidé la mère de Diane à mettre un peu d'ordre. En fin d'après-midi, elle et Calum avaient pris la route pour San Francisco. Ils étaient éreintés, et voici qu'à présent une pluie torrentielle provoquait la fermeture des voies de circulation.

Ils se retrouvaient coincés, trop épuisés pour faire demi-tour dans les collines après deux heures de route.

— Vous connaissez des hôtels dans le coin ? demanda Calum au policier.

— À Catfish Canyon, il y a le Golden Corral Motel, un petit hôtel qui pourrait vous accueillir. Faites demi-tour, prenez la première bretelle de sortie et roulez dans Main Street. Vous ne manquerez pas de trouver.

— Merci.

Calum se dirigea vers la dernière petite ville qu'ils avaient passée un moment plus tôt.

Pearl n'avait pas très envie de s'arrêter pour la nuit, surtout avec Calum. Mais du moins, dans un motel, elle pourrait avoir une chambre privée.

Ils avaient pris prétexte de leur épuisement pour ne pas parler de ce qui s'était passé dans la forêt. Ni de la manière dont elle s'était cramponnée à lui lors du tremblement de terre. Pas plus que du fait qu'il avait déclaré, au bloc opératoire, qu'il la voulait depuis toujours et qu'elle lui avait avoué la même chose.

Ils n'eurent aucun mal à localiser le motel qui, en dépit de son nom et du mauvais temps, était charmant et gai. Calum courut sous la pluie demander s'il y avait des chambres.

Elle espérait que oui. Elle était crevée. Elle voulait une douche et un lit… Et Calum.

Elle refoula cette pensée.

Oui, elle désirait Calum, mais il était hors de question de céder à ce désir, même si elle ne pensait qu'à ça.

Il ne fut pas long à revenir.

— Ils ont de la place ? demanda-t-elle.

— Oui, une chambre.

— Une seule ?

— Oui. Alors, je l'ai prise.

— Calum !

— Pearl, nous sommes fatigués. Nous pouvons partager une chambre, tout de même. Il y a un grand lit et un convertible. On peut s'arranger, non ?

Elle soupira.

Elle craignait de faire de la peine à Calum ou d'être incapable de lui résister. Elle avait peur de désirer encore ses baisers, ses étreintes. Peur de son propre désir.

— Allons, viens. On ne va pas rester là toute la nuit.

— Tu as raison.

Ils sortirent leurs bagages et coururent jusqu'à la chambre.

C'était un lieu net avec un vaste lit, un canapé convertible, une kitchenette et une petite salle de bains. Ils pourraient très bien s'en contenter.

— Tu prends le lit et moi le convertible, dit-elle. C'est toi qui as conduit et…

— Tu me crois aussi peu galant ? Je te laisse le lit, bien sûr.

Elle rougit.

— Très bien. Mais ne te lamente pas demain si tu as mal au dos.

— J'ai un dos à toute épreuve. Tu prends ta douche la première ou c'est moi ?

— Toi d'abord, puisque j'ai droit au meilleur lit. Je vais voir si on peut commander une pizza.

— Bonne idée.

Elle se débarrassa de ses chaussures, s'assit sur le lit, étonnamment confortable, et ouvrit le livret des services disponibles tandis que Calum emportait son sac de voyage dans la salle de bains. Elle entendit bientôt couler l'eau et essaya de ne pas penser qu'il était nu sous la douche.

Elle sélectionna une trattoria toute proche et commanda une pizza au pepperoni. Au moment où elle terminait, Calum sortit de la salle de bains, seulement ceint d'une serviette. Elle s'efforça de ne pas le dévorer des yeux.

— Tu ferais mieux de t'habiller, lança-t-elle. La pizza sera bientôt livrée, et je dois prendre ma douche.

— Je le ferai quand tu seras à la salle de bains.

Dès qu'elle eut fini, eut passé des vêtements confortables, elle revint dans la chambre et fut soulagée de voir que Calum s'était vêtu.

— Tu arrives juste à temps, dit-il, on vient d'apporter la pizza.

Elle gagna la kitchenette et s'attabla.

— J'ai une faim de loup ! J'escomptais un bon dîner, mais le tremblement de terre en a décidé autrement.

— J'ai regardé les informations à la télévision, déclara Calum. L'épicentre était dans la sierra, on n'était pas loin.

— Ça, je te crois. Il y a eu beaucoup de dommages ?

— Oui, et quelques morts.

— Heureusement, Derek n'en fait pas partie.

— Oui. J'ai reçu un rapport du Dr Knowles, le pédiatre. Derek est toujours en soins intensifs, mais ils envisagent de le sortir bientôt de son coma artificiel. Son état est stable, et il y a une réponse motrice des membres inférieurs.

Elle eut un soupir de soulagement.

— Le ciel en soit loué !

— Est-ce qu'il t'arrive de penser à notre bébé ?

La question la prit par surprise.

Si elle y pensait ! Bien sûr, tout le temps ! Et elle était choquée par l'interrogation de Calum.

Elle avait été incapable d'y penser lorsqu'elle avait détalé à New York. C'était un acte déraisonnable, mais elle commençait à comprendre que lorsque les sentiments étaient en jeu, lorsque les événements touchaient à sa peur de perdre une chose ardemment désirée, elle prenait la fuite parce que c'était plus facile à gérer.

— Oui, j'y pense, dit-elle à voix basse. Constamment.

— Je suis surpris.

— Pourquoi es-tu surpris par une chose pareille ?

— Parce que, quand j'ai tenté de t'en parler, tu es partie.

— Je suis partie parce que… j'avais échoué en tout, Calum. C'était à cause de moi, de mon corps défaillant, que le bébé était parti. Je n'avais pas été à la hauteur.

Elle fondit en larmes, étonnée d'avoir lâché tout cela.

Elle n'avait jamais pleuré devant Calum avant, et à présent elle n'arrivait pas à juguler ses larmes. Elle avait du mal à accepter de s'épancher, de se montrer vulnérable, mais elle ne parvenait plus à se réprimer, à contenir ce qu'elle éprouvait. Elle en avait assez de tout ravaler, même si manifester ses sentiments la diminuait, à ce que prétendaient ses parents.

Calum s'empara de sa main.

— Tu ne m'as pas déçu, soutint-il. Ton corps s'est montré défaillant, mais c'est une façon de parler. Pourquoi ne m'as-tu jamais rien dit ?

Elle pleurait à chaudes larmes à présent.

— Je ne… devrais pas pleurer.

— Pourquoi ?

— Parce qu'on m'a appris que c'est une faiblesse. Les larmes sont un signe d'échec, et échouer, c'est être faible. Tu me crois forte, froide et détachée, mais je ne suis pas comme ça. Pas du tout.

— Tu es la personne la plus forte que je connaisse, Pearl !

Calum était sidéré de voir Pearl en pleurs. De la voir se faire des reproches. Il savait ce qui avait provoqué la perte du bébé, mais il ignorait qu'elle s'en jugeait responsable. S'il considérait qu'elle l'avait laissé tomber, ce n'était pas parce qu'elle avait perdu le bébé, mais parce qu'elle était partie.

Et voici qu'elle pleurait. Et il ne le supportait pas.

Quand il l'avait prise dans ses bras durant le tremblement de terre, il avait eu envie de la retenir et de la réconforter, parce que c'était la première fois qu'elle l'y autorisait. Même du temps où ils étaient ensemble, il y avait toujours une barrière entre eux. Elle ne s'était jamais vraiment abandonnée.

Il se leva et la prit dans ses bras. Lui relevant le menton, il l'embrassa sur les lèvres, impuissant à lui faire comprendre autrement qu'il ne lui reprochait pas la perte du bébé mais qu'il était toujours blessé par son départ. Il avait envie de la tenir, de l'embrasser, d'être avec elle, même si c'était pour la dernière fois.

— Calum, murmura-t-elle contre ses lèvres.

— Pearl, tu m'as manqué.

Ses lèvres étaient douces, il avait envie de les savourer. De savourer chaque minute passée avec elle. Il voulait Pearl, il l'avait toujours voulue.

Il interrompit leur baiser et s'écarta un peu, ne sachant que faire.

Il la sentait si près de lui, si près. Peut-être n'y avait-il jamais eu entre eux plus d'écart que ça, peut-être étaient-ils plus proches qu'il ne l'avait cru ?

— Calum ? fit-elle, le souffle court, le visage empourpré de désir, les yeux encore humides de larmes.

— Je te veux, Pearl. Je n'ai jamais voulu que toi.

— Je pensais ce que j'ai dit dans la salle d'intervention, Calum. Moi aussi, je n'ai jamais voulu que toi.

Il la contempla, le cœur battant la chamade, le corps brûlant de la posséder de nouveau et de ne plus jamais la laisser partir.

— Tu le penses vraiment ? demanda-t-il.

— Je te veux, Calum. S'il te plaît. Même si c'est pour une seule nuit.

Aucune réponse n'était nécessaire.

Il lui enveloppa le visage de ses paumes et l'embrassa.

En douceur, d'abord, puis avec une ardeur possessive, lui laissant percevoir l'étendue de son désir.

Pendue à son cou, elle s'abandonnait à ses caresses.

Il n'avait jamais cessé de la désirer. Partout elle était présente. Dans ses rêves, ses souvenirs. Il la poussa vers le lit. Il n'aurait pas dû, mais il avait envie d'elle, et elle n'avait pas moins de désir que lui. En lui faisant l'amour, il voulait chasser le souvenir de leur deuil, de son départ.

— Tu es sûre de toi ? insista-t-il. Je n'ai pas de protection.

— Oui, je suis sûre, murmura-t-elle à son oreille. Il n'y a pas de souci, je prends la pilule.

— Pearl…

D'un baiser, elle le réduisit au silence, puis elle s'attaqua à sa ceinture. Dès l'instant où elle eut glissé une main sous sa chemise, il se sut perdu.

— Je n'ai jamais voulu que toi, Pearl.

Il la renversa sur le lit, promenant les mains sur son corps tout en se pressant contre elle. Il avait désespérément envie de la sentir tout contre lui, peau contre peau, sans aucune séparation entre eux.

— Touche-moi, murmura-t-elle en repliant les jambes autour de ses reins.

— Pearl, tu me rends fou.

— Ça m'est égal. Je te veux. Tout de suite.

D'un toucher léger, elle effleura son torse, descendit plus bas, et plus bas encore, enveloppant son sexe de ses doigts.

Sa fougue le rendait réellement fou de désir. Avec des gestes fébriles, ils se dévêtirent. Elle le caressa, éveillant des frissons sur sa peau.

— Oh ! Seigneur ! lâcha-t-il dans un gémissement rauque.

— J'adore quand tu fais ce bruit-là, dit-elle d'une voix enrouée, les doigts refermés sur lui.

Le regard étincelant dans les ténèbres de la chambre, elle s'inclina pour l'embrasser, continuant de le caresser, le tenant dans l'envoûtement du plaisir qu'elle lui dispensait. Sa bouche, distribuant des baisers le long de son corps, se referma bientôt sur lui.

Il était en feu, ses attouchements le rendaient fou. Il

n'avait pas envie qu'elle s'arrête, mais il ne voulait pas non plus jouir, pas ainsi. Il voulait être en elle, lui donner du plaisir comme elle lui en donnait à présent.

Avec un bruit de gorge rauque, il la renversa sur le matelas. Aussitôt, elle tenta de l'envelopper de ses jambes.

— Calum, je te veux.

— Je sais, mais c'est mon tour, maintenant. Je veux te goûter.

— Ton tour… Oh ! mon Dieu !

Elle laissa échapper un cri alors qu'il passait la langue sur sa zone la plus sensible et que, les cuisses frémissantes, elle approchait de l'extase. Tout comme elle l'avait fait avec lui.

— Calum ! s'écria-t-elle.

— Quoi ?

— Tu sais bien.

Il savait ce qu'elle voulait et il le voulait aussi. Mais il désirait qu'elle l'implore. Qu'elle exige.

— Non, je ne sais pas, dit-il, renouvelant ses caresses tandis qu'elle lui agrippait les cheveux, le dos cambré de plaisir.

— Je te veux, toi, Calum.

Il la couvrit de son corps et la pénétra d'une poussée rapide.

C'était si contracté, si chaud ! Il fit appel à sa volonté pour ne pas la prendre de façon expéditive comme son instinct l'exigeait. Il souhaitait faire durer l'instant. Il aurait voulu que cela dure éternellement et il savait qu'il n'en serait rien. Il voulait le savourer, surtout s'il était voué à ne jamais se répéter.

Alors, il la prit en douceur, avec des poussées lentes, lui arrachant des miaulements de volupté. Il n'eut pas longtemps à attendre. Pearl commença à accompagner ses poussées, à venir à leur rencontre, le pressant d'accélérer le rythme.

Il s'enfonça plus profondément en elle et la maintint fermement, les doigts lui englobant les fesses, la laissant le chevaucher. Ils se mouvaient à l'unisson, comme tant de fois auparavant, comme si leur dernière union datait de la veille. C'était divin de rétablir un tel lien avec elle. C'était emporté, rapide, torride… Au moment où il pensait ne plus tenir, elle lâcha un cri, se contractant autour de lui dans sa jouissance, lui plantant ses ongles dans la chair.

Alors seulement, il perdit le contrôle et jouit avec elle.

Il y avait si longtemps ! Bien trop longtemps…

Il roula sur lui-même, luttant pour reprendre son souffle, cherchant à saisir ce qui venait de se produire.

Leur échange avait été si fort. Leur lien était si profond. Mais la confiance manquait, et rien ne la retenait auprès de lui. Un nouveau job suffirait pour qu'elle le quitte à nouveau.

Ils ne s'étaient fait aucune promesse…

Ne pas penser à ça maintenant !

Elle se lova contre lui, il l'entoura de son bras, et ils restèrent ainsi en silence, à l'écoute de leurs souffles mêlés et du crépitement de la pluie sur le toit.

Il ne désirait pas parler. Il ne voulait rien gâcher. Il la voulait encore. Si grande soit son envie de le nier, il était perdu.

11.

Un mois plus tard, fin novembre

— Je ne crois pas que je vais tenir le coup, doc.

Pearl regarda George en se mordillant la lèvre.

Il n'avait pas l'air bien. La chimiothérapie injectée via un cathéter l'éprouvait. Mais Calum avait insisté : il fallait un mois de traitement avant qu'il puisse envisager d'opérer.

C'était un traitement lourd, très puissant, et George avait cessé d'être un athlète robuste. Il dépérissait. Elle suspectait une infection.

— C'est presque terminé, George, dit Calum avec empathie. Encore une séance, et je déterminerai la date de l'intervention. Tiens bon !

George hocha la tête et se rallongea.

Il était hospitalisé, à présent. Deux jours après avoir commencé la chimiothérapie, il avait commencé à avoir une fièvre persistante. Et, comme sa mère était contrainte à faire des allées et venues, Pearl et le coach avaient estimé qu'il valait mieux le garder sous surveillance à l'hôpital. Il n'était pas le seul. Le petit Derek était lui aussi hospitalisé. Elle avait envie d'aller le voir, mais George avait besoin d'elle, et Mountain Springs était trop éloigné pour une visite impromptue.

Elle-même n'était pas en forme. Elle avait dû attraper quelque virus dont elle ne parvenait pas à se débarrasser.

Derek allait bien. Il n'était pas paralysé, grâce à Calum et elle. Il était en rééducation et progressait brillamment.

Ils projetaient de lui rendre visite bientôt mais, pour le moment, ils étaient retenus à San Francisco.

Ils quittèrent la chambre de George, et elle inspira profondément.

— Est-ce que ça va ? lui demanda Calum. Tu transpires.

— Oui, c'était étouffant, là-dedans.

— Pas spécialement, dit-il en fronçant les sourcils. J'espère que tu n'es pas en train de tomber malade.

— Je l'espère aussi. On dirait que je couve quelque chose. Pourtant je n'ai pas de fièvre, je m'en suis assurée avant de voir George.

Elle se sentait en petite forme depuis la fin octobre.

Après cette nuit inouïe avec Calum, une fois rentrés à San Francisco, ils étaient tombés d'accord pour revenir sur le terrain de l'amitié. Elle avait été occupée, se déplaçant avec l'équipe, et elle n'avait vu ni Calum ni George depuis deux semaines. Elle désirait parler à Calum de leur nuit d'amour, mais elle n'en avait pas eu l'occasion.

Elle allait bien la première semaine après leur retour, puis elle avait commencé à se sentir patraque. Calum l'avait invitée à sortir, mais elle ne se sentait pas en forme.

— Il y a deux semaines que tu ne te sens pas bien, il se pourrait que tu sois malade, suggéra-t-il.

— Je ne peux pas me le permettre. D'ailleurs, je n'ai pas été malade un seul jour depuis des années ! Je me fais vacciner contre la grippe, je fais attention. La seule explication, c'est que j'aie pris froid en revenant du ranch. On était trempés jusqu'aux os lorsqu'on est arrivés au motel.

Elle s'empourpra au souvenir de cette nuit-là.

Ils avaient résolu que ce serait un épisode unique. Mais, si elle avait cru qu'une nuit lui suffirait pour cesser d'avoir Calum dans la peau, elle s'était trompée.

Elle était contente de lui avoir livré ce qu'elle ressentait au sujet de leur bébé perdu. Calum prétendait ne pas la blâmer, mais elle avait du mal à le croire. Il l'invitait à sortir, mais ne semblait pas désirer une relation. Cela la blessait. Cependant, elle ne pouvait pas le lui reprocher.

— Tu as peut-être pris froid ce soir-là, dit-il. Si on faisait un test sanguin pour vérifier que tu n'as pas une infection ?

— Bonne idée.

Elle avait envisagé de le faire, mais elle était tellement privée d'énergie qu'elle arrivait tout juste à assumer son travail. Or, ses patients avaient besoin d'elle. De plus, si elle avait une infection, elle ne pourrait pas rendre visite à Derek.

Elle suivit Calum dans une petite salle d'examen et, tandis qu'il se lavait les mains et préparait de quoi effectuer la prise de sang, elle lui demanda :

— Tu iras voir Derek même si je suis malade, j'espère ?

— Oui. Au fait, ajouta-t-il en passant du coq à l'âne, mon père veut me voir, il aurait quelque chose d'important à me dire. Mais je ne m'en soucie guère.

— Tu es sûr de ne pas vouloir l'entendre ? C'est la première fois qu'il fait un pas vers toi.

— Peut-être, mais il fait toujours passer son job d'abord. Il a abandonné ma mère, et c'est tout juste s'il lui a versé une pension alimentaire alors qu'elle s'est sacrifiée pour ma sœur et moi. Je ne vois pas ce que j'aurais à dire à un père démissionnaire qui a pris la poudre d'escampette.

Cette dernière remarque la frappa. Elle ne pensait pas qu'elle lui était destinée, mais elle n'en aurait pas juré. Elle avait fui, après tout.

— Bon, cesse de t'agiter, que je fasse cette prise de sang.

Elle grimaça lorsque Calum introduisit l'aiguille. Elle avait horreur des piqûres.

— Je porte ça au labo, dit-il quand ce fut terminé. Inutile de traîner. S'il y a quoi que ce soit, autant te soigner sans tarder.

— Et George ? demanda-t-elle.

Calum soupira.

— Il va passer encore un scanner, que je voie si la tumeur a régressé, mais je ne crois pas que la chimiothérapie fasse tellement effet. Je n'ai jamais pratiqué d'intervention sur un patient avec une tumeur aussi étendue. Je crains fort qu'il ne revienne jamais sur un terrain de football. Et, si ça continue comme ça, j'ai même peur qu'il ne s'en tire pas.

— Moi aussi, dit-elle, soupirant à son tour.

— Attendons le scan, et nous discuterons avec sa mère des options possibles. Il n'en sera sûrement pas très heureux.

— Tu envisages une amputation.

— Cela lui sauverait la vie.

— Ta thérapie pourrait le sauver.

— « Pourrait » est le mot clé, Pearl. Il n'y a pas de garantie. La médecine n'a pas réponse à tout, et les choses ne tournent pas toujours comme on le voudrait.

Calum quitta la salle d'examen, et Pearl se cala dans son fauteuil.

Elle ne savait que trop, hélas, que la vie ne réalise pas toujours les souhaits. Sinon, elle n'aurait jamais quitté San Francisco et aurait un enfant de l'âge de Derek.

Serait-elle toujours avec Calum ?

Une part d'elle-même en doutait mais, au fond de son cœur, elle restait convaincue que ça aurait marché entre eux. Qu'elle aurait eu droit à un bonheur de conte de fées.

Elle fut appelée en radiologie où Calum était avec le Dr Knox, et elle eut un coup au cœur en percevant leur tension.

— Qu'est-ce qui ne va pas ? demanda-t-elle.

— Viens voir, fit Calum.

Elle se pencha sur les scanners, et sa gorge se serra.

L'ostéosarcome, loin d'avoir réduit avec la chimiothérapie, avait progressé, envahissant encore plus les tissus osseux. Le traitement était inopérant. Les radiations que George avait subies n'avaient servi à rien. Il n'y avait plus qu'une issue.

— C'est un cancer hyper agressif, lâcha Calum.

— Oh ! mon Dieu ! murmura Pearl, les larmes aux yeux. Il va être dévasté.

Elle ne voulait pas pleurer devant Calum et le Dr Knox. Elle quitta la salle de scanner et se retrouva dans le couloir, respirant avec difficulté.

Que lui arrivait-il ? Elle avait déjà eu des patients dont la carrière avait piétiné ou s'était terminée à cause d'un cancer ou d'une blessure, et elle avait su contrôler ses émotions.

— Pearl ? fit Calum, qui l'avait rejointe.

— Excuse-moi, je ne sais pas ce qui m'a pris. Je sais qu'il n'y a pas d'autre solution.

— Je suis navré, mais il a caché ses symptômes pendant trop longtemps. Je comprends pourquoi. Ma mère a fait de même, elle a ignoré les siens jusqu'à ce qu'il soit trop tard.

— Je me demande vraiment ce que je vais dire aux actionnaires des Bridgers.

— Tu te soucies des patrons de l'équipe ? s'enquit Calum, sardonique. Tu crains de perdre ton job ?

— C'est l'avenir de George qui m'inquiète ! Ils savaient que les chances étaient minimes, mais tout de même… En tout cas, ça va anéantir les projets de George, sa carrière.

— Il faut que tu te ressaisisses, dit Calum.

Elle le foudroya du regard.

— Tu es dur.

— Mais non. Je te connais et je sais qu'il te déplaît de te montrer comme ça, de perdre le contrôle.

— Il y a une éternité que ça ne m'était pas arrivé. Je ne sais même plus quand.

Et soudain, elle se rappela à quel moment elle avait eu les nerfs à vif, avait pleuré pour un rien et s'était sentie patraque, en nage et mal à l'aise.

Seigneur !

— Les résultats de ma prise de sang sont arrivés ? demanda-t-elle en espérant que sa voix ne tremblait pas.

— Attends voir, fit Calum, qui consulta les messages sur son mobile. Oui, ils sont là.

Il lui tendit l'appareil pour qu'elle consulte le fichier.

Les analyses ne mentaient pas. Le taux de gonadotrophine était révélateur : elle était enceinte.

— Pearl, qu'est-ce qui ne va pas ? Tu es toute pâle. On dirait que tu vas t'évanouir.

Il avait le droit de savoir. Après tout, il était le père.

Elle tendit le mobile à Calum, qui écarquilla les yeux lorsqu'il repéra le taux hormonal révélateur.

— Tu es enceinte ?

— C'est clair.

— Je croyais que tu prenais la pilule.

— Oui, mais de toute évidence ça n'a pas marché. Aucune contraception n'est infaillible. Nous étions protégés aussi, la première fois que nous avons conçu un enfant.

Calum se passa la main sur le visage.

— Le destin *veut* que nous ayons un enfant, apparemment.

Elle eut un petit rire nerveux.

Qu'allait-elle faire ? Elle était amenée à voyager dans son travail. Il lui arrivait de quitter San Francisco pour d'autres États, là où jouaient les Bridgers. Et d'autres équipes l'avaient sollicitée. Elle avait envisagé ces propositions, qui lui permettraient de prendre ses distances avec Calum après leur nuit ensemble.

Elle fuyait encore.

— Eh bien, je connais la meilleure solution à cet imbroglio, dit Calum. Nous devons faire ce que nous voulions la première fois.

— Tu ne parles pas sérieusement ! s'écria-t-elle. Tu crois vraiment que c'est la solution ? Pense un peu à ce qui s'est produit la dernière fois.

— Je sais ce qui s'est produit, répondit-il avec calme. Tu as perdu le bébé et tu es partie.

— Alors, en quoi la répétition de cette erreur serait-elle une bonne idée ?

— Une erreur ? fit-il avec un mouvement de recul, l'air choqué.

— Nous n'avions pas prévu ça, et cette fois non plus. Es-tu sûr que la meilleure chose à faire soit de m'épouser ?

— Oui. Une famille doit être réunie, former un tout. Voilà pourquoi je veux qu'on se marie.

— Par devoir ? Je ne peux pas accepter ça, Calum. Tu vois bien ce que ça a donné pour mes parents et pour les tiens. L'union d'une famille ne peut pas se faire par contrainte.

L'expression de Calum se durcit.

— Tes parents ne sont pas un bon exemple.

— Je ne te le fais pas dire.

— Quant aux miens… Écoute, nous ne sommes pas comme eux. Nous sommes meilleurs, Pearl !

— Vraiment ?

— Pearl. Épouse-moi.

— Non. Je ne peux pas me marier avec toi. Nous menons des vies si différentes…

En réalité, elle était terrifiée à l'idée de perdre de nouveau le bébé et Calum. Elle avait peur de s'ouvrir au bonheur qui se présentait.

Il lui sembla qu'elle allait se sentir mal.

— Bref, tu vas encore filer à l'anglaise si on te propose un nouveau job, fit Calum. Tu te plains du caractère destructeur de tes parents, de leur narcissisme, de leur obsession pour leur carrière, mais tu fais comme eux. Et tu vas m'enlever mon bébé si on ne se marie pas.

Ces mots firent mouche.

Il voulait donc l'épouser parce qu'il craignait qu'elle ne s'en aille ! Il ne l'aimait pas, il voulait juste qu'elle ne parte pas !

Elle aurait dû le savoir, se fier à son instinct et garder ses distances. Elle était amoureuse, mais elle ne voulait pas d'une union avec un homme qui, au fond, ne lui faisait pas confiance et n'avait pas d'amour pour elle.

— Je ne peux pas me marier avec toi, dit-elle, les paupières gonflées de larmes. Tu veux m'épouser pour que je ne fasse pas comme ton père qui t'a abandonné !

Calum eut un nouveau mouvement de recul, comme si elle l'avait giflé.

Comme lui, elle était allée trop loin.

Elle pivota sur elle-même, décidée à sortir, ne supportant plus d'être en sa présence.

À ce moment, il y eut de l'agitation en radiologie, et le Dr Knox surgit au pas de course.

— George est en train de partir !

Elle s'élança, talonnée par Calum.

Un interne avait intubé George et pratiquait des compressions. Elle prit la relève.

Ce n'était pas le moment de parler du passé, de sa souffrance, du fait qu'elle avait rejeté l'homme qu'elle aimait depuis toujours. Elle avait une vie à sauver.

George avait failli mourir.

Il n'était plus intubé, son état était stable. Pour le moment. Il était en train de reprendre connaissance, et sa mère était auprès de lui.

Calum venait de réunir l'équipe d'oncologie. La perspective était sombre. Pearl et lui observaient George par-delà la vitre de l'unité de soins intensifs sans échanger un mot. La tension entre eux était palpable.

Il était effondré qu'elle lui ait opposé un refus et s'en voulait pour ce qu'il avait dit. Il l'aimait. Pourquoi ne le lui avait-il pas avoué ? Elle allait quitter San Francisco, emmener leur enfant… Il ne voulait les perdre ni elle ni le bébé. Et il était secoué de la savoir de nouveau enceinte de lui. Il était ravi à l'idée d'être père, mais il voulait Pearl. Il tenait à elle et il avait tout gâché en tentant de la mettre en cage. Quelle stupidité !

Tandis qu'ils se tenaient là, côte à côte, il sentait qu'elle lui en voulait et il ne pouvait guère le lui reprocher. Lui-même s'en voulait. Mais là, ils devaient œuvrer ensemble pour sauver une vie.

— Donc, il n'y a pas le choix, dit-elle.

— Non. Il mourra si nous continuons cette thérapie. C'est trop tard.

— Je vais lui annoncer la nouvelle.

— Je peux m'en charger.

— C'est mon patient. Je lui parlerai. Son rêve va s'effondrer. Si quelqu'un peut comprendre ça, c'est moi.

— Ah ? fit Calum.

— Je voulais notre bébé, figure-toi. J'ai été anéantie quand je l'ai perdu.

— Moi aussi, j'étais anéanti.

— J'étais en deuil. J'avais du chagrin.

— J'avais du chagrin aussi, et tu m'as quitté. Comme tous les autres. Je t'en veux pour ça.

L'expression de Pearl s'adoucit passagèrement, puis se referma.

— Il faut que je parle à George.

Il la vit entrer dans la salle de soins intensifs avant de détourner les yeux, ne supportant pas de la regarder faire.

Il sentait son cœur se briser à nouveau et ne savait pas comment y remédier. Il avait peur d'un nouveau départ, d'un nouveau deuil, et ne savait que faire.

Mais si, il savait. S'il voulait s'en sortir, il devait d'abord arranger les choses avec Grayson.

Il s'éloigna et sortit son mobile.

— Calum ? Je suis surpris de t'entendre, dit la voix de son père au bout du fil.

— Je me demandais si tu aurais quelques instants à me consacrer. Nous devons parler.

Il y eut un silence. Puis Grayson répondit :

— Bien sûr. Peux-tu me retrouver dans une demi-heure au *Café au lait* ? C'est tout près de l'hôpital.

— Je connais. On se retrouve là-bas.

— Très bien, à tout de suite.

Il raccrocha, jeta un coup d'œil à Pearl, qui parlait à George, et se sentit coupable.

Il aurait voulu aider George mieux que ça mais, comme le disait le Dr Chin, parfois il n'y avait plus rien à faire. Parfois, les choses devaient s'achever pour mettre fin à la douleur.

12.

— Je ne comprends pas, dit George. Je croyais que c'était un traitement novateur.

— Il l'est. Malheureusement, tu as un cancer très agressif qui résiste à la radiothérapie et à la chimiothérapie. Nous n'avons pas le choix. Pour te sauver la vie, nous devons amputer ta jambe.

— Alors, amputez-la, vite, dit la mère de George à travers ses larmes en serrant la main de son fils.

— Non, m'man ! s'écria George. On ne peut pas m'enlever ma jambe. Je viens juste d'entrer à la NFL ! Ma carrière ne peut pas être déjà finie !

Pearl lutta pour ne pas pleurer.

— Je suis navrée, George. Le cancer se répand. Tu mourras si on ne l'enlève pas. Il y a de bonnes prothèses, elles te permettront de courir de nouveau.

— Non, doc, non. Désolé, mais c'est non, fit George, secouant la tête avec colère.

Elle le comprenait. Elle était en colère aussi. Pour lui, et parce qu'elle était obligée de lui annoncer une telle nouvelle. Et aussi parce qu'elle avait trop peur pour tenter de vivre avec Calum. Parce qu'elle avait fui cinq ans auparavant. Parce qu'elle avait fait du mal à Calum et l'avait abandonné.

— Mon chéri, s'il te plaît, sois raisonnable, dit la mère de George.

— Non, répéta-t-il, non, je n'accepte pas.

— Puis-je lui parler seule à seul ? demanda Pearl.

La mère de George y consentit et sortit de la chambre de soins intensifs.

— George, tu comprends que ce cancer va te tuer, n'est-ce pas ? Si tu gardes ta jambe, tu ne pourras plus jamais jouer. Tu seras trop mal à cause de la chimiothérapie. La chirurgie pour ôter la tumeur détruira tes muscles. Ta jambe ne sera plus valide.

— Je ne peux pas perdre ma jambe, doc.

— Mais alors, tu perdras la vie, insista-t-elle avec douceur. Tu es jeune, tu as la vie devant toi. La maladie n'a atteint que le genou, elle n'a pas essaimé ailleurs, mais cela arrivera, la chimiothérapie n'en stoppe pas la progression. Si tu autorises le Dr Munro à t'amputer, tu conserveras tout de même ton genou, et il y a des athlètes qui continuent à faire du sport professionnel avec une prothèse. Cela prendra du temps, il faudra de la rééducation, mais tu pourras courir. Et jouer. En attendant, tu assisteras ton coach, je sais qu'il te l'a proposé. Les Bridgers veulent te garder, George. Même si c'est pour ton intelligence et non pour ta pointe de vitesse.

Un léger sourire apparut sur le visage de George.

— C'était mon rêve, doc. Depuis tout petit.

— Et ça peut rester ton rêve. Bien sûr, ce sera un peu différent, mais tu pourras tout de même faire ce que tu aimes.

Ces mots simples qui étaient censés aider George firent à Pearl l'effet d'un coup de poing à l'estomac, et les larmes lui montèrent aux yeux.

— Hé, doc, est-ce que ça va ? fit George.

— Oui, très bien. En fait, je suis enceinte, alors j'ai des réactions un peu trop émotives.

George eut un sourire.

— C'est merveilleux !

— Oui, mais… Eh bien, j'ai perdu un bébé il y a cinq ans et, depuis, j'avais très peur que cette situation se reproduise. Or, c'est ce qui s'est passé, et avec le même homme.

— C'est le Dr Munro, n'est-ce pas ?

— Comment le sais-tu ? demanda-t-elle, secouée.

— Quand des gens sont amoureux, je le vois. Je n'ai pas que des talents de stratège, doc. J'avoue que je suis un peu jaloux. Vous êtes une belle femme. Je regrette que vous soyez mon médecin et que quelqu'un m'ait devancé.

— Je suis très flattée, dit Pearl, souriante.

— Il y a longtemps que vous l'aimez ?

— Oui. Je croyais qu'il me reprochait la perte du bébé et qu'il serait mieux sans moi, mais j'avais tort.

George poussa un soupir.

— Bon, je suppose que je n'ai pas le choix.

— Pas le choix ?

— Je vais accepter l'amputation, doc. Ce n'est pas ce que j'avais prévu, mais je veux vivre. Avoir une chance de trouver une femme comme vous, de tomber amoureux et de fonder une famille. Par peur du changement, je me priverais d'un tas de possibilités, sinon.

— C'est bien. Je suis contente, George. Nous allons prendre les choses en main, et d'ici un an ou un peu plus tu seras de nouveau d'attaque. Si nous continuions cette thérapie lourde, tu risquerais de mourir. Tu as bel et bien failli mourir et tu es beaucoup trop jeune pour ça.

— J'en ai marre de me sentir si fatigué, soupira George. Vous pouvez programmer l'opération.

Elle lui sourit.

— Bien. Je ferai part de ta décision au Dr Munro.

— Merci, doc.

Elle sortit dans le couloir et mit au courant la mère de George. Celle-ci la remercia et l'étreignit avant de rejoindre son fils.

Pearl se mit en devoir d'annoncer la nouvelle à Calum. Mais, au poste des infirmières, on lui apprit que le Dr Munro était parti pour le reste de la journée.

— Parti ? Pour la journée ? fit-elle, abasourdie.

— Oui, soudainement, dit l'infirmière, déroutée.

Pearl s'éloigna après l'avoir remerciée.

Une telle attitude ne ressemblait pas à Calum, mais elle l'avait blessé. Elle était résolue à changer ça. Elle était lasse des dérobades, lasse de s'inquiéter des imprévus de la vie. Malgré sa peur de perdre son bébé, de ne pas être une bonne mère et de voir évoluer son mariage comme celui de ses parents, elle en avait fini de fuir. Elle ignorait ce que lui réservait l'avenir, mais il se ferait avec Calum.

S'il voulait bien d'elle.

Calum trouva son père attablé au café. Il passa commande au comptoir, puis alla s'asseoir près de lui.

Grayson lui parut fatigué, ce qui n'était pas pour le surprendre. Malgré une soixantaine bien tassée, il continuait de brûler la chandelle par les deux bouts.

— Je suis content que tu sois venu, dit-il.

— Vraiment ?

— Oui.

— Tu n'as jamais donné l'impression de te soucier de ça.

— Je sais. J'étais trop pris, la plupart du temps.

— Constamment, rectifia Calum. Tu étais toujours occupé.

— Eh bien, je suis content de te voir, car je désirais te parler.

— Je voulais te voir aussi puisque tu es un actionnaire des Bridgers.

— Ah ? fit son père.

Bien entendu, dès qu'il était question d'un de ses investissements, son intérêt s'éveillait !

— Ton secondeur, George. Je ne peux pas sauver sa jambe. Le cancer est trop avancé. Je dois l'amputer, sinon il mourra.

— C'est une affreuse nouvelle, mais je sais que son coach a un plan B. Et les Bridgers sont prêts à financer sa convalescence et sa prothèse, dit Grayson.

Calum n'en revint pas de le voir réagir ainsi.

— Mais tu as énormément parié sur ce jeune homme ! Tu ne veux pas t'en débarrasser ? Ce n'est pas un investissement à perte ?

— Il est intelligent, répliqua Grayson. Le coach le considère comme un atout et veut le garder dans l'équipe. Je le soutiens sur ce point, comme tous les copropriétaires des Bridgers.

— Je suis impressionné que tu approuves ce choix.

— Cela va de soi. Parfois, on ne peut rien pour arrêter le cancer. J'espérais que tu y parviendrais, pour le bien de ce jeune homme.

— L'amputation lui sauvera la vie.

— Et c'est tant mieux. Il arrive qu'il n'y ait plus d'espoir, et alors on se rend compte qu'on a gâché sa vie dans des combats inutiles, en recherchant des choses qui ne mènent nulle part. On possède de l'argent et du pouvoir, mais en réalité on n'a rien, surtout si personne ne se soucie de vous.

Calum sentit sa gorge se nouer.

— De quoi parles-tu ?

— J'ai eu une crise cardiaque l'an dernier et j'ai failli mourir. Cela m'a fait prendre conscience que j'ai eu des priorités erronées pendant toute ma vie. C'est pour ça que je désirais te parler.

Calum avait peine à croire ce qu'il venait d'entendre. Une crise cardiaque ? En détaillant Grayson, il nota alors que celui-ci avait maigri et paraissait vieilli. Il vit les signes qu'il avait ignorés, ayant si souvent repoussé son père parce que celui-ci l'avait abandonné.

Pearl était revenue, et il tentait de l'emprisonner dans une situation inconfortable. Il ne voyait que son propre chagrin, sa propre souffrance. Oui, il avait été seul, mais il n'avait pas tenté de la suivre. Il ne s'était pas battu pour leur amour. Sa mère avait essayé jusqu'au bout de ravoir Grayson. Elle n'avait jamais perdu espoir, et il l'avait trouvée insensée. En revanche, Pearl était revenue à lui, et à sa façon il la poussait à repartir !

— Comment vas-tu maintenant ? demanda-t-il à son père.

— Bien. Je prends soin de moi et je tâche d'arranger les choses. De me racheter.

— Donc, tu as voulu me parler pour quêter de la sympathie.

— Non, dit Grayson. Pour te faire savoir que je regrette. J'aimais ta mère, mais ça me déplaisait d'être enchaîné. D'avoir la responsabilité de ta sœur et de toi. Je ne voulais pas de ce job-là.

— Il est trop tard pour l'assumer.

— Je sais, mais je tenais à te dire que je regrette de ne

pas m'être assez battu pour toi. Je ne voudrais pas que tu répètes mes erreurs. L'argent et la carrière ne sont pas tout, je le comprends maintenant. Je suis navré, Calum. Je ne demande pas ton pardon, mais je tenais à te dire ça.

Calum ne savait pas comment prendre cette déclaration. Mais, pour la première fois de sa vie, il comprenait son père.

— J'apprécie que tu l'aies fait. As-tu parlé à Sharon ? demanda-t-il, s'interrogeant sur sa sœur dont il était sans nouvelles depuis des années.

— Oui. Elle m'a remercié, et ça s'est arrêté là. Sache aussi que tu ne me dois rien pour ton éducation. J'ai fait planer ça sur toi parce que je croyais ainsi pouvoir te contrôler et te garder dans ma vie. Je me trompais.

— Merci, dit Calum, qui avait du mal à se pénétrer de tout ce qu'il venait d'entendre. Je ne crois pas pouvoir te pardonner ce que tu as fait à maman mais, en ce qui me concerne, tu as mon pardon. Je regrette seulement que ça ne soit pas arrivé plus tôt. Mais c'est ma faute. J'étais happé par ma carrière alors que tu tentais de rétablir le contact. J'espère que tu accepteras mes excuses.

Grayson sourit.

— Oui. Merci. Je les accepte.

Calum acheva de boire son café et se leva.

— Tu peux m'appeler. Tu n'es pas obligé d'assumer ça tout seul.

Son père lui adressa un faible sourire.

— Je le ferai.

Calum hocha la tête et s'en alla.

Il devait parler à Pearl. Si elle ne voulait pas l'épouser, très bien. Mais il tenait à faire les choses comme il fallait. Il n'allait pas la laisser partir de nouveau. Il l'avait toujours aimée, et il l'aimerait toujours. Quoi qu'il advienne, si incertain que soit l'avenir.

13.

Calum trouva Pearl assise dans la salle des infirmières de l'unité de soins intensifs, la tête entre les mains.

— Salut. Désolé, je viens d'apprendre que tu me cherchais, dit-il d'une voix essoufflée, car il était revenu au pas de course.

Il désirait la voir et s'occuper de George. Il fallait crever l'abcès aujourd'hui. Pour tout le monde.

Pearl redressa la tête, les yeux pleins de larmes.

— Qu'est-ce qu'il y a ? lui demanda-t-il.

— Rien. Je… Tu sais, je deviens trop émotive. Je pensais à ce qui s'est passé et à ma stupidité.

— C'est moi qui ai été stupide. Viens, allons plutôt dans la salle de réunion au bout du couloir pour discuter. Il n'y a personne.

Elle le suivit, et il ferma la porte pour les mettre à l'abri des oreilles indiscrètes. Puis il se tourna vers elle.

— Je t'aime, Pearl.

— Pardon ?

— Je t'aime. Si tu ne veux pas m'épouser, soit. Tu as raison, j'essayais de te garder en t'amenant à m'épouser. Je n'avais pas envie de changement ni de déménager où tu allais. Je n'ai pas cherché à te récupérer. J'étais trop blessé que tu m'aies abandonné. Je t'aime tant ! Je t'ai toujours aimée et, si je dois renoncer à me marier avec toi ou partir d'ici pour te garder dans ma vie, je le ferai. Je veux seulement être avec toi.

— Et si je perds le bébé ? fit Pearl, une larme roulant sur sa joue.

— Et si tu ne le perds pas ?

— Je… Je ne sais pas. J'ai trop peur de revivre cette souffrance-là. Je sais pourquoi j'ai fait une fausse couche, donc je pourrai prendre les précautions nécessaires. Mais il n'y a aucune garantie. Je ne veux pas te décevoir encore. J'ai fait défaut à tant de gens…

— De qui parles-tu ? De tes parents ? Je crois que ce sont eux qui t'ont laissée tomber, tout comme l'ont fait les miens. Ma mère a passé son existence à se languir d'un homme qui voulait sa liberté, et mon père a usé la sienne à vouloir gagner toujours plus d'argent. Cela ne leur a pas apporté le bonheur. Moi, je suis heureux quand je suis avec toi.

— Pareil pour moi. Je t'aime, Calum. Je t'ai toujours aimé. Il n'y a eu personne d'autre dans ma vie. J'avais le sentiment de t'avoir déçu, tout comme j'ai déçu mes parents. Je me reprochais la perte du bébé, et de t'avoir quitté.

— Je ne te considérerai jamais comme un fardeau, dit-il en venant tout près d'elle. Tu donnes un sens à ma vie, qui n'en avait plus ces cinq dernières années.

— Je regrette de t'avoir quitté. Je souffrais tant que j'éprouvais le besoin de le cacher. Je désirais tellement cet enfant ! J'étais anéantie quand je l'ai perdu et je ne savais pas partager mon chagrin.

— Quand *nous* l'avons perdu, rectifia-t-il en essuyant une larme sur la joue de Pearl. Nous sommes deux dans cette affaire.

Elle sourit, hocha la tête.

— C'est vrai.

— Je ne veux pas te perdre à nouveau, ma chérie. Si ça ne marche pas, nous nous tournerons vers l'adoption. Ou pas. Cela m'est égal. Je veux seulement être avec toi, partager ta vie.

On frappa à la porte. Une infirmière parut sur le seuil.

— Docteur Henderson ?

— Oui, dit Pearl en s'essuyant les yeux.

— Le patient est prêt en salle d'intervention.

— Nous serons là dans quelques minutes.

— Que se passe-t-il ? demanda Calum après avoir refermé la porte derrière l'infirmière.

— On te disait parti pour la journée, et personne ne savait où. Je t'ai bipé, mais tu n'as pas réagi. George a accepté d'être amputé, à condition qu'on le fasse dès aujourd'hui. Les fonctions vitales sont bonnes, et nous devons le délivrer de ce cancer.

— Je suis content qu'il se soit décidé. Je croyais qu'il refusait cette option.

— C'était le cas, mais nous avons eu une bonne discussion, et il m'a aidée à comprendre certaines choses.

— Ah ? Lesquelles ?

— Que la vie ne se déroule pas toujours comme on l'a prévu, que les rêves ne se réalisent pas forcément, mais que ce qui compte, c'est d'être fort, résilient, et de savoir s'adapter, répondit Pearl en prenant le chemin du bloc opératoire. Allons, viens. Donnons à George sa seconde chance.

L'intervention s'était bien déroulée. Ça avait été long, mais ils avaient pu réaliser l'amputation en laissant à George la possibilité, une fois remis, de porter une prothèse. Avec une bonne rééducation, il n'était pas impossible qu'il coure à nouveau. Pearl aurait aimé continuer à le suivre, mais ce qu'elle avait vécu dans cet hôpital lui manquerait. C'était clair pour elle, à présent, et elle était résolue à prendre de bonnes décisions.

Même si elle était triste que la thérapie mise au point par Calum n'ait pas permis de sauver sa jambe, le jeune homme allait vivre. La chimiothérapie et la radiothérapie le tuaient tout autant que le cancer. Et elle pensait aux paroles du Dr Chin, que Calum lui avait remémorées – que, parfois, il faut savoir lâcher prise.

Cela s'appliquait aussi à son affirmation qu'elle ne voulait pas d'une famille. C'était tout le contraire, en fait. Elle voulait Calum, et avoir des enfants avec lui. Elle ne craignait pas d'avoir une relation destructrice avec lui. Elle avait peur d'avoir une existence destructrice *sans* lui. Elle savait qu'une seconde chance lui était donnée, tout comme à George. Elle n'allait pas la gâcher.

Le jeune homme était en train de revenir à lui.

— George ? fit-elle avec douceur.

— Doc ? Ça y est, c'est terminé ?

— Oui. Le Dr Munro a fait de l'excellent travail. Quand le moignon sera cicatrisé, tu pourras avoir une prothèse de pointe et, avec de la rééducation, courir à nouveau.

George sourit, les yeux encore clos.

— La tumeur est toute partie ?

— Absolument. Finies la radiothérapie et la chimiothérapie. Ton corps en a bavé, il va lui falloir un certain temps pour se remettre. Je vais transmettre les directives à ton coach et à ta mère. Tu vas vivre, George.

— Bien sûr, dit-il. Avec vous comme médecin, je n'en doute pas.

Elle poussa un soupir.

— Je ne travaille plus pour les Bridgers, George.

Le jeune homme ouvrit grands les yeux.

— Oh… J'avoue que ça me rend triste, doc. Mais je comprends. Vous aimez le Dr Munro et, avec le bébé qui va venir, vous faites ce qu'il faut pour votre famille.

— C'est ça. Mais, si le nouveau médecin des Bridgers est un idiot, tu pourras toujours faire appel à moi.

George sourit. Ses paupières s'alourdissaient de nouveau.

— Merci, doc. Merci à vous et au Dr Munro. J'étais trop borné pour voir que je m'épuisais en pure perte.

Le jeune homme se rendormit, et elle quitta la chambre pour informer sa mère et tous ceux qui attendaient des nouvelles du bon résultat de l'intervention. Après bien des étreintes reconnaissantes, elle se mit en quête de Calum.

Leur conversation avait été interrompue, et elle avait encore des choses à lui dire.

Elle le trouva à l'autre bout de l'hôpital, dans son bureau où il l'attendait.

— Comment va George ? s'enquit-il.

— Bien. Son état est stable. Je lui ai dit qu'il se remettrait tout à fait avec le temps.

— Il va devoir s'adapter, et ce ne sera pas une mince affaire, mais tu pourras t'occuper de lui.

— Non, ce ne sera pas possible.

Calum parut interloqué.

— Je ne comprends pas.

— J'ai démissionné, dit-elle, le cœur battant. Je ne suis plus la chirurgienne attitrée des Bridgers.

Il écarquilla les yeux.

— Quoi ? Tu aimais ce job. Tu y excellais.

Elle soupira.

— J'aime mon métier, mais ce job était un moyen de prendre la fuite. J'avais peur d'une relation destructrice avec toi. Je pensais qu'une relation réussie est impossible entre deux personnes qui travaillent ensemble. Mais mon retour dans cet hôpital m'a rappelé tout ce à quoi j'avais renoncé. En tout premier lieu, à toi.

L'expression de Calum s'adoucit, il eut un sourire.

— Et donc ? fit-il.

— J'aimerais travailler ici. Le chirurgien en chef m'a dit de clarifier ça avec le patron de la chirurgie orthopédique.

— C'est ce que tu veux ?

— Oui, dit-elle, souriant jusqu'aux oreilles. Je veux rentrer à la maison.

Calum l'attira dans ses bras.

— Je crois que ça peut s'arranger.

— Ma vie est ici, à San Francisco. J'ai été folle de croire que je pouvais m'en détacher. Je t'aime, Calum. Je suis heureuse d'avoir une seconde chance avec toi. Je regrette de ne pas avoir été là quand nous avions besoin l'un de l'autre. J'étais trop noyée dans mon chagrin pour m'en rendre compte.

— Je t'aime aussi mais, dès que l'obstétricienne te mettra au repos, ce sera terminé. Finies les interventions au bloc ! C'est ton supérieur qui te le dit.

— Je la vois dans la matinée. Il n'est pas sûr que je puisse garder l'enfant. C'est risqué…

— Le risque en vaut la peine, dit Calum en lui relevant le menton pour l'embrasser. Ça en vaut la peine, pour t'avoir dans ma vie.

— Je t'aime, affirma-t-elle en répondant à ses baisers. Et la réponse à ton autre question est oui.

— Quelle autre question ? fit Calum, dérouté.

— Oui, je t'épouserai. Tu veux toujours te marier ?

Le regard de Calum s'éclaira.

— Oui, bien sûr ! Samedi prochain, ça te va ?

Elle eut un petit rire nerveux.

— Les bureaux de mariage seront fermés.

— Oui, mais pas à Las Vegas. Qu'en dis-tu ?

— J'en dis que c'est une folie.

— Une merveilleuse folie, non ? Alors ?

— Alors, je dis oui.

Calum lui répondit par un baiser prolongé, comme s'il voulait le faire durer toujours.

Épilogue

Un an plus tard

— Tu es sûr que c'est bien vissé ? demanda Pearl.

— Oui, répondit Calum, occupé à caler sur un pied peu stable le sapin de Noël qu'ils avaient acheté.

Max, leur chien, les observait en remuant la queue.

— Il a l'air un peu tordu, dit Pearl en riant. On aurait pu prendre un faux sapin, ils n'étaient pas si mal.

— Ils sont hideux, soutint Calum. C'est le premier Noël d'Aidan, alors on aura un vrai sapin.

Tandis que Calum s'efforçait de caler le sapin en jurant à mi-voix, elle leva les yeux au ciel.

Il fallait un autre support, il avait sous-estimé la taille de l'arbre qu'il avait choisi. Mais c'était mignon qu'il veuille un vrai sapin pour Noël alors que leur fils n'avait que trois mois.

Elle regarda le bébé qui dormait à poings fermés dans son couffin, ignorant des efforts de son père pour qu'il ait un Noël magique.

La magie était déjà là, pensa-t-elle. Aidan était né après une grossesse sans nuages, à terme et après un court travail. En plus, c'était le bébé le plus sage du monde. Il faisait déjà ses nuits, n'avait pas de coliques… Calum prétendait en riant que, pour être aussi parfait, c'était forcément un enfant extraterrestre.

Elle n'était pas spécialement d'accord avec lui à ce sujet, mais elle était la première à dire qu'il était parfait. Tout le monde l'adorait. Derek se disait son grand frère. Il avait recouvré toute sa vitalité, et Pearl était heureuse que son filleul fasse partie de la vie d'Aidan.

Diane rappelait encore de temps à autre son regret de ne pas avoir assisté au mariage impromptu à Las Vegas, mais Jerome et elle avaient eu une compensation : ils étaient les parrain et marraine d'Aidan.

Après la noce, Pearl avait emménagé chez Calum.

Pour la naissance, les Bridgers avaient offert une grenouillère aux armes de l'équipe, apportée par George en personne. Celui-ci se débrouillait très bien avec sa prothèse. Lorsqu'il était venu voir le bébé, il avait parlé à Pearl de son entraînement prévu au printemps et de ses fiançailles avec Reese, sa petite amie du temps où il était étudiant.

Tous deux avaient suivi des chemins séparés lorsqu'il était entré chez les Bridgers. Elle parce qu'elle ne voulait pas aller à San Francisco, et lui l'avait tenue à l'écart à cause de son cancer. Mais, inspiré par l'histoire de Pearl et Calum, dès qu'il avait pu se déplacer, il était allé à Philadelphie et l'avait demandée en mariage.

Max aboya, Aidan se réveilla et s'agita. Pearl le prit dans ses bras. Il se calma aussitôt, et elle éprouva un élan de bonheur. Aidan George Munro était une merveille, elle avait tant de chance de l'avoir !

Ses parents étaient loin, et la mère de Calum n'était plus là, mais Grayson s'impliquait dans la vie de son petit-fils. Même si Calum ne savait pas encore où il en était avec ce père qui avait été si absent de sa vie, il ne voulait pas priver leur fils de son grand-père. Aidan était entouré par des personnes qui l'aimaient, qu'elles aient ou non des liens du sang avec lui, c'était tout ce qui comptait.

Max aboya de nouveau.

— Max, tu ne m'aides pas du tout, mon pote, dit Calum, sortant de sous l'arbre qui penchait toujours. C'est inouï ! Je suis capable de réaliser les chirurgies les plus délicates et je ne suis pas fichu de faire tenir droit un sapin !

— Il te faut un pied plus grand, c'est tout, dit Pearl en riant.

— Tu as peut-être raison.

— Comment ça, « peut-être » ?

— Bon, d'accord, tu as raison, fit Calum, qui vint l'enlacer et contempler son fils. J'irai en chercher un demain.

Max, resté sous le grand sapin, choisit ce moment pour se mettre debout, et l'arbre pencha de plus belle sous le regard amusé de Pearl et de Calum.

— On se croirait dans une de ces comédies de Noël où le père en fait trois fois trop et achète un arbre plus grand que la maison, commenta Pearl.

Calum pouffa.

— Je ne suis pas un père de cinéma !

— Oh ! mais si ! Il n'y a qu'à voir la quantité de guirlandes lumineuses que tu as mises à l'extérieur. Tu es exactement comme ces papas de cinéma qui s'échinent pour avoir un bon vieux Noël traditionnel et amusant.

— Nous n'avons pas eu droit à de vrais Noëls, tous les deux. Je voudrais une fête qui laisse de bons souvenirs à Aidan… Même s'il ne se rappelle pas celui-ci.

Pearl, son fils endormi dans les bras, gagna la vaste baie vitrée pour contempler la rue illuminée.

Calum la rejoignit. Il lui donna un baiser sur le front, les tenant enlacés, elle et le bébé.

— Je t'aime. Merci d'être ma famille.

— Moi aussi, je t'aime. Merci d'être ma famille.

Noël n'avait jamais eu de véritable signification pour elle. Jusqu'à ce jour. Elle comprenait à présent le sens de cette période de fêtes, car elle avait enfin sa famille. Elle avait enfin un vrai foyer.

JANICE LYNN

Ensemble… pour toujours

Traduction française de
MARCELLE COOPER

BLANCHE

HARLEQUIN

Titre original :
NEW YORK DOC TO BLUSHING BRIDE

Ce roman a déjà été publié en 2015.

1.

Sloan Trenton avait encore du mal à croire que le Dr Preston J. Conner, son meilleur ami et mentor, avait été emporté par une crise cardiaque et qu'il reposait dans ce cercueil en acier devant lequel les gens défilaient depuis le début de la soirée. Ç'avait été le meilleur homme que la terre ait porté, et un médecin d'exception auquel il aspirait à ressembler, tout en sachant qu'il ne lui arriverait probablement jamais à la cheville.

Debout dans un coin de la chapelle funéraire, il observa discrètement la gracieuse jeune femme rousse qui recevait les condoléances de l'assistance.

Celle-ci semblait à première vue parfaitement maîtresse de ses émotions, mais la manière dont elle triturait son mouchoir ne lui avait pas échappé. Il aurait aimé lui tenir la main, lui offrir son épaule pour pleurer, l'aider à supporter ce chagrin qu'il partageait.

Hélas, elle s'obstinait à le considérer comme un étranger.

Hier, tout à la peine que lui causait la mort de Preston, son père de cœur, il était allé à Maple Street présenter ses condoléances à Cara, non sans quelque émotion à la perspective de la voir enfin pour de vrai. Car elle n'était pas une étrangère pour lui, depuis le temps que Preston lui chantait les louanges de sa fille, le si doué et si talentueux Dr Cara Conner, qui travaillait aux urgences d'un hôpital de Manhattan.

Mais l'accueil que lui avait réservé Cara avait été glacial. Le visage hermétique, elle avait écouté ses paroles de sympathie sur le seuil, sans l'inviter à entrer dans cette maison dont il possédait la clé.

Le chagrin lui avait-il fait oublier les bonnes manières ?

Non, car il avait également senti de l'animosité dans son regard, comme si elle lui signifiait : « Vous êtes un intrus, vous n'avez rien à faire ici. »

Enfin, Cara se dirigea vers la sortie.

La voyant vaciller sur ses hauts talons, il s'approcha pour lui offrir son bras, ce qu'elle ignora superbement.

Après avoir échangé quelques mots avec le pasteur et le directeur de la banque, qui tenaient à l'assurer de leur soutien, il quitta à son tour la maison de style victorien qui logeait depuis plus d'un siècle les pompes funèbres de Bloomberg.

Tant pis si Cara n'appréciait pas qu'il la suive, il devait s'assurer qu'elle allait bien. Avant de rendre son dernier souffle, Preston ne l'avait-il pas chargé de veiller sur elle ?

Il contourna le bâtiment et la trouva assise sur un banc du jardin, la tête levée vers le ciel. À la lueur argentée de la lune, il vit qu'elle était en train de remuer les lèvres.

Le souffle coupé, il l'observa. Jamais femme ne l'avait fasciné à ce point.

Un bruit de chute accompagné d'un cri derrière lui le fit se retourner, mais il eut le temps de voir Cara tourner la tête dans sa direction.

Super. En plus des griefs qu'elle nourrissait de toute évidence à son encontre, elle venait de le prendre en train de l'épier, tapi dans l'obscurité…

Il s'en soucierait plus tard. Pour l'heure, il devait s'occuper de Mme Goines, la nonagénaire aux boucles bleu-argent qui venait de tomber dans l'escalier.

Pourquoi celle-ci n'avait-elle pas emprunté la rampe tout spécialement installée pour les personnes à mobilité réduite ?

Parce que cette tête de mule de Lisbeth Goines se défendait de tout handicap. Les cannes, rampes et autres déambulateurs, c'était pour les gens diminués, pas pour elle, claironnait-elle à qui voulait l'entendre. Résultat, elle avait raté une marche et chu dans l'allée.

En deux pas, il parvint auprès de la vieille dame.

— Maman, est-ce que ça va ? dit une dame entre deux âges en se précipitant vers eux.

— Je ne peux plus bouger, gémit Lisbeth. Vous, docteur, aidez-moi donc à me relever, au lieu de rester les bras ballants !

— N'essayez pas de bouger, madame Goines, ordonna-t-il avec calme. Je vais vous examiner, puis je vous enverrai à l'hôpital passer des radios.

Il s'accroupit près d'elle et entreprit d'évaluer la situation. Ça s'annonçait mal, car Lisbeth était tombée sur le côté droit, et sa hanche, son épaule et son bras avaient heurté de plein fouet la dalle de pierre. Or, pour l'avoir reçue en consultation à plusieurs reprises au sein du cabinet, il connaissait ses antécédents médicaux et savait qu'elle prenait des biphosphonates pour lutter contre une ostéoporose dont elle souffrait à un stade avancé. Il aurait fallu un miracle pour que ses os fragilisés aient résisté au choc.

— Tout va bien ? demanda Cara en les rejoignant et en s'accroupissant à côté de lui.

Elle prit la main de la vieille dame dans la sienne.

— Madame Goines, dit-elle avec un claquement de langue réprobateur, vous piquiez encore un sprint vers votre voiture ? Combien de fois mon père vous a-t-il mise en garde contre les excès de vitesse ?

Le visage grimaçant de douleur de Lisbeth se décrispa un peu.

— Tu t'en souviens donc, ma petite ?

— Bien sûr. Quand on a grandi ici, on se souvient de beaucoup de choses, comme de la gentille dame qui nous donnait en douce une pêche supplémentaire à la cantine… Mais on évoquera le bon vieux temps plus tard. Pouvez-vous me dire où nous nous trouvons ?

Lisbeth ouvrit des yeux ronds.

— Si tu ne le sais pas, petite, c'est toi qui as besoin d'être examinée par un médecin, pas moi ! On est aux funérailles de ton père.

— Exact. Vous êtes-vous cogné la tête en tombant ?

— Je n'ai pas eu cette chance. Si j'avais pu m'assommer, ça m'aurait évité de sentir la douleur.

— C'est un point de vue, mais je suis tout de même contente que votre tête n'ait pas heurté la dalle.

À la lueur de la lampe du porche, Cara examina ses pupilles.

— Où avez-vous mal ?

Ignorant désormais complètement la présence de Sloan, Lisbeth répondit entre deux gémissements aux questions de Cara.

Malgré la gravité de la situation, il ne put s'empêcher de sourire devant la transformation qui venait de s'opérer. Mettant de côté son deuil et ses larmes, Cara avait basculé en mode médical pour prendre en charge la blessée, en digne fille de son père.

Au terme de son examen, elle parvint à la même conclusion que lui.

— Il va falloir des radios. Comme il est préférable que nous ne la déplacions pas nous-mêmes, ajouta-t-elle d'un ton guindé à son adresse, je vous prierais d'appeler une ambulance.

Il avait déjà composé le numéro des transports d'urgence sur son portable.

— Allô, j'aurais besoin d'une ambulance à la maison des pompes funèbres Greenwood, dit-il à la régulatrice. C'est pour une dame de quatre-vingt-douze ans qui vient de faire une chute et ne peut se relever. Suspicion de fractures à la hanche droite et à l'humérus droit, et peut-être aussi à la clavicule.

Entourés d'une foule de curieux attirés par le bruit, Cara et lui entreprirent d'apaiser au mieux la vieille dame et sa fille. Enfin, l'ambulance pila devant le bâtiment dans un crissement de freins, et Bud Arnold et son acolyte Tommy Woodall s'approchèrent au petit trot avec un brancard.

— Bonsoir, docteur Trenton, dit Bud. Alors, Lisbeth, encore à faire des cascades ? ajouta-t-il d'un ton malicieux.

Ainsi que l'avait déjà indiqué la remarque de Cara, Lisbeth Goines semblait avoir une réputation bien établie. Sloan demanderait des éclaircissements demain à la vieille dame lorsqu'il irait lui rendre visite à l'hôpital, où on allait probablement la garder pour la nuit. L'enterrement de Preston étant à 11 heures, il essaierait d'aller la voir avant.

— Salut, Bud, dit Cara. Tu ne me reconnais pas ?

L'ambulancier la regarda puis écarquilla les yeux.

— Bon sang ! Si ce n'est pas Cara Conner… Ça fait un bail, ma jolie. Désolé pour ton père, ajouta-t-il en prenant un ton nettement plus compassé, comme s'il se rappelait soudain les circonstances qui amenaient la jeune femme en ville. C'était le meilleur toubib qu'on ait jamais eu.

— Merci, Bud. Et un homme bien, en plus d'être un bon médecin…

Un soupir lui échappa.

— Pour l'heure, occupons-nous de Mme Goines, poursuivit-elle. Elle présente une fracture à la hanche droite et une luxation de l'humérus droit, à moins qu'il ne s'agisse aussi d'une fracture. La clavicule a également souffert.

Écartant le tissu de la robe de la nonagénaire à l'encolure, elle montra la bosse bleuâtre à l'endroit où l'os s'était rompu, heureusement sans transpercer la peau.

— J'ai bien l'impression que tu as raison, dit Bud. Allez, en route pour les urgences !

Après avoir glissé un matelas-coquille sous le frêle corps de Lisbeth, ils la hissèrent sur le brancard.

En retrait pour leur laisser la voie libre, Sloan et Cara se contentèrent de les observer tandis qu'ils transportaient la blessée dans l'ambulance.

C'était le moment ou jamais d'essayer de rompre la glace.

— Vous devriez songer à revenir vous installer à Bloomberg, dit-il en souriant à Cara. On formerait une bonne équipe, tous les deux.

Elle le regarda comme s'il avait proféré une obscénité.

— Vous et moi, nous ne formons pas une équipe, murmura-t-elle d'une voix audible d'eux seuls. Et je ne reviendrai jamais à Bloomberg.

Sur ce, elle s'approcha de l'ambulance pour échanger quelques mots avec Mme Goines et sa fille. Puis, après un signe de tête en direction de Bud et de Tommy, elle rentra dans le bâtiment des pompes funèbres.

Perplexe, Sloan se gratta la tête.

Qu'avait-il fait pour mériter un tel mépris de la part de la fille de Preston ?

Et pourquoi cela le chagrinait-il autant ?

Cara n'en pouvait plus.

Des gens qui l'avaient connue depuis toujours défilaient devant elle pour lui serrer la main, la prendre dans leurs bras, lui coller des baisers baveux sur la joue en lui disant quel médecin merveilleux avait été son père, dévoué nuit et jour à ses malades, prêt à tout sacrifier pour eux durant ses trente années et quelques de « sacerdoce » à Bloomberg. Dans une espèce de surenchère macabre, tous redoublaient de louanges sur le disparu, répétant quelle perte immense c'était pour la communauté, quel vide béant il laisserait.

Comme si elle ne savait pas le lourd tribut que sa famille avait dû payer pour qu'il puisse se consacrer corps et âme à son métier ! Tous ces hommages et ces visages éplorés remuaient le couteau dans la plaie et lui donnaient l'envie de crier : « Assez ! »

Parmi la foule des pleureurs se détachait un visage moins familier que les autres. Celui de Sloan Trenton. Elle était d'ailleurs bien la seule à le considérer comme un quasi-inconnu, car tous lui présentaient des condoléances au même titre qu'à elle !

Un goût de bile lui monta dans la gorge.

De quel droit recevait-il des poignées de main, des accolades affectueuses et des baisers mouillés de larmes de la part de la vieille Mary Jo Jones percluse de rhumatismes ou de Catherine Lester ? Pourquoi le traitait-on comme un membre de la famille ?

Preston Conner était son père à elle, pas le sien. Ce Sloan Trenton était un intrus, un médecin que son père avait engagé un an auparavant après avoir perdu espoir de la voir un jour s'associer à lui.

Évidemment, Trenton était tout sauf un intrus aux yeux de son père, qui n'avait pas tari d'éloges à son sujet et qui le considérait comme le fils qu'il n'avait jamais eu. « Sloan » par-ci, « Sloan » par-là, il ne parlait que de lui lors de leurs conversations au téléphone…

La colère la rendait de mauvaise foi. Autant se l'avouer, elle était jalouse. Et ce sentiment ne datait pas d'aujourd'hui. Le fait de devoir partager ces condoléances avec le Dr Trenton ne faisait qu'exacerber l'amertume qu'elle avait ressentie ces derniers mois chaque fois que son père lui chantait les louanges de son nouvel associé, répétant inlassablement combien Sloan aimait la ville et ses habitants, combien il se donnait corps et âme à l'exercice de son métier en ne comptant pas ses heures, combien il lui rappelait lui-même à son âge, à la différence que Sloan n'était pas marié. Depuis qu'il travaillait au cabinet, ajoutait invariablement Preston en riant, la clientèle féminine avait enregistré une nette recrudescence, bien que toutes ses admiratrices — et elles ne ménageaient pourtant pas leurs efforts — semblent laisser son jeune collègue indifférent.

Bref, à en croire son père, Sloan Trenton était un saint, la perfection faite homme.

Tous ces compliments et hyperboles à son sujet avaient fini par la blesser profondément. Son père, malgré tout son amour pour elle, ne lui avait jamais témoigné une telle admiration.

Et pour cause ! Elle était une citadine-née, comme sa mère, qui n'avait jamais supporté de passer en second après les patients, de jouer le rôle effacé de l'épouse du médecin de campagne et de supporter les sacrifices que le métier et l'engagement de son mari imposaient à leur vie de couple — ce que Preston n'avait jamais compris.

De son père, Cara avait hérité l'amour de la médecine. Et de sa mère, l'envie de vivre sa vie pleinement, loin des contraintes — sa mère employait le terme « tyrannie » — auxquelles les petites villes comme Bloomberg soumettaient leur médecin généraliste. Plutôt que d'être l'esclave de la population de ce patelin, elle préférait mille fois l'anonymat d'un service d'urgences dans une grande ville.

Un soupir d'exaspération lui échappa alors que

Mme Brewster, la patronne du drugstore de la grand-rue, serrait Sloan Trenton contre elle avec effusion.

Comme s'il l'avait entendue soupirer — ce qui était impossible en raison du bruit qui régnait dans la chapelle —, il se tourna vers elle et la fixa de ses yeux brun cuivré, en dépit de Mme Brewster qui continuait de lui parler.

Cara le fusilla de son regard le plus rébarbatif, comme pour lui signifier : « Vous voulez ma photo ? »

Peu importe ce que lui ou les autres pensaient d'elle. La seule chose qui comptait, c'était ce trou béant qui saignait dans son cœur. Et tant pis si elle dirigeait toutes ses frustrations et ses énergies négatives contre Sloan Trenton. Elle avait conscience de le traiter de manière injuste, comme s'il était responsable de la mort de son père. Elle savait qu'il avait tout tenté pour le sauver. Mais c'était irrationnel, plus fort qu'elle : il cristallisait sa colère.

Elle se refusait à éprouver le moindre début d'empathie à son égard. Il n'avait rien à faire ici. Sa présence constituait un affront pour elle. Elle l'avait détesté depuis la minute où elle avait ouvert sa porte en pleine crise de larmes, pour le trouver sur le seuil. La visite de n'importe qui l'aurait dérangée alors qu'elle pleurait à chaudes larmes, mais le petit prodige préféré de son père tombait encore plus mal que les autres.

Le beau visage de Sloan se crispa. Il semblait aussi épuisé qu'elle. Il haussa les sourcils. « Pourquoi tant de haine ? » semblait-il lui signifier.

Lui qui était de toute évidence apprécié et estimé de tous les habitants de Bloomberg, qui avait été porté au pinacle par le meilleur d'entre eux, il ne comprenait sans doute pas que quelqu'un, une femme par-dessus le marché, puisse le prendre en grippe.

Il faut dire que, avec ses cheveux de jais, ses yeux sombres, ses traits réguliers et sa silhouette sportive, il tenait davantage du jeune premier de cinéma que du médecin de campagne. Les femmes devaient l'adorer. Et sans doute était-il surpris qu'elle ne tombe pas en pâmoison comme les autres.

— Oh ! Cara ! Ton père va tellement nous manquer à l'hôpital !

Julie Lewis, qui avait été sa meilleure amie au lycée, vint la rejoindre sur le banc et enroula son bras autour d'elle.

Lasse de fatigue et de chagrin, Cara lui posa la tête sur l'épaule.

Le parfum floral de son amie la ramena quelques années en arrière, à l'époque où elles avaient commencé à se maquiller et à se parfumer. Contrairement à elle, Julie était restée fidèle à l'Eau de Chèvrefeuille.

— J'ai du mal à croire que je n'entendrai plus jamais sa grosse voix dans les couloirs. Il va laisser un vide immense.

Sans prendre la peine d'acquiescer, Cara ferma les yeux pour puiser un peu de force dans la chaleur de sa camarade.

Celle-ci travaillait désormais au laboratoire de l'hôpital, mais elle avait beau se creuser la cervelle, elle ne se souvenait plus de sa spécialité. L'anatomo-pathologie ? À moins que ce ne soit quelque chose en rapport avec la phlébologie ?

Elles avaient grandi ensemble, mais elle ne savait quasiment plus rien de la vie actuelle de Julie. Durant ses années d'études de médecine, emportée par la frénésie de travail, elle avait plus ou moins consciemment coupé les ponts avec tout ce qui lui rappelait sa ville natale.

Sauf avec son père, bien sûr, pour lequel elle avait toujours visé l'excellence afin qu'il soit fier d'elle. Hélas, elle lui avait infligé la plus grande déception de sa vie en refusant de revenir à Bloomberg. Il n'avait pas compris son amour de la grande ville ni l'excitation qu'elle éprouvait à travailler dans un des services d'urgences les plus importants de New York. De même qu'il n'avait jamais compris le déchirement que cela avait représenté pour son épouse de quitter la métropole pour le suivre. À la lecture du journal intime de sa mère, Cara commençait tout juste à prendre conscience des sacrifices que celle-ci avait endurés pour l'amour de son mari. Hormis les photos, ces pages représentaient désormais le seul lien qu'il lui restait avec elle, et elle s'y accrochait désespérément.

— Pauvre Sloan, dit Julie, le regard tourné vers l'homme

qui se tenait près du cercueil. Il a veillé toute la soirée auprès de ton père. Sa mort l'a anéanti, il va avoir du mal à s'en remettre, Preston était son dieu.

Évidemment ! Puisqu'il était le fils que Preston n'avait jamais eu.

La rancœur que Cara éprouva à cette pensée l'effraya par son intensité. Tous ceux qui la connaissaient savaient qu'elle était une personne positive, indulgente, toujours prête à voir le bon côté des choses et à trouver des excuses à tout le monde. Cette rancune féroce qu'elle nourrissait contre cet homme ne lui ressemblait guère.

— Il paraît, dit-elle, veillant à adopter un ton soigneusement neutre.

Heureusement, personne n'avait besoin d'être au courant de son aversion pour Sloan Trenton. Dans quelques jours, elle s'en irait de Bloomberg pour, cette fois, ne jamais revenir. Que Trenton se dévoue corps et âme aux habitants de cette ville si ça pouvait lui faire plaisir ! Les seules qui en pâtiraient seraient les femmes qui lui couraient après, et surtout celle sur laquelle il jetterait son dévolu pour fonder une famille : celle-là souffrirait vraiment car, comme sa mère, elle ne verrait son mari qu'entre deux portes. Et un médecin de campagne qui se consacrait sept jours sur sept à ses malades ne faisait pas plus un bon père qu'un bon époux.

— Reid m'a raconté que Sloan avait accompagné ton père dans l'ambulance, qu'il avait travaillé sans relâche au côté des médecins-réanimateurs et qu'il était resté dans la salle de déchoquage auprès de la dépouille longtemps après que la mort avait été prononcée. On a eu du mal à l'en arracher. Pauvre Sloan, répéta Julie en regardant le médecin qu'une énième dame éplorée embrassait tendrement.

Cara sentit une pointe de culpabilité s'insinuer en elle.

Comment pouvait-elle détester l'homme qui avait tout fait pour sauver son père, qui était même parvenu à faire repartir son cœur pendant quelques instants à l'aide du défibrillateur, avant que l'organe usé et malade de Preston ne s'arrête de battre à jamais ?

La colère qu'elle ressentait à son égard s'expliquait

peut-être par la fatigue et le stress de ces derniers jours, mais le Dr Trenton était un homme bon, vertueux, secourable, estimé de tous et aimé de son père. C'était mesquin et honteux de sa part de lui en vouloir.

Jamais elle n'avait été jalouse de personne auparavant. Sloan Trenton avait le triste privilège de l'initier à ce poison qui la dévorait de l'intérieur.

— Sais-tu qu'il entraîne l'équipe de basket du lycée ?

Non, elle ne le savait pas.

— Et il donne aussi de temps en temps un coup de main au coach des Tiger Cubs, l'équipe de foot de l'école primaire où joue le fils de Reid.

Qu'est-ce qu'il ne faisait pas, ce sauveur providentiel ? Il ne lui restait plus qu'à enfiler la cape rouge, les collants et le maillot orné du grand S de Superman au milieu de la poitrine !

Enfin, bon, elle n'aurait rien contre le fait de le voir en collants. Elle était jalouse, mais pas aveugle : elle devait reconnaître qu'il avait un physique des plus séduisants…

Ce qui la poussait à le détester encore plus.

Pourquoi ne pouvait-il pas avoir l'air d'un homme ordinaire, ce parangon de vertus ? Pourquoi fallait-il qu'il ait ces incroyables yeux cuivrés et ce sourire à faire pâlir d'envie tous les jeunes premiers de Hollywood ?

Mais pourquoi s'exciter là-dessus ? Dans quelques jours, elle en aurait fini avec Bloomberg et son Super Sloan Trenton. Elle reprendrait son travail à New York et ses habitudes citadines, comme sa mère l'avait fait avant elle. Celle-ci pourrait être fière d'elle, de là où elle se trouvait.

2.

— C'est bien de s'impliquer ainsi dans la vie de la communauté, affirma Cara de son ton le plus neutre.

— Sloan est la perfection incarnée, renchérit avec feu Julie. Celle qui parviendra à lui passer la bague au doigt aura bien de la chance !

Cara releva la tête, surprise.

Non, son amie n'était tout de même pas en train de lui suggérer… Pas dans la chapelle funéraire, à deux pas du cercueil ouvert ? Pour avoir été sa confidente à une époque, Julie aurait dû savoir qu'elle n'accepterait jamais d'avoir quoi que ce soit à faire avec un homme qui n'était qu'une pâle imitation de son père.

Pourtant, le sourire malicieux de Julie confirma ses soupçons.

— C'est un homme bien sous tous rapports, reprit celle-ci. Et je ne te parle même pas de son physique ! Partager son lit ne serait vraiment pas une punition. J'aime mon Reid, mais j'admets qu'il n'y a pas plus sexy que Sloan…

Cara ne l'aurait pas imaginé mais, si, Julie s'éventa le visage !

— Il est trop beau pour être vrai, à l'intérieur comme à l'extérieur.

— J'ai un petit ami, tu sais, rappela-t-elle à son amie d'enfance.

Et elle se retint d'ajouter que, en tant que femme mariée et mère de famille, celle-ci devrait arrêter de dévorer Sloan du regard comme s'il était un gâteau au chocolat géant.

— Ce snob de traumatologue new-yorkais que tu fréquentes depuis la fin de ton internat ? J'ai vu des photos de vos voyages sur internet. C'est un beau mec, je te l'accorde, mais il a l'air un peu superficiel, non ? Le genre frimeur, tout dans le look, rien dans le cerveau. Sa compagnie ne doit pas être très enrichissante.

— Détrompe-toi, rétorqua sèchement Cara. John est un homme merveilleux.

Elle comptait bien l'épouser, et leur relation la comblait. Du moins, c'était la version officielle qu'elle servait à son père quand ils parlaient de John. Et qu'il lui arrivait de se servir à elle-même pour s'en convaincre.

— Si tu le dis, répondit Julie d'un ton dubitatif. Mais, crois-moi, il n'y a pas photo : Sloan Trenton a tout pour lui. D'ailleurs, ça ne m'étonnerait pas que ton père ait eu une idée derrière la tête en l'embauchant au cabinet. Il espérait peut-être que tu aurais le coup de foudre lors d'une de tes visites…

Était-ce l'intention de son père ?

Non, impossible. Elle sortait déjà depuis des années avec John quand Preston avait engagé Sloan, et il avait toujours affirmé trouver John sympathique. D'aucuns auraient menti pour ménager leur fille, mais pas son père, qui disait toujours ce qu'il pensait. Si son futur gendre n'avait pas été à son goût, il ne se serait pas gêné pour le lui dire.

Preston n'avait pas choisi Sloan pour elle pour la bonne raison qu'il savait qu'elle allait faire sa vie avec John : dès que ce dernier se déciderait à la demander en mariage, elle accepterait.

Son père et elle en avaient parlé le mois dernier lorsque, de passage à New York pour un séminaire médical, il avait séjourné quelques jours chez elle, et elle s'était bien gardée de lui confier ses craintes.

John tardait à faire sa demande, et elle lui trouvait ces derniers temps un comportement un peu étrange — qui s'expliquait sans doute par ses horaires de fou.

— Où est-il donc, le fabuleux John ? lui demanda Julie. Un homme qui ne prend pas la peine d'être aux côtés de sa petite amie pour les funérailles de son père n'a pas d'excuses à mes yeux, ajouta-t-elle d'un ton lapidaire.

— Il est traumatologue aux urgences, Julie. Il lui est impossible de s'absenter sans préavis, sauf en cas de décès dans sa propre famille. De toute façon, il n'aurait rien pu faire pour m'aider.

C'était ce qu'il lui avait dit quand elle avait envisagé la possibilité qu'il l'accompagne. Sur le fond, il avait eu raison, même si son manque de délicatesse l'avait blessée, et elle n'avait pas insisté pour qu'il vienne la soutenir par sa présence à l'enterrement, même si elle l'aurait secrètement souhaité. Bien sûr, qu'il fallait que John reste sur le pont pour mettre les bouchées doubles afin de pallier son absence. Il n'était pas question d'aggraver les sous-effectifs en l'obligeant à manquer à l'appel, lui aussi…

Les urgences du New York City Hospital en avaient vu d'autres, lui souffla une petite voix revancharde, les collègues s'en seraient sortis…

Étouffant la petite voix, elle se raisonna.

John avait pris la bonne décision, sans sentimentalisme excessif. Sa venue à Bloomberg n'aurait strictement servi à rien. Et puis elle comprenait que, en plus des impératifs du travail, il n'ait aucune envie de passer plusieurs jours dans un « trou perdu », comme il le disait lui-même. Les gratte-ciel, les huit-voies, le bruit et la fureur de Manhattan étaient son terrain de jeu. Il était *le* citadin dans toute sa splendeur.

— Comment ça, il n'aurait rien pu faire ? reprit Julie d'une voix indignée. Il aurait pu te tenir la main, tenter de te réconforter, t'éviter d'être seule à l'enterrement de ton père.

Bon, d'accord, il aurait pu, mais il avait choisi de ne pas le faire, admit Cara en son for intérieur.

Cette conversation lui déplaisait profondément. Elle touchait un point sensible. Elle avait beau se dire qu'elle comprenait John, elle savait qu'elle-même aurait tout laissé tomber pour être auprès de lui si les rôles avaient été inversés. Le fait qu'il n'ait pas envisagé une seconde de l'accompagner lui faisait plus mal qu'elle ne voulait l'admettre.

Non sans soulagement, elle vit s'approcher une autre ancienne camarade de classe.

Elle adressa un sourire guindé à Julie.

— Euh, écoute, je réfléchirai à ce que tu m'as dit. Merci d'être venue. Je suis contente de t'avoir revue.

— Moi aussi, dit Julie en la serrant de nouveau contre elle. Même si je regrette que ce soit dans ces circonstances.

Le parfum de chèvrefeuille déclencha une nouvelle vague de souvenirs.

— Ton père va nous manquer cruellement. Tout comme toi. Ne te fais pas aussi rare.

Impatiente de mettre un terme à cet échange, Cara ne releva pas la remarque la concernant.

Bien sûr, son père manquerait à tous les habitants de Bloomberg, mais personne ne le regretterait autant qu'elle, sa fille. Elle avait beau ne plus habiter ici, elle lui parlait au téléphone deux à trois fois par semaine, essentiellement de la dernière pièce de théâtre qu'elle était allée voir à Broadway ou d'un cas médical intéressant qu'elle avait pris en charge aux urgences. Quant à Preston, il était intarissable sur Sloan.

Ces derniers temps, lasse de l'entendre glorifier ce dernier, elle en était arrivée au point où elle redoutait son appel, alors qu'elle donnerait tout maintenant pour réentendre le son de sa voix, ne serait-ce que quelques secondes.

Sentant les larmes lui brûler les paupières, elle s'efforça de les refouler.

Il fallait qu'elle tienne encore deux jours, puis elle tirerait définitivement un trait sur cette sinistre petite ville.

Au grand soulagement de Sloan, la foule commençait enfin à se disperser.

En plus de l'éprouvante cérémonie de la présentation du corps, l'accident de Lisbeth Goines et la remarque hostile de Cara avaient achevé de lui retirer le peu d'adrénaline qu'il lui restait. Après que le dernier visiteur eut offert ses condoléances à Cara puis à lui, Irving Greenwood, l'ordonnateur des pompes funèbres, vint le trouver pour lui expliquer le déroulement de la journée du lendemain.

Les père, grand-père et arrière-grand-père d'Irving officiaient déjà dans ce bâtiment qui abritait des salles d'embaumement et des salons funéraires, et cette chapelle pour les familles souhaitant enterrer leurs morts selon les rites religieux. Cette maison victorienne était la mémoire des habitants de Bloomberg. C'étaient ce solide enracinement dans le passé et la communauté si soudée qu'ils formaient tous qui l'avaient attiré dans cette ville.

Et, bien sûr, le Dr Conner.

— Je vais demander à Cara ce qu'elle préfère, dit-il à Irving, comme celui-ci s'inquiétait des consignes pour la disposition des fleurs.

S'attendant à être de nouveau snobé par Cara, il traversa la pièce en direction du banc où elle était assise.

Les mains croisées sur les genoux, les yeux baissés, elle semblait si fragile, si vulnérable.

Elle était à l'évidence bouleversée par la mort de son père, et il lui accordait bien volontiers des circonstances atténuantes pour son manque d'amabilité à son égard, même s'il était le seul à faire les frais de sa mauvaise humeur.

Il s'arrêta devant elle.

— M. Greenwood aimerait des instructions pour les fleurs.

De crainte de paraître trop familier, il n'avait pas osé l'appeler par son prénom.

Elle leva les yeux et le regarda comme s'il était un parfait inconnu.

— Que veut-il savoir ?

— Voulez-vous les placer toutes dans le corbillard, rapporter les bouquets chez votre père ou les y faire livrer après l'enterrement ?

L'air complètement perdu, elle jeta un regard autour de la salle qui croulait sous les gerbes et les couronnes, sans parler des plaques funéraires et autres ornements en céramique.

— Non, je n'en veux pas. Qu'en ferais-je ?

Ce n'était pas lui qui pourrait le lui dire. Enfant de l'Assistance publique, il avait grandi dans des foyers d'accueil et n'avait jamais assisté à aucun enterrement, pour la bonne raison qu'il n'avait ni parents ni famille.

— Dans ce cas, je vais dire à Irving de déposer les fleurs fraîches à la maison de retraite ou à l'hôpital — elles mettront un peu de couleur dans les postes infirmiers et les salles d'attente, ajouta-t-il avec un sourire.

Tant pis pour son espoir qu'elle le lui rende.

— Je vous laisse carte blanche, dit Cara d'une voix lasse. Tout ce que je désire, c'est qu'on garde une liste de tous les gens qui ont offert quelque chose, afin que je puisse leur adresser des remerciements.

Du bout des doigts, elle se massa les tempes.

— J'avais demandé que les gens fassent une donation pour aider la recherche sur les maladies cardio-vasculaires en lieu et place des fleurs, mais je n'ai de toute évidence pas été entendue.

Malgré la relative politesse dont elle faisait preuve à son égard, elle ne l'invitait pas à s'asseoir.

— Je suis sûr que beaucoup de chèques ont été déposés dans l'urne prévue à cet effet. Les gens de cette ville ont envie de témoigner de toutes les manières leur amour et leur reconnaissance envers votre père. Personne n'a fait plus pour Bloomberg que lui.

Elle acquiesça vaguement.

Ils étaient désormais seuls avec le cercueil. Le visage de Cara était presque aussi pâle que celui de son père, les articulations saillaient sous la peau diaphane de ses mains qu'elle serrait à les briser sur ses genoux.

Soudain, un sanglot s'échappa de ses lèvres. Elle le réprima aussitôt, mais il eut le temps de l'entendre.

— Ça va ?

Une question stupide à poser à quelqu'un qui allait enterrer son père dans moins de vingt-quatre heures !

Alors qu'il s'attendait à quelque sèche repartie de la part de Cara, celle-ci se contenta de secouer la tête.

— Non, il faut que je sorte d'ici. S'il vous plaît, aidez-moi.

Que voulait-elle qu'il fasse, au juste ?

Voyant qu'elle ne bougeait pas, il lui prit la main et l'entraîna à l'extérieur.

Deux choses le frappaient : la froideur glaciale de sa paume, et la docilité avec laquelle elle le suivait comme si, tétanisée, elle n'avait plus aucune volonté propre.

Cette créature fragile et tremblante était aux antipodes de la femme sportive, forte et indépendante décrite par Preston. Ce soir, il n'y avait qu'une petite fille submergée par le chagrin.

Sans un mot, il l'aida à s'asseoir sur le siège côté passager de sa Jeep et à attacher sa ceinture.

La voiture de location de Cara se trouvait à quelques mètres, mais ç'aurait été imprudent de la laisser conduire. Lui-même n'avait pas beaucoup dormi ces derniers jours entre les consultations à assurer, les patients de Preston à soigner en plus des siens et l'organisation des funérailles, mais il tenait encore debout, contrairement à Cara.

— Désolé, il n'y a pas de toit. Le trajet risque d'être venteux.

Sauf par mauvais temps, il ne montait pas le toit souple sur sa Jeep, car il aimait sentir le vent sur son visage.

— Ça ne fait rien, dit-elle d'une voix faible. Tout ce que je veux, c'est m'éloigner d'ici. Merci de m'avoir aidée, mes jambes ne me portaient plus, c'est la première fois que ça m'arrive.

— Normal. C'est le stress.

— Je ne suis pas stressée.

Le ton irascible pointait de nouveau.

— D'accord, vous n'êtes pas stressée.

Inutile de discuter avec elle, d'autant qu'ils savaient tous deux de quoi il retournait.

Il démarra et prit la direction du quartier résidentiel où habitait Preston.

À mi-chemin de Maple Street, il jeta un coup d'œil vers le visage creusé de fatigue de Cara.

Le vent jouait avec les cheveux qui s'étaient échappés de ses tresses, et elle fixait le paysage sans sembler le voir.

Il reporta son attention sur la route pour négocier le

rond-point, et, quand il la regarda de nouveau deux minutes plus tard, il ne fut pas surpris de la voir la nuque affaissée contre l'appuie-tête, les yeux fermés.

Elle s'était endormie.

Il se gara devant la demeure victorienne grise et blanche de Preston, sortit de voiture et contourna le capot pour ouvrir la portière côté passager.

Devait-il réveiller Cara ou la porter d'autorité à l'intérieur ?

De toute évidence, elle n'avait pas beaucoup dormi la nuit précédente, autant ne pas la réveiller. Dans l'état d'épuisement émotionnel et physique où elle se trouvait, le moindre repos était bon à prendre.

Il gravit les marches du perron, sortit de sa poche la clé que Preston lui avait donnée et ouvrit. Puis il retourna à la Jeep pour soulever précautionneusement Cara dans ses bras.

Elle était légère comme une plume. Et elle sentait divinement bon.

Bien avant de la rencontrer, il savait déjà à quoi elle ressemblait, et les femmes avec lesquelles il était sorti dans l'espoir de se faire sa place à Bloomberg avaient toutes pâti de la comparaison avec l'admirable portrait que Preston lui brossait de sa fille. Il leur avait toujours manqué quelque chose, même aux plus jolies et aux plus intelligentes, comme s'il attendait autre chose.

Comme s'il l'attendait, elle.

Ce qui était absurde !

C'était la faute de Preston, qui, avec son franc-parler habituel, lui répétait qu'aucune de ses petites amies n'arrivait à la cheville de Cara. À force de l'entendre le répéter, il avait dû finir par le croire…

En fait, pour être tout à fait honnête, en plus des récits dithyrambiques de Preston sur sa fille, autre chose avait alimenté ses fantasmes sur Cara : les photos de l'ensorcelante beauté rousse encadrées sur les murs du bureau de son employeur. Dès la minute où il les avait vues, il n'avait eu de cesse de la rencontrer pour de vrai.

Durant les quelques minutes où Preston avait repris conscience sur la table de soins de la salle de déchoquage, il lui avait demandé de veiller sur Cara.

Sloan avait promis de le faire. Et il comptait bien tenir parole. Pour l'heure, son attirance pour elle n'était pas partagée, mais cela ne le refroidissait en rien…

Bien au contraire, un trouble immense l'envahissait au contact de son corps contre le sien — une réaction déplacée qu'il s'efforça d'ignorer.

Car ce n'était certainement pas ainsi que Preston aurait voulu qu'il veille sur sa fille. Elle était épuisée, elle pleurait son père, et il n'avait aucun droit de fantasmer sur ses cheveux flamboyants, sur son parfum, sur sa silhouette gracile et néanmoins si féminine. La fille endeuillée de son mentor et meilleur ami décédé, voilà comment il devait la considérer.

C'est ce qu'il se répéta en la portant dans la chambre.

À la lumière du couloir, il écarta les couvertures du lit et y allongea Cara, dont le joli visage semblait enfin détendu.

Verrait-il un jour ses yeux briller comme sur les photos de Preston ?

Rien n'était moins sûr, étant donné qu'elle allait repartir après l'enterrement. D'elle, il n'aurait connu que la colère et le dédain.

Incapable de résister, il écarta une mèche de son visage et laissa son doigt glisser sur la peau satinée de sa joue.

Pourquoi le fascinait-elle autant ? Parce qu'elle était la fille d'un homme qu'il avait profondément respecté et aimé ?

Il aurait bien aimé s'en convaincre.

Il se détournait pour s'en aller, quand il sentit la main de Cara se refermer sur son poignet.

— Ne partez pas.

Il se figea.

Sans doute parlait-elle dans son sommeil ?

— Cara ? dit-il tout bas.

Elle entrouvrit les yeux.

— Je ne veux pas rester seule dans cette maison. Pas ce soir. S'il vous plaît, ne partez pas !

Sa voix ressemblait à celle d'une petite fille apeurée.

Il savait qu'il ne devrait pas accepter. Sa Jeep était garée à l'extérieur, tout le monde la connaissait, et dès le lendemain matin ça jaserait dans les chaumières.

Bien entendu, il ne se passerait strictement rien entre eux s'il décidait de passer la nuit ici, mais les convenances voulaient qu'il refuse, afin de ne pas prêter le flanc aux commérages.

D'un autre côté, il y avait Cara qui le suppliait de rester. Et toutes les fibres de son corps qui lui criaient de faire de même…

La partie était trop inégale.

3.

Cara sentait ses dents s'entrechoquer, elle avait la chair de poule et se sentait glacée de partout depuis qu'elle avait quitté la chaleur et le havre des bras de Sloan. Elle s'accrochait à sa main comme à une bouée de sauvetage.

La nuit dernière, elle n'avait pu dormir dans cette maison dont les odeurs et les bruits avaient fait resurgir en elle une foule de souvenirs. Elle avait été presque soulagée de la quitter pour aller à la cérémonie de présentation du corps. Ces murs chargés d'histoire et de souvenirs familiaux pas toujours heureux se refermaient sur elle, oppressants, et la perspective d'une seconde nuit peuplée de fantômes la terrorisait.

Avec Sloan à ses côtés, elle se sentirait rassurée…

Mais il hésitait de toute évidence à céder à sa requête.

Cela se comprenait. Depuis son arrivée, elle s'était montrée odieuse à son égard en repoussant toutes ses tentatives de rapprochement. Elle ne lui avait pas caché son antipathie. Et maintenant elle lui demandait de passer la nuit sous ce toit pour la protéger des monstres tapis dans l'obscurité ! Il y avait de quoi le décontenancer.

— Ne me laissez pas seule dans cette chambre, s'il vous plaît, balbutia-t-elle malgré elle. J'ai besoin de vous.

Elle détestait supplier, mais elle détestait encore plus l'idée de se retrouver seule entre ces quatre murs.

— Etes-vous sûre, Cara ? Je n'aimerais pas que vous pensiez que je profite de vous.

Oh non ! C'était bien un homme. Elle lui parlait de dormir

avec elle, et il pensait à coucher. Mais peut-être, par leur véhémence, ses supplications avaient-elles prêté à confusion.

— Je ne vois pas pourquoi. Nous garderons nos vêtements, bien entendu.

L'air complètement perdu, il regarda son poignet qu'elle tenait toujours.

— Afin qu'il n'y ait aucun malentendu, dites-moi exactement ce que vous attendez de moi, Cara.

« Tout », faillit-elle lâcher.

Mais, bien sûr, ça aurait encore aggravé la méprise. Tout ce qu'elle voulait, c'était l'avoir à côté d'elle pour ne plus se sentir seule dans cette demeure et dans sa vie. Elle se languissait de chaleur humaine. Pas forcément de celle de Sloan Trenton, n'importe qui ferait l'affaire pourvu qu'il soit disposé à lui apporter un peu de réconfort.

Du moins voulait-elle s'en persuader.

— Prenez-moi dans vos bras et ne me lâchez plus.

Visiblement hésitant, Sloan la regarda un long moment avant d'esquisser un petit sourire.

— Je crois que c'est dans mes cordes.

Une réponse sibylline… Mais son cerveau surmené cherchait sans doute des complications là où il n'y en avait pas.

— Je n'en ai jamais douté.

— Quelque chose me dit que vous avez la langue bien pendue, Cara.

En d'autres circonstances, la repartie de Sloan l'aurait fait sourire. N'était-ce pas ce que son père disait à sa mère, qu'elle savait clouer le bec en quelques mots bien choisis à ceux qui avaient le malheur de lui déplaire ?

Étrange. C'était la première fois qu'elle y repensait depuis des années.

Un frisson la parcourut de nouveau.

— J'ai tellement froid !

Il ôta ses chaussures puis la rejoignit sous les couvertures et la prit dans ses bras.

— On va y remédier tout de suite.

Et, en effet, la chaleur de Sloan se diffusa bientôt en elle.

Oubliant qu'il était un quasi inconnu, elle posa la tête

sur son épaule, ferma les yeux et se laissa gagner par une douce torpeur.

En plus de la réchauffer, il se mit à lui parler en lui caressant les cheveux, disant qu'il était de tout cœur avec elle, que son père leur manquerait à tous.

Sa voix lui faisait l'effet d'un baume.

Elle se blottit tout contre lui et ferma les yeux, forte de l'assurance que, si elle se réveillait et avait besoin de lui, il serait là pour la simple raison qu'il l'avait promis.

Étrange, comme cette pensée la réconfortait, alors qu'il ne lui était même pas sympathique !

Mais son père avait aimé cet homme et lui avait témoigné une confiance inconditionnelle, et pour l'heure cela lui suffisait.

Dans les bras de Sloan, elle trouvait enfin le réconfort qu'elle cherchait désespérément depuis ce coup de fil qui avait anéanti son monde. Un coup de fil que ce même Sloan lui avait passé.

S'efforçant de rester immobile, Sloan écoutait la respiration régulière de Cara.

Elle s'était endormie, ce qui valait aussi bien, car elle ne se rendrait pas compte de la réaction de son corps à son contact.

Il avait beau se dire qu'il accomplissait une bonne action, ses sens, eux, n'en faisaient qu'à leur tête — encore que la tête n'ait rien à voir dans l'affaire.

Le parfum de fleur de cerisier des cheveux de Cara lui emplissait les narines. Incapable de résister, il glissa les doigts dans ses tresses auburn.

Bon sang, qu'était-il en train de faire ?

Un soupir aux lèvres, il remit sa main en place sur son épaule et elle se lova contre lui, ce qui ne fit qu'accentuer son supplice.

— Je ne vous aime pas, marmonna-t-elle d'une voix à peine audible.

— Je sais, répondit-il, résigné.

— Malgré votre prodigieux sex-appeal.

Il se figea.

La poitrine de Cara se soulevait à un rythme régulier, son corps était parfaitement détendu, ses yeux, fermés.

Parlait-elle dans son sommeil ?

— Vous me trouvez séduisant ? demanda-t-il, poussé par la curiosité.

— Je me sens fondre chaque fois que je vous regarde. Mais je préférerais mourir que de l'admettre parce que je ne vous aime pas.

La cause était entendue : elle dormait, sinon elle n'aurait jamais formulé un tel aveu.

Malgré l'inconfort que lui causait une certaine partie de son anatomie, il ne put s'empêcher de sourire.

Ce qu'il retenait de ses paroles, c'était que son attirance pour elle était partagée. Le reste, qu'elle ne l'aime pas beaucoup, ça n'avait que peu d'importance en comparaison.

— Bonne nuit, Cara, murmura-t-il en lui effleurant les cheveux de ses lèvres. Une journée éprouvante nous attend demain, mais on s'en sortira. Et ensuite j'espère bien qu'on reprendra cette conversation quand vous serez réveillée, parce que, moi aussi, ça me met dans tous mes états de vous regarder. Vous excitez ma libido comme personne. Et en plus je vous trouve sympathique, beaucoup trop pour mon propre bien.

Sur cette dernière note provocatrice qu'elle enregistrerait peut-être dans son subconscient, il ferma les yeux pour tenter de dormir.

Encore à moitié dans les limbes, Cara reprenait petit à petit conscience de ce qui l'entourait.

Le calme qui régnait dans la pièce fut la première chose qui la frappa : pas de bruit de circulation en arrière-fond.

Non que le silence soit absolu. Le souffle d'une respiration masculine lui chatouillait la tempe, et la chaleur du même corps masculin l'entourait de partout, si douce qu'elle n'avait aucune envie de bouger et de permettre à de l'air froid de s'infiltrer dans son cocon douillet.

Ce n'était pas dans les habitudes de John de la tenir ainsi. Il n'aimait pas dormir collé-serré contre elle, il lui reprochait plutôt d'envahir son espace personnel et de l'empêcher de respirer. Ils se cantonnaient chacun à leur côté du lit pour se retrouver de temps en temps au milieu — quoique de moins en moins souvent ces derniers temps.

En fait, elle avait du mal à se rappeler à quand remontait leur dernier câlin. Et la dernière fois où le parfum viril de John lui avait ainsi délicieusement titillé les narines, lui donnant envie de se blottir contre lui de manière provocante pour éveiller son désir.

Opération réussie au-delà de ses espérances, remarqua-t-elle en sentant le bras de John se resserrer amoureusement autour de sa taille et son membre viril se dresser avec une belle énergie.

Parfait. Après avoir attendu en vain durant des mois sa demande en mariage, elle avait même commencé à douter qu'il la désirait encore. Elle pouvait être rassurée sur ce plan.

Bien sûr, le sexe ne garantissait pas la réussite d'une relation, mais c'était important d'avoir une intimité physique avec son partenaire en plus d'une complicité intellectuelle et de centres d'intérêt communs. Et cette intimité lui manquait cruellement, ces jours-ci. Elle se languissait d'être touchée, caressée, aimée.

« Ne sois pas stupide », se sermonna-t-elle. Bien sûr, que John l'aimait, il le lui disait matin et soir avec la régularité d'un coucou suisse. D'ailleurs, n'était-il pas en train de le lui prouver en cet instant en la serrant contre lui avec ce qui ressemblait à de la ferveur ?

Les lèvres de John se posèrent sur ses cheveux en un baiser presque timide, et elle se tourna vers lui pour lui offrir sa bouche.

Comme s'il n'attendait que ce moment, il l'embrassa avec une passion et une science du baiser qu'elle ne lui connaissait pas.

Mmm, très excitant ! John avait fait des progrès, comme quoi, l'abstinence de ces quelques semaines avait eu du bon.

Elle se cambra contre lui et enfouit la main dans ses cheveux tout en lui rendant son baiser avec le même enthousiasme.

Ça faisait si longtemps qu'elle ne l'avait désiré et ne s'était sentie aussi désirée, désirable ! Vivement qu'ils enlèvent tous ces vêtements…

— Cara, vous êtes merveilleuse.

Depuis quand la vouvoyait-il ? Et pourquoi sa voix était-elle différente ?

Soudain complètement réveillée, elle ouvrit les yeux et s'écarta vivement de l'homme allongé dans le lit à côté d'elle.

Tout lui revenait d'un seul coup.

Le funeste coup de fil qui lui avait annoncé la mort de son père. Son départ de New York et le refus de John de l'accompagner. Le vol jusqu'à Pensacola, la location de la voiture à l'aéroport puis le trajet de Floride en Alabama pour arriver à Bloomberg.

La nostalgie de revenir dans la maison de son enfance désormais vide. Son épuisement, son effroi et son chagrin. Le cercueil et le visage de cire de son père. Son envie de s'échapper au plus vite de cet endroit…

Et les supplications qu'elle avait adressées à Sloan Trenton pour qu'il accepte de passer la nuit dans sa chambre, afin de lui éviter de rester seule.

Les joues en feu, elle resta à le fixer, horrifiée.

— Bonjour, dit Sloan.

Tout en se passant la main dans les cheveux, il lui adressa un sourire un peu penaud, comme si ce qu'ils venaient de faire ne prêtait pas à conséquence.

Comment avait-elle pu commettre cette terrible méprise, elle qui n'avait connu qu'un seul homme dans sa vie et qui s'apprêtait à l'épouser ?

Ignorant son bonjour et le spectacle sublime qu'offrait Sloan Trenton avec ses cheveux noirs ébouriffés et ses yeux cuivrés, elle préférait attaquer, comme s'il était le seul responsable de cette étreinte torride.

— Je peux savoir ce que vous étiez en train de faire ?

Je vous avais demandé de me tenir dans vos bras, pas de me molester !

— Vous molester ?

Refusant de reconnaître sa mauvaise foi, elle essaya de le pousser hors du lit.

— Allez-vous-en ! Tout de suite !

— Vous me demandez de rester, puis vous m'ordonnez de partir ? Il faudrait savoir, dit-il avec son exaspérant sourire, en s'adossant tranquillement à l'oreiller.

Sans doute essayait-il de dédramatiser la situation, mais elle n'était pas prête à jouer le jeu. Elle venait d'embrasser un quasi-inconnu, et en plus elle avait aimé ça !

La fatigue et le bouleversement émotionnel causé par la douleur de perdre le dernier membre de sa famille y étaient sans doute pour quelque chose.

Heureusement, ils n'étaient pas allés plus loin que quelques baisers, pour preuve les vêtements qu'ils portaient encore. Rien d'irréparable ne s'était produit.

Ce qui ne l'empêchait pas de se sentir atteinte dans son intégrité, blessée. En tout cas, différente de la veille, comme si quelque chose s'était passé durant ces heures où il l'avait tenue contre lui pour la protéger des démons qui l'effrayaient tellement hier soir.

Personne ne l'avait jamais tenue ainsi, John encore moins que quiconque…

Ce qui ne signifiait pas qu'elle commençait à aimer Sloan Trenton, loin de là.

— Vous, vous n'êtes pas du matin, dit-il. Pour votre gouverne, sachez que c'est vous qui vous êtes jetée sur moi comme une bête fauve…

L'indignation la laissa bouche bée.

— Non que je me plaigne, poursuivit Sloan. Ce qui vient de se passer était plutôt agréable, et il y a pire punition que de se faire embrasser au réveil par une jolie personne comme vous. Mais je refuse d'endosser les torts alors que je n'y étais pour rien. J'étais l'innocente victime de votre soudaine soif d'amour.

— Innocente victime, mon…

— Allons, pas de trivialités ! Sinon, vous devrez mettre un dollar dans le bocal d'amendes que Preston gardait à l'entrée de la cuisine — il détestait les gens qui juraient ou qui disaient des gros mots.

— Je sais ! lança-t-elle, hors d'elle. Je vous rappelle que c'est mon père.

Alors que lui n'était rien d'autre qu'un intrus qui s'était immiscé dans les bonnes grâces de Preston.

— Sortez d'ci avant que je n'appelle la police !

D'un calme olympien, Sloan jeta un coup d'œil à sa montre.

— J'ai juste le temps de rentrer prendre une douche, dit-il sans bouger pour autant. Puis je passerai à l'hôpital voir Mme Goines et m'assurer qu'elle est remise de l'opération de réduction de sa fracture. Et enfin je reviendrai dans un peu plus d'une heure avec tout ce qu'il faut pour le petit déjeuner. Si vous vous êtes calmée d'ici là, vous pourriez mettre la cafetière en route, ça nous fera gagner du temps. L'enterrement est à 11 heures.

— Je sais ! répéta-t-elle, furieuse. Et je n'ai aucune intention de prendre le petit déjeuner avec vous ni d'aller à l'enterrement de mon père en votre compagnie !

Sloan leva les sourcils, l'air sincèrement surpris.

— Soyez raisonnable, Cara. Votre voiture est restée devant le bâtiment des pompes funèbres, et il faut que vous mangiez. La journée va être longue, ajouta-t-il comme s'il parlait à un enfant capricieux, vous avez besoin de prendre des forces. On mangera ensemble, puis je vous conduirai dans le salon funéraire. Je veux vous aider, Cara.

— Non, vous en avez déjà fait suffisamment !

Son intention n'était pas d'ironiser. Sloan avait tout tenté pour sauver son père, l'avait appelée pour lui annoncer la triste nouvelle, il avait sonné le rappel des amis et des patients de son père, organisé les funérailles…

Et elle, au lieu de le remercier, elle n'avait cessé de le traiter de haut depuis son arrivée. Sans parler de la manière dont elle lui criait dessus ce matin. Il n'avait fait qu'accéder à sa demande de rester auprès d'elle cette nuit, et elle l'accusait d'avoir voulu abuser d'elle et lui ordonnait de prendre la porte !

Jamais elle ne se serait crue capable d'une telle ingratitude. Mais l'incident du lit avait encore accru le ressentiment qu'elle éprouvait contre lui, comme si elle lui en voulait du plaisir qu'elle avait pris à l'embrasser.

Elle croyait que c'était John, tenta-t-elle de se justifier en son for intérieur.

— Allez-vous-en, je vous en supplie, dit-elle en ramenant son visage contre ses genoux pliés.

Un autre aurait perdu patience, mais pas lui. Il lui posa la main sur l'épaule.

Son contact lui étant désormais insupportable, elle se dégagea.

— C'est ridicule, Cara ! Aujourd'hui, la journée va être suffisamment éprouvante pour nous deux sans que vous en rajoutiez en me traitant comme un ennemi, dit-il, une pointe de réprobation dans sa voix toujours douce et posée. Si vous me disiez plutôt quel est le problème ?

Sans doute la prenait-il pour une folle. Lui-même devait être un peu fou pour se laisser houspiller de la sorte sans réagir.

— Qui vous dit qu'il y a un problème ? rétorqua-t-elle en étreignant désespérément ses genoux.

— Je ne sais pas. Vous faites preuve d'une telle agressivité à mon égard…

— Alors, pourquoi êtes-vous encore là ?

Et elle, que faisait-elle encore dans ce lit avec lui ? Était-ce par entêtement, parce qu'elle ne voulait pas être la première à se lever, alors que c'était à lui de s'en aller ?

— Parce que vous m'avez demandé de rester.

— C'était hier soir ! Et ce matin je vous demande de partir.

— Pourquoi ne m'aimez-vous pas, Cara ?

— Je n'en sais rien, dit-elle, consciente qu'elle reconnaissait ainsi implicitement la chose.

Sloan l'observa un moment.

— Cherchez bien.

— Parce que vous avez profité de ma vulnérabilité dans mon sommeil, dit-elle pour en finir.

— C'est faux, et nous le savons tous les deux : vous avez voulu dormir dans mes bras, et j'ai accepté car vous sembliez bouleversée.

— Vous êtes resté par pitié ?

— Là n'est pas la question, dit-il, semblant enfin perdre patience. Pourquoi êtes-vous sans cesse à me chercher querelle ? Moi, je n'ai pas envie de me battre avec vous.

Les raisons pour lesquelles elle ne l'aimait pas étaient nombreuses : elle était jalouse de lui parce que son père l'avait pris en affection et considéré comme son fils. De plus, il l'exaspérait avec cette maîtrise parfaite de ses émotions qu'il montrait en toutes circonstances alors qu'elle se laissait lamentablement déborder par les siennes. Enfin et surtout, elle lui en voulait pour son moment de faiblesse de tout à l'heure.

Il était plus facile de l'accuser de tous les maux que d'affronter le fait de l'avoir embrassé.

— Alors, partez, et vous n'aurez pas à vous battre.

Il secoua la tête.

— Je tiens à être à vos côtés aujourd'hui.

Se levant du lit, elle le fusilla du regard.

— Non ! En quelle langue faut-il vous le dire ? Je ne veux pas de votre compagnie, ni aujourd'hui, ni jamais. Hier soir, quand je vous ai demandé de rester, je n'étais pas dans mon état normal. Je… J'ai un petit ami, et ce matin j'ai commis une erreur en vous prenant pour lui, et j'ai honte, ajouta-t-elle en se forçant à prononcer les mots. Voilà, est-ce assez clair ?

— Compris, dit-il sèchement. Vous n'avez plus besoin de moi, et vous me congédiez.

Il s'assit de son côté du lit pour enfiler ses chaussures puis se dirigea vers la porte.

— Si vous changez d'avis pour aller dans le salon funéraire, appelez-moi. En souvenir de Preston, je reste malgré tout disposé à vous aider.

Et il sortit.

Ce fut Gladys Jones, une voisine, qui conduisit Cara à la maison des pompes funèbres.

Redressant les épaules, elle entra dans le salon où était désormais disposé le cercueil fermé et elle se mit à serrer les mains de ceux qui étaient déjà là et à les remercier pour leurs paroles de soutien. Malgré sa résolution de ne pas pleurer, elle laissa de nouveau ses émotions prendre le dessus et accepta les mouchoirs qu'on lui tendait pour sécher ses larmes.

Enfin, le cercueil fut soulevé — par Sloan et trois fidèles amis de son père — et placé dans le corbillard au-devant duquel elle prit place en compagnie d'Irving Greenwood, et la procession prit la direction du cimetière.

Là, le shérif fit un discours émouvant en hommage au Dr Preston Conner, qui avait servi de médecin légiste au comté durant trois décennies, et il lui offrit un drapeau plié en quatre.

Puis les croque-morts descendirent le cercueil dans la fosse.

Dans un état second, ivre de chagrin, Cara jeta une rose et une poignée de terre sur le couvercle.

— Tu vas me manquer, papa, murmura-t-elle en sanglotant.

À l'issue de la cérémonie, elle remercia tous ceux qui y avaient assisté.

Sauf Sloan. Elle ne se sentait pas assez forte pour lui faire face. Durant l'enterrement, elle avait surpris son regard sur elle à plusieurs reprises, mais à travers ses larmes elle n'avait su s'il la fixait avec dégoût ou incompréhension.

Sans doute les deux. Après la manière dont elle s'était conduite envers lui, il avait désormais le droit de la détester autant qu'elle le détestait.

À quoi bon s'en inquiéter puisqu'elle n'allait plus le revoir ?

— Cara ?

Oh non. N'avait-il toujours pas compris qu'ils n'avaient plus rien à se dire ?

— Je voulais vous assurer de mon soutien.

À contrecœur, elle leva les yeux et vit la compassion et le chagrin inscrits dans ceux de Sloan, ainsi qu'une flamme si intense qu'elle sentit ses genoux flageoler.

Comme elle vacillait, il tendit la main vers elle, mais, soucieuse d'éviter son contact, elle se rétablit sans son aide.

— Merci, docteur Trenton. Mon père était un homme bon, répéta-t-elle pour la énième fois.

À sa grande surprise, il se contenta d'acquiescer avant de tourner les talons et de s'éloigner vers le parking.

Consciente que c'était la dernière fois qu'elle le voyait, elle le regarda monter dans la Jeep et s'en aller.

Un sanglot lui échappa, qu'elle s'efforça de réprimer au plus vite.

De retour dans le salon funéraire, M. Greenwood lui fit signer les documents nécessaires et donna les instructions pour faire livrer les fleurs à différents établissements médicaux de la région ainsi qu'à un foyer de femmes battues. Plus tard, il lui ferait parvenir une liste des donateurs afin qu'elle puisse leur adresser ses remerciements.

En pilotage automatique, elle accomplit les formalités nécessaires. Puis elle rentra à Maple Street au volant de la voiture de location.

Elle donnait sans doute l'impression d'être à peu près maîtresse d'elle-même. Heureusement que personne ne pouvait savoir ce qu'il se passait à l'intérieur.

Après avoir confirmé son vol pour le lendemain, elle parcourut les pièces de la demeure paternelle avec plus d'amertume que de nostalgie. Dans cette maison qui était vite devenue une prison pour elle, elle n'avait pas tellement de bons souvenirs, hormis ceux de la petite enfance.

Dans la chambre, le lit était défait.

Les draps gardaient-ils le parfum de Sloan ? Serait-elle capable d'y dormir une dernière fois cette nuit, sans ses bras pour lui tenir chaud, ses baisers pour la réveiller le matin ?

Au fond, elle ferait peut-être mieux de partir tout de suite par le premier avion.

Sa décision aussitôt prise, elle sortit son téléphone portable et se connecta de nouveau au site de la compagnie aérienne pour échanger sa réservation du lendemain contre une place sur le vol du soir.

L'opération coûtait presque aussi cher que d'acheter un

nouveau billet, mais tant pis. Pas question de passer une nuit supplémentaire sous ce toit avec les fantômes du passé et les souvenirs de l'homme qui avait partagé son lit la nuit précédente.

Dans quelques semaines, elle devrait revenir pour régler la succession de son père et prendre les quelques affaires qu'elle souhaitait garder, mais rien ne l'obligeait à dormir ici ce soir.

Étant donné qu'elle ne comptait pas revenir s'installer dans cette ville, elle devrait mettre en vente la maison et le cabinet médical. Il fallait bien s'y résoudre puisque son avenir était à New York, avec John, à des milliers de kilomètres de Sloan — euh, pardon, de Bloomberg.

De toute façon, ils allaient ensemble. Et elle n'aimait ni l'un ni l'autre.

4.

Trois semaines plus tard, Cara revint à Bloomberg pour se rendre à la convocation du notaire.

Elle avait honte de la manière hystérique dont elle s'était comportée à l'égard de Sloan Trenton, et elle comptait bien lui écrire après sa visite à Me Byrd un mot d'excuse et de remerciement, ce qui lui épargnerait l'embarras de le revoir.

Toutefois, quand elle entra dans l'étude et vit Sloan assis dans le hall, en train de consulter l'écran de son portable, ses bonnes dispositions s'envolèrent.

— Que faites-vous ici ?

Venait-il se porter acquéreur du cabinet médical, et peut-être aussi des parts de Preston dans l'hôpital ?

Au cas où le Dr Trenton serait intéressé, elle avait expressément chargé le notaire de mener à bien les transactions afin justement de ne pas avoir à le croiser.

— Bonjour à vous aussi, Cara, dit-il, très calme, comme à l'accoutumée.

Sauf que, cette fois, elle décelait de la sécheresse dans son ton, voire de l'hostilité. Sauf erreur, il avait épuisé toute la patience qu'il lui restait en réserve, et son regard le confirmait.

— Toujours aussi aimable, je vois.

Il maniait désormais le sarcasme. Ça aussi, c'était nouveau.

— Me Byrd m'a envoyé une lettre recommandée pour me demander d'être là.

— Pour l'ouverture du testament de mon père ? Pourquoi votre présence serait-elle nécessaire ?

Un haussement d'épaules lui répondit.

— Nous allons le savoir très vite.

Elle n'aimait pas la nonchalance insolente qu'affichait Sloan. Ni le fait qu'elle n'avait cessé de penser à lui depuis trois semaines. Maudit soit-il !

Certes, son intention avait été de s'excuser pour sa réaction outrancière suite au baiser dans le lit l'autre matin, mais au fond il avait peut-être bien mérité sa méfiance et ses reproches. Que faisait-il chez le notaire ? Sans doute s'agissait-il d'un malentendu…

Elle en était là de ses réflexions quand Me Byrd vint les inviter à entrer dans son bureau.

— Content de vous voir tous les deux, dit-il en leur désignant les fauteuils face à la table. Nous sommes ici pour procéder à la lecture du testament du Dr Preston Conner.

Il s'assit dans un fauteuil club seyant à sa corpulence, derrière l'imposant bureau qui faisait la taille d'une table de ping-pong. Avec des gestes d'une lenteur exaspérante, il ouvrit une chemise cartonnée.

— Comme vous le savez, dit-il en les fixant de son regard perçant, Preston possédait la maison de Maple Street, le cabinet médical, un nombre important de parts dans l'hôpital, ainsi qu'un portefeuille d'actions qui rapportaient chaque année des dividendes conséquents. Bref, il était un homme riche.

Première nouvelle !

Elle n'aurait jamais songé à qualifier de « riche » son père, qui menait un train de vie modeste et travaillait sept jours sur sept sans jamais s'octroyer de congés.

En tout cas, elle était contente de savoir qu'il avait été à l'abri du besoin et qu'il aurait pu lever le pied, voire prendre une retraite anticipée s'il l'avait souhaité.

Mais voilà, sans y être obligé par aucune contingence matérielle, il avait choisi de continuer à travailler d'arrache-pied, restant fidèle à son credo de se dévouer corps et âme aux habitants de sa ville natale.

Me Byrd gratta son crâne dégarni.

— Comme s'il avait eu la prémonition de sa mort

prochaine, dit-il en les regardant à tour de rôle par-dessus ses verres en demi-lune, Preston a modifié certaines clauses de son testament il y a un mois et demi. Je préfère vous prévenir que ces nouvelles dispositions sont, euh, un peu inhabituelles — tout en étant parfaitement légales, puisque je les ai rédigées dans les règles.

Elle sentit le sang se mettre à cogner à ses tympans.

Quelque chose lui disait que les précautions oratoires de Me Byrd n'annonçaient rien de bon. Un mois et demi ? Cela coïncidait avec le séjour de son père chez elle à New York. À son retour, il avait donné de toute évidence de nouvelles instructions au notaire. Mais pourquoi ?

Elle n'avait cure de l'argent et aurait donné tous les millions de son père plus tout ce qu'elle possédait elle-même pour le faire revenir à la vie.

Son sinistre pressentiment se précisait. Sloan ne pouvait avoir été convoqué par le notaire que pour une raison bien précise : il était couché sur le testament. Preston ne l'avait-il pas considéré comme son fils ?

Qu'avait fait son père ? L'avait-elle déçu au point qu'il l'ait déshéritée au profit de Sloan Trenton, jugé plus méritant qu'elle ?

Sloan avait du mal à supporter la présence de la femme assise à côté de lui.

Cara Conner avait débarqué en ville trois semaines auparavant, juste le temps d'assister à l'enterrement, puis elle s'en était retournée à New York, non sans avoir dévasté sa vie.

Il n'avait cessé de penser à elle depuis. Ce qui défiait toute logique, étant donné le comportement abject qu'elle avait eu à son égard : après l'avoir ignoré superbement et traité avec grossièreté, elle l'avait utilisé puis jeté.

Il aurait dû la mépriser et la détester. Et il la détestait, de toutes ses forces. Ce qui n'empêchait pas cette stupide attirance de perdurer.

— En quoi consistent ces nouvelles clauses ? demanda Cara, adoptant un ton de femme d'affaires.

— Elles stipulent que M. Sloan Trenton hérite de la moitié du cabinet médical de votre père et de la moitié des murs où se trouve logé le dit cabinet.

Bouche bée, Cara fixait l'homme de loi, et Sloan devinait ce qu'elle pensait à la manière dont ses ongles s'enfonçaient dans l'accoudoir en cuir.

— Le Dr Conner avait l'intention prochaine de vous céder la moitié de son cabinet et de vous prendre comme associé, poursuivit le notaire en s'adressant à lui. Il a modifié son testament dans le but de protéger vos intérêts au cas où quelque chose lui arriverait, afin que les habitants de Bloomberg puissent continuer de bénéficier après sa mort des services d'un médecin de votre qualité.

Sloan n'en revenait pas. Il prenait à présent la pleine mesure de l'affection et de la confiance que lui avait témoignées Preston.

Il s'était préparé à des négociations serrées avec miss Soupe-à-la-Grimace afin de lui racheter le cabinet médical. En cas de refus de Cara de le lui vendre, il avait décidé d'ouvrir son propre cabinet. Mais jamais il n'aurait imaginé un instant que Preston lui léguerait la moitié de ce qu'il avait mis quarante ans à construire. Ce que Sloan ne lui aurait d'ailleurs pas permis de faire si Preston l'avait mis au courant de ses intentions.

La providence avait placé Preston Conner sur son chemin, et ç'avait été un privilège de faire partie de sa vie et d'avoir été aimé d'un si grand homme. Hélas, cet homme merveilleux ne serait plus là pour le guider, lui, le gamin déraciné de Cincinnati dont personne ne s'était jamais vraiment soucié avant qu'il le prenne sous son aile. Comme il regrettait de n'avoir pas eu plus de temps pour s'imprégner de son savoir et de son expérience !

Que cet homme qu'il avait profondément respecté et aimé lui donne la moitié du fruit de son travail l'emplissait d'émotions intenses — l'incrédulité, la gratitude, la joie, mais aussi de l'embarras devant tant de générosité.

Preston l'avait aimé au point de spolier en partie sa fille, du moins était-ce probablement ainsi que Cara interprétait le geste de son père.

La nouvelle avait visiblement laissé celle-ci K.O., mais l'amertume semblait désormais le disputer à la surprise dans son expression. Sans doute considérait-elle cette clause testamentaire additionnelle comme une trahison de la part de son père. À moins qu'elle ne le soupçonne, lui, Sloan, de quelques manigances pour pousser ce dernier à le coucher sur son testament ?

Bien entendu, il n'en était rien. Jamais, dans ses rêves les plus fous, il n'aurait imaginé une chose pareille. Perdre son mentor et meilleur ami s'apparentait d'ailleurs davantage à un cauchemar.

Cara adressa un sourire crispé au notaire.

— Connaissant le dévouement de mon père pour ses concitoyens, je comprends qu'il ait choisi le Dr Trenton, un homme qu'il tenait en haute estime, pour prendre sa relève, et qu'il ait voulu lui assurer les moyens d'y parvenir.

— À la bonne heure ! dit Me Byrd. Ce sont, à peu de chose près, les propos que m'a tenus votre père lorsqu'il est venu modifier son testament.

Le sang rugissait aux oreilles de Sloan.

De toute façon, il n'aurait jamais quitté Bloomberg. Preston savait qu'il y avait trouvé la paix et la stabilité, et que, pour la première fois de sa vie, il avait le sentiment de faire partie d'une communauté, d'une ville, d'une famille. Sa place était ici jusqu'à la fin de ses jours.

— Et le reste des biens et avoirs financiers de mon père ?

La voix de velours de Cara ne trahissait aucune émotion, contrairement à ses doigts, qui se nouaient et se dénouaient sur ses genoux.

S'adossant à son fauteuil, Me Byrd observa Cara d'un regard froid, presque sévère, semblable à celui qu'un procureur du ministère public adresse à un « présumé innocent » avant de le passer sur le gril.

— Tout vous revient, ainsi que la moitié du cabinet et de la maison, sous réserve de respecter certaines conditions…

Visiblement passé maître dans l'art de ménager le suspense, le notaire s'interrompit.

— Quelles conditions ? demanda Cara, d'une voix posée où une pointe de contrariété commençait tout de même à percer.

— Preston a tenu à ce que je vous précise qu'elles sont non négociables, mademoiselle Conner, dit Byrd en durcissant encore le regard. Voici lesquelles : il faut que vous emménagiez à Bloomberg, dans la maison de votre père, et que vous travailliez au cabinet médical avec le Dr Trenton six jours sur sept pendant au moins six mois.

Cara était devenue blanche comme un linge.

— Je ne peux pas m'installer ici ! s'écria-t-elle, la mine horrifiée, laissant tomber le masque de la femme d'affaires.

Elle se pencha en avant en agrippant le bord du bureau.

— Je refuse de revenir à Bloomberg ! Je déteste cet endroit !

— Détestez tant que vous voudrez, dit le notaire d'un ton blasé. Mais, si voulez hériter de votre père, je vous conseille de poser vos valises à Maple Street et d'y rester jusqu'à l'été prochain.

— De toute façon, je ne veux pas de l'argent de mon père, ni de ses actions, ni de sa maison ! J'avais prévu de tout vendre.

Le notaire secoua la tête.

— Vous ne le pourrez qu'une fois que vous aurez rempli les conditions. Alors seulement, vous disposerez de ce qui vous revient.

Sloan sentait la colère et l'incompréhension de Cara. Et ce que s'apprêtait à ajouter le notaire ne serait certainement pas de nature à la calmer.

— Et si je ne me conforme pas aux souhaits de mon père, qu'adviendra-t-il de son argent ? Sera-t-il donné aux œuvres de charité qu'il patronnait ?

— Votre père a déjà fait de conséquents legs de son vivant à quelques œuvres humanitaires. En tant qu'exécuteur testamentaire, j'ai reçu des instructions pour financer le club de foot junior de la ville ainsi que les études de quelques enfants méritants issus de familles défavorisées. Ces fonds sont sur un compte à part uniquement destiné aux actions caritatives…

— Alors, où ira le reste ? Ne me dites pas que l'État en héritera !

Me Byrd reprit ses airs de procureur général.

— Si vous ne remplissez pas les conditions exigées, c'est le Dr Trenton qui héritera de la totalité du cabinet, de la maison et des avoirs financiers de votre père.

Les yeux de Cara lancèrent des éclairs.

— Et lui, il n'a aucune condition à remplir ! Pas de saut à pieds joints dans des brasiers géants pour sauver des enfants ? Pas de locomotive folle à arrêter à la seule force de ses muscles ?

La mine ombrageuse du notaire montrait qu'il appréciait moyennement les sarcasmes de la jeune femme.

— Votre père ne demande rien au Dr Trenton, que de continuer à vivre à Bloomberg et de soigner ses habitants. Comme il avait toute confiance en lui, il ne l'a pas fait stipuler dans le document.

Cara se leva pour arpenter la pièce d'un pas furieux, puis elle revint se poster devant eux.

— Ces clauses sont ridicules ! Elles ne tiendront pas devant une cour de justice. Je ferai valoir que je travaille à New York, que j'y ai ma vie, mon fiancé. Mon père le savait.

Elle tourna son regard vers Sloan, et il lut de la haine dans ses yeux bleu-vert.

— Je peux vous donner les noms de quelques confrères avocats qui seront ravis de vous représenter, dit le notaire, visiblement guère ému par sa menace. Toutefois, je préfère vous prévenir que vous perdrez votre temps — et votre argent. Le Dr Conner a pris toutes les précautions pour que ce testament soit inattaquable. Aucun juge digne de ce nom n'acceptera d'instruire votre demande, et je veillerai personnellement à ce que les dernières volontés de votre père soient respectées. C'était mon ami en plus d'être mon client, et je n'hésiterai pas à faire appel à des relations haut placées si vous décidiez de faire obstruction à l'exécution de son testament. Vous me décevez, mademoiselle Conner. J'aurais pensé que vous auriez plus de respect pour les souhaits de votre père. Mais, apparemment, votre petit confort semble compter davantage pour vous…

Un spasme douloureux déforma le visage de Cara.

Me Byrd n'y allait pas de main morte !

Sloan le trouvait un peu injuste. Bien que Cara n'ait pas souvent rendu visite à son père, elle l'avait beaucoup aimé, il n'y avait aucun doute à ce sujet. Ils avaient été proches à leur manière. Comme Preston, de son vivant, n'avait pas pu la convaincre de revenir à Bloomberg, il avait trouvé ce moyen posthume d'y parvenir, ce qu'elle considérait sans doute comme une manipulation déloyale, voire un chantage.

— Etiez-vous au courant des nouvelles dispositions testamentaires de mon père ? demanda-t-elle d'un ton haineux en se tournant vers Sloan.

Il comprenait sa réaction. Lui-même n'aurait pas aimé se faire traiter ainsi. Il aurait voulu lui dire qu'il compatissait, mais il s'en garderait bien. Ça ne ferait qu'exacerber la colère de Cara à son encontre.

— Non. Preston et moi n'avions jamais abordé le sujet.

Il se tourna vers le notaire.

— Et si je refusais cet héritage, reviendrait-il à Cara ? Tant qu'elle accepte de me vendre le cabinet et les parts de l'hôpital, c'est tout ce qui m'intéresse. Elle peut avoir le reste.

Le notaire se carra dans son fauteuil, l'air chagrin.

— Vous seriez bien sot de le refuser, mais c'est votre droit. Dans ce cas, la succession sera bloquée pendant six mois, et encore six mois additionnels au terme desquels les avoirs financiers iront à l'État, tandis que les biens immobiliers seront vendus aux enchères aux plus offrants. Personnellement, je considérerais que ce serait une honte d'en arriver là, étant donné ce que Preston a représenté pour notre communauté. Il a indiqué clairement ce qu'il voulait. J'espère que vous respecterez tous les deux ses dernières volontés, ne serait-ce que par amour pour lui.

De toute évidence ébranlée par ce discours, Cara reprit sa place dans le fauteuil.

— Pensez de moi ce que vous voulez, maître, mais je ne peux pas revenir m'installer dans l'Alabama. Je travaille à New York…

— Vous pourriez prendre un congé de six mois, suggéra Sloan.

— Vous, restez en dehors de cette histoire ! lui lança-t-elle d'un ton venimeux. Ça ne vous a pas suffi de briser une famille ?

L'attaque le désarçonna.

Pourquoi l'accusait-elle d'avoir brisé sa famille alors qu'elle avait quitté depuis longtemps le berceau familial et que, de son propre aveu, elle détestait Bloomberg ? Durant toute l'année écoulée, elle avait brillé par son absence, ce qui ne signifiait pas pour autant qu'elle avait tort de faire sa vie à New York. En tant qu'adulte, elle avait parfaitement le droit d'exercer le métier de son choix dans l'endroit de son choix.

Seulement, voilà, Preston n'avait jamais accepté cela ! Combien de fois lui avait-il dit que la place de sa fille était à Bloomberg, dans le cabinet médical, à son côté ! Et aujourd'hui, au-delà de la mort, il semblait décidé à lui forcer la main.

Si Cara acceptait, ils seraient condamnés à travailler ensemble durant six mois. Six mois qui seraient placés sous haute tension étant donné l'hostilité ouverte qu'elle lui témoignait. Et, si elle refusait, il hériterait de tout, ce qu'il ne pouvait décemment envisager.

Il ne voulait pas de l'argent de Preston, mais il ne voulait pas non plus de Cara au cabinet. Leur dernière rencontre lui avait laissé un goût amer dont il ne s'était pas encore remis.

— Puisque c'est ainsi, déclara Cara en levant le menton, je laisse tous les biens matériels de mon père au Dr Trenton, hormis quelques affaires personnelles que je désire récupérer dans la maison. Le reste, qu'il en fasse ce qu'il veut.

— Votre décision m'attriste, mais j'en prends acte, dit Me Byrd. Il est également de mon devoir de vous signaler que, puisque vous refusez les conditions stipulées par votre père, vous n'avez plus aucun droit sur aucun objet, meuble ou bibelot se trouvant dans la maison de Maple Street.

Sloan sursauta, choqué.

Le notaire allait trop loin, ça frisait l'acharnement contre Cara.

— Comment ? Je ne pourrai même pas récupérer des souvenirs à valeur sentimentale ?

— Cela fait des années que vous avez déserté cette demeure, mademoiselle Conner. Or, tout ce qui s'y trouve est considéré comme faisant partie de l'héritage. Si vous prenez quelque chose, le Dr Trenton peut légalement vous accuser de vol.

— Je veux juste récupérer les affaires de ma mère, dit Cara d'un ton suppliant. Ses photos, les cahiers de son journal intime.

— Légalement, tout appartient au Dr Trenton, et je n'hésiterai pas à engager des poursuites contre vous si vous contrevenez à mon avertissement.

Sloan ne savait plus où se mettre. Il souffrait pour Cara. Me Byrd semblait s'acharner contre elle pour la punir de pas respecter les dispositions de Preston. Seigneur, dans quelle situation ce dernier les avait-il mis ?

— Vous plaisantez ?

— Je suis très sérieux, mademoiselle Conner.

— Mais rien ne s'oppose à ce que j'achète au Dr Trenton ces affaires auxquelles je tiens ?

— Il faut que vous voyiez avec lui, mais Preston a encore une fois émis des clauses restrictives : toute vente d'articles ne sera possible que dans un délai d'un an, et uniquement aux enchères.

Sloan s'attendait à voir Cara exploser à tout moment. Preston avait décidément tout prévu pour la prendre au piège.

Les mains tremblantes, elle prit les papiers que lui tendait le notaire et les plia en deux pour les fourrer dans son sac.

— On a fini ? dit-elle en esquissant un geste pour se lever.

— Pas tout à fait.

Un sourire sadique aux lèvres, l'homme de loi sortit du

tiroir du bureau deux enveloppes en papier kraft. On aurait dit qu'il jubilait du pouvoir que lui conféraient ses fonctions.

— Preston a laissé des instructions pour chacun d'entre vous.

— Des instructions ? répéta Cara, le visage blême. De quand datent-elles ?

— Votre père m'a remis ces enveloppes le jour où il est venu modifier le testament.

— Savez-vous ce qu'elles contiennent ?

— J'en ai une petite idée.

Il tendit à chacun l'enveloppe qui portait son nom.

Sloan ouvrit la sienne et découvrit le message que lui destinait Preston.

Sans surprise, il lut que celui-ci lui confiait ses patients et lui renouvelait sa confiance. Ce qui l'étonna davantage, ce fut la mise en garde qu'il lui adressait contre Cara, qui était capable de détruire la vie qu'il s'était construite à Bloomberg s'il n'y prenait garde. Et son ami terminait en lui faisant une demande pour le moins insolite.

Pour l'heure, il n'était pas en état d'y réfléchir. Cela lui semblait fou, surréaliste.

Une seule nuit avec Cara dans les bras l'avait déjà complètement retourné. Et son cœur avait de nouveau bondi tout à l'heure quand elle était entrée dans le hall de l'étude notariale. Son parfum de fleur de cerisier lui donnait envie de se pencher vers elle, de l'inhaler à pleins poumons. Elle le rendait fou, au sens propre du mot.

Mais rien ne l'obligeait à se laisser envoûter davantage. Il n'entrerait pas dans leur jeu.

Il se leva, l'enveloppe à la main, salua sans un mot Cara et Me Byrd et sortit du bureau, les laissant se débrouiller entre eux.

Cara serra les poings sur ses genoux, dans un effort terrible pour se ressaisir.

Elle n'avait pas besoin de l'héritage de son père. Elle gagnait un salaire confortable et menait une vie agréable.

Elle *avait* mené une vie agréable.

À son retour à New York après l'enterrement de son père,

tout avait changé. Le manque d'implication de John dans leur relation l'avait irritée de plus en plus. Il prétendait l'aimer, mais ses belles paroles n'étaient jamais suivies de faits. Elle n'avait toujours pas de bague au doigt, et le pire, c'était qu'elle ne savait même plus si elle la désirait, cette bague. À une époque, elle l'avait cru. Mais désormais, quand elle fermait les yeux, ce n'était pas aux baisers de John qu'elle rêvait, mais à ceux d'un homme qu'elle ne supportait pas et qui hantait pourtant constamment ses rêves.

Elle avait tout fait pour bannir Sloan Trenton de ses pensées, en vain.

Et maintenant Me Byrd lui posait un ultimatum : soit elle travaillait au côté de celui-ci pendant six mois, soit elle pouvait dire adieu aux tableaux peints par sa propre mère, à sa robe de mariage, à son journal intime, au coffre de son trousseau, qui avait été également celui de sa grand-mère !

La pensée de renoncer à ces objets lui était insupportable. Ils revêtaient une valeur sentimentale inestimable à ses yeux, elle voulait les transmettre à son tour à ses enfants. Grâce à eux, elle pourrait leur montrer quelle femme talentueuse et pleine de vie avait été Isabelle Conner-Lewis avant d'être bridée et étouffée par Bloomberg. Celle-ci devait se retourner dans sa tombe en voyant que son mari essayait d'obliger leur fille à revenir dans cet endroit où elle-même avait naguère eu l'impression d'être enterrée vivante.

Têtu comme une mule, même dans la mort, son père lui demandait de quitter logement, travail et fiancé pour réaliser le rêve qu'il avait nourri toute sa vie de la faire rentrer au bercail. Et il employait tous les moyens, y compris l'intimidation par l'intermédiaire de Me Byrd.

Lequel continuait de la regarder par-dessus ses demi-lunes.

Elle affronta de nouveau son regard.

— J'avais prévu de passer quelques jours dans la maison de Maple Street pour faire le tri dans les affaires de ma mère. Allez-vous également me l'interdire et m'obliger à descendre à l'hôtel ?

— Non. Rien ne s'oppose à ce que vous logiez sous le

toit de votre père, étant bien entendu que vous ne pourrez rien emporter avant un an.

— Merci, j'avais compris, dit-elle sèchement.

Au diable la politesse. Cet homme venait de détruire sa vie.

— Avouez que les clauses du testament de mon père ne sont pas justes.

— Mademoiselle, il ne m'appartient pas de juger les dernières volontés de mes clients. Mon travail consiste à veiller à leur bonne exécution. Preston voulait que vous reveniez à Bloomberg, et il a tout mis en œuvre pour y parvenir. Avant de prendre une décision définitive, je vous conseille de réfléchir aux raisons pour lesquelles il a agi ainsi.

Comme si elle ne le savait pas ! Son père désapprouvait son style de vie, il voulait qu'elle revienne aux sources et qu'elle mette ses compétences au service des habitants de sa ville natale.

Elle avait l'impression d'être prise au piège. Si elle acceptait les exigences paternelles, elle devrait tout quitter, son travail aux urgences qu'elle aimait tant, son fabuleux duplex avec vue panoramique sur Manhattan, et John, car il n'accepterait certainement pas son départ. Quand les six mois seraient écoulés, elle devrait tout recommencer de zéro : sa vie professionnelle et privée.

D'un autre côté, comment refuser les dernières volontés de son père ?

Elle se trouvait face à un dilemme cornélien.

— Je serai à Maple Street si vous avez besoin de me joindre, dit-elle en se levant. Je vous informerai de ma décision dans les jours à venir.

— Vous avez trente jours.

— Il ne m'en faudra pas autant pour peser le pour et le contre. Je ne vois pas comment je pourrais tout laisser tomber pour revenir à Bloomberg.

— C'est une ville agréable.

— Pour ceux qui aiment l'immobilisme.

— Ne croyez pas cela. Votre père était un homme brillant qui aurait pu faire carrière dans les meilleurs hôpitaux du pays, mais il avait choisi Bloomberg. Vous n'avez jamais tenté d'en comprendre les raisons, mais il n'est pas trop tard pour y remédier. Prenez votre temps pour vous poser les bonnes questions. Les réponses risquent de vous surprendre.

Cara avait attendu d'être de retour à Maple Street pour ouvrir la lettre que lui avait laissée son père.

Elle s'assit sur son lit de petite fille et, s'aidant d'une profonde inspiration, commença à lire.

Cara chérie,

Quand tu liras ces lignes, je serai passé dans un monde meilleur, et je ne veux pas que tu pleures ni que tu sois triste. J'ai eu une belle vie et j'ai connu le bonheur d'aimer comme peu d'hommes l'ont fait.

Contrairement à ce que j'espérais, Isabelle ne s'est jamais habituée à la vie d'une petite ville, mais ça, tu le sais déjà. Et toi, tu mènes désormais ta vie en cherchant à être comme elle. Il m'a fallu du temps pour le comprendre.

Avant que tu décides de l'orientation définitive de ta carrière, je te demande — non, je te supplie — d'essayer de vivre à ma manière, d'être comme moi durant six mois. Six mois, ce n'est rien dans une existence, mais cela peut changer le regard que tu portes sur le monde et ta conception de la place que tu dois y occuper.

Je te connais, Cara, et je sais que tu n'as qu'une envie, tourner le dos à Bloomberg pour toujours. Offre-moi six mois pour te montrer ce que cette ville peut t'apporter. Ensuite, libre à toi de partir si tu le désires encore. Et sache que tu auras ma bénédiction dans tout ce que tu entreprendras.

Ton père qui t'aime.

Elle essuya les larmes qui inondaient ses joues puis se moucha vigoureusement.

Non. Il ne pouvait pas lui faire ça, ce n'était pas possible. Elle n'avait aucune envie de vivre à Bloomberg…

Et pourtant, après avoir lu cette lettre, il lui était impossible de refuser. Non pas parce qu'elle voulait hériter de l'argent et de la maison, mais parce que les dernières volontés de son père la hanteraient toute sa vie si elle ne s'y conformait pas. Par amour pour lui, elle accéderait à sa demande.

Elle avait déjà passé dix-huit ans à cet endroit. Six mois de plus ou de moins n'allaient pas changer sa vision des choses. La vie de médecin de campagne lui serait insupportable, elle en était persuadée. Mais, qu'elle le veuille ou non, elle allait devoir y goûter pendant six mois.

Et, au bout de ces six mois, elle ferait ses valises et dirait adieu à Bloomberg.

5.

— Nous vous avons adressé par e-mail une copie des dossiers pour vous permettre de vous familiariser avec les patients, dit Amy Mathews à Cara. C'est dommage que vous n'ayez pas pu arriver quelques jours plus tôt, cela vous aurait permis de rencontrer l'équipe et de prendre vos marques en douceur.

Cara esquissa un sourire forcé à l'adresse de l'accorte femme grisonnante qui avait été l'infirmière de son père durant plus de vingt ans.

Naguère, le sourire d'Amy la rassurait. À présent, elle se doutait que celle-ci voulait l'amadouer comme les autres afin que, au bout des six mois, elle consente à vendre sa moitié du cabinet à Sloan Trenton sans mettre de bâtons dans les roues au successeur désigné par son père.

Quatre semaines après l'ouverture du testament chez Me Byrd, elle venait de revenir à Bloomberg pile pour la date fatidique. Les six mois commençaient aujourd'hui, et elle n'avait eu aucune envie de les rallonger de ne serait-ce que vingt-quatre heures supplémentaires.

Il ne fallait pas abuser des bonnes choses…

— Votre consultation du matin affiche complet, poursuivit l'infirmière. Le nombre des rendez-vous a doublé : les patients ont réservé dès qu'ils ont vu votre nom sur le planning, dit la femme en bleu en lui touchant gentiment le bras. Ils veulent tous vous voir pour vous dire à quel point Preston leur manque.

— C'est gentil à eux, dit Cara.

Après elle et Sloan, Amy était sans doute la personne qui avait connu le mieux Preston.

— Et l'hôpital ? demanda cette dernière. Allez-vous pouvoir y reprendre les lits du Dr Conner ?

— Oui. Erica m'a obtenu les accréditations nécessaires pour exercer dans un établissement public en Alabama. Elle est formidable.

Erica, la secrétaire comptable, avait fait des pieds et des mains auprès de l'administration et accompli le prodige d'obtenir toutes les signatures nécessaires en quatre semaines.

— Preston savait bien s'entourer, repartit Amy avec un grand sourire. Le fait que vous puissiez vous partager entre le cabinet et l'hôpital sera d'une grande aide pour le Dr Trenton. Le pauvre fait régulièrement des journées de dix-huit heures, sans compter qu'il lui arrive d'être appelé la nuit pour une urgence. L'embauche de Casey, la seconde infirmière, n'a pas changé grand-chose à sa charge de travail. Cet homme est un saint, exactement comme l'était votre père.

Cara ferma les yeux.

Elle en avait assez d'entendre chanter les louanges de Sloan Trenton.

Depuis qu'elle était arrivée ce matin, elle appréhendait de le revoir. Et pourtant cette pensée provoquait également en elle une étrange excitation dont elle préférait ne pas approfondir les causes.

Sans doute Sloan avait-il été contrarié d'apprendre qu'elle acceptait finalement de se plier aux dernières volontés de son père. Il aurait eu tout à gagner — la totalité du cabinet, la maison, l'argent — à ce qu'elle refuse et campe sur ses positions.

Elle n'était pas revenue sur sa décision pour pouvoir hériter des biens matériels, se répéta-t-elle, mais parce qu'elle n'aurait pas supporté de décevoir son père une fois de plus, ni de perdre les tableaux, carnets de croquis et journaux intimes de sa mère. Que ça lui plaise ou non, Sloan Trenton devrait se faire à ce qu'elle envahisse son espace pendant six mois — ce qui, elle n'en doutait pas, lui paraîtrait aussi long qu'à elle.

Plusieurs portes s'alignaient dans le couloir. Derrière laquelle se cachait l'artisan de son malheur ? Autant le voir au plus vite pour se débarrasser de la confrontation.

Amy suivit son regard.

— Le Dr Trenton a envoyé un texto pour me dire qu'il était retenu à l'hôpital, mais qu'il tâcherait d'arriver aussi vite que possible. Le pauvre, il se tue à la tâche. Je suis tellement contente que vous soyez là. Si seulement…

Bien que la phrase reste en suspens, Cara devinait facilement la suite : « Si seulement vous aviez pu venir plus tôt, du vivant de votre père, pour qu'il vous enseigne les ficelles du métier ! »

Pour la première fois, elle ressentit de la culpabilité.

Elle se rendait compte à présent que Sloan avait dû assumer en son absence la charge de travail de deux médecins. Elle avait été tellement absorbée par son propre chagrin et par la colère qu'avait soulevée en elle le chantage aux sentiments de son père qu'elle n'avait pas songé un seul instant aux conséquences que le décès de Preston entraînait pour Sloan.

Elle n'avait pas eu trop de quatre semaines pour organiser son départ de New York, accomplir son préavis aux urgences et rompre avec John — qui n'avait pas semblé excessivement attristé à l'annonce que c'était fini entre eux.

Elle non plus, d'ailleurs, elle n'avait pas souffert en se séparant de cet homme qu'elle avait considéré à une époque comme son futur époux. Cela aurait dû au moins lui faire un pincement au cœur, mais non. Rien. Il l'avait aidée à faire ses valises et l'avait conduite à l'aéroport, où ils s'étaient quittés en s'embrassant sur la joue. Preuve qu'ils restaient bon amis, John avait repris le bail de location du duplex à son nom. Ça ne le dérangeait apparemment pas de continuer à habiter seul dans cet appartement où ils avaient vécu en couple.

S'il avait tenu un tant soit peu à elle, il aurait pu essayer de la retenir, la supplier de rester, chercher une solution. Et elle, si elle l'avait aimé, elle aurait dû faire demi-tour sur la passerelle d'embarquement pour revenir se jeter dans ses bras pour un dernier baiser…

Il n'y avait rien eu de tout cela. Les adieux s'étaient déroulés tranquillement, sans pleurs ni cris.

Mais ce n'était plus le moment de penser à John. Elle entrait en pénitence aujourd'hui. Elle allait perdre six mois de sa vie, au cours desquels elle devrait ravaler sa colère et faire contre mauvaise fortune bon cœur.

Malgré quelques tâtonnements dus au fait que Cara ne maîtrisait pas encore les subtilités du logiciel, la consultation ne se déroula pas trop mal. Assistée d'Amy pour les soins, elle reçut une dizaine de patients qui, tous, lui répétèrent quel digne successeur Preston avait trouvé en la personne de Sloan Trenton.

Ce dernier ne se montra pas de la matinée.

À midi, quand elle retourna dans le bureau de son père, désormais le sien, elle resta interdite devant le bouquet de fleurs posé sur la table.

Était-ce Sloan qui… ?

— Nous voulions vous souhaiter la bienvenue parmi nous, dit une petite brune en entrant dans la pièce, pimpante dans sa blouse d'infirmière. Je suis Casey Watson. Nous nous sommes rencontrées brièvement lors de votre visite à votre père, l'année dernière. Je ne sais pas si vous vous souvenez de moi…

— Bien sûr que si, dit Cara en lui serrant la main. Vous ne tarissiez pas d'éloges sur Aruba, d'où vous rentriez de vacances. Cela nous a donné l'idée, à John et à moi, d'aller y passer un week-end quelques mois plus tard.

— J'espère que vous avez aimé l'endroit autant que moi. Comme j'aimerais y être maintenant !

La région était magnifique, mais ils n'avaient guère eu le loisir de l'explorer, car John avait été victime d'une intoxication alimentaire, et ils avaient passé leur temps à traîner dans l'hôtel. Pour tromper l'ennui, elle avait lu les revues médicales qu'elle avait emportées dans sa valise.

— Quelqu'un parle de vacances ? dit une voix rauque reconnaissable entre mille.

Le souffle court, elle se tourna vers la porte.

Tout le monde a tendance à embellir ses souvenirs, et vous êtes parfois déçu en revoyant la personne qui a occupé vos pensées durant des semaines. Rien de tel avec Sloan, constata Cara. Son imagination n'avait rien enjolivé. Cet homme était d'une beauté renversante.

Comme mues par une volonté propre, ses lèvres laissèrent échapper son prénom.

— Sloan.

Sloan avait réussi à éviter Cara durant toute la matinée, mais le simple fait de la savoir dans les murs avait perturbé sa tranquillité d'esprit. Et ça ne faisait que commencer puisque, telle une épine dans le pied, elle allait le tourmenter pendant six mois.

En fait, l'endroit où elle le tourmentait se situait plutôt dans la région du cœur. Cela faisait presque un mois qu'ils ne s'étaient revus, mais il n'avait cessé de penser à elle. Et cet engouement absurde remontait à bien plus longtemps encore, puisque tout avait commencé par une photo de Cara accrochée au mur du bureau de Preston.

Et dire que cette femme ne lui était même pas sympathique…

— Je parlais à Cara de mes vacances à Aruba, dit Casey en lui adressant un sourire adorateur.

L'admiration que lui portait la jeune infirmière le gênait un peu. Il la considérait comme une petite sœur, rien de plus.

— Vivement que j'y retourne, poursuivit Casey. J'adore mon travail, mais je suis sur les rotules chaque hiver après l'épidémie de grippe.

— Une femme qui me préfère le soleil des Caraïbes ! dit-il en feignant l'indignation. On aura tout vu !

Habitués à ces échanges taquins, tous deux éclatèrent de rire sous le regard ombrageux de Cara.

Celle-ci allait-elle leur faire la grimace pendant six mois ? Ou réserverait-elle sa mauvaise humeur à lui seul ?

Depuis leur rencontre, elle n'avait pas cessé de lui chercher querelle, et le testament de Preston n'avait rien arrangé.

Le portable de Casey sonna, et celle-ci s'éloigna dans le couloir, non sans avoir remercié Cara de sa venue.

Restés seuls, Cara et lui se fixèrent dans un silence pesant.

La présence de Cara lui ôtait ses moyens. Après des semaines à penser à sa ravissante personne et une matinée à l'éviter, maintenant qu'il se trouvait face à elle, il ne savait plus que dire.

— Je vais retourner à l'hôpital voir une patiente que j'ai fait admettre hier soir pour une gastro-entérite. Elle était complètement déshydratée à son arrivée, elle est actuellement sous perfusion de saline. Voulez-vous m'accompagner ? ajouta-t-il en guise de drapeau blanc.

— Pourquoi ? rétorqua Cara, glaciale.

Décidément, rien n'avait changé. Pour elle, il était toujours l'ennemi à abattre. Quoi que la lettre de Preston ait pu contenir, elle ne l'avait pas convaincue d'abandonner sa colère.

— Parce que nous allons travailler ensemble et que je pourrais vous donner quelques tuyaux.

— Me prenez-vous pour une débutante ? Sachez que je travaille aux urgences d'un grand hôpital de New York. J'ai sans doute vu plus de blessés et de malades que vous dans toute votre carrière !

— Je vous en prie, ne vous vexez pas, dit-il, s'efforçant de conserver un ton conciliant. Loin de moi l'intention de mettre en doute vos compétences. Mais, comme vous n'avez jamais pratiqué le métier de généraliste dans une petite ville, je pensais simplement que vous pourriez apprendre à mon contact.

— Je n'ai pas besoin de vous pour m'apprendre mon métier !

Têtue comme une mule. Elle n'était pas la fille de Preston pour rien.

— Écoutez, Cara, je conçois que la situation vous déplaise, mais nous devons trouver un terrain d'entente, ne serait-ce que pour nos collègues et nos patients, qui ne comprendraient pas que nous soyons à couteaux tirés. Libre à vous de me détester en dehors du cabinet, mais ici nous travaillerons en bonne intelligence en nous témoignant un minimum de courtoisie.

Cara contourna le bureau et plaça ses mains sur le dossier du fauteuil.

— Vous avez raison.

L'admettre avait certainement dû lui coûter, mais c'était une chose positive. La première qu'il entendait de sa part.

— Alors, je vous le demande de nouveau : voulez-vous m'accompagner à l'hôpital ? Vous en profiterez pour vous familiariser avec le règlement du Bloomberg General Hospital, qui doit être assez différent de celui d'un service d'urgences de Manhattan.

Les ongles de Cara s'enfoncèrent dans le dossier en cuir. Les jointures de ses doigts blanchirent.

— Si je dois y travailler, il me semble logique d'être au courant du règlement.

De mieux en mieux.

— Il me semble aussi, dit-il sobrement, soucieux de ne pas pousser son avantage.

— D'accord. J'accepte que vous me donniez vos « tuyaux ».

Le dédain qui teintait sa voix ne lui échappa pas, mais l'essentiel, c'était qu'elle accepte.

Peut-être ses craintes n'étaient-elles pas fondées. En femme intelligente qui sait où se trouve son intérêt, Cara ferait les efforts nécessaires, et les six mois se dérouleraient sans trop de heurts.

Peut-être.

— Comment s'est passée votre première matinée ? lui demanda-t-il tandis qu'ils traversaient le parc qui les séparait de l'hôpital.

Preston avait fait construire son cabinet sur un terrain contigu à l'hôpital, ce qui simplifiait grandement les allers-retours.

— Je n'ai tué personne.

— Tant mieux. D'autant que, si vous aviez choisi une victime, ç'aurait été moi, ajouta-t-il.

Cara s'arrêta et le fixa, les lèvres pincées, le regard lourd de ressentiment.

— Je plaisantais, Cara, s'exclama-t-il en souriant pour rompre la glace. J'aimerais que vous ne viviez pas ces six prochains mois comme une punition.

— Vous êtes sincère ? dit-elle d'un ton dubitatif.

— Bien sûr. Nous avons pris un mauvais départ, j'en suis conscient, et je m'interroge d'ailleurs toujours sur la raison de votre antipathie à mon égard. Vous sembliez m'en vouloir à mort avant même d'avoir découvert les clauses du testament de votre père…

Comme elle restait muette, refusant de toute évidence de l'éclairer à ce sujet, il reprit la parole.

— Mais je suis content de vous voir ici. Ces dernières semaines ont été infernales.

L'expression de Cara s'adoucit, ce qui le rasséréna un peu.

Imbécile, se sermonna-t-il en son for intérieur. Cette femme le détestait cordialement, et il était là, à quêter le moindre signe d'approbation de sa part !

Il avait six mois pour se guérir de cette fascination stupide qu'il éprouvait à son égard. Et pour la convaincre de rester à Bloomberg et d'intégrer définitivement son équipe.

Un jeu d'enfants…

— Je suis désolée du surcroît de travail que vous avez dû supporter depuis la mort de mon père, Sloan. Et je vous présente mes excuses pour n'être pas venue plus tôt — j'avais des choses à régler à New York.

Incroyable ! C'était bien de la culpabilité qu'il lisait dans son regard.

— Vous êtes là, maintenant, c'est l'essentiel. On fait la paix ?

Cara tendit la main, sans enthousiasme aucun.

— D'accord. Mais sachez que je reste sur mes gardes. Vous avez tout à gagner à ce que j'échoue à remplir les conditions de mon père.

— Vous n'échouerez pas. Vous êtes un excellent médecin,

Preston me le répétait sans cesse, et je vous fais confiance pour vous adapter très vite au métier.

« Moi, je ne vous fais pas confiance », disait le regard de Cara.

La hache de guerre était loin d'être enterrée.

6.

— Miranda, voici le Dr Conner, dit Sloan en entrant dans la chambre d'hôpital.

— Le Dr Conner ? Mais il est mort, marmonna une voix juvénile.

— Je vous présente sa fille, Cara, expliqua Sloan. Elle va travailler au cabinet pendant quelque temps.

Cara s'approcha du lit où était allongée la jeune fille.

— Bonjour, Miranda. Contente de faire votre connaissance.

Sur l'ordinateur, ils consultèrent les résultats du labo.

— Est-ce que je vais pouvoir rentrer à la maison, docteur Trenton ?

— Pas aujourd'hui, Miranda. Votre taux d'électrolytes est encore trop bas, et le potassium n'a augmenté que de deux dixièmes de point malgré les compléments que nous vous avons administrés. Je vais ordonner une nouvelle perfusion.

— Est-ce la raison pour laquelle je me sens si faible ?

La malade continuait de s'adresser exclusivement à Sloan, ce dont Cara ne pouvait pas se formaliser puisqu'il était son médecin.

— Oui, répondit-il. Vous étiez en état de déshydratation sévère lorsque vous êtes arrivée. Et vous souffriez de crampes d'estomac.

— Elles m'ont reprise durant la nuit. J'ai dû appeler l'infirmière.

— Tout rentrera dans la normale dès que le taux de potassium aura remonté.

Il prit les constantes de la patiente à l'aide du stéthoscope et du tensiomètre.

Pendant qu'il auscultait celle-ci, Cara cliqua sur le fichier de radiologie et examina la coupe tomographique de l'abdomen et du bassin.

— Je vois qu'il y a des kystes ovariens bilatéraux.

— On les a trouvés par hasard, déclara Sloan. Ils sont bénins. Il n'y a par ailleurs aucune maladie de la vésicule biliaire ni inflammation de l'appendice.

Elle sentit le sang affluer à ses joues.

Pourquoi s'était-elle sentie obligée de signaler ces kystes que Sloan avait de toute évidence repérés ? Comme si elle voulait le prendre en défaut.

— Merci pour le second avis, lui dit-il avec un sourire.

Il ne semblait pas lui en vouloir.

Tout son comportement indiquait qu'il voulait lui faciliter la vie durant les mois à venir, alors qu'il aurait pu la lui rendre impossible et l'obliger à partir. Son intérêt était qu'elle parte afin qu'il puisse hériter des biens de Preston dans leur totalité. Et pourtant il se montrait gentil envers elle, qui était tout sauf gentille avec lui.

Était-il sincère, ou tissait-il sa toile dans l'ombre pour mieux la prendre au piège ?

Le lendemain, Sloan passa la tête dans le bureau de Cara alors que celle-ci consultait ses dossiers devant son ordinateur.

— Merci d'être passée voir Miranda ce matin.

— De rien. J'espérais pouvoir lui signer son bon de sortie, mais elle n'a toujours pas récupéré. Son taux de globules blancs a grimpé à 15 000.

— Couverait-elle une infection ?

— Je n'ai pas décelé de fièvre ni d'autre symptôme. Par mesure de précaution, j'ai prescrit un antibiotique à large spectre et ordonné une autre numération. Si le taux anormalement élevé de leucocytes se confirme, il faudra faire un scanner.

— Tout à fait d'accord.

Cara reporta son regard sur l'écran et fronça les sourcils.

— Tout va bien ? s'enquit-il.

— Si on veut… La barre d'outils de la messagerie refuse de m'obéir. Je veux adresser un formulaire à l'hôpital, mais j'ai beau cliquer sur la touche « envoi », rien ne bouge. J'aurai plus vite fait d'y aller à pied.

Désireux de l'aider, il contourna le bureau et se plaça derrière elle.

— La touche est désactivée, dit-il en se penchant vers l'écran. On va arranger ça…

Il s'empara de la souris et eut tôt fait de remettre les choses en ordre.

— Et voilà, dit-il en se redressant. N'hésitez pas à rappeler le dépanneur en cas de problème.

Une ombre de sourire se dessina sur les lèvres de Cara.

Réussirait-il un jour à la faire sourire sans retenue ? Il en rêvait…

— Merci, dit-elle en levant ses grands yeux bleu-vert vers lui. Je saurai quoi faire la prochaine fois.

La prochaine fois. Car elle allait être là pour six mois. Au bout desquels elle s'en irait pour toujours, puisqu'elle détestait cette ville qu'il aimait tant.

Les mots posthumes de Preston lui revinrent à la mémoire.

Jamais personne ne lui avait témoigné une telle confiance.

Pourtant, sa dernière famille d'accueil s'était montrée gentille envers lui, et c'était le père, Walt, médecin généraliste, qui avait été à l'origine de sa vocation. En l'écoutant parler de son métier, Sloan avait compris qu'il voulait lui aussi consacrer sa vie aux autres, s'intégrer dans une communauté soudée, contribuer au bien-être de ses semblables. Faire changer les choses. Toutefois, sa relation avec Walt ne pouvait pas se comparer au lien quasi filial qui l'avait uni à Preston Conner. Même si son mentor avait jeté de l'huile sur le feu dans leur relation à Cara et lui avec son testament, il avait l'intention de tout faire pour respecter ses dernières volontés.

— Nous sommes tous là pour vous aider, Cara. Ne jouez

pas à Superwoman, il n'y a pas de honte à demander de l'aide quand on en a besoin.

— Je ne suis pas Superwoman, protesta Cara. Si vous saviez comme je me sens fragile…

Son regard se porta sur les photos aux murs.

— Je devrais les décrocher, dit-elle. Mais je ne peux pas me résoudre à toucher à cette pièce.

— À votre place, je laisserais ces photos en place.

— Mais elles sont toutes de moi ! Je n'ai aucune envie de voir ma tête me fixer tous les jours en grand et moyen formats, en noir et blanc, en couleurs…

Comment lui avouer que ce qu'il préférait dans ce bureau, c'était ces portraits ? À moins de se trahir, il ne pouvait rien dire.

Estimant qu'il était déjà resté trop longtemps dans la pièce, il se dirigea vers la porte. Sur le seuil, il ne put s'empêcher de se retourner.

— Donnez une chance à Bloomberg, Cara.

La mine orageuse, elle leva le menton.

— On croirait entendre mon père !

L'antagonisme était de retour dans sa voix.

— Je le prends comme un compliment.

Elle se leva à son tour pour venir vers lui.

— Ça ne l'était pas ! J'en ai assez qu'on me dise d'aimer cette ville. J'ai vécu dix-huit ans ici, et je ne supporte pas l'esprit étriqué de ces gens qui croient que le monde se résume à leur petit coin d'Alabama.

— Peut-être est-ce le cas pour eux ? Ils ne voient pas l'utilité de sortir de Bloomberg, puisque tout ce qu'ils aiment se trouve ici.

— Alors, qu'ils ne forcent pas les autres à penser comme eux !

Il la considéra, souriant malgré lui.

Il n'aurait pas dû, mais il aimait tout en elle, même sa révolte.

En tout cas, pour la convaincre de rester ici au-delà de l'été, ce n'était pas gagné. Preston n'aurait jamais dû les mettre dans une telle situation.

Il tendit la main pour chasser une mèche folle de son visage, s'attendant à être repoussé. Mais, à sa grande surprise, il ne rencontra pas de résistance.

— Je sais que c'est difficile pour vous, Cara. Je sais…

Il s'éloigna dans le couloir avant d'être tenté d'en dire davantage.

Cela faisait une semaine que Cara travaillait dans le cabinet, et elle était forcée de constater que ce n'était pas aussi pénible qu'elle l'avait craint. Sloan, Amy et Casey faisaient tout leur possible pour l'intégrer dans l'équipe, et les patients l'avaient acceptée d'emblée. Certains la considéraient même avec révérence, comme une héroïne. Pensez donc, la fille du grand homme… S'ils savaient qu'elle était là contrainte et forcée par des dispositions testamentaires, ils tomberaient de haut.

Ce mercredi matin, Sloan et elle étaient convenus de se retrouver à la maison de retraite.

— Bonjour, mon petit rayon de soleil, dit-il quand elle entra dans le hall, à 9 heures pile.

Depuis quelques jours, il la surnommait ainsi, pour la taquiner en raison de sa mine maussade. Ce qui ne la faisait pas rire. Mais alors, pas du tout !

— Je m'appelle Cara.

— Ah ! Au moins, vous ne voulez pas que je continue à vous donner du Dr Conner. J'ai l'impression de m'adresser à Preston chaque fois que je vous appelle ainsi.

Elle se sentit pâlir à la mention de son père.

Pourquoi lui avait-il infligé cette épreuve ? se demandait-elle souvent en laissant couler ses larmes, seule le soir dans la maison silencieuse.

Comme si elle ne connaissait pas la réponse ! Elle l'avait déçu. Il aurait souhaité un fils. Un jour, elle avait même entendu son père le dire à sa mère lors d'une dispute entre ses parents.

Lui prenant le coude, Sloan voulut l'escorter vers le couloir menant à l'aile est.

— Je ne suis pas une petite vieille incapable de marcher, dit-elle en se dégageant.

— Pour la marche, je vous accorde que vous tenez à peu près debout sur vos talons. Mais vous avez des pertes de mémoire.

— Que voulez-vous dire ?

— Vous avez oublié notre accord de paix.

— Je ne l'ai pas oublié.

— Oh. Alors, vous n'étiez juste pas d'humeur à le respecter aujourd'hui ?

Elle détestait qu'il lui pointe ses torts.

— Je le respecte.

— Vous donnez bien le change, dans ce cas.

Elle s'arrêta pour le fixer.

— Ne vous bercez pas d'illusions, Sloan. Vous et moi, nous sommes en conflit. Cet accord n'est que temporaire.

— Il durera six mois ?

— Si vous avez de la chance.

— Et si je suis sage ?

— Vous avez tout compris !

— Cet homme n'est jamais « sage », intervint une infirmière blonde qui avait de toute évidence entendu la fin de leur conversation en les suivant dans le couloir.

Celle-ci entoura Sloan de son bras pour lui donner l'accolade.

— Merci d'être venu si vite l'autre soir, quand je t'ai appelé.

— De rien.

Lilly (à en croire le badge qu'elle portait sur la poitrine) avait-elle appelé Sloan pour une urgence privée ou professionnelle ? se demanda Cara malgré elle.

De toute façon, ce que faisait le Dr Trenton en dehors du cabinet ne la regardait pas, même si elle avait passé une nuit entre ses bras un mois auparavant et si elle ne pensait quasiment qu'à ça depuis.

— Tu tombes bien, dit l'infirmière en leur emboîtant le pas. Mme Campbell crache un liquide verdâtre ce matin, il faudrait que tu examines ses poumons. J'ai entendu des bruits suspects dans le lobe gauche, et j'aimerais ton avis.

— Entendu, Lilly. Est-ce que tu connais le Dr Conner ? Le Dr Cara Conner ? Elle travaille au cabinet et reprendra certains des patients de son père à la maison de retraite.

— Vous êtes la fille de Preston ? J'ai entendu dire que vous étiez en ville, mais j'ignorais à quel point vous étiez canon !

Cara sentit ses joues devenir écarlates.

— Elle l'est, n'est-ce pas ? ajouta Sloan, qui semblait s'amuser de son embarras.

— Euh, merci, dit-elle à Lilly. Mme Campbell fait-elle partie des patients de mon père ? poursuivit-elle en s'efforçant de prendre son ton le plus professionnel.

— Oui, dit Sloan, répondant à la place de Lilly. Il y a un an, sa fille l'a fait transférer d'un établissement de Mobile où les soins laissaient à désirer. Elle va mieux depuis qu'elle est ici, mais elle souffre d'une angine de poitrine et d'une occlusion artérielle chronique qu'elle doit à son tabagisme. Elle fumait un paquet par jour depuis plus de quarante ans quand elle a eu l'accident vasculaire cérébral qui a précipité son admission en résidence médicalisée.

— Rassurez-moi, elle ne fume plus ?

— On l'a surprise à plus d'une reprise dans sa salle de bains, une cigarette au bec, dit Lilly en secouant la tête d'un air mi-consterné mi-amusé. Elle a dû extorquer quelques blondes sans filtre à des visiteurs de passage. Ah, c'est un sacré numéro qui nous donne du fil à retordre ! Mais nous l'adorons. Elle a une telle énergie !

— De l'énergie, c'est ça, dit Sloan. Dis plutôt la vraie raison pour laquelle vous l'aimez tous.

Les yeux étincelant de malice, Lilly éclata de rire.

— Mme Campbell s'est mis en tête d'épouser Sloan. Elle le poursuit de ses assiduités à chacune de ses visites. Elle est convaincue qu'il a un faible pour les femmes mûres. En temps normal, ça ne m'aurait pas étonnée qu'elle ait fait semblant de tousser à s'arracher les poumons pour se faire ausculter par son cher Dr Trenton. Malheureusement, mon stéthoscope est formel : ses poumons sont encombrés.

Sloan plaisait aux femmes, toutes générations confondues, ce qui n'avait rien d'étonnant, nota Cara avec un rien d'impatience.

— Quel âge a Mme Campbell ?

— Quatre-vingts ans. Elle appréciait beaucoup votre père, mais depuis que Sloan a pris la relève elle s'invente toutes sortes de maladies pour recevoir sa visite.

— Est-ce pour elle que nous sommes là ?

Sans cette affectueuse accolade que Lilly avait donnée à Sloan, celle-ci lui aurait été sympathique. Ils se tutoyaient, Sloan arrivait de suite lorsqu'elle l'appelait le soir… Même si elle s'en défendait, cela la contrariait.

— Pas uniquement, répondit Sloan. J'ai une liste de patients à voir pour des examens et des suivis, dont Mme Campbell.

— Je suis impatiente de faire sa connaissance.

— Eh bien, vous n'allez pas être déçue.

En plus de ses problèmes pulmonaires et cardiaques, Mme Campbell souffrait d'une forme légère de démence sénile.

Cara admira la patience et la gentillesse avec lesquelles Sloan lui parla et l'examina tandis qu'elle lui faisait outrageusement des avances.

— Épousez-moi, docteur. Je sais que vous en mourez d'envie.

— Allons, madame Campbell, vous savez bien que je suis un célibataire endurci !

— Faites une exception pour moi. Je vous…

Une quinte de toux l'interrompit.

— De toute façon, le serment d'Hippocrate interdit à un praticien d'épouser sa patiente, dit Sloan en posant le stéthoscope sur sa poitrine. Il faudra nous contenter d'être amis.

— Si c'est comme ça, je prendrai un autre médecin. Mademoiselle, par exemple, dit la vieille dame en pointant un index noueux dans sa direction.

— En fait, Cara est mon associée, et elle va également s'occuper de vous à partir de maintenant.

Cara se mordit la lèvre.

Faux, avait-elle envie de déclarer. Elle n'était pas l'associée de Sloan, juste un médecin intérimaire condamné à six mois ferme de purgatoire à Bloomberg.

Un discours qu'elle ne pouvait bien sûr pas tenir devant Mme Campbell ni devant Lilly.

— Vous ne voulez plus me soigner ? demanda la vieille dame, la mine soudain désespérée.

— Si, bien sûr. Mais le Dr Conner m'assistera désormais.

— Le Dr Conner ?

— Cara est la fille de Preston.

— Qui est Preston ?

— C'était le médecin qui vous a soignée depuis que vous êtes ici.

— Et où est-il maintenant ?

— Il est mort le mois dernier.

— C'est triste, dit l'octogénaire d'une voix émue. Raison de plus pour nous dépêcher de nous marier avant que vous ne mouriez à votre tour, docteur. Vous n'êtes plus tout jeune, vous savez.

— J'espère rester toujours jeune d'esprit.

— Enlevez-moi sur votre blanc destrier, et je vous aiderai à rester jeune.

— Je ne sais même pas monter à cheval, objecta Sloan.

— Je sais pourquoi vous refusez de m'épouser. À cause d'elle, dit Mme Campbell en reportant son regard sur Cara. C'est votre petite amie.

Cara sentit ses joues s'enflammer.

— Pas du tout, dit Sloan, d'un calme olympien, en continuant d'examiner la patiente. Le Dr Conner n'est que mon associée. Rappelez-vous, je suis un célibataire endurci.

— Au grand regret de la population féminine de Bloomberg, ajouta Lilly derrière eux. Ma théorie, c'est que Sloan a eu jadis le cœur brisé et qu'il ne s'en est jamais remis.

L'intéressé secoua la tête en éclatant de rire.

— Une théorie que je te prierais de garder pour toi !

Sinon, j'aurai bientôt à ma porte une foule de mamans qui voudront m'offrir leur fille pour réparer mon cœur brisé.

— Ah, dit Lilly, tu admets donc qu'il est brisé.

— Je n'admets rien du tout. C'est juste que ça me semblait une bonne excuse pour rester célibataire. Si on revenait à nos moutons ? Tu voudras bien noter la modification de la posologie de la trinitrine…

Une fois la tournée des patients accomplie, Cara et Sloan ressortirent sur le parking.

— Pourquoi avez-vous choisi de vivre seul ? demanda Cara, que la question titillait depuis une heure.

Visiblement pris au dépourvu, Sloan s'arrêta net.

— Qui vous a dit que je vivais seul ?

— C'est vous, tout à l'heure, en réponse à Lilly.

— Lilly et mes patients ne sont pas au courant de ma vie privée. Il m'arrive de sortir avec des femmes, quoique mon travail ne m'en laisse guère le temps en ce moment. Je ne suis pas un moine, et je n'ai certainement pas l'intention de terminer ma vie seul. Je veux me marier, avoir des enfants, et je le ferai dès que j'aurai trouvé la bonne personne.

— Oh. Désolée. C'était une question indiscrète.

— Alors, pourquoi l'avoir posée ?

Elle opta pour la franchise.

— Par curiosité.

— Vous savez ce qu'on dit ? La curiosité est un vilain défaut.

Elle haussa les épaules, amère.

— De toute façon, j'ai tellement de défauts que, un de plus ou de moins, n'est-ce pas, ça ne fera guère de différence.

Sur cette remarque, elle planta Sloan là pour se diriger vers sa voiture.

7.

Quatre mois plus tard

Aux urgences de Manhattan, Cara avait l'habitude des accidentés de la route. Pourtant, ce dimanche après-midi, quand on la bipa pour qu'elle aille à l'hôpital de Bloomberg prêter assistance aux urgences pour soigner six adolescents, un couple de personnes âgées et une famille de quatre personnes, tous blessés dans un carambolage, elle eut peur de ne pas être à la hauteur.

Ce qui était absurde. La prise en charge des polytraumatisés était sa spécialité, le domaine où elle excellait. Et elle comptait bien s'y consacrer de nouveau dès la fin de son séjour au purgatoire.

Elle ordonna une tomographie thoracique et abdominale pour un enfant sans doute victime de fractures sternales et d'un éclatement de la rate. Et un scanner crânien pour un autre.

Le Dr Jenson, le médecin chef des urgences de Bloomberg, s'était chargé du conducteur de la voiture des adolescents. Plus grièvement blessé que les autres, dans un état semi-comateux, le jeune homme souffrait d'une hémorragie interne ainsi que de multiples fractures à la colonne vertébrale et au bassin. En attendant que l'hélicoptère l'emmène vers le C.H.U. de Pensacola, l'équipe tentait le tout pour le tout pour le maintenir en vie.

Sloan était au chevet du père de famille, qui souffrait de multiples lacérations au visage dues à l'éclatement du pare-brise et d'une fracture de l'humérus. Egalement atteinte au visage par des bris de verre, de manière plus superficielle, son épouse tenait dans ses bras un bébé d'un an qui était indemne grâce au siège bébé auquel il avait été solidement attaché à l'arrière du véhicule. L'autre enfant, une fillette de trois ans, avait le cuir chevelu déchiré, avec une profonde entaille qui descendait jusqu'à la paupière.

Après lui avoir administré un anesthésique local, Cara entreprit de retirer un à un les morceaux de verre du crâne et du front qui saignaient encore abondamment. Elle débrida ensuite la plaie, la nettoya avec une solution saline, puis, plutôt que de poser des points de suture qui laisseraient une cicatrice, opta pour une colle dermatologique.

— Merci, lui dit la mère de famille lorsqu'elle eut terminé. C'est du beau travail.

— Je confirme.

Ces derniers mots avaient été prononcés par Sloan, qui était entré dans le box de soins sans qu'elle s'en rende compte.

Cara termina de poser le pansement en s'efforçant de cacher le trouble que lui causait sa présence.

— Nous allons garder votre mari en observation cette nuit, expliqua-t-il à la jeune femme.

— Comment va-t-il ? demanda celle-ci, la voix emplie d'angoisse.

— Il est hors de danger. L'airbag lui a cassé le bras en se déployant, mais il lui a sauvé la vie. Apparemment, il ne souffre d'aucune blessure interne, mais je préfère tout de même le garder par mesure de précaution.

Une sonnerie se déclencha, et ils se précipitèrent vers la salle à l'entrée de laquelle le voyant clignotait.

L'un des adolescents impliqués dans l'accident venait de faire un arrêt cardiaque.

L'infirmière avait commencé le massage cardiaque et, durant la demi-heure qui suivit, ils essayèrent tout ce qui était en leur pouvoir — le défibrillateur, les injections d'adrénaline — pour réanimer le patient.

Mais le cœur ne repartit pas.

Aux urgences de Manhattan, Cara avait souvent vu des

patients mourir, mais il s'agissait de figures anonymes porteuses de noms inconnus, contrairement à ce jeune homme dont le père travaillait en tant que conseiller financier à la banque de Bloomberg. Quant à la mère, Cara avait joué dans l'équipe de basket du lycée sous sa houlette, il y avait dix ans de cela.

Elle allait devoir annoncer la mort de leur enfant à des gens qu'elle connaissait. Voilà, c'était là la différence entre l'exercice de la médecine dans une grande ville et le métier de médecin de famille dans un endroit comme Bloomberg.

Sloan passa le bras autour des épaules de l'infirmière, qui semblait très affectée par le décès du patient.

— Nous avons fait tout ce que nous avons pu, Jenny. La famille est-elle là ?

Comprenant que Sloan avait l'intention de parler aux parents et qu'elle n'aurait pas à leur porter elle-même la terrible nouvelle, Cara se sentit secrètement soulagée.

— Oui. Ils sont arrivés quelques minutes après l'ambulance.

Le regard de Sloan croisa le sien, et elle y lut une telle tristesse, une telle compassion pour ce malheureux garçon, qu'elle eut honte de sa réaction.

— Je vais aller leur parler, s'entendit-elle dire.

Il secoua la tête.

— Il m'appartient de le faire. Jeff Davis est mon ami, la première personne à m'avoir tendu la main à mon arrivée à Bloomberg. C'est à moi de lui annoncer la mort de son fils.

Et il quitta la pièce sans lui laisser le temps de répondre.

Elle sentit des larmes lui emplir les yeux.

Ça faisait longtemps que ça ne lui était pas arrivé dans une salle de réa. Non qu'elle soit un médecin froid et insensible, mais, à New York, elle revêtait une carapace qui lui permettait de supporter ces moments douloureux pour passer au patient suivant. Ici, la carapace s'était de toute évidence fissurée, et elle ressentait de plein fouet l'onde de choc produite par la mort de ce jeune homme.

Les gens de Bloomberg venaient de perdre l'un des leurs, et la ville entière allait le pleurer. Tout comme ils avaient pleuré son père.

Dans les petites villes, les gens se tenaient les coudes, s'inquiétaient de leurs voisins, et personne ne souffrait de la solitude, même ceux qui n'avaient plus de famille. Parce que la ville entière formait une famille.

Elle s'essuya les yeux et se hâta vers la tâche suivante.

À Bloomberg, la solidarité n'était pas un vain mot, elle était prête à le concéder, mais ça ne changeait pas son avis sur le fond. Dans deux mois, quand sa période de pénitence serait terminée, elle se hâterait de reprendre le premier avion pour New York.

Sloan attendit que l'hélicoptère soit reparti avec le patient à son bord et que les opérés aient regagné leurs chambres. Une fois le calme revenu aux urgences, il laissa le Dr Jenson aux commandes et sortit enfin sur le parking.

La conversation qu'il avait eue avec Jeff Davis et sa femme Cindy avait été éprouvante. Il n'était pas près d'oublier cette soirée.

— Sloan ?

Surpris, il se tourna dans la direction d'où venait la voix et vit Cara, debout sous l'auvent des urgences.

— Je vous croyais partie depuis longtemps. Que faites-vous là ?

— Je vous attendais.

Ce soir, il n'avait pas envie de s'embarrasser de politesses.

— Pourquoi ?

Elle se mordit la lèvre.

— Parce que je m'inquiétais pour vous.

Décidément, il devait avoir des hallucinations.

— Je vais bien.

— Vous sembliez bouleversé par la mort du jeune Davis.

— Je l'étais.

À quoi bon le nier ? La mort de ce garçon fauché en pleine jeunesse était un tel gâchis. Les vies de Jeff et de Cindy en seraient brisées à jamais, ainsi que celles de tous les gens qui avaient été impliqués dans cet accident. Restait à espérer que le jeune blessé héliporté survive sans conserver de trop lourdes séquelles, afin que la ville ne connaisse pas une nouvelle tragédie.

— En tout cas, dit Cara, l'air hésitant, je voulais vous assurer de mon soutien, pour ce qu'il vaut.

Elle semblait sincère. Et les rougeurs sous ses yeux indiquaient qu'elle avait pleuré.

— Merci, Cara.

Il s'approcha pour lui prendre le menton et plonger dans les profondeurs aigue-marine de ses yeux.

Jamais il n'avait vu femme plus belle. Sa peau était si douce sous ses doigts…

— Vous avez été formidable avec les patients. Si je dois subir un jour une intubation trachéale, je veux que ce soit vous qui la pratiquiez. On dirait que c'est un jeu d'enfant pour vous.

— J'ai eu l'occasion de m'entraîner aux urgences de Manhattan. Mais j'espère que vous n'aurez jamais à subir une telle intervention, Sloan. Jamais.

Elle semblait émue, triste, désemparée, aux antipodes de la Cara au verbe haut et moqueur qu'il côtoyait tous les jours au cabinet.

La seule fois où il l'avait vue ainsi remontait à ce mémorable soir d'hiver où il l'avait reconduite de la maison des pompes funèbres jusqu'à Maple Street. Elle l'avait supplié de passer la nuit en sa compagnie, puis elle avait retrouvé toute sa hargne et son mordant pour le mettre à la porte le lendemain — un souvenir encore cuisant.

— Ah bon ? J'aurais pourtant juré que ça vous ferait plaisir que je passe l'arme à gauche.

Cara recula comme s'il l'avait giflée.

— C'est affreux de dire ça !

Il s'en voulut aussitôt. C'était le souvenir de la manière cavalière dont elle l'avait congédié ce matin d'hiver qui le rendait méchant.

— Vous avez raison. Je n'aurais pas dû vous parler ainsi…

Surtout qu'elle l'avait attendu sur ce parking durant des heures pour lui parler, et d'autre chose que de patients.

Jusqu'à présent, elle n'avait jamais pris l'initiative d'une conversation avec lui en dehors du cabinet.

— Excusez-moi, Cara. C'est la fatigue. Puisque vous déclinez l'intubation trachéale, ajouta-t-il pour détendre l'atmosphère, pourrai-je au moins compter sur vous pour me poser des points de suture si je m'ouvre l'arcade sourcilière au football ?

— Va pour les points de suture.

Côte à côte, ils se dirigèrent vers leurs voitures garées dans la zone réservée aux médecins.

— Je suis épuisée, dit-elle en promenant son regard sur le parking mal éclairé. Et pourtant je me sens trop tendue pour rentrer dormir.

Où voulait-elle en venir ?

Il préférait ne pas tirer de conclusion hâtive qui risque de le placer de nouveau en mauvaise posture. Avec Cara Conner, mieux valait se méfier et ne rien tenir pour acquis.

— Vous croyez qu'on pourrait aller quelque part ? N'importe où, ajouta-t-elle devant son silence, d'une voix désespérée.

— À 11 heures du soir, un dimanche, je ne vois qu'un seul établissement ouvert dans le coin.

— Parfait. Allons-y.

— Pas si vite ! C'est un fast-food à la sortie de la ville. L'endroit n'est guère reluisant, surtout à cette heure.

S'il avait voulu la dissuader de passer du temps en sa compagnie, il ne s'y serait pas pris autrement.

— Vous serez là pour veiller sur moi.

Veiller sur elle… N'était-ce pas ce que Preston lui avait demandé sur son lit de mort ?

— On n'a qu'à prendre ma voiture, dit Cara en lui désignant le véhicule de location. Montez.

Il obéit, épuisé — et secrètement flatté qu'elle veuille passer du temps avec lui.

Durant le trajet, il l'observa de profil.

Les doigts serrés sur le volant, elle scrutait la route comme si elle craignait quelque accident, ce qui se comprenait après ce qu'ils venaient de vivre ce soir.

— Ne me regardez pas comme ça.

La Cara autoritaire était de retour.

— Vous ne voulez pas que je vous regarde conduire ?

— C'est ça. Et si vous pouviez également vous abstenir de me regarder le reste du temps, ça me rendrait service !

Le scénario d'il y a quelques mois semblait se répéter : elle le suppliait de lui tenir compagnie, puis elle le rabrouait. À l'arrivée au restaurant, elle allait peut-être le jeter de la voiture, et il n'aurait plus qu'à rentrer à pied.

Pourquoi agissait-elle ainsi ? Sentait-elle l'attirance qui faisait des étincelles entre eux depuis des semaines ? Avait-elle peur d'y céder ?

Il en avait assez de se poser des questions à son sujet, de se disputer sans cesse avec elle, de devoir respecter les termes du testament de Preston, si avantageux pour lui, alors qu'il n'avait rien demandé. Ce soir, il avait envie de tout envoyer promener.

— Je veux bien, mon petit rayon de soleil, mais il n'y a pas grand-chose d'autre à regarder dans le coin.

— Je n'aime pas que vous m'appeliez ainsi.

— Vous n'avez qu'à ajouter cela à la liste de mes crimes.

— Vous n'avez commis aucun crime.

— Alors, pourquoi m'en voulez-vous tellement ?

Les doigts de Cara se crispèrent sur le volant.

— C'est l'impression que je donne, dit-elle, les yeux toujours fixés sur la route. Pour cacher ce que je ressens vraiment.

Elle avait prononcé les mots à voix basse, comme si cela pouvait l'aider à mieux les accepter.

— Et que ressentez-vous ? dit-il, déterminé à la pousser dans ses retranchements.

— Je suis attirée par vous, et je ne voudrais pas l'être.

Enfin, elle l'avait dit.

Il se garda de lui avouer que l'attirance était réciproque. Son sixième sens lui soufflait que le moment était mal choisi pour lui ouvrir son cœur.

— Pourquoi ? Je ne suis pas votre ennemi, Cara.

— Je crois que si.

— Vous pensez ça à cause du testament de votre père ? Je n'y suis pour rien s'il a décidé d'inclure des clauses qui vous désavantagent. La situation me déplaît autant qu'à vous, croyez-moi.

— Pourtant, vous auriez tout à gagner à ce que je jette l'éponge avant la fin des six mois.

— Vous vous trompez. J'ai perdu énormément quand votre père est mort, et aucun héritage ne peut m'en consoler.

— Il vous aimait.

— Je sais.

C'est la seule chose dont il était sûr : Preston l'avait aimé.

— Et il vous aimait aussi, Cara. Plus que sa vie.

Un sanglot s'échappa des lèvres de Cara. Elle ralentit, tourna sur le parking désert d'un immeuble de bureaux et coupa le contact. L'éclairage des voyants du tableau de bord éclairait seul son visage.

— Je sais qu'il m'aimait. À sa manière.

À présent, elle pleurait.

— Vous étiez la personne qu'il aimait le plus au monde, insista-t-il. Il ne cessait de me dire combien il était fier de vous. À ses yeux, vous étiez la huitième merveille du monde.

— Je ressemble trop à ma mère, il ne me comprenait pas.

— Ça ne l'empêchait pas de vous aimer.

Un rire amer échappa à Cara.

— Il aurait préféré un garçon.

Sloan resta coi un moment.

Preston ne lui avait jamais rien dit de tel. Mais il ne l'avait connu que pendant un an. Cara avait sans doute de bonnes raisons de l'affirmer.

— La plupart des hommes croient vouloir un garçon, mais ce sont leurs filles qui les mènent par le bout du nez, dit-il en lui prenant la main.

— Mon père n'était pas homme à se laisser mener par le bout du nez.

Au moins, elle ne tentait pas de lui reprendre la main.

— Peut-être pas. Mais il vous adorait. Il vous mettait sur un piédestal.

— Et pourtant je l'ai déçu.

— C'est faux…

Ce n'était pas un pieux mensonge pour la consoler. Malgré le refus de sa fille de venir exercer à Bloomberg, Preston avait été fier d'elle et de sa réussite.

— Vous aviez le droit de travailler dans l'endroit de votre choix, et il l'avait compris.

— Pourquoi êtes-vous si gentil envers moi ? dit soudain Cara en se dégageant.

En d'autres circonstances, il aurait répondu par quelque plaisanterie, mais il voyait dans son regard désemparé qu'elle attendait vraiment une réponse.

— Parce que je ne suis pas votre ennemi.

Elle poussa un soupir et se pencha en avant pour poser le front sur le volant.

— À force de me le répéter, vous allez peut-être finir par me convaincre.

Les mots ne servaient à rien. Qu'à cela ne tienne, il connaissait une autre manière de la convaincre de ses bonnes intentions.

— Cara, j'aimerais vous prendre dans mes bras.

Visiblement surprise, elle releva la tête.

— Pourquoi, Sloan ?

— Cessez de poser des questions et dites-moi simplement oui ou non.

— Oui ou non.

Il sourit.

— Très drôle.

Sans en attendre la permission, il glissa les doigts dans ses cheveux et attira son visage vers lui.

Cara soutint son regard comme si elle le défiait d'aller plus loin, d'oser prendre ce qu'il voulait. Mais ses lèvres s'entrouvrirent, provocantes.

Il rêvait de goûter de nouveau à leur douceur. Ce désir l'obsédait depuis ce matin d'hiver où il avait eu ce privilège pendant de trop brèves minutes.

Il se pencha vers elle. Lentement, pour lui laisser le temps de l'arrêter.

Cara retint son souffle.

Sloan allait l'embrasser.

Elle devrait l'en empêcher, car, encore sous le coup des émotions de la soirée, ils ne savaient plus ce qu'ils faisaient. Du moins, c'était son cas à elle. D'un autre côté, cela faisait quatre mois qu'elle rêvait de ce moment. Depuis qu'elle s'était réveillée tout contre lui, elle se languissait d'un baiser, et de bien davantage.

Ce soir, elle voulait être à lui.

Comblant les centimètres qui les séparaient, elle posa ses lèvres sur les siennes, et le plaisir déferla aussitôt dans ses veines.

La bouche de Sloan était du velours.

Elle avait besoin de sa chaleur, de ses baisers, de ce feu qui commençait à brûler dans son corps. Elle avait besoin de se sentir vivante.

Malgré les sièges-baquets, elle parvint à se serrer contre lui et à enfouir les mains dans ses cheveux.

— Arrête, Cara, murmura-t-il contre ses lèvres.

— Pourquoi ?

— Parce que, dans cinq minutes, tu vas te rendre compte de ce que tu es en train de faire et avec qui, et tu vas le regretter. Et je redeviendrai l'ennemi pour toi.

— Tu *es* mon ennemi, dit-elle sans lui lâcher les cheveux pour autant. Mais c'est plus fort que moi, j'ai envie que tu m'embrasses, j'en ai besoin. S'il te plaît, continue, afin que je n'aie pas de regrets.

Fort de cet encouragement, il se mit à l'embrasser avec passion, comme aucun homme ne l'avait encore jamais fait, et elle sentit son monde chaotique se métamorphoser en une harmonie parfaite.

— J'aimerais plus que tout passer la nuit chez toi, dit Sloan, mais je ne le ferai pas.

Après un échange de baisers et de caresses enfiévrés, ils étaient de retour sur le parking de l'hôpital. Le fast-food fermant ses portes à minuit, ils avaient renoncé à s'y rendre.

— De toute façon, je ne t'ai pas invité à passer la nuit chez moi, lui rappela Cara.

Au temps pour lui. Il devrait pourtant le savoir, qu'il ne fallait jamais rien prendre pour acquis avec elle.

— Exact.

— Pour être franche, je t'aurais invité s'il y avait eu la moindre chance que tu acceptes.

Alors là, il avait du mal à suivre. Et qu'était-il censé faire maintenant ?

— Pourquoi es-tu persuadée que j'aurais refusé ?

— Parce que je commence à te connaître. Tu es un homme d'honneur, qui refuserait de profiter d'une femme épuisée et vulnérable.

— Crois-moi, ce n'est pas de gaieté de cœur que je me comporte en « homme d'honneur ».

— Tu n'en as que plus de mérite.

Tout à l'heure, elle lui avait dit qu'elle le considérait toujours comme son ennemi. Dans ce cas, leur relation, si relation il y avait, serait basée uniquement sur le sexe. Et ce n'était pas du tout ce qu'il recherchait avec Cara.

— Si j'avais habité ailleurs que chez mon père, poursuivit-elle, serais-tu venu prendre un dernier verre ?

— Non. Tant que tu continueras à te méfier de moi, à croire que je te veux du mal, rien ne sera possible entre nous.

— Tu pourrais essayer de me convaincre de tes intentions pacifiques…

Il aurait pu. Mais tous deux avaient des objectifs trop différents à long terme. Et puis il était tellement épris de Cara qu'il n'était pas sûr de se remettre jamais d'une simple aventure avec elle.

— Un jour, je parviendrai peut-être à te prouver que tu n'as rien à craindre de moi, et nous pourrons alors être amis. Avoir une liaison ne ferait que compliquer la situation.

Elle s'adossa à son siège et sembla réfléchir quelques instants.

— Elle est déjà compliquée, dit-elle en se tournant vers lui. Alors, autant en profiter pour prendre un peu de bon temps entre ennemis.

Cette remarque le choqua. Car c'était précisément pour ça qu'il ne voulait pas coucher avec elle ce soir.

— Je te le répète, je ne suis pas ton ennemi, et tu n'es pas le mien.

Il tendit la main pour lui caresser la joue.

— Et, pour ta gouverne, sache que « prendre du bon temps » avec toi ne me suffirait pas. Ce sera tout ou rien entre nous.

— Et, ce soir, tu as décidé que ce serait rien ?

— Oui. Nos émotions sont à vif après la mort de ce garçon. Demain, si tu veux toujours que nous sautions le pas, nous en discuterons.

— Je crois que tu ne comprends pas. Ce n'est pas discuter qui m'intéresse…

Il avait parfaitement compris, puisqu'il ressentait le même désir. Cara avait-elle une idée de l'effort qu'il lui fallait pour ne pas céder à l'appel de ses sens ?

Un sacrifice nécessaire. La prochaine fois que Cara passerait la nuit dans ses bras, il n'accepterait pas qu'elle le congédie comme un malpropre le lendemain ni qu'elle ait des regrets. La prochaine fois, elle l'inviterait chez elle, non parce qu'elle aurait peur de rester seule dans la maison de son enfance, mais parce qu'elle voudrait vraiment de lui dans son lit.

Car il y aurait une prochaine fois. Il en était persuadé.

Fort de cette certitude, il se contenta de déposer un baiser sur sa joue, puis il ouvrit la portière.

— Bonne nuit, Cara. Je vais te suivre dans la Jeep pour m'assurer que tu rentres sans encombre.

— Pouvez-vous informer June Lucada des résultats de ses tests ? demanda Amy en passant la tête dans le bureau de Cara. Elle est au téléphone.

Se frottant la tempe, Cara réprima un bâillement.

— Le rapport du labo est arrivé ?

— Oui, vous l'avez dans votre boîte de réception.

— Mettez June en attente, je vais jeter un coup d'œil.

Après consultation du rapport, elle prit la patiente en ligne pour lui indiquer que son taux de cholestérol était trop élevé, et elle fixa un rendez-vous pour décider du traitement à suivre.

— Comment va votre mari ?

Elle avait reçu Harry la semaine précédente pour une crise de goutte aiguë. Tandis qu'elle écoutait June lui décrire les améliorations substantielles apportées par l'allopurinol, elle se rendit compte que Sloan l'observait depuis le seuil.

Beau comme un dieu.

C'est à lui qu'elle devait sa nuit blanche, car elle n'avait cessé de penser aux baisers torrides qu'ils avaient échangés la veille sur le parking, et à ce qui aurait pu suivre s'il n'avait pas eu ces stupides scrupules.

Elle s'était pratiquement offerte à lui et il l'avait éconduite.

Elle sentit ses joues s'enflammer de honte.

Était-il venu la narguer ?

Elle mit fin à la communication, raccrocha puis se tourna dans sa direction.

— Besoin de quelque chose ? demanda-t-elle sèchement.

Sloan entra, referma la porte derrière lui et donna un tour de clé.

— Dis-moi que je suis un imbécile de t'avoir laissée hier soir.

Elle se ferait un plaisir de le lui dire.

— Tu es un imbécile.

Éclatant de rire, il lui prit les mains pour l'obliger à se lever.

— On dirait que tu m'en veux vraiment.

— Bien sûr !

Mais sa colère était feinte. En réalité, son cœur battait follement contre ses côtes.

Sloan aurait-il changé d'avis et décidé d'accepter sa proposition ?

— Je meurs d'envie de t'embrasser, Cara. Malgré la salle d'attente noire de monde. Un seul baiser, et ensuite nous reprendrons le travail.

Sans se faire prier, elle lui tendit ses lèvres, mais il ne fit que les effleurer avant de la serrer contre lui.

— Je suis un bel imbécile.

— Je confirme.

— Ça va, n'en rajoute pas. Je suis déjà bien assez puni. Je ne voulais pas que tu aies des regrets, et au final c'est moi qui en ai.

Consciente que les consultations commençaient dans quelques minutes, elle s'écarta pour tenter de reprendre ses esprits.

— Comment vais-je pouvoir me racheter ? dit Sloan.

Son air penaud la fit rire.

— Nous trouverons bien quelque chose. Je te demanderai juste de rester discret. Personne ne doit savoir.

— Je n'avais pas l'intention de faire annoncer par haut-parleur que je venais de t'embrasser, dit-il, l'air mi-amusé mi-irrité.

— Je voulais juste mettre les choses au clair. Notre relation doit rester secrète.

— C'est clair comme de l'eau de roche.

— Tu es vexé que je ne veuille pas mettre nos collègues au courant ?

— Pas du tout, dit-il, le visage fermé. À quoi bon faire naître des attentes et des spéculations alors que tu vas partir dans deux mois ?

Dans deux mois, sa période de pénitence prendrait effectivement fin, et elle serait libre de s'en aller avec la satisfaction d'avoir respecté les dernières volontés de son père. Elle quitterait Bloomberg et Sloan, et elle ne les reverrait sans doute jamais ni l'un ni l'autre.

Inutile d'y penser maintenant.

— Beaucoup de choses peuvent se passer en deux mois, ajouta-t-il de manière surprenante.

— C'est vrai. Mais n'espère pas me voir prolonger mon séjour à Bloomberg parce que nous aurons couché ensemble. Vivre ici serait un cauchemar pour moi. Alors, quoi qu'il se passe entre nous, ça durera deux mois, et pas un jour de plus.

— Ce que j'aime chez toi, c'est ton romantisme.

— Je préfère être franche.

— Et j'apprécie ta franchise. Deux mois, ça me convient.

Souviens-toi, je suis un célibataire endurci, dit Sloan, avant de s'éclipser.

Rêveuse, elle fixa la porte refermée.

Sloan resterait un célibataire endurci jusqu'à ce qu'une chanceuse s'empare de son cœur, l'épouse et lui fasse des enfants qui suivraient le parcours tout tracé et ô combien ennuyeux des habitants de Bloomberg.

La pensée que cela arriverait un jour ou l'autre lui faisait un peu mal, mais il fallait l'accepter puisque, elle le savait, quoi qu'il se passe entre eux, elle ne resterait jamais dans cette maudite ville qui avait détruit sa mère à petit feu.

8.

Le vendredi soir, à l'issue de la consultation, Cara et Sloan partirent chacun dans sa voiture afin de ne pas prêter le flanc aux commérages. Ils avaient prévu de passer le week-end à la plage et de laisser les choses suivre leur cours. Ils se retrouvèrent dans un bungalow que Sloan avait loué sur l'île de Santa Rosa.

Cara prit la route dans un état d'excitation et de confusion indescriptible.

Elle qui jugeait sévèrement les gens qui avaient des aventures, elle avait pourtant accepté d'en avoir une avec lui, ce qui allait à l'encontre de tous ses principes !

N'auraient-ils que ce week-end, ou continueraient-ils de se voir en cachette jusqu'à son départ de Bloomberg ?

Elle se sentait follement attirée par Sloan, tout en sachant qu'il ne pouvait rien lui offrir de sérieux. Ce serait tenter le diable que d'entretenir une liaison sur plusieurs semaines, non seulement à cause des rumeurs qui risquaient de circuler, mais aussi et surtout parce que des sentiments ne manqueraient pas de se développer entre eux.

Non, ce week-end devait marquer le début et la fin de leur histoire, ce serait plus prudent. Elle ferait l'amour avec Sloan jusqu'à plus soif, et lorsque la tension sexuelle entre eux se serait apaisée, ils reprendraient leur relation de collègues plus sereinement, parce qu'ils ne fantasmeraient plus l'un sur l'autre.

Sur le papier, ça paraissait parfait.

Autrefois, elle était allée plusieurs étés de suite à Santa

Rosa en compagnie de sa mère — son père les y rejoignait le week-end quand son agenda lui en laissait le temps, c'est-à-dire presque jamais. Loin de Bloomberg, sa mère avait semblé heureuse sur cette petite île où les habitants de la côte possédaient des résidences secondaires.

La maison était isolée, avec vue sur la mer. Le décor était typique des bungalows de plage, avec beaucoup de bleu, de motifs d'ancres et de coquillages, et un tableau du phare de Biloxi qui dominait la salle de séjour.

— Tu es déjà venu ici ? demanda-t-elle à Sloan en faisant le tour des pièces.

— Pas dans cette maison, mais je connais la plage. J'y ai amené des amis de l'Ohio qui sont venus me rendre visite à l'automne dernier.

Ils s'installèrent dans la chambre, et elle ne cessa de bavarder tout en rangeant ses affaires, comme pour éviter que le silence s'installe entre eux, avec ce grand lit qui leur tendait les bras.

C'était pourtant ce qu'elle voulait, non ?

— Viens, dit Sloan quand ils eurent terminé, allons nous promener.

— Mais je pensais…

Son regard alla de Sloan au lit.

— Que j'allais te sauter dessus dès notre arrivée sans te laisser le temps de souffler ?

Elle rougit.

— Nous avons tout le week-end, Cara, dit-il en lui prenant la main. Allons nous promener, puis on s'arrêtera quelque part pour dîner. J'ai demandé à l'agence de location de remplir le réfrigérateur, de quoi nous permettre de prendre le petit déjeuner et des collations, mais depuis quelques jours je n'ai cessé de rêver de fruits de mer.

Bien sûr, Sloan avait aussi rêvé d'embrasser Cara. Mais, pour lui, ce week-end ne se résumait pas à une partie de jambes en l'air. Il voulait passer du temps avec elle, apprendre à la connaître hors de Bloomberg où elle semblait toujours sur ses gardes. Il voulait qu'elle se détende.

— D'accord, dit-elle, souriante. Direction la plage.

Ils n'eurent qu'à descendre les marches de la véranda. Main dans la main, ils se dirigèrent vers la mer en contournant la dune. Puis, Cara lui lâcha la main, ôta ses sandales, courut jusqu'à l'eau et regarda les vagues mourir sur ses chevilles.

Un sourire radieux aux lèvres, elle se tourna vers lui.

— Une plage de sable blanc, une eau bleue, la brise du large… C'est le paradis !

— Je savais que cet endroit te plairait.

Elle se pencha et, du bout des doigts, envoya de l'eau dans sa direction.

— Viens faire trempette. À moins que tu n'aies peur de prendre froid ? ajouta-t-elle sur un ton de défi.

Le naturel revenait au galop, même quand elle semblait de bonne humeur !

Il rit, entra dans l'eau et l'éclaboussa copieusement.

Sans crier ni se plaindre, elle passa à l'attaque et le bombarda jusqu'à ce qu'il n'ait plus un fil de sec.

Riant à perdre haleine, ils continuèrent de s'éclabousser pendant un moment, puis il l'attrapa par la taille et la tourna vers lui. À cet instant, une vague fit se dérober le sable sous ses talons, et il perdit pied.

— Oh ! cria Cara tandis qu'il l'entraînait dans sa chute.

— Allez, debout, dit-il en l'aidant à se relever. Faisons cette promenade avant que la prochaine vague ne nous assomme.

Elle regarda ses vêtements trempés.

— Au point où on en est…

Plaqués sur son corps, sa jupe et son chemisier soulignaient ses courbes. Elle était magnifique.

S'il s'écoutait, il la jetterait sur son épaule pour la ramener dans la chambre et faire ce qu'il avait eu envie de faire depuis le départ. Pas sûr, toutefois, que ce comportement néandertalien plaise à Cara.

— Veux-tu rentrer te changer ? dit-il en adoptant un ton désinvolte, pour masquer l'effet qu'elle lui faisait.

Cara secoua la tête.

— Ce n'est pas grave d'être trempés, on est à la mer !

Il s'efforçait de reprendre le contrôle de ses sens, quand il la vit ôter son chemisier sous lequel elle portait un petit débardeur. Gracieuse telle une ballerine, elle tendit le vêtement au vent pour le sécher.

Sa tentative pour se ressaisir en prit un coup fatal.

Peut-être aurait-il dû l'écouter quand elle avait suggéré de passer directement au lit. À présent, il ne serait pas tendu comme un arc, à imaginer le moment où il la dévêtirait, où il découvrirait son grain de peau, caresserait pour la première fois le creux de sa gorge. L'attente le tuait…

Mais il avait toujours été un homme patient, et il ne forcerait pas sa nature. Ce week-end marquerait un tournant dans leur relation, il ne s'agissait pas de précipiter les choses.

Main dans la main, ils se promenèrent sur la plage en ramassant de-ci de-là des coquillages.

Une demi-heure plus tard, quand ils rentrèrent au bungalow, sa libido le taraudait toujours méchamment, mais Cara, elle, s'était métamorphosée en une vacancière insouciante.

Assise sur la première marche de la véranda, elle chantonna un petit air joyeux tandis qu'il lui nettoyait les pieds à l'aide du jet d'eau.

Comme du sable restait collé à la plante des pieds, il le gratta du bout des doigts.

— Hé, ce n'est pas du jeu ! lança-t-elle en bondissant sur ses pieds pour lui échapper.

— Tu es chatouilleuse ?

— À ton avis ?

Elle se dirigea vers la salle de séjour.

— Je vais me changer pendant que tu te nettoies. Puis nous partirons en quête de ces fruits de mer dont tu m'as parlé. J'ai une faim de loup !

Lui aussi, il avait faim, et pas seulement de crabe ou de palourdes.

— Alors, tu n'as jamais connu tes parents ? demanda Cara tout en dégustant la chair d'une patte de crabe.

Le regard visiblement fixé sur ses lèvres, Sloan secoua la tête.

Elle réprima un sourire.

Les jeux dans l'eau et la promenade sur la plage l'avaient aidée à se détendre, et elle passait une excellente soirée. Sloan avait eu une riche idée d'organiser ce week-end, et il se révélait un compagnon très agréable.

Mais il n'y avait pas que les plaisirs de la plage et de la table qui la mettaient de bonne humeur. En face d'elle était assis un homme au sex-appeal ravageur qui la désirait de façon évidente. Elle appréciait chaque seconde de ces préliminaires.

Car c'en était ! Un observateur extérieur aurait cru qu'ils ne faisaient que dîner en bavardant, mais c'était bien plus que cela. Chaque mot, chaque expression, chaque contact, voulu ou accidentel, était un avant-goût de ce qui allait suivre cette nuit.

Elle qui ne s'était jamais considérée comme une allumeuse ni une séductrice, elle se découvrait des talents cachés. Chaque geste qu'elle faisait, même le plus anodin, semblait exciter Sloan, et elle se délectait de son pouvoir.

Ôtant sa sandale sous la table, elle effleura la cheville de Sloan de ses orteils nus.

— Aucun membre de ta famille n'aurait pu te recueillir ?

Il haussa les sourcils, visiblement décontenancé par son manège.

— Mes oncles et tantes n'avaient jamais été proches de mes parents, et ils avaient leurs propres enfants à élever. À six ans, j'ai intégré le circuit des foyers d'accueil, et je n'en suis sorti qu'à dix-huit ans. Je ne garde pas que de mauvais souvenirs de ces années-là. Ma dernière famille d'accueil a été gentille avec moi, et c'est grâce à leurs encouragements que j'ai demandé une bourse pour aller à l'université. De temps en temps, on se parle encore au téléphone.

— Cela a dû être dur, tout de même.

Seuls ceux qui avaient eu le même parcours pouvaient

le comprendre. Et Sloan avait d'autant plus de mérite d'être devenu médecin et d'avoir grimpé dans l'échelle sociale… Tout comme son pied était en train de grimper le long de sa jambe.

Il prit une longue gorgée de son soda.

— C'est la conversation la plus étrange que j'aie jamais eue.

— Pourquoi donc ? dit-elle en contournant la face de son mollet pour appuyer ses orteils contre les muscles durs.

— Parce que, d'habitude, je coupe court dès que quelqu'un aborde le sujet de mon enfance. Je déteste en parler. Mais avec toi ça ne me dérange pas, ajouta-t-il en lui prenant la main.

Elle sentit son excitation grandir d'un cran.

— Tu trouves la conversation stimulante ?

— On peut dire ça, oui… Tu as fini ?

— Je ne fais que commencer.

— Prendras-tu un dessert ? insista-t-il en lui montrant son assiette.

— Je l'attends impatiemment.

À en juger par son sourire, Sloan comprit qu'elle ne parlait pas de nourriture. Il jeta un coup d'œil à l'addition, sortit son portefeuille et laissa quelques billets sur la table.

— Allons-y.

Sans hésiter, elle remit ses sandales et lui prit la main.

Il l'aida à monter dans la Jeep, et ils parcoururent en silence les quelques kilomètres qui les séparaient du bungalow. Dès qu'ils se furent garés sous l'auvent, elle sauta du véhicule et monta les marches du porche.

Difficile de s'expliquer pourquoi, mais elle n'avait pas envie de s'attarder dans la voiture.

Quand Sloan la rejoignit, elle était accoudée à la balustrade de la véranda, en train d'admirer le ballet de l'océan au clair de lune.

— C'est tellement beau, ici, tellement calme, murmura-t-elle. On a l'impression que tous les soucis ont disparu, que plus rien n'existe.

— Et c'est vrai.

Il la prit par les épaules pour la tourner vers lui, et elle plongea dans les puits sombres de ses yeux.

— Sloan, dit-elle, abandonnant ce qu'il lui restait de pudeur, j'ai envie de toi.

— Le sentiment est réciproque.

Il s'éloigna pour ouvrir la porte puis revint poser les mains sur sa taille.

Sans attendre qu'il l'embrasse, elle prit ce qu'elle voulait : lui. Enroulant son corps autour de lui, elle l'embrassa avec passion, les doigts enfouis dans ses cheveux, avec en arrière-fond la mélodie des vagues.

Les mains de Sloan descendirent dans son dos pour l'attirer contre lui, tout contre lui.

Elle se cambra contre ses hanches, lui arrachant un gémissement rauque.

— J'ai envie de te prendre ici, dit-il contre sa bouche.

Pour une fois, elle ne discuterait pas avec lui. Le désir la consumait de le sentir en elle.

— Mais ce n'est pas possible, parce que je veux d'abord te voir nue.

Or, la pleine lune avait attiré quelques promeneurs sur la plage.

Il la porta à l'intérieur, dans la chambre.

Se laissant glisser le long de son corps, elle voulut lui enlever son T-shirt, mais il s'écarta pour entrouvrir la fenêtre afin de laisser entrer la musique des vagues.

— Parfait.

— N'est-ce pas ?

Et il ôta son T-shirt.

— Waouh.

Elle savait que Sloan Trenton possédait un corps affûté, mais pas à ce point. En plus des séances de jogging matinales et des entraînements avec les équipes de football et de basket, il devait forcément fréquenter une salle de musculation…

— À ton tour.

Un rire nerveux aux lèvres, elle enleva son chemisier puis sa jupe, et elle se tint devant lui en soutien-gorge et culotte de soie ivoire. Elle n'était pas sûre d'avoir le corps aussi mince et tonique que lorsqu'elle avait séduit John, mais la manière dont Sloan la dévora du regard lui redonna confiance en elle.

— À ton tour, dit-elle, lui resservant ses paroles.

Elle avait hâte de le voir, de le toucher, de le caresser.

Et elle ne fut pas déçue quand il ôta son short et son boxer.

Comblant les quelques mètres qui les séparaient, il se mit à l'embrasser, et les mots cédèrent la place au langage des corps.

Les gémissements de désir de Cara et la manière dont elle ondulait contre le rendaient fou. Sloan devait se retenir de lui arracher ses sous-vêtements pour la posséder, là, debout, sur-le-champ.

Tremblant d'impatience, il rabattit la couverture, entraîna Cara sur le lit et, lentement, dégrafa son soutien-gorge pour s'emplir enfin les yeux de la vision troublante de sa nudité.

En voyant Cara le fixer d'un air enfiévré de désir, il faillit lâcher prise prématurément, mais il se ressaisit.

Pas question d'expédier les préliminaires ! Il voulait lui donner du plaisir, la rendre aussi affamée de lui qu'il l'était d'elle.

Il se plaça au-dessus d'elle pour s'emparer de sa bouche puis déposer des baisers brûlants le long de son cou, de sa gorge, au creux de ses seins.

— Sloan, s'il te plaît…

Il sourit. Encore quelques minutes.

Du bout de la langue, il excita ses tétons puis descendit encore plus bas, et il lui ôta enfin son panty.

Aussitôt, Cara gémit en s'arquant contre lui.

— Je t'en supplie, maintenant !

Avec le peu de lucidité qu'il lui restait, il tendit la main vers le tiroir de la table de nuit où il avait placé tout à l'heure des préservatifs.

— Dépêche-toi, dit-elle en l'attirant contre elle. S'il te plaît.

Son sexe tendu contre ses cuisses, juste à son ouverture,

il attendit pour se perdre d'abord dans son regard embrumé de passion.

Il avait réussi. Il avait réussi à lui faire avoir cette expression ! Et jamais elle ne lui avait paru aussi belle.

Pouvait-elle lire ses émotions dans ses yeux ? Ce qu'il ressentait était si intense que ça devait forcément se voir.

Les ongles de Cara s'enfoncèrent dans ses épaules.

Alors, il souleva les hanches et glissa en elle.

Et il sut ce qu'il refusait d'admettre depuis des mois : il avait attendu ce moment toute sa vie.

9.

Cara ne pouvait plus se passer de Sloan. Depuis leur retour de Santa Rosa, deux mois auparavant, ils passaient toutes leurs nuits ensemble.

Son bonheur était tel qu'elle ne se souciait plus du qu'en-dira-t-on.

Un matin, elle avait trouvé un Tupperware de brownies à sa porte, avec un mot de Gladys Jones qui s'étonnait que la Jeep de Sloan soit garée dans Maple Street. Elle en avait ri.

Les commères se déchaînaient ? Grand bien leur fasse. Et elle n'avait cure non plus des sourires entendus de leurs collègues. Jamais elle n'aurait cru que sa réputation lui importerait si peu.

La seule chose qui comptait, c'était Sloan et ce qu'ils vivaient ensemble.

Elle avait passé ces dernières semaines sur un nuage, dans un état d'euphorie permanente. Comme ce soir où elle était couchée sur le lit de Sloan, à côté de lui, le corps palpitant encore de ses baisers et ses caresses.

D'habitude, ils se retrouvaient dans la maison de Maple Street, mais il avait eu besoin de passer chez lui chercher des vêtements de rechange, et ils avaient naturellement terminé sous la couette.

Jusqu'à présent, ils avaient soigneusement évité de parler de son départ de Bloomberg, qui était pourtant imminent : dans deux jours, elle devait prendre l'avion qui la ramènerait à New York.

Que se passerait-il une fois qu'elle serait de retour là-bas ?

Elle n'en avait aucune idée.

John l'avait appelée pour lui dire qu'elle lui manquait et qu'il serait content de la voir réemménager avec lui.

Son refus avait été sans équivoque.

Certains de ses anciens collègues et amis l'avaient également contactée pour lui proposer de reprendre son travail aux urgences.

Elle avait aimé sa vie d'avant, son travail, la frénésie des urgences, mais l'idée de renouer avec tout cela ne l'enthousiasmait guère. Une chose était sûre : elle retournerait à New York, mais pas auprès de John… Et sans doute ne reprendrait-elle pas non plus son poste aux urgences.

Elle se trouverait un nouveau défi qui lui permette de servir la communauté, de rendre ce qu'elle recevrait et d'aider ses semblables. Et elle était également décidée à mener une vie plus saine qu'avant, plus équilibrée, plus heureuse…

Mais comment pourrait-elle être heureuse sans Sloan ?

Si seulement il n'était pas enchaîné à Bloomberg !

— À quoi penses-tu ?

Elle roula sur elle-même pour le regarder en remontant le drap sur sa poitrine.

— À rien, dit-elle avec un sourire forcé.

— Toi, quelque chose t'inquiète. Tu penses à ton départ ?

Comme toujours, il était diablement perspicace, à croire qu'il lisait dans ses pensées.

— C'est normal, dit-elle en haussant les épaules de son air le plus désinvolte. La date approche.

— Les six mois sont terminés, mais rien ne t'oblige à partir déjà, Cara. À moins que tu n'aies d'autres projets dont tu ne m'aurais pas parlé ?

— Je n'ai pas de travail qui m'attend à New York, si c'est ce que tu veux savoir.

— Alors, pourquoi ne pas rester quelques semaines de plus à Bloomberg ? Cela te permettrait de réfléchir à ce que tu veux faire de ta vie.

Que voulait-elle en faire, justement ?

Sans Sloan, elle serait malheureuse. Mais si elle restait elle finirait comme sa mère. À moins que la flamme de sa relation avec lui ne s'éteigne tout doucement, ce qui la laisserait libre de partir.

Dans tous les cas, rien ne s'opposait à ce qu'elle s'accorde encore quelques semaines de bonheur…

Autrement dit, elle repoussait l'échéance à plus tard pour ne pas avoir à prendre de décision.

— J'aimerais que tu restes, Cara, dit Sloan en lui caressant le bras. Que tu restes avec moi.

Elle retint son souffle.

Sa mère était restée à Bloomberg par amour pour son père. Elle avait étouffé ses propres aspirations pour se fondre dans le moule, devenir une bonne épouse de médecin de campagne, et cela avait failli la détruire. Cara ne voulait pas commettre la même erreur.

Jamais sa mère n'aurait accepté qu'elle se contente de Bloomberg.

— Tu ne réponds pas ? poursuivit Sloan. Au cas où tu ne l'aurais pas compris, je t'aime, Cara. Dis-moi que tu vas rester…

« Pour toujours ».

Les mots n'avaient pas été prononcés, mais ils flottaient dans l'air. Et cette demande fit monter une peur panique en elle, à tel point qu'elle sentit le souffle lui manquer, comme si un poing invisible lui serrait la gorge.

Pourtant, Sloan avait dit qu'il l'aimait, cet aveu aurait dû l'emplir de joie. Hélas, c'était la peur qui l'emportait.

Elle aussi, elle aimait Sloan, mais il n'était pas question de le lui avouer et d'accepter de s'enterrer à Bloomberg pour devenir le fantôme d'elle-même. Selon les médecins, c'était un cancer du pancréas qui avait emporté Isabelle Conner-Lewis, mais Cara savait qu'elle était morte d'un cœur brisé.

— Désolée, Sloan. J'ai l'intention de quitter Bloomberg. Peut-être pas tout de suite, mais tôt ou tard je m'en irai. J'étoufferais si je vivais ici.

Sloan hocha la tête, comme s'il comprenait. Ce dont elle doutait.

Elle se pencha vers lui pour l'embrasser, le rassurer en

lui disant que son départ n'était pas pour demain, mais il esquiva son contact et se leva.

— Je vais prendre une douche, dit-il en s'éloignant vers la salle de bains.

Restée seule, elle se repassa le film de leur conversation.

Sloan lui avait dit qu'il l'aimait et, au lieu de prononcer les mots qu'il espérait sans doute entendre en retour, elle avait mis l'accent sur son départ !

Pas étonnant qu'il soit contrarié. Mais croyait-il vraiment qu'il pouvait lui faire un tel aveu puis lui tourner le dos et aller prendre sa douche seul ?

Sachant ce qui allait se passer quand elle le rejoindrait sous la douche, elle ouvrit le tiroir de la table de chevet où se trouvait la boîte de préservatifs.

Après avoir prélevé un sachet, elle s'apprêtait à refermer le tiroir, quand une enveloppe accrocha son regard.

Une enveloppe similaire à celle que lui avait remise Me Byrd sept mois auparavant, avec le nom du destinataire écrit de la main de son père.

Afin de résister à la tentation, elle referma fermement le tiroir.

Elle n'avait aucun droit de lire la lettre de Sloan.

Mais sans doute n'aurait-elle pas une autre occasion de savoir ce que son père avait dit à Sloan…

La curiosité fut la plus forte. Elle rouvrit le tiroir et sortit la lettre de l'enveloppe.

Sous la douche, Sloan ne décolérait pas.

Cara était prête à sacrifier ce qu'ils partageaient parce qu'elle ne voulait pas vivre à Bloomberg. Aveuglée par cette aversion qu'elle avait pour la petite ville, elle ne leur laissait pas une chance !

Mais peut-être était-ce lui qui était aveuglé. Par l'amour.

Il n'aurait pas dû tomber amoureux d'elle.

Mais c'était arrivé. Il était d'abord tombé sous le charme d'une photo, puis il avait appris à connaître Cara à travers les récits élogieux de son père. Avant même qu'il la rencontre en chair et en os, elle s'était déjà emparée de son cœur.

Il savait qu'elle l'aimait aussi, même si elle s'était bien gardée de le lui dire. Et puis ils formaient une bonne équipe tous les deux, par leur partenariat au cabinet, à l'hôpital, et sur les terrains de basket et de base-ball où ils entraînaient conjointement les enfants de la ville. Médecins et sportifs tous les deux, ils avaient beaucoup de choses en commun, sans parler de leur alchimie miraculeuse au lit…

À ses yeux, ils formaient un couple parfait.

Mais Cara ne semblait pas du même avis. Pour elle, ils entretenaient une liaison sans lendemain, « à durée de vie limitée », comme elle l'avait dit une fois.

Furieux à ce souvenir, il pencha la tête pour laisser l'eau couler sur ses cheveux et ses épaules.

Au lieu de fulminer sous la douche, il aurait dû être au lit avec elle, en train de lui rappeler toutes les raisons qui devaient la retenir à Bloomberg. Quand il l'embrassait, elle ne parlait pas de le quitter. Elle le suppliait de l'embrasser encore et encore, et elle donnait autant qu'elle recevait.

Il ferma le robinet de la douche puis se sécha à l'aide d'une serviette qu'il noua autour de la taille.

Certes, elle parlait de partir, mais il n'avait pas encore dit son dernier mot.

— Écoute, Cara, dit-il en revenant dans la chambre. Au risque de paraître lourd, j'insiste. Toi et moi, c'est du sérieux. Ça ne peut pas s'arrêter maintenant…

Assise de dos sur le lit, vêtue de son peignoir, elle semblait lire quelque chose.

— Tu m'écoutes, s'il te plaît ? poursuivit-il, passablement irrité par son manque de réaction. Je n'accepterai pas que tu partes comme ça. Parce que je t'aime, et je crois que tu m'aimes aussi.

C'est alors qu'elle se retourna, et qu'il vit ce qu'elle tenait.

La lettre que lui avait laissée Preston.

Des larmes coulaient sur les joues de Cara.

— Comment as-tu pu ? lança-t-elle d'un ton accusateur.

— Que veux-tu dire ?

Entre autres, Preston lui demandait dans sa missive posthume d'user de tous les moyens pour convaincre Cara de rester à Bloomberg.

— Tu devais être tranquille, sachant que mon père te donnait sa bénédiction pour ça ! dit-elle en montrant les draps froissés.

— Il ne m'a jamais suggéré de coucher avec toi, protesta-t-il. Il voulait que je t'épouse !

— Oh. Mais tu n'as pas poussé ton amitié pour Preston jusqu'à lui obéir sur ce point, n'est-ce pas ?

Son intention avait été de la demander en mariage plus tard, lorsqu'ils auraient réglé leurs différends. Impossible de le dire maintenant, elle l'accuserait de mentir.

— Tu voulais juste me rendre folle de toi pour me retenir ici, dit-elle en se levant. C'est machiavélique et méprisable !

— Es-tu folle de moi, Cara ?

— Non, plus maintenant ! Ce que je viens de lire a détruit tous les sentiments que je pouvais avoir pour toi, poursuivit-elle en lui agitant la lettre sous le nez. Comment a-t-il osé t'utiliser pour m'obliger à rester ?

La mort dans l'âme, Sloan ne répondit pas.

Il n'approuvait pas non plus les méthodes de Preston.

Son mentor avait de toute évidence deviné les tendres sentiments qu'il nourrissait pour sa fille bien avant de l'avoir rencontrée. Il n'avait pas eu grand mal à deviner son penchant pour Cara, vu le nombre de fois où il lui avait demandé si elle allait bien, où elle passait ses vacances, s'il l'avait eue au téléphone. Et toutes ces soirées dans la véranda de Maple Street à parler de Cara, la perle rare…

Preston en avait conclu que Sloan serait son meilleur atout pour convertir Cara aux charmes de Bloomberg. Au lieu de faire leur bonheur, il les avait englués dans une situation inextricable, impossible, et dressés l'un contre l'autre.

Les mains tremblantes, Cara laissa tomber la lettre sur le tapis.

Elle n'aurait pas dû la lire, et sa curiosité était bien punie.

Mais jamais son père n'aurait dû demander à Sloan de veiller sur elle et de l'épouser ! De quel droit s'était-il permis de les manipuler ainsi ?

Quant à Sloan, avait-il couché avec elle parce qu'il l'aimait comme il le prétendait, ou pour qu'elle devienne sexuellement dépendante de lui, et donc disposée à rester à Bloomberg ? Peut-être lui mentait-il dès le départ en lui faisant croire à une attirance partagée ?

— Cara…

Sloan voulut la prendre dans ses bras.

Nu à part la serviette qui lui entourait les reins, il était désirable en diable. Mais elle ne voulait plus le désirer, et elle le repoussa violemment.

— Pourquoi t'es-tu fait le complice de mon père ?

— Je n'ai jamais été son complice.

— Tu as accédé à sa stupide demande pour me retenir à tout prix ici.

— Non. Ni Preston ni personne ne pourrait me convaincre de coucher avec une femme si je n'en avais pas envie.

— Comment pourrais-je te croire ? Tu m'as dit un jour que tu ferais absolument n'importe quoi pour mon père.

— Cara, tu me fais un mauvais procès. Et tu le sais.

— Comment puis-je être sûre que tu ne m'as pas menée en bateau tous ces mois dans le seul but de me convaincre de rester ?

— Dans ce cas, j'aurais raté mon coup, puisque tu m'as annoncé tout à l'heure que tu partais. Cara, écoute-moi : je te jure que je n'ai pas agi sur commande de ton père. J'ai toujours été sincère avec toi.

— Tu étais peut-être sincère quand tu m'as dit tout à l'heure que tu m'aimais ? dit-elle, indignée qu'il persiste à nier. Comment as-tu pu me mentir à ce sujet ?

Sloan eut un sursaut, comme si elle l'avait giflé.

— Qu'est-ce que cela peut te faire, de toute façon ? dit-il en haussant le ton. Ce n'est pas comme si tu partageais mes sentiments !

C'était donc ça qui le chagrinait : qu'elle ne lui ait pas dit qu'elle l'aimait aussi ! Lui, le célibataire le plus courtisé de tout Bloomberg, il avait dû se sentir méchamment vexé qu'elle ne fasse pas plus de cas de sa déclaration.

— Avoue que tu aurais aimé que je te saute au cou, éperdue de gratitude, et que je te jure un amour éternel ! Ainsi, tu aurais pu me manipuler à ta guise et faire de moi ce que tu voulais.

La mine consternée, Sloan secoua la tête.

— Je suis fatigué de tes accusations, Cara. Pour la dernière fois, je te répète que ce qu'il s'est passé entre nous n'a rien à voir avec les volontés posthumes de ton père. Je t'ai demandé de rester avec moi parce que je t'aime, et pour aucune autre raison.

Il était à quelques centimètres d'elle, dans toute la splendeur de sa nudité, avec ses abdominaux d'acier et cette ligne de poils qui disparaissait sous la serviette.

Elle ne pouvait nier qu'il lui faisait de l'effet. Mais, pour une fois, la réaction de ses sens fourbit sa colère.

Elle avait été victime d'une double trahison. Par son père et par Sloan : ce dernier s'était rapproché d'elle à la demande de Preston.

— Cesse de faire semblant, Sloan. Ça ne sert plus à rien.

— Je ne fais pas semblant, dit-il d'une voix lasse. Je voulais vraiment que tu restes.

« Je voulais » ? Sous-entendu, il ne voulait plus, maintenant, car elle avait découvert le pot aux roses.

— De toute façon, ça n'a plus d'importance puisque je vais partir, marmonna-t-elle en ramassant ses vêtements. Il n'y a plus rien qui me retient dans cette horrible ville.

10.

Un vent glacial fouetta le visage de Cara comme elle sortait du hall de la résidence. Resserrant le col de son manteau autour de son cou, elle se mit à marcher en direction de l'hôpital.

L'été se faisait attendre à New York. Ce qui n'était pas grave puisqu'elle aimait cette ville en toute saison… N'est-ce pas ?

Elle n'en était plus aussi sûre.

Non, pas question d'avoir des regrets ! Elle s'interdisait de penser à tout ce qui avait rapport à Bloomberg, à Sloan ou au Sud.

Six semaines s'étaient écoulées depuis son retour. Durant ces semaines, elle avait pleuré toutes les larmes de son corps. Elle avait trouvé d'abord appui sur l'épaule de son ex, qui l'avait hébergée dans sa chambre d'amis. Puis, au bout de quelques jours, elle avait repris ses valises pour aller s'installer dans un petit appartement que Haley, une infirmière des urgences, acceptait de partager avec elle.

L'endroit n'avait rien à voir avec son ancien duplex, mais il était à deux pas de l'hôpital.

En contradiction complète avec ce qu'elle avait décidé, elle avait en effet repris son travail aux urgences. Elle avait renoué avec son ancienne vie, à une différence près : elle était désormais seule. Et la solitude ne lui avait jamais autant pesé, alors qu'elle était entourée de millions de gens.

Elle commença sa garde, contente de se laisser emporter

par le rythme frénétique des urgences qui l'empêchait de penser à autre chose.

— Cara, le patient suivant a demandé expressément que ce soit toi qui le prennes en charge, lui dit Haley comme elle sortait d'un box après avoir soigné une femme victime d'une agression dans le métro.

— De quoi souffre-t-il ?

— Lacération à la main. Il prétend qu'il s'est coupé en sortant d'un taxi.

— On ne me l'avait encore jamais faite, celle-là ! À tous les coups, il s'est blessé dans une bagarre, et il ne veut pas avoir affaire à la police.

La règle était d'appeler la police pour toute suspicion de blessure à l'arme blanche.

Haley haussa les épaules.

— Je n'en sais rien. Mais c'est un canon. Célibataire, d'après son dossier. Il vient d'arriver à New York, et il cherche un emploi.

— Dans quel domaine ?

— Je ne lui ai pas demandé, j'étais trop occupée à regarder ses yeux, ajouta Haley. Jamais je n'en avais vu de cette teinte-là : acajou tirant sur le cuivré.

Cara sentit son cœur faire un bond.

Mais non, elle était sotte ! Le fait que la description du patient corresponde à Sloan relevait juste d'une coïncidence.

— Il t'attend dans le box 3.

Elle se dirigea vers le box en question et ouvrit le rideau.

Ce n'était pas une coïncidence. Les yeux qui la regardaient étaient bien ceux de Sloan.

Sloan retint son souffle.

Mon Dieu ! Cara était plus belle encore que dans ses souvenirs.

Peut-être avait-il commis une erreur en venant ici, en pensant qu'elle partageait ses sentiments et qu'il lui avait manqué. Elle, en tout cas, elle lui avait manqué chaque minute du jour et de la nuit. Depuis son départ, tout lui semblait terne, incolore. Il avait l'impression d'évoluer dans un monde en noir et blanc, d'où la lumière était absente. Plus rien ne brillait, n'avait de relief, ne retenait plus son intérêt. Il avait perdu le goût de vivre.

Et ses collègues, patients et amis s'en étaient rendu compte.

Si la mort de Preston l'avait anéanti, le départ de Cara avait détruit ce qui restait.

Les raisons de ce départ ne faisaient qu'accentuer son désespoir. Au début, il avait voulu se persuader que leur séparation reposait sur un malentendu, puis, au fil des jours, il s'était résolu à faire son autocritique. Il avait été tellement obnubilé par ce qu'il voulait, une vie à Bloomberg, qu'il n'avait jamais essayé de comprendre ce que voulait Cara. En fin de compte, il ne valait pas mieux que Preston, qui avait voulu manipuler sa fille en exerçant sur elle un chantage aux sentiments.

— Seigneur, s'exclama Cara en fixant les compresses qu'il appuyait contre sa blessure pour arrêter le sang, qu'est-ce que tu t'es fait ?

En mode professionnel, elle s'enduisit les mains de gel bactéricide, se les frotta vigoureusement puis enfila des gants en latex. Sans le toucher, elle ôta les épaisseurs de compresses maculées de sang et recula devant l'entaille qui courait sur l'éminence thénar, située sous le pouce.

Elle leva un regard désemparé vers lui.

— Pourquoi es-tu ici ? murmura-t-elle d'une voix accusatrice.

— Cela me semble évident, non ? Tu avais promis de me recoudre si j'en avais besoin un jour.

— Tu as fait le voyage dans ce simple but ? Ça fait cher le point de suture.

— Il n'y a jamais rien eu de simple dans notre relation.

— S'il te plaît, dis-moi que tu ne t'es pas ouvert la main intentionnellement.

— Tu sais bien que non.

— Je ne sais rien du tout… D'accord, reprit-elle après un court silence, je me doute que tu n'es pas assez fou pour te blesser exprès, mais tu ne me feras jamais croire que tu passais par hasard devant cet hôpital quand tu t'es coupé.

— Je n'ai jamais dit cela. En sortant de l'aéroport, j'ai pris un taxi pour venir te voir. C'est en sortant du taxi que c'est arrivé.

— Comment ?

— Sur le porte-étiquette en plastique de ma valise, qui avait un bord tranchant comme un rasoir. C'est bête.

— Ce qui ne répond pas à ma question. Que fais-tu à New York ?

— Il fallait que je vienne…

Le rideau du box ne les protégeait pas des oreilles indiscrètes.

— Écoute, ta garde va bientôt se terminer — je le sais, ta collègue me l'a dit. Recouds-moi en vitesse, puis nous irons dîner quelque part, et je t'expliquerai à loisir pourquoi je suis ici.

— Non.

— Tu refuses de me recoudre ?

Sans un mot, elle entreprit de désinfecter la plaie puis découpa les minuscules fragments de peau déchiquetée.

— Je vais t'administrer un anesthésique local. Es-tu allergique à quelque chose ?

— La pénicilline.

— C'est noté.

Cara cassa une ampoule de lidocaïne, remplit la seringue et lui injecta le produit dans le gras de la paume. Une minute plus tard, il sentait sa main s'engourdir.

Elle ouvrit le kit de suture et sortit l'aiguille à laquelle était déjà attaché le fil Ethilon, ainsi que la pince pour la tenir. Elle aligna les bords désormais bien propres de la plaie et introduisit l'aiguille dans la chair.

— Sloan, ce n'est pas juste, dit-elle, un soupir aux lèvres.

— Plains-toi ! C'est moi qui suis à ta merci. Qu'est-ce qui n'est pas juste ?

— Ta présence, tu n'as pas le droit de me l'imposer. Je ne veux pas de toi ici.

Ces paroles lui firent plus mal qu'aucune blessure physique n'aurait pu le faire.

Allait-elle le congédier sans même lui laisser une chance de s'expliquer ? Ou peut-être mentait-elle ?

Il plaça tous ses espoirs dans cette idée.

Cara fit un double nœud pour renforcer la suture, coupa le fil, passa au point suivant.

— Je ne comprends pas à quoi tu joues, dit-elle. Tu as déjà eu tout ce que tu voulais de moi.

— Tu te trompes.

Les mains un peu tremblantes, elle posa un second point dans les règles de l'art.

— La veille de mon départ de Bloomberg, j'ai signé les documents pour te laisser ma part du cabinet médical ainsi que les parts de mon père dans l'hôpital, et toutes ses affaires. Que veux-tu de plus ?

— Son bien le plus précieux.

— C'est-à-dire ?

— Toi.

À l'aide des ciseaux, elle coupa le fil, puis elle renfonça l'aiguille pour le troisième point.

— Non. Ça, ce n'est pas possible.

Son espoir se réduisait au fil des minutes. Au cinquième point, la blessure serait refermée, et le temps que Cara lui consacrait serait écoulé.

— Accepte de dîner avec moi, s'il te plaît.

— J'en ai encore pour…

Elle jeta un coup d'œil vers l'horloge murale.

— … au moins une demi-heure.

— J'attendrai.

— À quoi bon ?

— J'ai fait le voyage pour toi.

— Je ne t'avais rien demandé, dit-elle en continuant à manier l'aiguille.

— Tu es partie sans même me dire au revoir.

— Nous nous étions tout dit la veille.

— Tu m'as vendu ta part du cabinet de Preston pour un dollar symbolique.

— Et alors ? Il ne le valait même pas.

— Ne dis pas ça, Cara. Tu ne le penses pas.

— Cesse de me dire ce que je dois penser ou pas !

Surtout, ne pas la braquer. Elle n'avait pas encore accepté son invitation.

— Tu as raison.

— Contente de te l'entendre dire.

— Tu as laissé tous les meubles, les livres, les vêtements de ton père dans la maison.

— Parce que je n'en voulais pas. J'ai pris les affaires auxquelles je tenais.

— Celles de ta mère ?

Cara acquiesça en posant le cinquième point. Puis elle noua le fil, le coupa et jeta fil et aiguille dans le réceptacle des déchets contaminés.

— Il faut que tu pardonnes à ton père, Cara.

— C'est déjà fait.

Cara ne mentait pas, même s'il lui avait fallu du temps pour digérer sa colère et essayer de comprendre pourquoi son père avait agi ainsi.

En laissant un tel testament, Preston avait voulu s'assurer que sa famille lui survivrait à Bloomberg. Si Sloan et elle s'étaient mariés, conformément au souhait qu'il formulait dans la lettre à son « fils d'adoption », ils auraient eu des enfants qui auraient été élevés à Bloomberg et qui y auraient perpétué le nom de Conner.

Pour son père, homme d'action s'il en était, la fin avait justifié les moyens, et les refus obstinés de revenir à Bloomberg qu'elle lui avait opposés l'avaient poussé à avoir recours à ce procédé digne de Machiavel. Plutôt qu'une manipulation, il avait sans doute considéré cela comme un coup de pouce qu'il fallait donner au destin…

De toute façon, Preston n'était plus là pour répondre de ses actes.

Elle avait réellement cru un temps ne pas pouvoir lui pardonner l'ingérence qu'il avait exercée par-delà la tombe dans sa vie et dans celle de Sloan. Jusqu'à ce qu'elle comprenne que, à travers lui, c'était à elle-même qu'elle en voulait : il avait deviné qu'elle tomberait amoureuse de Sloan, et c'était exactement ce qu'elle avait fait !

— Quand comptes-tu rentrer à Bloomberg ? demanda-t-elle à Sloan.

— Je ne rentre pas. Je vais m'installer à New York.

Elle le fixa, bouche bée.

— Pourquoi ?

— Viens dîner avec moi, et je t'expliquerai.

Aurait-elle voulu accepter qu'elle ne le pouvait pas. Elle avait prévu de retrouver John et des amis à eux dans un pub irlandais en face de l'hôpital.

— Je ne peux pas.

— Dis plutôt que tu ne veux pas.

— J'ai d'autres projets.

Le visage de Sloan se durcit.

— Tu t'es déjà trouvé un nouveau petit ami ? Tu n'as pas perdu de temps, dis donc !

— Ça ne te regarde pas.

— Bien sûr que si, ça me regarde !

Le rideau s'entrouvrit.

— Tout va bien, Cara ?

— Oui, Haley. J'ai fini avec le Dr Trenton.

— Docteur ? répéta Haley en regardant Sloan. Dans quel domaine ?

— Je suis médecin généraliste. Comme je vous l'ai dit tout à l'heure, mademoiselle… Haley, dit-il en jetant un coup d'œil à son badge, j'ai décidé de m'installer à New York, et j'ai d'ailleurs un entretien demain matin avec…

Non sans un charmant sourire à l'adresse de Haley, il cita les noms du directeur des ressources humaines et du médecin chef des urgences.

— Oh ! formidable ! s'exclama l'infirmière, visiblement sous le charme, nous serons peut-être collègues. Je suis sûre que vous allez vous faire beaucoup d'amis dans le service…

La mort dans l'âme, Cara devina ce qui allait suivre.

— Justement, Cara, moi et quelques collègues, nous

allons manger un morceau chez O'Grady ce soir. Ça vous dit de vous joindre à nous ?

— Ce sera avec plaisir, répondit Sloan, tout sourire.

— Ça ne t'a pas dérangée d'inviter un inconnu à dîner avec nous ? demanda Cara à sa collègue et colocataire durant leur pause.

— Qu'est-ce que tu racontes ? Il ne t'est pas inconnu, à toi, puisqu'il t'a réclamée ! Cet homme a tout pour plaire, il est beau, intelligent, médecin, et avec un peu de chance il sera bientôt notre collègue. Pourquoi ne l'aurais-je pas invité à manger avec nous ? Et, si je me découvre des affinités avec lui, il est possible que je l'invite à bien d'autres choses.

— Non ! lança-t-elle.

Cela lui avait échappé.

Haley la regarda en souriant.

— Non ? Tu veux te le garder pour toi ?

— Non… Oui… Enfin, je ne sais plus, maugréa Cara en massant ses tempes douloureuses. Ce type me rend folle.

Les yeux de sa camarade s'arrondirent.

— C'est lui ?

— Lui, qui ?

— Le médecin de l'Alabama pour qui tu as laissé tomber John ?

— D'abord, je n'ai pas laissé tomber John pour un autre. Nous étions arrivés au bout de notre histoire. Je suis allée en Alabama pour régler la succession de mon père, et Sloan travaillait dans le cabinet. On s'est… côtoyés pendant quelques semaines, c'est tout.

— C'est tout, reprit Haley d'un ton moqueur. Et pourquoi vient-il avec armes et bagages à New York ? Pour respirer le bon air de la ville ?

— En tout cas, ce n'est sûrement pas pour être près de moi.

— Ne me raconte pas d'histoires ! Il s'est passé quelque chose entre vous, je sens ces choses-là à des lieues à la ronde, mon intuition ne me trompe jamais.

— Je t'assure qu'il n'y a rien entre Sloan et moi.

Son amie se campa devant elle, les mains dans les poches de sa blouse, le menton levé.

— Bien sûr ! Il a quitté son travail, sa maison, déménagé à des milliers de kilomètres au nord, et tout ça pour « rien ». Tu me prends vraiment pour une idiote ? poursuivit-elle, le regard sévère. La preuve qu'il s'est passé quelque chose à Bloomberg, c'est que tu avais changé à ton retour. Tu crois peut-être qu'on ne l'a pas remarqué ?

— Changé, comment ?

— Tu ne souris plus, tu n'as plus envie de sortir le soir pour t'amuser avec nous. On dirait que tu portes toute la misère du monde sur les épaules.

— Je te rappelle que j'ai perdu mon père.

— Bien sûr, mais ce n'est pas forcément la seule raison. Et maintenant, d'après ce que je viens de voir, je suis prête à parier mon salaire du mois que j'ai raison : ce patient venu tout droit de l'Alabama se faire soigner par toi y est pour quelque chose.

— Tu perdrais ton argent.

Haley secoua la tête en souriant.

— Je ne crois pas, non.

Cara serra les dents.

Comment Sloan Trenton osait-il se montrer ici et semer de nouveau le désordre dans sa vie ? À l'instar de sa colocataire, tous les collègues qui allaient le rencontrer ce soir y iraient de leurs questions et de leurs spéculations, et c'en serait fini de sa tranquillité.

Cet homme ne méritait que du mépris…

Sauf qu'elle ne parvenait pas à le mépriser. Elle le détestait et l'aimait à la fois, et elle n'était pas sûre que ce ne soit pas ce dernier sentiment qui l'emporte.

Que faisait Sloan à New York ? Avait-il réellement quitté l'Alabama pour venir s'installer ici ?

Elle ne le croyait pas un seul instant. Il adorait Bloomberg, et il ne trahirait jamais Preston en laissant tomber la ville et le cabinet médical.

La perspective de cette soirée au pub ne lui disait plus rien, maintenant que Sloan avait manifesté l'intention de se joindre à eux. Faire comme si de rien n'était sous les yeux inquisiteurs de ses amis et de John, ce serait au-dessus de ses forces. Autant accéder à la demande de Sloan et tâcher d'en finir au plus vite.

Sa décision prise, elle se dirigea vers le box vide où ce dernier l'attendait, assis sur le lit, sa valise à ses pieds, sa main abîmée soutenue par l'autre.

Se composant un visage sévère, elle s'arrêta devant lui.

— Tu as gagné, Sloan, j'accepte de passer une partie de la soirée en ta compagnie. Mais uniquement parce que je ne veux pas que mes amis aient à entendre les explications que tu vas me donner sur ta venue à New York.

Sloan hocha la tête, une expression impénétrable plaquée sur son beau visage creusé par la fatigue.

— D'accord. Où irons-nous ?

Sans doute jubilait-il intérieurement, mais il avait au moins la décence de ne pas le montrer.

— Je vais passer le relais au Dr Koger, mon collègue de l'équipe de nuit, et m'assurer que tout est en ordre dans le service. Ensuite, nous partirons ensemble. Pour discuter, pas pour dîner, ajouta-t-elle pour se convaincre qu'elle contrôlait un peu la situation.

— Comme tu voudras, Cara.

Elle laissa échapper un rire amer.

— Comme si tu te souciais de ce que je veux ! Tu t'en fichais éperdument à Bloomberg, et tu continues de le faire ici en m'imposant ta présence !

Pour la première fois, elle vit du désarroi dans le regard de Sloan.

— Tu ne veux vraiment pas de moi ici, Cara ? J'ai quitté Bloomberg et fait un voyage de plusieurs heures pour venir te retrouver, essayer d'arranger les choses entre nous, et tu me traites comme un chien galeux. Si ma présence t'est à ce point intolérable, je préfère m'en aller tout de suite et ne plus t'importuner.

Elle sentit son cœur bondir douloureusement dans sa poitrine.

Elle devrait saisir la perche que Sloan lui tendait, lui dire de partir. C'était la seule issue possible, car cet homme ne lui apporterait que du chagrin.

S'ils avaient été au téléphone, ç'aurait été facile. Hélas, il était là, en face d'elle, il avait pris la peine de traverser tout le pays du sud au nord pour tenter d'aplanir leurs différends, elle voyait sa détresse à l'œil nu.

— Non, je ne veux pas que tu partes tout de suite. Puisque tu es là, je préfère que nous nous expliquions.

— Merci, dit-il, visiblement soulagé.

— Pour quoi ?

— Pour ta franchise.

— J'en espère autant de ta part.

— Tout ce que je t'ai dit est la stricte vérité : tu me manques et je veux être avec toi. Puisque tu habites à New York, j'y habiterai aussi. Sans toi, je n'ai plus goût à rien, la vie n'a plus de sens.

— Toi aussi, tu m'as manqué…

Zut ! Des larmes lui coulaient sur les joues malgré sa résolution de contenir ses émotions devant lui.

— Ne pleure pas, Cara, dit Sloan en se levant pour lui caresser le visage de sa main valide. Je ne voulais pas te faire du mal. Je regrette tellement de t'en avoir fait malgré tout ! Pardonne-moi.

Lui pardonner ? Pourquoi, au juste ? C'était son père qui les avait manipulés ! Sloan n'avait été qu'un pion sur l'échiquier, tout comme elle. Un pion consentant, mais un pion tout de même.

— Je ne supporte pas de te voir malheureuse, lui chuchota-t-il à l'oreille.

Et il commença à déposer des baisers sur ses joues, comme s'il voulait sécher ses larmes une à une.

Elle tourna la tête, et leurs lèvres se rencontrèrent.

Ce fut elle qui l'embrassa. Elle l'embrassa avec une violence née de la rage et de la frustration qui s'étaient accumulées en elle durant ces six semaines.

Quand elle avait vu tout à l'heure Sloan assis sur la table d'examen du box des urgences, tous les sentiments qu'elle avait tenté d'étouffer depuis son retour à New York avaient rejailli. Et, tels une lame de fond, ils avaient emporté toutes ses résolutions de le rayer de sa vie. Son amour pour Sloan Trenton était plus fort que la colère et que le sentiment d'avoir été trahie.

Il n'y avait pas eu de trahison, au demeurant. Pas de la part de Sloan, en tout cas.

— C'est tellement bon de pouvoir te tenir de nouveau dans mes bras, murmura-t-il contre sa bouche. Je désespérais de pouvoir le refaire un jour.

Et il approfondit le baiser.

Au bout d'un temps indéterminé, quelqu'un toussa légèrement derrière eux, et ils s'écartèrent à contrecœur l'un de l'autre.

— Je crois que j'ai gagné mon pari, dit Haley, l'œil pétillant de malice et les poings sur les hanches. Ça va te coûter bonbon, Cara. Quand je te disais que mon instinct ne me trompe jamais !

11.

Sloan posa sa valise au pied du canapé et promena son regard sur le petit appartement que Cara partageait avec Haley.

Par la fenêtre, on ne voyait que d'immenses gratte-ciel qui bloquaient la lumière, et des rues fourmillantes de voitures et de monde. On était loin de la campagne, des prairies, de l'air pur.

À peine venait-il de quitter Bloomberg que cela lui manquait déjà. Il avait laissé une partie de lui-même là-bas la veille, lorsqu'il avait bouclé son bagage et pris le chemin de l'aéroport.

Six semaines. Il avait attendu six longues semaines que Cara revienne à la raison, et ses espoirs s'étaient effilochés au fil des jours : elle était trop la fille de son père pour admettre qu'elle s'était trompée en le quittant.

Il avait fini par comprendre qu'elle ne reviendrait jamais de son propre chef. S'il tenait à elle, c'était à lui d'aller la retrouver, quitte à renoncer à la vie équilibrée et stable qu'il était parvenu à se construire à Bloomberg. Car Cara était plus importante pour lui que tout le reste, le cabinet médical, les patients, l'estime qu'on lui portait. Afin d'être avec elle, il était prêt à tout recommencer de zéro à New York.

Restait encore à l'en convaincre. Car, malgré le baiser qu'ils avaient échangé tout à l'heure, il savait que rien n'était réglé et qu'elle n'était pas prête à baisser sa garde.

— Finalement, on aurait peut-être dû aller au pub avec les collègues, dit-elle en accrochant son manteau dans le minuscule placard de l'entrée. Il n'y a pas grand-chose à manger dans le réfrigérateur.

— Je ne suis pas venu ici pour manger.

— Ni pour autre chose, j'espère ? rétorqua Cara. Au cas où tu te ferais des idées, je préfère te prévenir tout de suite que tu ne franchiras pas le seuil de ma chambre avant de m'avoir tout dit.

Elle croyait qu'il était venu pour coucher avec elle ! Décidément, la liste des malentendus entre eux ne faisait que s'allonger.

— Ce n'est pas ce que je voulais dire, Cara. J'aimerais que nous parlions tranquillement, c'est tout.

Elle traversa la pièce pour s'asseoir sur le canapé.

— Lorsque nous avons commencé à sortir ensemble, dit-elle, tu préférais déjà parler plutôt que de passer aux choses sérieuses.

Il s'assit à l'autre bout du canapé.

— Parce que je ne voulais pas paraître te sauter dessus tout de suite, dit-il avec un sourire amer. Mais ce soir je veux vraiment parler.

— Alors, vas-y.

Pris de court, il passa le doigt sur son pansement.

— J'avais préparé un petit discours dans l'avion…

— Il ne te reste plus qu'à le réciter, ça devrait être facile.

— Rien n'est facile avec toi, Cara.

— Sans doute suis-je une fille compliquée, désolée…

— Ne t'excuse pas ! C'est une des choses que j'aime chez toi.

Le visage de Cara s'assombrit.

— S'il te plaît, ne dis pas cela.

— Que je t'aime ?

Elle hocha la tête.

— Que je le dise ou pas, ça ne change rien au fait, ajouta-t-il. Je suis amoureux de toi depuis bien plus longtemps que tu ne l'imagines. En fait, j'ai commencé à t'aimer avant notre rencontre.

Cara sursauta.

— Comment est-ce possible ?

— Les photos de toi qui étaient accrochées dans le bureau de Preston me fascinaient. Ton sourire, l'éclat de tes yeux, l'énergie qui émanait de ta personne…

Elle lui adressa un petit sourire incrédule.

— Tomber amoureux d'une photo, ce n'est pas vraiment de l'amour, Sloan. Tu trouvais mon physique agréable, tu fantasmais sur moi…

— Certainement, mais il n'y avait pas que ça. Et je pense que Preston l'avait compris. Il savait que je t'aimais.

— Qu'est-ce qui te le fait croire ?

— La manière dont il me parlait de toi, dont il me taquinait à ton sujet, et me confiait des choses sur ton enfance qu'il n'avait sans doute jamais dites à personne. Il m'a permis de te voir à travers ses yeux, Cara, et la personne qu'il me décrivait était très belle.

Cara secoua la tête, visiblement sidérée par la révélation qu'il venait de lui faire.

— Je ne sais pas quoi dire…

— Inutile de dire quoi que ce soit. Contente-toi de m'écouter.

Il se leva pour arpenter la pièce.

— Cara, si je suis resté célibataire si longtemps, ce n'est pas parce que je préférais la solitude, mais parce que je n'avais pas encore trouvé la femme qu'il me fallait. Désormais, c'est chose faite. Je t'aime, et je voudrais partager ta vie.

La mine stupéfaite, elle l'écoutait comme si elle entendait ces paroles pour la première fois.

— La mort de Preston m'a anéanti, déclara-t-il. Il a été comme un père pour moi — le père que j'aurais voulu avoir. Mais je comprends avec le recul que, s'il s'est montré aussi paternel envers moi, c'était à cause de toi.

— Que veux-tu dire ?

— Il savait ce que j'éprouvais à ton égard, et il a tout fait pour encourager mes sentiments, les nourrir, les renforcer, en me laissant entendre que tu étais mon âme sœur, celle qui était quelque part dans le vaste monde en train de m'attendre. Bien sûr, il n'en était rien puisque tu ignorais jusqu'à mon existence.

— Et quand je l'ai apprise je t'ai détesté.

— Je sais, bien que je n'aie jamais compris pourquoi.

— Parce que tu étais parvenu à gagner l'amour et l'admiration de mon père sans aucun effort, alors que moi, je m'étais battue pendant des années pour les mériter. Et que je continue d'une certaine manière.

— Preston t'aimait, Cara. Il ne savait peut-être pas te le montrer, mais il t'aimait.

— Pourtant, son testament…

La voix de Cara se brisa.

— C'était le seul moyen, très maladroit, je te l'accorde, qu'il avait trouvé pour nous rapprocher, dit-il. Je suis convaincu que ses intentions étaient bonnes. À sa manière, il jouait les Cupidon en nous obligeant à travailler ensemble, à nous connaître.

— Moi aussi, je suis parvenue à cette conclusion. C'est ce qui m'a permis de lui pardonner. Toutefois, je ne pourrai jamais être sûre à 100 % de ses motivations.

— Crois-moi, Cara, il a rédigé ce testament pour ton bien, même s'il semblait te léser. Il y avait une seule personne qu'il aimait davantage que Bloomberg et ses habitants, et c'était toi. Dans son esprit, tu lui ressemblais, contrairement à ta mère. Combien de fois m'a-t-il dit que tu tenais de lui — et il ne parlait pas de ton physique puisque tu es le portrait de ta mère. Il était convaincu que celle-ci t'avait monté la tête contre Bloomberg. Il pensait que, si tu voyais la ville avec des yeux d'adulte, délivrée des réminiscences du passé, tu l'aimerais et voudrais y vivre.

— Je…

Qu'avait-elle été sur le point de lui dire ? Que c'était le cas ?

— Quand Me Byrd nous a lu le testament, je me suis senti mal à l'aise, non pas parce que je ne voulais pas de toi à Bloomberg et dans le cabinet médical, mais parce que je me sentais tiraillé entre ma fidélité envers ton père et mon sentiment d'injustice devant ces clauses qui semblaient à première vue si défavorables à ton égard.

— Tu commençais à douter de ce que t'avait dit Preston ?

— C'était un homme charismatique qui exerçait une

emprise sur tous ceux qu'il côtoyait, y compris moi. Comme il m'avait dit et répété que, au fond de toi, tu aimais Bloomberg, j'avais pris cette idée pour acquise. Jusqu'à ce que je commence à la remettre en question en voyant ta réaction. Pas une fois, je ne m'étais mis à ta place jusque-là, jamais je n'avais essayé de comprendre la situation de ton point de vue. Il a fallu que tu partes pour que j'en prenne conscience.

— Et tu es parti aussi.

— Je ne veux pas rester dans un endroit que tu détestes, Cara.

— Je ne déteste plus Bloomberg…

— Peu importe. J'ai déjà trouvé deux médecins pour le cabinet, qu'Amy et Casey aideront à trouver leurs marques. Moi, je n'y retournerai pas.

— Tout de même, tu n'es pas sérieux en me disant que tu vas t'installer à New York ?

— S'il le faut pour être auprès de toi, je le ferai. À condition que tu veuilles de moi.

— Sloan…

Soudain, Cara se leva pour le rejoindre.

— Je ne voulais pas t'aimer, et c'est pourtant ce qui est arrivé. Je t'aime. Je t'aime à la folie.

Enfin, elle prononçait les mots qu'il désespérait d'entendre ! Il prit son visage entre ses mains.

— Dis-moi que tu nous laisses une chance.

Des larmes coulant sur ses joues, elle hocha la tête.

— Je ne renoncerai pas à nous, ma chérie. Je ferai tout ce qu'il faut pour que ça marche, pour mériter que tu sois enfin à moi, rien qu'à moi.

— Je suis déjà à toi.

— Je veux tout reprendre de zéro, te faire la cour, sans le fantôme de Preston constamment entre nous. Je veux que tu passes du temps avec moi parce que tu le désires, et non pas contrainte et forcée par la clause abusive d'un testament. Et, quand le moment sera venu, je veux pouvoir te promettre fidélité et assistance pour montrer au monde entier combien je t'aime.

Elle écarquilla les yeux.

— Est-ce une demande en mariage ?

— Bien sûr. Je t'ai dit un jour qu'entre nous ce serait tout ou rien. Je veux tout, Cara.

— Tu ne m'épouseras pas parce que Preston te l'a demandé ?

Encore Preston.

Sloan s'efforça de réprimer son irritation, car il sentait que Cara avait besoin d'être rassurée.

— Non, chérie. Je t'épouserai parce que tu es toi et que je t'aime plus que ma vie, et que je veux me réveiller auprès de toi tous les matins jusqu'à la fin de mes jours.

— Dans ce cas, je crois que ça va.

— Dois-je comprendre par là que tu acceptes ma demande en mariage ?

— Ah, les hommes ! dit Cara, les yeux pétillants de malice, il faut toujours leur mettre les points sur les *i* !

Et elle lui donna un baiser qui dissipa ses derniers doutes.

Ils étaient en train de s'embrasser passionnément quand la porte de l'appartement s'ouvrit.

— A-hum, dit Haley depuis le seuil de la pièce. Vous pourriez peut-être aller dans la chambre, non ?

Épilogue

Quand Cara se réveilla, la place à côté d'elle dans le lit était vide. Vide mais encore tiède.

Un sourire aux lèvres, elle se leva, enfila son peignoir, et se dirigea vers la cuisine.

Erreur, son mari n'y était pas. Elle le trouva finalement dans la véranda. Vêtu en tout et pour tout de son pantalon de pyjama, il était en train de bercer leur petit garçon de deux semaines contre son torse.

Elle s'assit à côté d'eux sur la balancelle où ses parents l'avaient naguère bercée elle-même.

— Que faisiez-vous de beau, tous les deux ?

— On essayait de ne pas faire de bruit pour ne pas te réveiller, dit Sloan.

Du bout du doigt, elle caressa la joue de leur fils, qui ouvrit de petits yeux qui louchaient encore. Il bâilla, étira une menotte puis se blottit de nouveau contre la poitrine de son papa.

— J'étais en train de raconter à Conner combien j'aimais sa maman. Je lui disais qu'elle avait grandi dans cette maison, grimpé dans ces arbres, et que lui et moi, un jour, on construirait une cabane dans le grand chêne.

— Autrefois, je rêvais d'une cabane dans cet arbre.

— Je sais. Ton père me l'avait dit un soir, alors que nous étions assis à bavarder sous le porche. Il m'avait dit que si, un jour, j'avais un enfant, je devrais sans faute lui édifier une cabane dans les arbres, car lui n'avait jamais eu le temps de te construire la tienne.

— Il m'avait toujours promis de le faire, dit-elle, émue à ce souvenir.

Cela faisait longtemps qu'elle avait accordé son plein pardon à son père pour ses méthodes peu orthodoxes.

— Il m'a raconté que vous aviez acheté les planches, les clous, et que vous vous apprêtiez à la construire ensemble lorsqu'il avait été appelé en urgence à l'hôpital. Et la cabane n'avait jamais vu le jour.

— Je m'en souviens.

Calant leur bébé contre lui, il lui prit la main.

— Il y aura des moments où je serai appelé à l'hôpital, Cara.

— Il y aura des moments où je serai appelée à l'hôpital, Sloan, rétorqua-t-elle.

— Mais je te promets que Conner aura sa cabane.

Ce que Sloan essayait de lui dire à travers cette histoire de cabane, c'était qu'il serait toujours là pour leur fils, contrairement à Preston, qui s'était consacré corps et âme à ses patients au détriment de sa famille.

— Je sais qu'il l'aura.

Entrelaçant ses doigts à ceux de son mari, elle posa la tête sur son épaule.

— Ce n'était pas un mauvais père, Sloan. C'était un homme rare, un médecin d'exception, et il a essayé d'être un aussi bon père qu'il le pouvait.

Ils avaient souvent parlé de Preston au cours de l'année écoulée, et d'abord à New York où ils avaient vécu quelques mois mais n'étaient pas restés. Jamais elle ne s'était sentie aussi aimée qu'au cours de cette dernière année. C'était la première fois que quelqu'un la faisait passer en premier, avant le métier, le cabinet, les patients.

Son père avait vu juste sur tant de points !

Sloan, Bloomberg… Et aussi le fait qu'elle lui ressemblait beaucoup.

— Je lui dois tout, murmura Sloan, pensif.

Elle le scruta, amusée.

— Tu dis ça parce qu'il t'a embauché dans son cabinet et qu'il t'a traité comme son fils ?

— Non. Je dis ça parce qu'il t'a donné la vie et qu'il m'a permis de te connaître.

Elle contempla avec amour le tableau magnifique constitué par ce bel homme et ce tout petit enfant dans la lumière matinale.

Sloan lui avait fait découvrir beaucoup de choses sur elle-même, sur ses parents, sur la personne qu'elle était et sur celle qu'elle voulait devenir : un bon médecin généraliste, l'épouse aimante de cet homme, la mère de leur fils, et un membre à part entière de la communauté de Bloomberg.

— Je t'aime, Sloan.

— Et moi aussi, je t'aime, Cara. Une vie ne sera pas suffisante pour te montrer à quel point, dit-il en se penchant pour lui déposer sur les lèvres un tendre baiser.

BLANCHE

Le cadeau d'une pédiatre, de Kate Hardy - N°1523

Pédiatre à l'hôpital, Anna *adore* Noël ! Voir le regard de ses petits patients briller devant un beau sapin ou un cadeau joliment emballé, quoi de plus émouvant ? Alors, quand son nouveau collègue, le Dr Jamie Thurston, lui apprend qu'il *déteste* les fêtes, elle décide de lui ouvrir les yeux sur la magie du moment. Mais Jamie semble réfractaire au bonheur, au point qu'Anna se demande quel secret le beau chirurgien peut bien cacher…

Les rivaux de l'hôpital, de Rachel Dove

De retour d'une mission médicale en zone de guerre, Michelle s'apprête à reprendre son poste de chef de service à l'hôpital St-Marshall. Or elle apprend avec stupéfaction qu'elle a été remplacée par le Dr Jacob Peterson ! D'abord résolue à évincer son rival, Michelle découvre, à mesure qu'elle travaille avec lui, les qualités de Jacob. C'est non seulement un brillant chirurgien, mais également le père attentionné d'une adorable petite fille…

Nouveau départ à la clinique, de Dianne Drake - N°1524

SÉRIE : MÉDECINS DE CHOC - 1/2

Si, au début, Anne redoutait sa collaboration avec le Dr Marc Rousseau, réputé brusque et sarcastique, elle doit bien admettre, au fil des jours, qu'il se révèle un véritable atout pour la clinique. Et, malgré elle, Anne se sent irrésistiblement attirée par cet homme au charme brut. Hélas, Marc est encore hanté par l'accident qui a bouleversé sa vie quelques années plus tôt, au point de refuser de lui ouvrir son cœur…

Le baiser du destin, d'Amy Ruttan

SÉRIE : MÉDECINS DE CHOC - 2/2

Un baiser donné par un inconnu au bord du lac Tahoe, au clair de lune… Comment Jennifer aurait-elle pu oublier la rencontre qui a bouleversé sa vie ? Aussi, quand, trois ans plus tard, elle reconnaît le visage de Nick Rousseau dans l'équipe de chirurgiens dont elle est la nouvelle responsable, elle sent son cœur s'emballer. Hélas, si Nick lui lance des regards brûlants, il paraît déterminé à garder ses distances…

HARLEQUIN

Leur mission : sauver des vies.
Leur destin : trouver l'amour.

HARLEQUIN
www.harlequin.fr

BLANCHE

HARLEQUIN

La tentation de Sophie, d'Emily Forbes - N°1525

Après la disparition subite de son mari, le Dr Sophie Thompson éprouve le besoin de changer de vie. Sur un coup de tête, elle rejoint l'équipe médicale d'une station de recherche en Antarctique, dirigée par Gabe Sullivan, un homme aussi autoritaire que séduisant. Troublée par les sentiments que lui inspire très vite son patron, Sophie est perdue : peut-elle vraiment espérer une nouvelle vie avec Gabe, malgré son passé douloureux ?

Double surprise pour un médecin, de Joanna Neil

Fuyant sa vie en lambeaux, Caitlin emménage chez sa mère à la campagne. Quelle surprise lorsqu'elle apprend que Brodie Driscoll, dont elle était amoureuse étant jeune, le mauvais garçon du village, a acheté la maison voisine et est devenu médecin ! Et il semble plus séduisant que jamais. Bien sûr, pas question d'accorder sa confiance à un tel play-boy, mais encore faudrait-il pouvoir résister à une attirance qui a survécu aux années…

Leur mission : sauver des vies.
Leur destin : trouver l'amour.

HARLEQUIN
www.harlequin.fr

Composé et édité par HarperCollins France.

Achevé d'imprimer en novembre 2020.

CPI
BLACK PRINT

Barcelone

Dépôt légal : décembre 2020.

FSC
www.fsc.org
MIXTE
Papier issu de sources responsables
FSC® C108412

Pour limiter l'empreinte environnementale de ses livres, HarperCollins France s'engage à n'utiliser que du papier fabriqué à partir de bois provenant de forêts gérées durablement et de manière responsable.

Imprimé en Espagne.

AND IT'S GOOD

Ian Davidson is the Two Ro
read more 'News Items' tha
Robber has had hot dinars.
of Comedy for whole minut

Other Two Ronnies books in Star:

BUT FIRST THE NEWS
NICE TO BE WITH YOU AGAIN
IN A PACKED PROGRAMME TONIGHT
TIME FOR A FEW EXTRA ITEMS
AND IT'S HELLO FROM HIM
THE BUMPER BOOK OF THE TWO RONNIES
THE SECOND BUMPER BOOK OF THE TWO RONNIES
THE TWO RONNIES' SKETCHBOOK
RONNIE IN THE CHAIR
SORRY!

THE TWO RONNIES: AND IT'S GOODNIGHT FROM HIM

Edited by
IAN DAVIDSON

Illustrations by
IAN HEATH

Star

A STAR BOOK
published by
the Paperback Division of
W. H. ALLEN & CO LTD

A Star Book
Published in 1982
by the Paperback Division of
W. H. Allen & Co. Ltd
A Howard and Wyndham Company
44 Hill Street, London W1X 8LB

Phototypeset by Tradespools Limited, Frome, Somerset
Printed in Great Britain by
Hunt Barnard Printing Ltd., Aylesbury, Bucks.

ISBN 0352 311509

All the undermentioned can write great gags standing on their heads but prefer to stay upright and write fair to middling ones. Luckily, their idea of fair to middling is other people's idea of fantastic.

Peter Bain, Don Benson, David Berry, Denis Berson, Eric Billingsley, Ray Binns, Colin Bowles, George Brodie and Mike Perry, Colin Brown, Bob Cameron, Phil Campbell, Syd Clark, John Cotterill, Ian Craig, Barry Cross, Graham Deykin, Eric Dickenson, Dave Cutton, Eddie Edwards, Myron Edwards, Barry Fairweather, Barry Faulkner, David Fisher, Lloyd Forster, Phil Gould, Neville Gurnhill, Derek Harris, Peter Harris, Bob Hedley, Charles Herring, David Kidd-Hewitt, Tim Hopkins, Peter Huskinson, David Kind, Gary Knight, Roland Lester, Torquil Macleod, Ed McHenry, Tom Magee Englefield, Gerald Mahlowe, Tony Mather, Don Mears, Chris Miller, Ron Misselbrook, Sebastian Montgomery, Philip Munnoch, Harold Myatt, Richard Ommanney, John Palmer, Cy Parry, Mike Radford, Glyn Rees, Peter Robinson, Laurie Rowley, Tony Stevens, Laurie Teague, Peter Vincent, John Walker, David Walton, David Webb, Alan Wightman, Gerald Wiley, Tony Wyatt.

SCENE: STUDIO 8, BBC TELEVISION CENTRE. A SATURDAY IN WINTER. ANOTHER 'TWO RONNIES' IS ABOUT TO BE RECORDED . . .

THE FLOOR MANAGER:
Good luck, everyone!

THE AUDIENCE: (ALREADY ALARMED BY FINDING ITSELF IN AN ALADDIN'S CAVE OF ELECTRONICS THINKS –)
Good luck? Why do we need good luck? Is there some danger here?

THE TWO RONNIES DISPEL THIS FEAR WITH A FEW WELL-CHOSEN QUIPS.

THE FLOOR MANAGER:
Four, three, two, one . . .

MUSIC. OPENING TITLES. APPLAUSE. THE FLOOR MANAGER STABS A FINGER AT RONNIE CORBETT. HE SPEAKS . . .

RC: It's wonderful to be back with you once again, isn't it, Ronnie?

RB: Indeed it is. And in a packed programme tonight, I'll be talking to a highly successful team of free-enterprise dustmen who have solved the problem of rubbish disposal in Central London. They are making three deliveries a week.

RC: And we'll be showing you the latest form of self-improvement. It involves a full length mirror and a tin of varnish so you can gloss over your shortcomings.

RB: And London Transport have promised us that a typical London bus driver will be coming into the studio. But he won't be stopping.

RC: But first the news. In Trafalgar Square today, the great anti-pornography rally was cancelled at the last moment when Mrs. Whitehouse refused to mount the rostrum.

RB: The man who could only make love once a week is to sue the doctor who advised him to eat oysters as an aphrodisiac. Now he can only make love when there's an R in the month.

RC: News now of the American tourist who was rude to a baggage handler at Heathrow. His cases come up next Friday.

CLAP NOW
BY ORDER
91
STUDIO 4
CAMERA 3
BBC tv
Ian Heath

RB: And it's been a bad day for Risley Shorterton, the Silchester man who thinks he's an unfinished walnut whip. Somebody's stuck the nut on him.

RC: And the ramblers from the British Pessimists' Club who were stranded on Dartmoor overnight, are safe and well. Apparently they huddled together and sang Charles Aznavour songs to keep themselves miserable.

RB: A member of the Gay Sub-Aqua Club surfaced today with a nasty case of the straights.

RC: After forty unsuccessful years as an alchemist, Sigismund Bulge today took early retirement, a lead handshake and a tin watch.

RB: Finally, news has just come in from Sussex that firemen have freed the drunken bell-ringer who forgot to let go of the rope and caught his ding-dong merrily on high.

RC: And now a sketch in which 74 Arabs join the British Legion to forget the same camel.

EEEEEEOOOW!!
Ian Heath

From the top, with feeling...

RC: Auberon Clamp, the Byfleet man who spends six months of the year as a concert pianist and the other six as a washer-up at the Savoy, tonight combined his two careers to wonderful effect with a delightful rendition of Handel's Dirty Water Music.

RB: And a team of researchers have uncovered an early Mozart score in Salzburg. She was only sixteen and lived over the bakery opposite.

RC: Later, we'll be talking to the lady opera fan who's keen on baritones, mad on basses and will do anything for a tenor.

RB: And I'll be meeting a woman who claims to have slept with every member of the Halle Orchestra and admits to being a bit of a symphomaniac.

Recovery is round the corner

EPISODE 357

RC: A Government directive issued today orders Civil Servants not to look out of the windows before lunch. This is so they'll have something to do in the afternoons.

RB: And Mrs Thatcher is to cut the cake at this year's St Ormond Street Children's party. There'll just be six iced bun rounds.

RC: The coach carrying members of the Society for Encouraging Inflation on their annual outing stopped on the hard shoulder this morning to give them time to spend a pound.

RB: The Foreign Secretary today revealed how British Industry is getting a better name in Europe. As from January next year, we're calling ourselves West Germany.

RC: Owing to the absence of his official car today, the Minister of Health went on a walkabout. Owing to the absence of his wife, the Minister of Fisheries went on a gadabout. And owing to the complete absence of toilets, the Minister of Sport went on a roundabout.

RB: And there was some encouraging news today from the Department of Energy, who say that if everybody reverts to horse-drawn vehicles, by the year 2000 Britain will be self-sufficient in rhubarb.

RC: A nasty crack appeared this morning on the wall of Number 10, Downing Street. Workmen managed to paint over it before Mrs Thatcher read it.

RB: Widespread concern was being voiced in the House of Commons today about the inadequate height of the furniture. This follows an incident on Monday when a Minister ran into the House and tabled his amendments.

RC: Finally, news on the Economy. The Government intends to take a stand. It will be in Downing Street and will sell bootlaces and matches.

The cremation took place earlier today of Mrs Doris String, Britain's Longest Serving Office Cleaner. And at a brief ceremony this evening, former colleagues swept her ashes under the carpet.

Leave it out, it's the old bill

RB: The search for Twilton Gumboots, Britain's Most Childish Criminal will be getting under way very shortly, when police have closed their eyes and counted up to a hundred.

RC: A would-be thief in a Brompton Road supermarket was thwarted today by have-a-go assistant Miss Teresa Quilp, who attacked him with a labelling gun. Police say they are now looking for a man with a price on his head.

RB: Police arrested a man today who'd been posing as a taxi-driver. Suspicions were aroused when he admitted having change for a fiver.

RC: In Benidorm last night, a British tourist who was getting a breath of fresh air was overpowered by six policemen who'd been eating garlic.

RB: 'Supergrass' Arthur Stool was mown down by his former underworld associates today, using a .38 calibre Flymo.

37p

RC: West Cumberland police had a disappointing afternoon today after acting on information received. It fell at the first fence.

RB: And a reminder for all of us that these are straitened times – the getaway car of the gang who robbed a small bank with no money was later found traded in.

RC: Scotland Yard have issued an appeal for witnesses of an incident in Mayfair last night. In what police describe as a 'grudge attack', Spiderman pulled the legs off David Bellamy.

RB: A man went berserk in a Walsall billiard hall today and dropped two whites, four blacks, three browns and a yellow then ran into the gay bar next door where he got a kiss from a pink before being apprehended by two blues.

Is Skimble Shanks NUR or ASLEF

RB: We've just heard that British Rail intend to increase the seating capacity on Inter City trains by 50%. This is so nobody will have to sit next to Jimmy Savile.

RC: The Golden Age of Steam returned to King's Cross Station today when the hot drinks vending machine on Platform 5 exploded.

5
THE FLYING SCOTSMAN!
THE ORIENT EXPRESS!
IT'S THE GOLDEN ARROW!
BRIGHTON BELLE, EH WHAT
Ianheath

RB: Meanwhile, the Southern Region has cancelled its Awayday Campaign after the only big response was from engine drivers.

RC: It was revealed today that the switchboard at Waterloo Station has received 65,000 nuisance calls in the last year – all from people wanting to know about train services.

RB: And the Advanced Passenger Train's new buffet cars are to have built-in sleeping compartments, so that passengers can curl up with their sandwiches.

In a packed programme tonight...

RC: In a packed programme tonight we'll be meeting the Public Footpath Inspector who met a girl on Hampstead Heath and had his right of way with her.

RB: And we'll be meeting the brilliant top civil servant who's got his ear to the ground, his nose to the grindstone, his shoulder to the wheel, his eye on the clock, his hand in the till, his back to the wall, his foot in the door and his finger on the button and asking him how he does his flies up.

RC: And then I'll be talking to a man who has been unemployed for nine years but has now got a good steady job – he changes the prices at the petrol stations.

RB: But first the news. And after the publication today of the manifesto of the Round Earth Society, the President of the Flat Earth Society said it was a load of discs.

RC: Mrs Dora Rigger of Luton said today that she was not concerned that her sixty-three year old bank clerk husband had run off with a nineteen year old six foot two Bluebell Girl. He'd done this sort of thing before and he'd always come crawling back.

RB: The Bishop of Brent Cross was disappointed tonight when he called for Faith, Hope and Charity. It's the night they do their hair.

RC: Britain's gravediggers came out on strike this morning. And this afternoon the undertakers came out in deepest sympathy.

RB: Some good news today for Flaxton Bidmead, the Harlow man who complained his house wasn't big enough to swing a cat in. He's been given a Government grant for a smaller cat.

RC: And rescued by firemen from his hotel bedroom tonight was honeymooning lorry driver Sid Throstleby. Apparently the bed jack-knifed as he was doing a three point turn.

Ianheath

RB: And it's a sad day for Walton Shrubbs, the lonely bachelor who joined a computer dating agency because he couldn't chat up girls. Now he's discovered he can't fill in forms either.

RC: George Trimble, Blackpool's longest serving deck chair attendant was better tonight after collapsing at work today. It took five people forty-five minutes to work out how to get him up again.

RB: In Tuscon, Arizona last night, Donny Osmond was stopped by the Highway Patrol and charged with failing to dip his teeth.

RC: Finally, in Cardiff today, the Welsh Anti-English Front claimed responsibility for Max Boyce's cabaret act.

RB: And now a sketch featuring Mr Ronnie Corbett, who usually goes to the Canaries at Christmas, but this year has accepted a kind invitation from the gerbils.

Later in the programme...

RB: We'll be meeting the Scotsman whose idea of a gamble is a flutter on a change-giving machine.

RC: . . . and a Welshman of such delicate sensibilities, every time he buys his wife a postage stamp, he rubs the price off.

RB: ... and a man whose secretary is capable of 120 words a minute. Unfortunately, they're all 'No'.

RC: ... and a man who's only just taken up mountaineering, so he's going on an expedition to Holland.

RB: ... and a man who only gets 2 miles a gallon from his car – his wife gets the other 35.

RC: ... a man who adopts an alternative life-style, practises alternative medicine and joins the Alternative Society – and all to get a bit of the other.

NO!NO!NO!NO!NO!NO!NO!
NO!NO!NO!NO!
NO!NO!NO!
NO!NO!
NO!NO!
NO!
NO!
NO!
NO!
NO!
NO!
NO!

"Slopping out" problem solved. Prisoners to wear nappies

RB: Greaser Dibbs, the Pentonville prisoner who's watched 199 episodes of 'Crossroads', didn't reach the magic 200 mark tonight. He's been released from the Punishment Block.

CROSS-
ROADS
Ian Heath

RC: And the escaped convict who hid successfully in a sewage farm has surrendered. The police organised the entire population of South East Essex to flush him out.

RB: And we've just had news of an enterprising escape from the top security gaol for small offenders serving short sentences. Fifteen of them in a chain gang managed to get through the front gate disguised as a charm bracelet.

RC: There was an administrative blunder at Britain's Top Security Gaol today as long term prisoner Spike Mullins celebrated his twenty-first birthday. The Governor gave him the key of the door.

RB: The man who escaped from Brixton Prison last night on a Flymo is still at large. Police say they are following a lead.

Welcome to a crammed forty minutes...

RC: Later in the programme we'll be talking to the forthright Civil Servant in charge of gardening equipment who calls a spade a DF4G/AZ.

RB: But first the news. The London Borough of Harringden began a novel slum clearance programme today. They're knocking down all the nice houses so the other ones don't look so bad.

RC: There was a fire at the main Inland Revenue office in London today but it was put out before any serious good was done.

RB: 45 members of the Society for the Extremely Anxious travelled to London today to lay a wreath on the tomb of the Unknown Worrier.

RC: There was a short ceremony today at the house in Como Street, Romford, where Inigo Stott, the inventor of Dental Floss was born. The Minister of Health gave a speech and unveiled a small piece of commemorative plaque.

RB: Girling Pinnock, the trainee hermit from Halesowen this afternoon entered the third week of his training course for the solitary life. He's been on the terraces at Chelsea Football ground.

RC: While climbing nude across the roof of the Old Bailey today as a protest against threatened redundancy, articled clerk Lupin Pooter slipped on the Sword of Justice. His prospects now hang in the balance.

RB: Keepers at London Zoo report that Cuddles the crocodile has become increasingly snobbish since he traced his ancestors to the handbag counter at Harrods.

RC: And at Brent Cross today, at Britain's first wedding in a solarium, the bridegroom pressed a switch and toasted the bridesmaids.

RB: Finally, a Committee of the United Nations has declared that next year will be 'The Year of the Gasman'. The Gas Board says it won't be able to start 'til March at the earliest.

. . . But now a sketch featuring Mr Ronnie Corbett, a man who once applied to a Computer Dating Agency for a partner. He asked for one of small stature, who liked to dress formally, enjoyed swimming and was gregarious. They sent him a penguin.

18
"DIAL A BIRD"

Direct from the Russel Harty Show, The Parkinson Show, Start The Week, Stop The Week...

RB: We'll be introducing the Scotsman who went into a card shop today to see if they do Get Well cards on the National Health.

RC: And we'll be talking to the unemployed man who sees double . . . but he's just been snapped up by the Gas Board as a meter reader.

RB: And I'll be talking to the man who made love with his wife six times in an hour and a half, and amazed two of Britain's top doctors. They were sitting at the next table.

RC: . . . talking to an Arab Sheikh with 304 wives and a smile on his face – tonight's the night!

RB: . . . two Oriental gentlemen who went into the Drainage business, and next week open their first Chinese soak-away.

RC: . . . the Turkish waitress who claims to have been artificially inseminated by donor kebab.

RB: . . . Oswestry housewife, Mrs Nellie Gaskett, reputedly the world's fussiest woman, who was granted a divorce from her husband today on the grounds that he clashed with the curtains.

Ianheath

RC: . . . Ireland's top drunken gardener, Incapability O'Brown.

RB: . . . the contortionist who got stuck squeezing himself into a jar of onions and ended up pickling his fancy.

RC: . . . the gay sauce bottler who only comes out when his friends hold him upside down and smack his bottom.

RB: . . . weatherman Michael Fish about his first single, released today, entitled 'October Rain', and said to be the worst since records began. . . . And now a sketch in which I play a man heavily penalised by the Chancellor's new weight tax.

RC: And I play a man who's horrified at the prospect of a height tax – until he gets a refund.

Her Majesty the Queen had a heavy cold today and cancelled a Royal Walkabout. She stayed indoors and read the telephone directory instead.

Yes, It's DNA DIY!

RC: We'll be talking to the home economist who crossed a ruptured weight-lifter with a packet of Quick Brew and invented the self-straining teabag.

RB: . . . plus the man who crossed a Fly Trap with a zip fastener but we've just heard that he's rather caught up in his work at the moment.

RC: And Harry Smuthers of Hendon has crossed a red hot poker with a forget-me-not and come up with a painful reminder.

RB: The Nobel Prize for Ingenuity has gone to Dr Redmond Fimber, who crossed a singer with a miracle of modern engineering and got the Engelbert Humberbridge.

Good Evening again...

RB: In a packed programme, we'll be meeting the man whose wife is so hard to please he buys her gift tokens for her birthdays. And she takes them back and changes them for other gift tokens.

RC: And we'll be talking to Mrs Rowena Spill and she'll be telling us how she's worried about her little boy. He still speaks with a baby lisp and likes his bread and butter cut up into sailors.

RB: And I'll be reading extracts from the memoirs of a disillusioned vet entitled 'All Creatures Grunt and Smell'.

RC: Long, curly haired Shurswell Frisbank howled with delight when he won the 'Owner Most Like His Dog' award at Crufts today. He was later disqualified for cocking his leg against the judge's table.

RB: The Blutwurst Sausage Company went bust today after they couldn't make both ends meat.

RC: But first the news. Today the British Legion Constipation Branch marched down Whitehall and laid a wreath at the Sennapod.

RB: The Euthanasia Society's outing ended in failure today when they all got home safe and sound.

RC: An independent committee of enquiry into why Post Office staff are so rude, published its findings today. Basically, the report says, its because they get so much practice.

RB: It's been a bad day for Twisto, the unemployed contortionist from Tring – his Social Security money has been stopped. They say it's time he learnt to stand on his own two hands.

RC: After a brief encounter with Percy Pleats, the fastest lover in Runcorn, local girl Amanda Stebbs today announced that she's got a bun in the microwave.

RB: After this week's disappointing news about the pandas at London Zoo comes good news from the Insect House. Incey Wincey Spider is up the spout again.

RC: Trouble today at a Chadwell Heath engineering firm, where a man complained bitterly at being locked out of the Executive washroom and decided to go over the Boss's head.

RB: Finally, the man who asked his boss for a rise today didn't get it but he has been excused office collections.

. . . And now a sketch featuring Mr Ronnie Corbett whose theatricial debut was with the Town and Country Planning Department's Shakespearian Dramatic Society. He played a tiny Hamlet.

Here at the BBC...

RB: Lovejoy Spriggs, the Essex man who doesn't know the difference between a lie-down and a hoedown was trampled to death tonight during the semi-final of 'Come Dancing'.

RC: And the BBC's Head of Religious Broadcasting will be here to tell us that acting on information received, he will not now be allowing the Nolan Sisters to appear as the Five Foolish Virgins. There are only four of them.

RB: Although John Inman's new television show is a great success according to the ratings, apparently the average butch petty officer doesn't like it at all.

RC: The unearthing of several badly made pots at an archaeological dig in Keswick today, gives extra weight to the rumour that the Generation Game has been on the go since 57 BC.

RB: A very angry man who's been turned down by the BBC as a newsreader because he can't sound his s's, tells us why the odds are against him.

RC: News that the TV Licence is to rise has caused delight here in the Light Entertainment Department. Now they can buy the rest of Marti Caine's frock.

A luxury liner burst into flames this morning when Prince Philip put very hot ashes into the Palace dustbin.

Another opening, another show...

RC: In a packed and sexy programme tonight I'll be talking to newly-married sex therapist Mandy Freshways and finding out why her hypochondriac husband Norman Leadswinger didn't enjoy the honeymoon. Every night she told him he was getting better.

RB: Whilst I'll be talking to the two animal trainers who declared their undying love for each other and kissed it with a seal.

Ianheath

RC: And we'll be meeting the Rotherham Romeo who made love to 35 different women in one night and is now in the Guinness Book of Records . . . as a book-mark.

RB: But first the news. In Washington today, President Reagan visited a sex shop accompanied by his most trusted personal aide. He traded it in for a new one.

RC: The Arbroath Operatic Society's production of 'Three Coins in a Fountain' ended in chaos last night when the audience rushed the stage.

RB: A difficult decision today for British mercenary 'Mad' Mike Doolally, at present £5000 a week commander of the rebels in Laputa. The other side have offered him £6000 a week to shoot himself.

RC: And at the isolated Cornish community of Tremadoc, some signs today that the inhabitants' medieval attitudes are changing, when a woman accused of being a witch was thrown in a car wash.

RB: Church leaders throughout the world are said to be absolutely ecstatic following the discovery of the long lost Gospel according to St Drudge, who played a vital role at the Last Supper. He did the washing-up.

RC: There was an ironic accident on the B456 this morning when a coach carrying members of the Hunt Saboteurs Association swerved to avoid a pedestrian and ran over a fox.

RB: And there's news today of a big gusher in the North Sea. Barbara Cartland's visiting an oil rig.

RC: Awkward news from Surrey tonight. The Farnham housewife who's gone on the new mini pill is in the family way and the Basingstoke woman who's on the new jumbo pill is in everybody's way.

RB: Sheena Marplethwaite, the Newbury school-leaver who always wanted to work with horses had her dreams come true today when she started work processing hamburgers.

TENDERIZING
DEPT.

RC: On sale next Monday will be the latest set of commemorative stamps – this time paying tribute to great con tricks. The 12½p stamp shows a man selling the Eiffel Tower and the 14½p stamp shows a man buying the 12½p stamp.

RB: But now a sketch featuring Mr Ronnie Corbett – a man who began his show business career as Nicholas Parsons' getaway driver.

Here to boost his book, film, LP, series, video-cassette and sagging self confidence...

RB: Later in the show we'll be telling you about the new battery-operated watch which, in case it stops, comes with a little set of jump leads.

RC: Indeed it is. And in a packed programme tonight we'll be talking to Florence Tippett, the Cheshire housewife who went fishing with her husband today and did everything wrong. She talked too loudly, reeled in too soon, used the wrong bait and caught the biggest fish.

HO! HO!
HA! HA! HA!
HEE!! HEE!! HEE!!

RB: We'll also be hearing about the explorer who's a bit of a contortionist and got lost in the back of his own beyond.

RC: Then we'll be having a word with the residents of a road that's just been renamed Skid Row. They all own a dog.

RB: We'll also be meeting Joe Murrin, the world's silliest chef, who boiled a hyena yesterday and made himself a laughing stock.

RC: And I'll be talking to the woman lighthouse-keeper who lost her job because she would insist on pulling the curtains at night.

RB: And we'll be looking at the world's oldest puzzle book, the Rubic Cube of Omar Khayam.

RC: And on the show tonight, the four McBride sisters who harmonise like the Nolan Sisters – which is why they're a juggling act.

RB: Then we'll be meeting a little-known rural entertainer who says he's a cross between Percy Edwards and Percy Thrower – he does plant noises.

RC: We'll be talking to the landlord of the Whippet and Whiskers in Ongar who tells us that he's found a way round the bye-law which forbids him to have singing and dancing as entertainment. He's booked Lionel Blair.

RB: And we'll have the honour of meeting Michael Foot, who has just been appointed Chairman of the International Year of the Dishevelled. And now a sketch in which Mr Ronnie Corbett takes off his shoes and walks about in his platform socks.

Here comes the judge...

RC: Sigmund Frisbee, Britain's Worst Darts Player was sentenced to ten years' imprisonment at the Old Bailey today after he threw himself on the mercy of the court and missed.

RB: Melvyn Boggis will appear at Uxbridge Magistrates Court tomorrow accused of slapping a sailor on the wrist. Police suspect that he is a hit man for Gay Lib.

RC: Top Businessman Harvey Langthorne was fined £500 today for attempting to defraud the tax man. He put down a trip to a Max Boyce concert as 'entertainment'.

RB: J Willington Threep, the blue film music composer who had a few words with the lady flautist after last night's performance of his Pornographic Symphony Number One, was today charged with making improper overtures.

RC: And the India Rubber Man was found guilty of embezzling funds at Lord George Davidson's Circus. He told the court that he'd taken up with the Lady Contortionist and she'd over-stretched his resources.

RB: Fred Sprockett, the Wall of Death rider who had an accident and lived, is to be charged under the Trades Descriptions Act.

RC: In court today an Oxford man successfully sued a builder after his new house fell down six times. He is Mr Horace Wimpole, of no fixed abode.

RB: Trapeze artist Umberto Circassio was granted a decree nisi today after catching his wife in the act every night for twenty-five years and twice on Saturdays.

RC: . . . And now a sketch in which I play a High Court judge with a nose bleed and Mr Ronnie Corbett plays the key witness who's dropped down his back.

CIRCUS
CIRCUS
CIRCUS
CIRCUS
US
Jan Kearon

Tomorrow, Her Majesty the Queen will start work on the new Channel Tunnel. She will bury a pound note at Calais, then release a bus-load of Scotsmen at Dover.

Everything the traffic will allow...

RC: And there was an embarassing incident today at a Hollywood Topless Barbecue Wedding Reception when Racquel Welch got too near the charcoal and toasted the happy couple.

RB: The BBC's most famous quizmaster, Magnus Magnusson, is to star in his first feature film, a western. In it he'll play the ruthless Icelandic Kid who shoots first and asks you questions on your special subject after.

RC: Harmonica virtuoso Larry Adler had a bizarre experience tonight at a concert sponsored by the Brotherhood of Faith Cure Practitioners. Half way through, the holes in his mouth organ suddenly healed up.

RB: Good news tonight after today's accident at the house of Marvo the Magician, where due to a misunderstanding, he changed his wife and daughters into a sofa and two armchairs. All three are said to be comfortable.

RC: And there were amazing scenes at a Doncaster night club tonight when a cross-eyed stripper came on and took the pianist's clothes off.

RB: A tragic accident has ended the career of Plastex the Amazing Plastic Man. He sat on a radiator today and made a complete pool of himself.

RC: There was panic this evening at the Moulin Rouge when the lights failed and a lift stuck between two floors, trapping ten topless dancers. Fortunately lift attendant Jules Grimper found the emergency button on his twenty-first attempt.

RB: And there was a setback to Britain's Eurovision Song Contest hopes tonight when bottomless singing sensation Kitty Nimmo fell over her doormat and got hallmarked.

RC: The Stonebridge Park Old Time Dancing Club's sponsored ascent of Ben Nevis ended in success today after they Military two-stepped up the South Col and then Excuse me'd all over the summit.

RB: Finally, many old music hall fans were present at the funeral today of Fred 'Chuckles' Jenkins, Britain's oldest and unfunniest comedian. In tribute, the Vicar read one of Fred's jokes and the congregation had two minutes silence. And now a sketch based on a pantomime in which Mr Ronnie Corbett plays the back end of a mouse.

OOBEEDOOBEEDAHOUCH!!
Ianheath

Show six of the present series and our boys show no signs of lagging...

RC: In a packed programme we'll be speaking to Mr George Nurdle, Britain's oldest muck-spreader, a hundred years old today, who has declined to meet Her Majesty the Queen. He said 'I'd love to, but I've got too much on my hands at the moment.'

RB: And I'll be interviewing the historian who swallowed a glass eye and now has the benefit of hindsight.

RC: From Down Under we'll be showing you a brand new product that Australian housewives just couldn't believe is margarine. It's a vacuum cleaner.

RB: We had hoped to bring you the Chairman of the Slightly Deaf Society in his underpants, but he wouldn't hear of such a thing.

RC: And there's a police message – will Bruno Gottshal of Indigent Street, Slough, currently on holiday in Cumbria with a small tent, his mother-in-law and 13 children please go to the Ullswater General Hospital and have his brains tested.

TOMB TO THE UNKNOWN COUPLE
Ian heath

RB: Spencer Whittle, Britain's Oldest Post Office Clerk, retired today. Friends and colleagues lined up to shake his hand and he told them to go to the next window.

RC: It was revealed in a Government survey published today that Margaret Thatcher is doing the work of two men – Laurel and Hardy.

RB: A breakfast meeting to discuss détente got off to a bad start today when President Reagan emptied a jug of orange juice over Leonid Brezhnev's head. The Soviet leader responded by ramming two bananas up the President's nostrils. A spokesman described the atmosphere as tense but fruitful.

RC: Now news of an accident on the A615 today, when a load of cement fell from a Ready-Mix lorry onto a courting couple and cemented their relationship.

RB: After his round the world trip, explorer Sir Ranulph Fiennes now intends to climb Everest naked in the first indecent assault on the north face.

OXY
OXY

RC: Miss Arabella Hogben, chairperson of PETS, the RSPCA hardliners' group, today found two dogs mating on her lawn. So she sprinkled some warm rose water over them.

RB: Finally the Economy. And a hotel in London reports today that business is so bad that the management is stealing towels from the guests.

RC: But now a sketch featuring Mr Ronnie Barker who's just successfully finished a three week 250 calories a day diet in two days.

201

It's taking part that counts

RC: The England football squad today began their preparations for the next World Cup Final. They all went out and bought themselves a television set.

RB: Ronnie Scoop, the exciting football discovery who doesn't know the difference between an equaliser and a tranquilliser, thrilled a packed White Hart Lane tonight when in the 87th minute, he nodded off from an indirect free kick.

RC: At tonight's Old-Timer's Tennis Championships at the Albert Hall, Budge Patty's dentures fell out. Then Janoslav Drobny's dentures fell out and he went on to win by 2 sets to one.

RB: Here is a football result – Builders Federation Cup first round, second leg. Concreters 2, Carpenters 2. The Concreters won 4-3 on aggregate.

RC: The career of Waddington Phipps, the Bolton man who hopes to become Britain's top soccer referee, received a major setback today when he passed an eyesight test.

RB: And in the international being played at Wembley tonight between England and M'begeland, we've just heard that M'begeland are warming up their substitute and when he's done, they're going to eat him.

RC: Biffer Cathcart, Britain's most often defeated boxer made a speech at tonight's Celebrity Dinner, but nobody recognised him standing up.

RB: In this afternoon's drawn cup tie between London Hairdressers and a Ballet Dancers eleven, both teams employed a man-for-man marking system. And they got to know each other so well, instead of a replay, they're having a party.

FOR HE'S A JOLLY GOOD FELLOW

RC: Britain's worst race horse finally made a photo finish today in a beefburger commercial.

RB: Rod Cragg, the Australian fast bowler who recently kicked an umpire, knocked two batsmen unconscious and then stuffed the stumps down his Captain's throat, appeared before the Australian Cricket Board of Control today, charged with being a bit of a sissy.

RC: In the Fort Lauderdale Tennis Classic today, John McEnroe abused a touch judge, swore at the umpire and broke his racket on a ball-boy . . . and immediately won praise for his much improved behaviour.

RB: The Incredible Shrinking boxer, Harry Zontal, who started his career as a heavyweight, became a bantamweight and finished as a featherweight, is to retire and take up a desk job. He'll be a paperweight.

RC: Tragedy tonight for Mr Kirkby Ashcroft, the Wellingborough sports fanatic who's spent his life inventing a game similar to football and now discovers that England have been playing it for years. Next a sketch about football featuring Mr Ronnie Corbett who was involved in the game himself for some years. He was a subbuteo man.

Once again we stop the mighty roar of London's traffic...

RC: Later in the programme we'll be meeting some dogs from Hampstead who are voicing growing concern about the ever increasing numbers of human beings who foot the foulpath.

RB: Then I'll be talking to the Irish bank robber Patrick O'Reilly who's trying to write his memoirs with a sawn-off biro.

RC: And I'll be talking to the motorway restaurant manager who got rid of all the rats and mice by getting his staff to leave food about.

RB: . . . to the man who ran full pelt into Dolly Parton outside Caxton Hall and got married on the rebound.

RC: . . . Figley Snodpole, the Beckenham plumber who was so depressed last week, he tried to bend it all.

RB: . . . snobbish farmer J Carroll Biggs who wants his outbreak of foot and mouth confirmed by the Archbishop of Canterbury.

RC: . . . the small boy who wanted to be a doctor until he found out they had to wash all the way up to the elbows.

RB: . . . the man who enjoys plastic food and a square meal so now he eats new Rubic Cubes.

RC: . . . Trixie, the Soho girl who last night scored a hat trick with three Mexicans.

STR

RB: And we'll be meeting the famous writer of spy thrillers who fills supermarkets everywhere with hundreds of volumes – yes, John Le Cash n' Carre.

Show seven – is there no end to this?

RB: In a packed programme tonight we'll be talking to the boy who got the driver of the school bus to drive 2 miles at 43 mph and then 6 miles at 34 mph so he could answer his homework.

RC: But unfortunately we won't be able to meet Andre Brule, chief steak preparer at the Savoy Grill. This afternoon he tendered his resignation.

RB: And we'll be unveiling a plaque with the motto of the Italian Air Force – Per Ardua ad Pasta. But first the news. At Crewe Station today a retirement party was held for British Rail's longest serving waiter. In memory of the service he gave, hundreds of former customers filed past, shook his hand, trod on his toes and spilled soup down his trousers.

RC: Elias Thring, London's least successful author of pornographic books got his 344th publisher's rejection slip today. So he went home and wrote himself off.

RB: And in London today Max von Stettenheim, who claims to have been Adolf Hitler's favourite cook, launched the first volume of his autobiography entitled – 'Out of the Frying Pan Into the Fuhrer'.

MERDE!
MERDE!
MON DE DIEU!

SEX SHOP
GOOSEBERRY BUSHES
PLASTIC STORKS
BLOW-UP SHEEP

RC: The Chelsea directors have promised their fans all-seated accommodation next season. They've brought a three-piece suite.

RB: And in the Soho Miss Kinky Finals at the Irrumatio Massage Parlour tonight, the winners were announced in perverse order.

RC: The man who fell down a very deep hole at Charing Cross Hospital two weeks ago was finally discharged this morning – into the sea at Southend.

RB: The old-fashioned village of Deeply Snoring has just got its first sex shop. It sells gooseberry bushes.

RC: And in Brussels today it was announced that all 355 million litres of Europe's wine lake are to be made into water and used to irrigate the Sahara. The conversion will be done by John Arlott and Roy Jenkins.

own names.

RB: The attempt by Mr Delmoss Buckley to sail around the world in a bathtub ended in failure this morning. He'd only been at sea for ten minutes when he had to get out and answer the telephone.

RC: In a major policy statement on television tonight, President Reagan told Americans that the present recession has to be confronted with all the intellectual force his Administration can muster. He's forming a posse.

RB: Finally, Linda Goudge and Denzil Wallop, the Prestwich couple who make mad passionate love every time they eat semolina, blancmange or suet pudding, got married today. They plan to live happily ever afters.

RING! RING!
RING! RING!
TELEPHONE
Tonheath

RC: Finally, a new leisure centre for London's skinheads was opened today and to commemorate the occasion, the Prime Minister uprooted a tree.

RB: And now a sketch in which Mr Ronnie Corbett plays the part of a man who crossed a submarine with a tambourine and formed the Salvation Navy.

And here's a little green light that comes on if anyone in the back seats picks their nose...

RC: And after the multiple collision on the A1 last night between a sewage truck, a lorry containing 200 gallons of sour milk, a garlic seller on a bicycle and a tomcat, police have appealed to witnesses not to come forward.

RB: And at the exhibition of Motorway Art which opened at the Hayward Gallery this morning, an oil painting of a 'Drive Slowly' sign was so realistic everybody completely ignored it. And police are advising motorists to avoid an awful hole in the middle of the M6. It's called Birmingham.

RC: And at the Newport Pagnell Motorway Service Area today, the Minister of Transport opened a three lane bowling alley. And half an hour later, workmen started digging up the first two lanes.

RB: More news from our motoring unit – a bulk carrier of biological washing powder has shed its load on the A340 and has completely removed the nastier parts of Staines.

RC: Our motoring unit also have the latest news on Miss Glenda Pickup – she spends so much of her time in the back of cars, the AA are to start showing her on their route maps.

RB: News too, of the motorists held to ransom at a service area on the M1. They've admitted defeat and bought the petrol.

RB: And London Transport's Research Department has found out what happens when big boys tell fibs. They travel half fare.

RC: Southwark Borough Council has begun a new road safety campaign. Two hundred signs have been put up all over Southwark saying 'Lambeth Welcomes Careless Drivers'.

RC: Bad news tonight for ecologists. Traffic pollution is now so bad in the West End of London, that this afternoon a nightingale was sick in Berkeley Square.

On his visit to Balmoral today, Michael Foot was blown by the wind into a loch, caught his coat in a car door and was dragged backwards through a hedge. Her Majesty later congratulated him on looking rather tidier than usual.

RB: Well that seems to be just about all we have space for, doesn't it, Ronnie?

RC: Indeed it does. But before we go, a few late items of news.

RB: After his Holiness the Pope arrived in Britain at Heathrow yesterday the entire airport lounge fell to its knees and prayed for his luggage.

RC: The World Wildlife Fund announced a twenty five million pound plan to equip lemmings with inflatable arm-bands.

RB: Following the discovery by the Fruit Board that some varieties of pear are aphrodisiacal the Society of Reluctant Wives have cancelled their annual conference.

RC: Lenin Fosdyke, Britain's most confused Trotskyist was in trouble again today after staging a one-man picket outside a betting shop demanding the release of the ITV 7.

RB: Maverick optician Sigmund Seltzer stands to make a fortune tonight after attending a Russian drinking party and persuading everyone to smash their glasses in the fireplace.

RC: The Astronomy Society published a book today about the sighting of new comets. And a misprint on page four is to be named after the man who first spotted it.

RB: Jibson Trodd, Britain's most put-upon man, today told reporters of his amazing religious experience in which he heard the voice of God asking to borrow a fiver.

RC: And the two sets of identical twins who were married today by a short-sighted vicar had to cancel the reception in favour of a wife-swapping party.

RB: Armstrong Frague, Britain's Unluckiest Gambler, found himself a hero tonight after he stopped a runaway horse by putting money on it.

RC: The Post Office today announced their plan for replacing the post code with a new system which will guarantee that everyone gets the right mail. We all move three doors down the road.

RB: The Society for the Prevention of Cruelty to Vegetables were very upset today following their visit to a bloodthirsty western – later, however, they were reassured by the news that it wasn't real tomato ketchup.

RC: A spokesman for the Common Market admitted today that there were unmistakable signs it was in trouble. The Italians have asked to change sides.

RB: Today's Acupuncture Flag Day was a great success with 28 passers-by cured on the spot.

RC: The first ever reunion for school dunces took place tonight at the Albert Hall and was a huge success with over three thousand people standing in the same corner.

RB: Finally, fears that standards are dropping at the Annual Cattle Exhibition were confirmed today when the 'Best of the Breed' prize was won by a tin of Oxtail Soup.

RC: In a packed new series next year, we'll be having a look at the National Gallery's latest acquisition – Alma Tadema's 'Christ Driving the Brass Rubbers from the Temple'.

RB: And we'll be meeting Percy, runner-up in this year's World Talking Parrot Championships who says he's as sick as a footballer.

RC: We'll be introducing the winner of our Spoonerism Competition who comes from Sodding Chipbury.

ANNUAL CATTLE EXH
MOO!
TASTY LITTLE BEAST!
POOR OLD DAISY!
JUST LOOK AT 'ER!
OOO ARR!
OXT
SOU
1st
BEST OF THE BREE
COR!
WHAT A BEAUTY!!
Ian Heath

RB: Finally, we'll be hearing about a new and relatively cheap way of splitting the atom. You send it through the post marked 'fragile'. We'll even have a sketch featuring Mr Ronnie Corbett – whose wife tries not to bring out the beast in him because she's afraid of mice.

RC: Until then, it's goodbye from me.

RB: And goodbye from him.

BOTH: Goodbye!